Sibel Daniel
Der Duft der schwarzen Erde

TINTE & FEDER

Das Buch

Osteuropa 1940: Alma wächst mit fünf Brüdern auf dem Weingut in Bessarabien auf, das ihr verschlossener Vater mit harter Hand führt. Sie liebt die wilde Steppe und die sanft geschwungenen Weingärten ihrer Heimat. Alma arbeitet mindestens so schwer wie die Männer und sie weiß, was sie will: ihren besten Freund Gregor heiraten und Winzerin werden.

Doch gerade als ihr Traum wahr werden könnte, gerät Alma ins Visier eines SS-Offiziers. Ihre Schönheit und ihr Temperament werden ihr fast zum Verhängnis. Doch dann zwingt der Zweite Weltkrieg die Familie zur Umsiedlung: Für Alma und ihre Brüder bedeutet das den schmerzhaften Abschied von allem, was ihnen vertraut ist. Schlimmer noch, Alma und Gregor werden getrennt. Sie wissen nicht, wo die Reise hingeht und ob sie einander jemals wiedersehen werden …

Die Autorin

Die Erfolgsautorin Sibel Daniel studierte Kommunikationsdesign, Deutsche Literatur und Philosophie. Sie lebt und arbeitet in Tübingen und am Bodensee. »Der Duft der schwarzen Erde« ist der Auftakt ihrer neuen historischen Romanserie, die von der Familiengeschichte ihres Vaters inspiriert ist.

Sibel Daniel

DER DUFT DER SCHWARZEN ERDE

✦Fremde Heimat✦

ROMAN

TINTE & FEDER

Deutsche Erstveröffentlichung bei
Tinte & Feder, Amazon Media EU S.à r.l.
38, avenue John F. Kennedy, L-1855 Luxembourg
Mai 2023

Umschlaggestaltung: zero-media.net, München
Umschlagmotiv: © Matilda Delves / ArcAngel; © Diane Miller
© shih-wei / Getty Images; © Taiga © kpatyhka / Shutterstock
1. Lektorat: Angela Kuepper
2. Lektorat und Korrektorat: VLG Verlag & Agentur, Haar bei München,
www.vlg.de
Gedruckt durch:
Amazon Distribution GmbH, Amazonstraße 1, 04347 Leipzig /
Canon Deutschland Business Services GmbH, Ferdinand-Jühlke-Straße 7,
99095 Erfurt /
CPI books GmbH, Birkstraße 10, 25917 Leck

ISBN 978-2-49671-152-3
e-ISBN 978-2-49671-151-6

www.tinte-feder.de

Für meinen Vater

Dieser Roman beruht auf wahren Ereignissen.

Einige Begebenheiten, Szenen,
Namen, Protagonisten und Schauplätze
sind zum Schutz von Personen verändert
oder aus dramaturgischen Gründen fiktiv.

Prolog

Buenos Aires, Argentinien 2001

Der Ventilator drehte sich langsam, durchschnitt in trägem Rhythmus die dicke, feuchte Luft. Warme Sonnenstrahlen fächerten sich durch eine halb geschlossene Jalousie und beleuchteten tanzende Staubkörner. Von der Straße drang Verkehrslärm herauf. Aus dem Zimmer nebenan erklangen die schmachtenden Töne einer südamerikanischen Soap.

Eine Krankenschwester in schwerer Tracht und steifer weißer Haube sagte, ich solle nicht zu viel erwarten, nur manchmal würde die Patientin noch sprechen. Mit Fremden schon gar nicht.

Während die Schwester das sagte, strich sie der alten Frau, die mit geschlossenen Augen im Bett lag, zart über den nackten, faltigen Arm, dessen weiche Innenseite mit einer Kanüle gespickt war, durch die stetig eine Flüssigkeit tröpfelte.

Ich ging ein paar Schritte auf das Bett zu. Dann blieb ich unschlüssig stehen. Die Krankenschwester wandte mir beinahe unwirsch den breiten Rücken zu. Ich störte ganz offensichtlich ihre geschäftige Routine. Eingeschüchtert wollte ich schon wieder gehen, als sie sich nochmals zu mir umdrehte.

Durchdringend schaute sie mich an, als wollte sie mit einem Blick ergründen, warum eine fremde *Chica* in ihr Reich eingedrungen war. Sie wiederholte das eben Gesagte etwas lauter, um den Jingle aus dem Fernseher von nebenan zu übertönen, und fügte hinzu: »Erwarten Sie also am besten gar nichts.«

Sie sprach in einem schleppenden Spanisch, das ich kaum verstand. Ihre Oberlippe zog sich beim Sprechen nach oben. Ich sah, dass ihr ein Zahn fehlte. Dann ging sie hinaus und ließ mich mit der alten Frau allein, von der ich lediglich wusste, dass sie Alma hieß und die Schwester meines Vaters war.

Etwas verloren stand ich in dem Krankenzimmer, der Fernseher plärrte ungerührt weiter. Ich wusste nicht, was ich tun sollte, was ich hier eigentlich wollte. Denn Antworten auf meine vielen Fragen konnte mir die alte Frau ganz offensichtlich keine mehr geben. Aber was hatte ich erwartet?

Erst vor wenigen Stunden war ich von Frankfurt her in diesem mir völlig fremden Land angekommen: *Argentina* – was für ein exotischer Klang! Hier lebte der mir noch unbekannte Teil meiner Familie. Warum waren sie alle hierhergekommen, damals in den Fünfzigerjahren? Warum waren sie nicht wie mein Onkel in die USA ausgewandert? Warum nicht in Süddeutschland geblieben? Wie war es dazu gekommen, dass sich die Familie aufgeteilt hatte? Was war geschehen? Fragen über Fragen. Deshalb war ich hier.

Wir hatten uns geschrieben, Alma und ich. Ich hatte ihr erzählt, dass ich an der Familiengeschichte interessiert sei und sie, immerhin achtzehn Jahre älter als Vater, meine Fragen sicherlich besser beantworten könne als er. Sie schrieb zurück, sie garantiere für nichts, ich sei aber herzlich willkommen. Und jetzt lag sie da, ganz still, wie im Koma? Ich hätte besser gehen sollen. Stattdessen setzte ich mich wieder hin und schluckte meine Befangenheit hinunter. Nun war ich schon einmal hier.

Ich konnte auch noch ein bisschen bleiben und ihr wenigstens Gesellschaft leisten.

Ich betrachtete die Frau und suchte eine Ähnlichkeit mit meinem Vater: Sie hatte eine hohe Stirn – wie er. Dichtes, immer noch schwarzes Haar – wie er. Doch da hörte die Gemeinsamkeit auch schon auf. Die Gesichtszüge in dem schmalen, eingefallenen Gesicht waren mir völlig fremd. Ich schämte mich ein bisschen, dass ich ihr ungeschütztes Gesicht so eingehend betrachtete, suchte aber weiter nach einer Ähnlichkeit, nach irgendetwas, das mir meine Familie und deren Vergangenheit hätte näherbringen können.

Das, was ich wusste, war nicht viel. Mein Interesse an der Familiengeschichte war bisher eher mäßig gewesen. Bis ich zufällig auf dem Speicher meiner Eltern einen handgezeichneten Stammbaum gefunden hatte. Ich war beeindruckt, denn er ging bis ins siebzehnte Jahrhundert zurück. Die Geburtsorte meiner Vorfahren lagen damals allesamt in Württemberg. Doch ab dem neunzehnten Jahrhundert stieß ich auf russische Ortsnamen, ab 1918 auf rumänische und seit 1945 wieder auf deutsche. Meine Neugier war geweckt! Warum waren sie erst aus- und dann wieder eingewandert?

Die Antwort klaubte ich mir aus Erzählungen und Briefen zusammen und wälzte Geschichtsbücher. Was ich herausfand, las sich wie eine Abenteuergeschichte:

Nach dem »Jahr ohne Sommer« 1816, als ein Vulkanausbruch in Indonesien den Himmel in Europa über mehrere Monate hinweg verdunkelte und dadurch Hunger und Elend brachte, folgten meine Vorfahren, zusammen mit vielen anderen Württembergern, dem Ruf des Zaren nach Südrussland, nach Bessarabien, dem heutigen Moldawien und einem Teil der heutigen Ukraine – an die Schwarzmeerküste.

Sie folgten dem Versprechen von Freiheit und der Hoffnung auf fruchtbaren Schwarzerdeboden.

Doch die Realität sah anders aus. Die Einwanderer wurden nicht von blühenden Kolonien empfangen, im Gegenteil. Sie kamen an und standen vor dem Nichts. Sie bauten sich Erdhügel, um in dem eisigen Winter ihrer Ankunft nicht zu erfrieren.

Auch in den darauffolgenden Jahren war es ein raues, entbehrungsreiches Leben. Doch vier Generationen später hatten sie es als fleißige, gottesfürchtige Schwaben zu Frieden und Wohlstand gebracht.

Ich musste lächeln, als ich bei meinen Recherchen über diese Charakterisierung stolperte, und dachte an meinen Vater: fleißig? Auf jeden Fall! Gottesfürchtig? Nicht so sehr. Dafür dickköpfig, stur, mit einem eisernen Willen.

Ob Alma auch so war? Vermutlich. Wie sonst könnte man immer wieder neu anfangen? Denn auf dem hart erarbeiteten Wohlstand durften sich die Bessarabiendeutschen damals, in den Dreißigerjahren, nicht ausruhen.

Es war ihnen nicht vergönnt, mit ihrem Arbeitseifer und ihrer Rechtschaffenheit auch die Gunst des Schicksals zu erwerben. Denn in der restlichen Welt braute sich ein Unwetter zusammen, das in seiner Menschenverachtung das Böse entfesseln sollte – und das auch vor dem fernen Bessarabien nicht haltmachen würde.

Ab 1940 waren sie Mächten ausgeliefert, unter denen Fleiß wenig half und Gottesfurcht eher hinderlich war. Denn Bessarabien und seine Einwohner wurden zum Faustpfand im geopolitischen Geschacher zwischen Hitler und Stalin.

Ich versuchte, mir vorzustellen, in einer Zeit zu leben, in der man sich nicht auf Werte wie Recht und Ordnung stützen konnte, in der es keine Freiheit gab und schon gar keine Selbstbestimmung. Eine Zeit, in der man einfach so aus seiner Heimat vertrieben werden konnte, wenn es den Mächtigen gefiel. Enteignet, vertrieben, verfolgt. Was macht das mit den

Menschen, wenn sie alles verlieren und immer wieder neu anfangen müssen? Und – ein Gedanke, der mir erst hier, am Bett meiner Tante, kam – wie wirkt sich das auf die nachfolgenden Generationen aus?

Plötzlich hörte ich ein Rascheln.

Ich blickte auf.

Grüne, durchdringende Augen, eingerahmt von einem Geäst aus tiefen Falten, betrachteten mich.

»Du siehst aus wie dein Vater.«

Ihre Stimme klang überraschend kräftig. Sie richtete sich auf, und ich wollte ihr helfen, doch sie konnte es allein. Sie musterte mich so intensiv, wie ich es zuvor bei ihr getan hatte. Dann lächelte sie mich an – und da sah ich sie: die Ähnlichkeit zwischen ihr und meinem Vater. Was vorher nicht ersichtlich gewesen war, trat beim Lächeln überdeutlich zutage: das gleiche fröhliche Funkeln in den schmal zusammengekniffenen Augen, dasselbe Grübchen in der linken Wange. Und ich sagte erstaunt: »Du auch! Du siehst auch aus wie er.«

»Das will ich meinen!«, rief sie aus. »Schließlich ist er mein Bruder. Und«, fügte sie leise hinzu, »ich hab mich um ihn gekümmert wie um meinen eigenen Sohn.«

Leise fragte ich: »Ihr standet euch so nahe?«

Sie lächelte. »Ach, nicht sofort. Zuerst mochte ich ihn nicht. Überhaupt nicht.«

Als sie meinen erschrockenen Blick sah, fuhr sie fort: »Ich fand es schrecklich, dass unsere Eltern noch ein Kind gemacht hatten, und wollte deshalb nichts mit dem Kleinen zu tun haben. Ich habe ihn nicht mal angeguckt! Selbst als alle sagten, er wäre so ein schönes Kind, habe ich ihn ignoriert.

Irgendwann war ich dann doch neugierig, was ich mir aber nicht eingestehen wollte. So strich ich tagelang um die Wiege des Neugeborenen, lauschte mit einem Ohr hinein und ging schnell wieder weg, wenn er Laute von sich gab. Doch irgendwann hielt ich es nicht mehr aus. Ich schaute in die Wiege, und genau in dem Augenblick öffnete der Kleine die Augen und lächelte mich an. Und was soll ich sagen«, seufzte sie, »ab diesem Moment war ich in ihn verliebt.« Ihre Augen schimmerten feucht, als sie das sagte, doch sie lächelte tapfer weiter. Ich nahm ihre Hand. Wir schwiegen.

Die Sonne schickte ihre letzten Strahlen durch die Jalousie, bald würde es dunkel sein. Alles war ruhig. Kein Laut war mehr von der Straße her zu hören. Selbst der Fernseher im Nebenraum war still. Hatte ich ihn ausgemacht? Ich wusste es nicht, alles Nebensächliche hatte ich ausgeblendet, war ganz fokussiert auf diese Frau, meine Tante, die ein altes Deutsch mit schweren, lang gezogenen Vokalen sprach, dessen Melodie mir aber schon nach wenigen Sätzen seltsam vertraut war.

Nach einer Weile sprach sie weiter, leiser nun, als müsse sie Atem sparen. »Möchtest du die ganze Geschichte hören?«

Natürlich wollte ich das! Gespannt beugte ich mich vor, um sie besser zu verstehen. Und in den folgenden Stunden entführte sie mich in eine andere Zeit, zu einer fremden Welt, bannte sie mich mit einer Erzählung, von der ich wusste, dass es die noch nie gehörte abenteuerliche Geschichte meiner eigenen Familie war.

Kapitel 1

Bessarabien, März 1940

Der Wind pfeift mit hohem, auf- und absteigendem Ton um das Wohnhaus und rüttelt mit aller Macht an den Fensterläden. Als hätten sich die unsichtbaren Geister der Steppe, von denen die Älteren den Kindern nur im Flüsterton erzählen, vor dem Hof versammelt und forderten Einlass.

Alma sitzt mit aufgeschlagenem Buch vor dem behaglich knisternden Kachelofen, die schnurrende Katze auf dem Schoß, und liest dem kleinen Knaben in der Wiege die Abenteuer des Lederstrumpf vor, was dem Säugling bisweilen, aus unerfindlichen Gründen, fröhliche Jauchzer entlockt. Alma muss über ihren kleinen Bruder lächeln, und doch ist sie nicht recht bei der Sache. Immer wieder wandern ihre Gedanken zum Vater und den beiden ältesten Brüdern Alwin und Anton, die sich mittags, zusammen mit zwei Knechten, in die Weingärten verabschiedet haben, um letzte Handgriffe am Beschnitt der Rebstöcke vorzunehmen und noch vor dem Abend die Rahmen und Holzpfähle auszubessern. Sie hätte mitgehen sollen! Dann könnte sie ihnen jetzt helfen, die Reben vor dem Wettereinbruch zu schützen.

Doch sie hat sich mit Anton beim Mittagessen mal wieder über Nichtigkeiten gestritten, und deshalb ist es ihr gerade recht gekommen, dass Manja, das Kindermädchen, darum gebeten hat, zusammen mit den anderen Frauen und dem achtjährigen Arthur ins Bethaus zu dürfen, wo der junge Vikar jeden Samstag aus dem Neuen Testament liest. Alma weiß, dass Manja ein wenig verliebt in ihn ist, und so hat sie sich großzügig angeboten, auf den kleinen Albert aufzupassen. Insgeheim ist es ihr recht: Sollen die anderen doch alle aus dem Haus gehen. So hat sie endlich ihre Ruhe. Sie genießt es sehr, wenn aus dem geschäftigen Lärm, der den Hof normalerweise wie eine pulsierende Wolke durchdringt, eine geruhsame Stille wird. Dann kommt sie endlich zum Lesen, kann die Gedanken wandern lassen, über Gregor nachdenken, ihren ältesten Freund, und über ihre Gefühle, die sich seit seinem Weggang auf das Internat so seltsam verändert haben. Sie kann ihren hübschen kleinen Bruder betrachten oder sich einfach dem Müßiggang hingeben – was sonst beinahe unmöglich ist.

Und jetzt solch ein Sturm! Der Wettereinbruch kommt völlig unerwartet. Seit Anfang des Monats sah es so aus, als hätte der Frühling Einzug gehalten. Die Vögel jubilierten den länger werdenden Tagen entgegen, langsam tauten die Straßen, sind teilweise bereits zu dickem, sandigem Schlick geworden und verfärben Eis und Schnee mit schmutzigen Schlieren. Die Weinreben haben schon zu »bluten« begonnen, drücken den Pflanzensaft aus den beschnittenen Stellen, nach dem langen, eisigen Winter bereit für einen neuen Lebenszyklus. Es ist eine Katastrophe, wenn nun der Winter zurückkommt!

Unruhig legt Alma das Buch beiseite, inzwischen hat es sogar angefangen zu schneien. Dicke Schneeflocken weht es gegen die Fenster, sie türmen sich auf dem Fensterbrett zu unregelmäßigen, stetig wachsenden glitzernden Haufen auf.

Sie hält es nicht mehr aus und schiebt die Katze vom Schoß, was diese mit einem beleidigten Maunzen quittiert. Behände springt sie auf, wickelt sich den wollenen Schal um, den sie von ihrer Stiefmutter zu Weihnachten bekommen hat, und schlüpft in den dicken Fellmantel. Sie muss einfach in die Weinberge und ihrem Vater und ihren Brüdern beistehen. Und zwar jetzt. Sie blickt in die Wiege, um sich zu vergewissern, dass Albert friedlich schläft, und geht hinaus. Falls die Frauen noch nicht vom Bethaus zurück sind, wenn sie losreitet, wird sie ihn mitnehmen. So lange soll er noch im Warmen bleiben.

Sofort wird sie von einer Windböe erfasst und gegen die Hauswand gedrückt. Schneekristalle schneiden ihr ins Gesicht. Sie zieht die Kapuze tiefer, rennt über den Innenhof, an den Stallungen entlang, und ruft nach dem alten Oleg, dem Knecht, der um diese Zeit normalerweise den vorabendlichen Kontrollgang über den Hof macht. Doch Oleg ist nirgends zu finden. Alma vermutet, dass sich der Alte nach dem Rundgang mit einer Flasche Schnaps ins Stroh gelegt hat, um sich schon mal auf den Sonntag einzustimmen.

Kurz überlegt Alma, ob sie nicht ins Dorf gehen sollte, um August zu suchen, ihren jüngeren Bruder. Doch sie verwirft den Gedanken wieder. Sie wird ihn ohnehin nicht finden. Vermutlich spielt er in irgendeinem Hinterzimmer heimlich Karten und nimmt seine Freunde aus, während er von dem Wetter und der Gefahr, dass die diesjährige Weinernte ausfällt, überhaupt nichts mitbekommt.

Sie hastet in den Pferdestall. Wärme schlägt ihr wie eine Wand entgegen. Sie schließt die Tür. Der würzige, kräftige Pferdegeruch hüllt sie ein. Die dicke Kleidung lässt sie augenblicklich schwitzen. Schnell legt sie den Mantel ab. Die Tiere sind wegen des Unwetters unruhig. Sie stampfen und schnauben. Selbst den Hunden, die ebenfalls im Pferdestall ihren Platz haben, ist die übliche Fröhlichkeit abhandengekommen. Sie drücken sich leise jammernd gegen Almas Beine.

Bojan, der große Rappe, begrüßt sie mit einem Wiehern. Alma schiebt die Hunde beiseite und geht in Bojans Box, legt die Hand auf seine Stirn und streichelt die weichen Nüstern, was ihn augenblicklich beruhigt. Auch sie selbst wird dadurch ruhiger. Sie flüstert ihm zu, dass er sie nun durch den Sturm tragen muss, dass sie seine Kraft braucht. Und erst, als er zustimmend schnaubt und mit dem rechten Huf scharrt, holt sie Sattel und Zaumzeug. In diesem Augenblick wird die Stalltür aufgerissen. Eine Windböe treibt Kälte und Schnee herein. Antons schmale, hochgewachsene Gestalt steht im Türrahmen.

»Da bist du ja – komm schnell!«

»Ich wollte eben Bojan satteln und zu euch reiten.«

»Spann ihn vor einen der Lastenschlitten, wir brauchen noch mehr Paraffinkerzen, vor Ort sind zu wenig gelagert, du glaubst nicht, wie kalt es draußen in der Steppe ist, wie heftig der Sturm pfeift …«

Anton spricht schnell und atemlos. Sein schmales Gesicht mit den kräftigen Grübchen in Kinn und Wange, das stets verschmitzt zu lächeln scheint, ist jetzt ernst und konzentriert. Eine steile Falte hat sich über der Nasenwurzel gebildet. Hastig spricht er weiter:

»… wenn es diese Nacht friert, dann …«

Alma unterbricht ihn. Wie meistens. Eine ihrer schlechten Angewohnheiten, sie weiß das. Doch gerade jetzt erträgt sie die geschwätzigen Ausführungen ihres Bruders nicht, der obwohl nur ein knappes Jahr älter als sie, mit seinen neunzehn Jahren, zuweilen wie ein alter Mann klingt. Oder wie ein altes Waschweib, wie ihr Bruder Alwin manchmal scherzhaft zu sagen pflegt. Zudem weiß sie meist eh, was er sagen will, hat seine Sätze längst zu Ende gedacht, bevor er überhaupt anfängt zu sprechen.

»Ich weiß, Anton, komm endlich.«

Zu Almas Überraschung verzichtet Anton diesmal auf eine scharfe Erwiderung. Vermutlich ist er einfach nur froh, eine tatkräftige Schwester zu haben. Auch wenn sie ihm zu vorschnell und für eine Frau zu selbstbewusst ist.

Sie eilen in den Geräteschuppen, wo der Vorrat an Paraffinkerzen lagert. Anton zieht die schwere Decke weg, die die Kerzen vor Feuchtigkeit schützen soll, und hält inne.

»Sind das alle Kerzen? Das reicht niemals!«

Sie blicken sich ratlos um. Tatsächlich sind nirgends weitere zu sehen. Bestürzt fragen sie sich, wo die restlichen Kerzen geblieben sind. Paraffinkerzen sind teuer und werden nur für einen Einsatz verwendet: die Reben vor Kälte zu schützen. In Nächten wie heute. Dafür ist der Vorrat bestimmt, den sie über die Jahre nach und nach angelegt haben. Und nun fehlt ein großer Teil! Wo ist der hingekommen? Doch darüber werden sie sich ein anderes Mal Gedanken machen müssen. Sie brauchen jetzt schnell eine Lösung.

»Wir nehmen zusätzlich Brennholz mit!«, schlägt Alma vor.

Anton nickt. »Ja, das müsste gehen.«

* * *

Gemeinsam packen sie im Windschatten der Häuser zwei Lastenschlitten. Das Brennholz kommt in den großen, die Eimer mit den Paraffinkerzen in den kleineren. Als alles aufgeladen, mit Decken bedeckt und festgezurrt ist, hat der Sturm nachgelassen. Es ist noch nicht spät. Die Abendglocke hat noch nicht geläutet. Trotzdem wird es langsam dunkel. Nur noch vereinzelt tanzen Schneeflocken vom Himmel. Dafür ist es noch kälter geworden. Feucht und frostig kriecht die Kälte den beiden ungleichen Geschwistern in Mantel und Handschuhe, legt sich auf Haar und Gesicht. Sie zünden Fackeln an, die sie am

Schlitten befestigen. Die Körper der Pferde dampfen im flackernden Licht.

Anton dreht sich suchend um die eigene Achse.

»Wo ist Oleg? Er muss die anderen zusammentrommeln.«

Alma zuckt mit den Schultern. »Ich weiß nicht, wo er ist, ich habe ihn vorhin auch schon gesucht, vermutlich schläft er seinen Rausch aus.«

Anton rennt laut rufend die Stallungen entlang. Da öffnet sich die Tür zum Hühnerstall und Oleg kommt heraus. Verschämt stopft er sich das Hemd in die Hose. Sein bärtiges Gesicht verzieht sich schuldbewusst. Er riecht stark nach Alkohol. Anton tut so, als würde er es nicht merken.

»Ruf die anderen zusammen und komm mit ihnen zum Weinberg, und bringt noch mehr Brennholz mit. Wir werden jede Hilfe brauchen.« Der Alte nickt und spurtet mit unsicheren Beinen los. Er weiß, was zu tun ist. Und Anton vertraut ihm. Trotz Olegs übermäßigen Alkoholkonsums. Er dient der Familie schon seit vielen Jahren. Die Kinder kennen ihn, seit sie denken können.

Als Anton zurück bei den Schlitten ist, sitzt Alma schon auf dem Kutschbock. Sie hat den kleinen Albert geholt und ihn sich unter dem Mantel auf die Brust gebunden. Mit großen Augen schaut er aus der Mantelöffnung. Er ist hellwach und scheint bereit für alles zu sein. Zärtlich drückt sie ihm einen Kuss auf die Wange, hebt die Zügel an und schnalzt mit der Zunge. Sofort setzt sich Bojan in Bewegung.

* * *

Hintereinander jagen sie zum Hof hinaus, die Straße entlang, die sich schnurgerade durch das Dorf zieht. Links und rechts reihen sich Häuser wie Perlen an einer Kette. Hell heben sich die weiß getünchten Mauern gegen die anbrechende Dunkelheit ab, scheinen, wie der Schnee, aus sich selbst heraus zu leuchten. Die Kufen der Schlitten schneiden durch die frisch gefallenen Kristalle und knirschen, wenn sie auf altes Eis treffen.

Die kräftigen Beine der Pferde stampfen im regelmäßigen Galopp. Sie fliegen. Schnell, immer schneller. Alma schickt einen Jubelschrei in den Himmel. Ihr Hochgefühl ist in der Situation unangebracht, sie weiß das, doch sie kann nicht anders. Das Gefühl von grenzenloser Freiheit, das sie stets überkommt, wenn sie mit den Pferden über das weite Land galoppiert, will in die Welt hinausposaunt werden. Sonst würde sie platzen. Der kleine Albert quietscht fröhlich dazu. Für ihn ist es ein großer Spaß. Als sie hinter sich Anton schimpfen hört, sie sei zu schnell, viel zu schnell, die beiden Schimmel, die seinen Schlitten ziehen, könnten das nicht durchhalten, drosselt sie die Geschwindigkeit ein wenig.

Die ersten Sterne zeigen sich am Firmament. Der volle Mond wird von wandernden Wolkenfetzen umspielt, eine leuchtende Aura umgibt ihn. Am Horizont zeichnet sich der Akazienwald scharf gegen den abendlichen Himmel ab wie eine dunkle, undurchdringliche Grenze. Ihn müssen sie passieren, bevor sich die sanft geschwungene Steppe öffnet. Von dort ist es nicht mehr weit zu den Weingärten, die sich über die Südseite der drei höchsten Hügel winden. Ihr Großvater hat die Hänge angelegt. Schon vor der Landreform, als das Land noch zum Russischen Reich gehörte. Und als 1918, nach dem Ersten Weltkrieg, Bessarabien rumänisch wurde und die neuen Machthaber jeden Landbesitzer bis auf 100 Hektar enteigneten, hatte er, vorausschauend wie er war, zuvor schon einen Teil des Landes an seine Frau überschrieben. So konnte die Familie wenigstens 200 Hektar ihr eigen nennen und weiterhin Weizen- und Maisfelder in großem Stil bewirtschaften. Zugunsten des Weins reduzierten sie aber über die Jahre die anderen Gewächse. Vor allem die Felder unterhalb der Weinhänge. Denn die tief wurzelnden Rebstöcke überstanden die langen Trockenperioden in der Steppe besser als Getreide, und der fruchtbare Schwarzerdeboden war ideal für einen vollmundigen, kräftigen Wein. Inzwischen exportieren sie die Fässer sogar bis nach Odessa und verdienen gut damit. Doch an den Geschmack des Weins aus der Region Schabo kommt ihrer nicht heran. Denn durch die hohe Fruchtbarkeit des Bodens müssen die Erträge klein gehalten werden, um eine hohe Qualität zu erreichen. Die aus Schabo wissen das. Doch ihr Vater setzt auf Masse. Ein fortwährender Streitpunkt innerhalb der Familie. Alma ist da ganz der Meinung ihrer Brüder. Sie will qualitätsvolle Weine machen, wenn nicht gar herausragende, und diese entsprechend teuer verkaufen. Der Gewinn würde den Verkauf der Massenware übersteigen. Da ist sie sich sicher. Aber es ist nicht das Geld allein. Vielmehr will sie mit ihren Händen etwas Gutes schaffen, etwas Wertvolles, das sie stolz und zufrieden macht.

Doch ihre Meinung zählt nicht. Und ihre Gefühle ebenso wenig. Denn als Frau hat sie im Weinbau nichts zu suchen. Sie arbeitet daran, dass sich das ändert. Nichts wünscht sie sich mehr, als eine richtige Winzerin zu werden. Sie wird alle davon überzeugen, dass sie es kann! Auch als Frau! Und wäre es nicht mal an der Zeit, die Geschlechterrollen zu überdenken? Schließlich befinden sie sich im Jahr neunzehnhundertvierzig, sinniert sie kämpferisch.

* * *

Sie schreckt aus ihren Gedanken auf. Irgendetwas stimmt nicht. Bojans kräftiger, regelmäßiger Trab hat sich merklich verändert. Er tänzelt, wird langsamer. Sie sind nun inmitten des Akazienwaldes. Die Äste biegen sich vom frisch gefallenen Schnee schwer nach unten. Links und rechts der Schlittenspur türmt sich alter Schnee. Der Mond schickt sein fahles Licht durch die Zweige, die lange Schatten werfen. Es ist beinahe taghell.

Bojan schnaubt, bewegt nervös die Ohren, fällt in den Schritt. Von hinten entweicht Anton ein Schrei, seine Schimmel wiehern erschrocken. Beinahe wären sie zusammengestoßen. Er ruft verärgert, was los sei. Alma reagiert nicht auf die Frage, will Bojan wieder antreiben, doch der bleibt mit durchgedrückten Vorderbeinen einfach stehen und wirft den Kopf hoch. Sein Schweif peitscht hart gegen die Deichsel.

Und dann sieht Alma ihn auch, keine dreißig Schritt entfernt: einen dunklen Umriss mitten auf dem Weg. Einen Wolf. Ein mächtiges Tier.

Bojan stampft mit den Vorderbeinen den Schnee beiseite und wirbelt ihn auf. Alma macht die Zügel fest, zieht Albert enger an sich, flüstert ihm zu, er solle still sein, bitte, bitte keinen Laut von sich geben, und tastet nach der Peitsche. Anton flucht. Er hat den Wolf auch gesehen. Die Schimmel schnauben ängstlich. Zwei weitere Wölfe stehen etwas abseits vor dem Unterholz und beobachten sie. Alma drückt Alberts kleinen, warmen Körper noch dichter an ihren eigenen, bereit, ihn mit ihrem Leben zu verteidigen.

»Wir müssen wenden«, ruft Anton gedämpft nach vorne.

»Wie denn?«, zischt Alma, ohne den Blick von den Wölfen zu lassen. Sie hört es im hinteren Schlitten rascheln. Und dann ein leises Fluchen.

»Verdammt! Ich habe kein Gewehr dabei. Hol's der Teufel! Was machen wir jetzt?«

Alma hebt die Peitsche und lässt sie knallen. Der große Wolf duckt sich, zum Sprung bereit. Sie fasst die Peitsche fester. Er schaut sie an. Sekundenlang. Und Alma ist es, als ob sein Blick direkt in ihr Innerstes, in ihre Seele trifft, als wüsste er genau, wer sie ist. Eine Gänsehaut kriecht ihr den Nacken hoch und lässt sie frösteln. Atemlos verstreichen die Sekunden – dann, völlig unerwartet, dreht sich der Wolf um und verschwindet leichtfüßig im dichten Unterholz. Seine Kameraden folgen ihm.

Der mondbeschienene Weg liegt nun einsam vor ihnen. Alles ist still. Der Wald scheint innezuhalten, durchzuatmen. Selbst Anton schweigt. Genau an der Stelle, wo zuvor der Wolf gestanden hat, biegt sich ein Ast unter dem Gewicht des Schnees und entlässt einen Schauer Schneekristalle. Im Mondlicht glitzernd schweben sie nach unten und bedecken die Spuren des Raubtiers. Es ist, als wäre es nie da gewesen. Und Alma fragt sich, ob sie einen Geist gesehen hat. Erneut läuft ihr ein Schauer über den Rücken. Sie legt die Peitsche zur Seite und gibt die Zügel frei. Das reicht Bojan als Aufforderung. Erleichtert zieht er an und ist nun nicht mehr zu halten. Mit wehender Mähne galoppiert er aus dem Wald hinaus, dicht gefolgt von den beiden Schimmeln.

Kapitel 2

Bessarabien, März 1940

Schon von Weitem sehen sie das Flackern der Kerzen, die einen Teil der Weinhänge in gleichmäßigen, parallelen Linien durchziehen. Es sieht aus wie eine brennende Borte, von unsichtbarer Hand in die Nacht gestickt. Allerdings liegt noch ein großer Teil der Hügel und auch der Ebene ungeschützt im klaren Mondlicht. Ein zu großer Teil. Ihre Fracht wird dringend gebraucht. Trotzdem lässt Alma Bojan jetzt nur noch im Schritt gehen. Er und die Schimmel sollen nicht überhitzt ankommen.

Als sie nah genug sind, sehen sie Männer, die sich wie Schatten zwischen den Reben bewegen. Zwei davon lösen sich aus der Gruppe und kommen auf sie zu. Ein großer langer und ein kleiner breiter. Alwin und Vater. Sie und ihre beiden älteren Brüder haben die Statur ihrer verstorbenen Mutter – groß und schlank –, aber die dichten schwarzen Haare und die grünen, leuchtenden Augen des Vaters. Der schöne August hingegen, wie sie ihren dritten Bruder manchmal ein wenig spöttisch nennen, ist klein und muskulös wie ihr Vater, hat aber die blonden Haare und die blauen Augen ihrer Mutter. Bei den beiden Jüngsten, ihren Stiefbrüdern, ist die Entwicklung noch offen. Noch scheinen sie eine ausgewogene Mischung aus beiden Elternteilen zu sein. Doch Alma vermutet, dass Albert, der kleinste, ebenfalls nach ihrem Vater kommen wird, und Arthur, der Achtjährige, nach seiner Mutter. Sie und ihre Brüder haben deshalb Wetten laufen. Heimlich natürlich. Wüsste ihr Vater davon, würde es Prügel geben.

Die beiden stellen die Schlitten neben dem Geräteschuppen ab. In den Schnee gesteckte Fackeln weisen den Weg in die Weingärten, über den Alwin und sein Vater die Ankömmlinge erreichen. Die Stimme des Vaters klingt unwirsch. »Da seid ihr ja endlich!« Sein Gesicht mit dem breiten Schnauzer wirkt im Mondlicht fahl und streng. Er trägt eine schwarze Lammfellmütze. Durch den dicken Fellmantel wirkt er noch breiter als sonst. Trotz seiner geringen Größe ist er eine imposante Erscheinung.

»Wölfe haben uns im Wald aufgelauert!«, entschuldigt sich Anton. »Zu dritt standen sie da, der Leitwolf war groß, riesengroß, die Pferde wollten keinen Schritt weitergehen …« Der Vater lässt seinen Sohn nicht ausreden.

»Wölfe, so, so. Und du hast sie nicht erschossen?«

»Nein! Wir haben …«

Anton schaut Hilfe suchend zu Alma. Sie soll ihm irgendwie helfen. Doch Alma sagt nichts, ärgert sich nur. Je nach Stimmung kann ihr Vater ungerecht und aufbrausend sein. Anton weiß das doch. Wenn sich so etwas abzeichnet, vermeiden sie in der Regel jede Diskussion, versuchen, ihm aus dem Weg zu gehen, keine Angriffsfläche zu bieten. Sie spannt schweigend die Pferde aus und reibt sie trocken. Albert schläft tief und fest an ihrer Brust. Sie beneidet ihn.

Der Vater zieht die Decke vom ersten Schlitten.

»Ist das alles, was ihr dabeihabt?«, herrscht er Anton an.

»Mehr war nicht da!«

»Hast du richtig geschaut?«

»Natürlich!«

Alwin schiebt sich nach vorne, blickt finster auf ihre Fracht. Die dichten schwarzen Haare fallen ihm ins Gesicht. Seine tiefe Stimme klingt belegt. »Dann wurden wir bestohlen. Auch hier draußen fehlt ein Teil im Geräteschuppen – wenn ich die erwische!«

»Dafür haben wir Brennholz mitgebracht«, sagt Alma schnell und zieht die Decke vom zweiten Schlitten.

Ihr Vater nickt. »Gut.« Mehr Lob ist von ihm nicht zu erwarten. »Dann ladet ab und helft uns, die Feuer zwischen die Rebstöcke zu setzen – Alma …«, wendet er sich direkt an sie, »… bring die Pferde zu den anderen und gib ihnen ein wenig von dem Heu, das hinten in einem der Säcke lagert.« Sie bemerkt seinen abfälligen Blick, vermutlich, weil sie wie die Männer mit Hose, Fellmantel und dicken Männerstiefeln bekleidet ist. Es ist ihr aber egal, ob es ihm gefällt oder nicht. Trotzig führt sie die Pferde in den Schuppen, in dem schon die anderen Pferde warten.

Mit leisem Wiehern werden die Neuankömmlinge begrüßt. Sie ärgert sich schon wieder. Zum einen, weil natürlich sie die Pferde versorgen muss, zum anderen, weil ihr Vater niemals ein lobendes Wort für sie übrighat, sie stattdessen lieber mit abfälligen Blicken mustert. Bojan stupst sie an und reibt seinen großen Kopf an ihrer Schulter. Etwas besänftigt geht sie wieder hinaus, lässt die Pferde allein und hilft den Männern, das letzte Brennholz abzuladen. Alwin flüstert ihr zu: »Gut gemacht, das mit dem Holz.« Alma geht es augenblicklich besser.

* * *

Als sie fertig sind, winkt Vater die beiden Knechte heran und bedeutet ihnen allen, den Kopf zu senken und die Hände zu falten. Mit lauter, klarer Stimme spricht er ein Bittgebet. Gott, der Allmächtige, soll helfen, die Kälte der Nacht zu vertreiben, er solle ihnen die Kraft geben, die Rebstöcke zu schützen. Alwin, der Frömmste der Geschwister stimmt mit tiefer Stimme ein. Von ihren Lippen steigen im Rhythmus der Worte helle Atemwolken auf. Der Mond schaut ihnen zu und scheint wohlwollend zu lächeln. Nach einem vielstimmigen Amen beginnen sie mit der Arbeit.

Sie stellen die Kerzen in den Rebgassen in jeweils zehn Schritten Abstand auf. Dazwischen schichten sie das Brennholz zu kleinen Lagerfeuern, so, dass alle fünf Schritte eine Wärmequelle platziert ist. Sie gehen systematisch und konzentriert vor. Es ist, trotz der Kälte, eine schweißtreibende Arbeit: bücken, stellen, gehen – bücken, schichten, gehen – bücken, stellen, gehen – bücken, schichten, gehen. Ihre Schritte knirschen im Schnee. Bald haben sie die dicken Fellmäntel ausgezogen, tragen nur noch Arbeitsjacken. Die Knechte nicht mal diese. Sie arbeiten mit hochgekrempelten Hemdsärmeln und ohne Handschuhe.

Das Gewicht von Albert auf der Brust wird Alma allmählich unangenehm. Bald hat sie das Gefühl, ihr Rücken müsse brechen. Sie richtet sich auf, stützt die Hände in die Lenden, öffnet den Mantel etwas weiter und küsst Albert, der tief und fest schläft, auf die kalte Nase. Danach geht es weiter. Sie lässt sich nichts anmerken, will nicht, dass die Männer denken, sie könne weniger Arbeit leisten als sie. Bücken, schichten, gehen – bücken, stellen, gehen. Trotzdem ist sie insgeheim froh, als Alwin fragt, ob er den kleinen Albert nehmen soll. Sie protestiert zwar, was soll Vater denken! Ein Mann, der ein Kind trägt! Lässt sich aber gerne überreden, als Alwin ihre Bedenken mit den Worten »sieht ja keiner im Dunkeln« beiseitewischt, sich Albert kurzerhand vor die eigene Brust bindet und ungerührt weitermacht.

Sie arbeiten schweigend und verbissen. Sobald zwei Gassen bestückt sind, durchreitet ihr Vater diese mit einer brennenden Fackel und entzündet Kerzen und Holz. Sofort durchdringt ein beißender Geruch die klare, reine Luft, er zieht in Nase und Augen, und bringt sie zum Husten. Zum Schutz binden sie sich Tücher vors Gesicht.

Von Weitem muss es aussehen wie eine Lichterkette, die Glied für Glied zum Leuchten gebracht wird. Eine stinkende Lichterkette. Die Temperatur zwischen den Rebstöcken steigt spürbar.

Als sie etwa die Hälfte geschafft haben, kommt ihnen Oleg mit zwei bulgarischen Arbeitern zu Hilfe. Und zu ihrer aller Überraschung ist auch August dabei. Seine hellen Augen glänzen im Flackern der Feuer, und seine Fröhlichkeit steckt sie augenblicklich an, lässt alle für einen Moment die Anstrengung vergessen. Es ist, als könne er allem Unbill trotzen, würde Ernst und Mühsal absorbieren. Alleine durch seine Anwesenheit. Selbst Vater kann sich seinem Charme nicht entziehen und brummt nur, anstatt ihm vor aller Ohren eine gewaltige Standpauke zu halten. Denn schließlich wäre es seine Pflicht gewesen, sofort zur Familie zu eilen, als das Unwetter begann. Das findet Alma jedenfalls und nimmt sich vor, dass er die Standpauke später von ihr bekommen wird.

Doch August hat sich bei ihrem Vater schon immer mehr herausnehmen können als alle anderen. Alma vermutet, weil er ihrer verstorbenen Mutter am ähnlichsten ist. Denn ihr Vater hat ihre Mutter sehr geliebt und ist bis heute nicht über ihren frühen Tod hinweggekommen. Alma reibt sich die Augen. Auch nach so vielen Jahren kommen ihr bei der Erinnerung immer noch die Tränen: Sie starb vor zehn Jahren. Alma war gerade acht geworden, als der Unfall geschah. Was genau passiert ist, weiß sie nicht. Keiner redet darüber. Doch sie sieht in Gedanken immer noch, wie die Knechte ihren toten Körper vom Feld nach Hause trugen. Oleg kam hinterher, den weinenden siebenjährigen August an der Hand. Und sie hört noch den gellenden Schrei, als ihr Vater, aus dem Pferdestall laufend, die Prozession sah und begriff, was sie bedeutete. Er stürzte ihr entgegen, entriss den Knechten den Leichnam, ließ sich auf den Boden sinken und verharrte so die nächsten Stunden. Selbst als der dumpfe Klang der Totenglocke weit über das Dorf hinaus von dem Unglück erzählte, blieb er, seine tote Frau in den Armen, unbeweglich sitzen – eingefroren im Schmerz. Danach war er ein anderer, und es sollte nichts mehr so sein wie zuvor.

Alma wischt sich die Tränen weg, die sie beinahe blind machen, und konzentriert sich wieder auf die Arbeit. Die Neuankömmlinge haben weiteres Brennholz mitgebracht. Gemeinsam kommen sie nun schnell voran. Oleg und die beiden Knechte stimmen ein Lied an, dessen fröhliche Melodie sie dem Rhythmus der Arbeit anpassen und das sie die Anstrengung vergessen lässt.

Alma kennt das Lied von der Weinlese. Es ist ein altes russisches Volkslied, das von schönen Mädchen, wilden Tänzen und Trinkgelagen erzählt. Die unanständigen Stellen lassen sie beim Singen aus und summen sie nur, was ihre Brüder mit lautem Lachen quittieren und Vater ein Schnauben entlockt. Alma ist froh, dass er ihnen das Singen nicht verbietet, was er unter normalen Umständen bestimmt getan hätte. Obwohl er früher, als die Mutter noch gelebt hat, selbst ein leidenschaftlicher Sänger war.

Als sie fertig sind, brennen Hunderte Feuer zwischen den Reben. Vielleicht sogar tausend. Es sieht aus, als würde der Weingarten in Flammen stehen. Eine Wärmeglocke hüllt ihn ein als Bollwerk gegen die mitleidlose Natur. Und trotz des beißenden Geruchs, der ebenfalls über allem hängt, hat es etwas Mystisches, Erhabenes. Alma stellt sich vor, wie die Geister der Steppe herbeieilen, wie die alte Rusalka mit wirrem Haar und bleichem Gesicht unter einem Stein hervorkriecht, die schönen Wilen mit ihren durchsichtigen Körpern über den Fluss schweben, wie Baba Jaga ihre verzauberte Hütte im Wald verlässt und all die anderen ungezählten Naturgeister, angezogen wie Motten vom Licht, in der warmen Luft fröhlich miteinander tanzen. Erschrocken verdrängt sie diese Bilder schnell wieder, denn Gott hat nichts für heidnische Rituale übrig und für die Sagenwesen der Steppe und der Wälder erst recht nicht – sagt ihr Vater jedenfalls. Was sie selbst glaubt? Ob Gott in diesen Wesen eine Konkurrenz sehen könnte? Sie weiß es nicht. Vermutet aber, dass Gott genug mit anderen Dingen zu tun hat, als dass sie ihn stören könnten.

* * *

Erschöpft, aber zufrieden entfachen sie beim Schuppen ein Lagerfeuer. August packt Speck, Würste und frisch gebackenes Brot aus. Der Geruch nach Geräuchertem steigt ihnen in die Nase und das Wasser läuft Alma im Munde zusammen. Erst jetzt merkt sie, wie hungrig sie ist. Alwin schenkt allen aus einem Krug Wein ein und spricht ein Tischgebet. Danach heben sie die Gläser und prosten sich ein geschmettertes *»Na zdarovje«* zu.

Es wird ein fröhliches Mahl. Sie lachen und scherzen. Was zu Hause am Küchentisch niemals geduldet würde. Dort hat man während der Mahlzeiten still zu sein. Doch hier draußen in der Natur, am Lagerfeuer, sind die Tischsitten zumindest in Teilen außer Kraft gesetzt. Ganz selbstverständlich sitzen die Knechte und die Hilfsarbeiter mit ihnen am Feuer. Anders als in vielen anderen deutschen Großbauernfamilien nehmen sie die Mahlzeiten zusammen mit dem Gesinde ein. Ihrem Vater ist es wichtig, inmitten der zunehmenden Feindseligkeit, die den Deutschen unter der rumänischen Herrschaft entgegenschlägt, ein Zeichen zu setzen. Stets sagt er, dass es schließlich niemandem helfe, Neid und Missgunst unter den Völkern zu säen, mit denen sie in Bessarabien zusammenleben. Und Alma muss ihm recht geben. Allein hier am Lagerfeuer sitzen neben ihnen, den Deutschen, drei weitere Nationen: Die beiden Knechte sind Moldauer, Oleg ist Russe, und die beiden Hilfsarbeiter sind Bulgaren. Sie müssen alle miteinander klarkommen. Ein Anfang ist es doch schon mal, wenn man nach getaner Arbeit miteinander isst und trinkt.

Nach dem Mahl steht ihr Vater auf und entfernt sich vom Feuerschein. Er dreht der Runde den Rücken zu und betrachtet die flackernden Hänge. Als Alma ein zweites Mal in seine Richtung schaut, ist er verschwunden, als hätte ihn die Nacht verschluckt. Vermutlich ist es ihm wie so oft ein Zuviel an Geselligkeit. Stets entfernt er sich nach dem Essen, wenn die anderen noch zusammensitzen. Sie weiß nicht, was es damit auf sich hat. Sie vermutet aber, dass er seine Ruhe braucht, ihm mehrere Menschen auf einem Fleck unangenehm sind.

Inzwischen ist es spät geworden. Beinahe Mitternacht. Anton drängt zum Aufbruch. Zusammen mit den Knechten und Hilfsarbeitern macht er sich auf den Heimweg und nimmt Albert mit, dessen Mutter bestimmt schon voll Sorge auf ihn wartet. Alwin gibt ihm ein Gewehr, falls die Wölfe nochmals kommen.

Zurück bleiben Alwin, August, Oleg, Vater und Alma. »Die Wächter der Feuer«, wie August ihre Runde scherzhaft nennt. Sicherlich ohne zu ahnen, wie recht er mit dieser Bezeichnung hat, denn sonst wäre er vermutlich nicht geblieben: Ihr strenger Vater hält sie dazu an, die ganze Nacht zu wachen. Sobald eine Feuerstelle ausgeht, schichten sie darüber neues Feuerholz und entzünden es erneut. Sie arbeiten stetig gegen die Kälte, die wie ein Raubtier auf einen unachtsamen Moment seines Opfers wartet, um dann mitleidlos zuzuschlagen. Sie aber bleiben wachsam, geben dem Raubtier keine Chance. Kilometer um Kilometer wandern sie mit einer Fackel und einem Gewehr bewaffnet durch die Weingärten. Zum Schlafen wechseln sie sich ab. Endlich ist die Reihe an Alma.

Sie legt sich an das glimmende Lagerfeuer, zieht die Beine an und wickelt den Fellmantel eng um ihren Körper. Ihr ist kalt und alles tut weh. Sie vermisst den warmen, kleinen Körper von Albert. Doch gleichzeitig durchströmt sie eine große Zufriedenheit, wie es einem nur nach getaner schwerer Arbeit vergönnt ist.

Schläfrig schaut sie den flackernden Feuern zu, sieht, wie die Sterne langsam verblassen, wie der Tag naht. Sie denkt an Gregor und fragt sich, was er jetzt gerade macht, wie es ihm geht. Ob er wohl auch gerade an sie denkt? Doch sie erlaubt es sich nicht, lange darüber nachzudenken. Das bringt nichts und verwirrt sie nur. Gregor ist, seit sie denken kann, ihr bester Freund. Und nie hatte sie für ihn andere Gefühle als freundschaftliche. Erst als er letztes Jahr zusammen mit Emma, seiner Schwester, aufs Internat ging, um sich auf das Abitur vorzubereiten, änderte sich das. Seither hat sie das Gefühl, sie müsse verrückt werden, wenn er nicht in ihrer Nähe ist. So sehr vermisst sie ihn. Fühlt sich so die Liebe an?

Sie weiß es nicht. Aber bald ist Ostern, dann wird sie ihn wiedersehen und es vielleicht herausfinden. Wie das wohl sein wird? Sie versucht, den Gedanken zu verdrängen, und horcht in die Dämmerung. In der Ferne bellen wilde Hunde. Alma lauscht, ob nicht vielleicht auch die Wölfe heulen. Doch die bleiben stumm. Und sie fragt sich, ob sie die Begegnung mit ihnen vielleicht nur geträumt hat. Gerade fühlt sich ihr Aufeinandertreffen ganz und gar unwirklich an. Sie nimmt sich vor, morgen, wenn sie wieder zu Hause ist, Anton zu fragen. Mit diesem Gedanken schläft sie ein. Sie träumt von glühenden Wolfsaugen, die bis auf ihre Seele blicken. Seltsamerweise hat sie keine Angst. Im Gegenteil. Der Wolf verwandelt sich in Gregor, und zusammen rennen sie über die Steppe. Es ist Sommer. Sie erreichen die Weingärten. Pralle blaue Trauben hängen an den Reben. Eine große, schlanke Frau steht mit dem Rücken zu ihnen zwischen den Rebstöcken. Sie kommt ihr seltsam vertraut vor. Und noch bevor sich die Frau zu ihnen umwendet, weiß Alma, dass es ihre Mutter ist.

Sie schreckt hoch.

Wärmende Sonnenstrahlen kitzeln ihr Gesicht. Sie blinzelt. Der Traum verblasst. Sie schaut sich um. Das Lagerfeuer ist heruntergebrannt und verlassen. Am blauen Morgenhimmel zeigen sich, wie gemalt, kleine weiße Wolken. Verschlafen streift sie den warmen Fellmantel ab und steht mit wackligen Beinen auf. Sie hat von der ungewohnten Arbeit Muskelkater und schrecklichen Durst. In einem der Krüge ist noch Wein. Sie nimmt einen Schluck und muss husten.

Weit vorne in den Weinhängen sieht sie ihren Vater und ihre Brüder, wie sie durch die Gassen der Rebstöcke wandern und die einzelnen Pflanzen prüfen. Sie geht zu ihnen. Alwin sagt ihr, dass sie es – gelobt sei Gott – geschafft haben. Es werde keine Erfrierungen geben. Sie jubelt und juchzt, und August nimmt die Hände seiner Schwester. Zusammen hüpfen sie durch die Rebgassen, umtanzen die ausgebrannten Kerzeneimer, umrunden die verkohlten Feuerstellen. Und aus den Augenwinkeln sieht sie ihren Vater, diesen strengen, oft so hartherzigen Mann, ein seltenes Mal lächeln.

Kapitel 3

Bessarabien, Ostern 1940

»Wölfe?«, fragen Emma und Gregor wie aus einem Mund und heben erschrocken die dichten Augenbrauen. Alma muss lachen. Sie ist immer wieder von Neuem verblüfft, wie gleich die Zwillinge reden, wie ähnlich sie sich in Mimik und sogar Gestik sind. Dabei sehen sie völlig unterschiedlich aus. Emma ähnelt einem eleganten Polarfuchs, Gregor einem kraftvollen Bären. Nur in einem gleicht sich ihr Äußeres: Beide haben eine physische Anomalie. Ihre linke Hand hat einen sechsten Finger. Als Kinder wurden sie deshalb von den anderen Dorfkindern gehänselt. Alma hat das nie gestört. Im Gegenteil. Sie fand schon damals, dass eine Hand mit sechs Fingern irgendwie vollständiger aussah. Im Vergleich dazu sieht ihre eigene so aus, als würde etwas fehlen. Doch Kinder können grausam sein. Vor allem wenn sie eine vermeintliche Schwäche bei den Kindern des Oberlehrers entdecken.

Nun war Gregor damals, an ihrem ersten Schultag, auch noch nicht der große, kraftvolle Bär, sondern eher ein kleiner angstvoller Hase. Genauso wie Emma. Beide kauerten in einer Ecke des Klassenzimmers, eingekreist von fünf feixenden

Burschen, die mit einem Messer in der Hand drohten, ihnen den »Teufelsfinger« abzuschneiden.

Alma kam den beiden zu Hilfe.

Schon damals recht groß, von unerschrockenem Charakter und gestählt durch die Kämpfe mit ihren Brüdern, waren ihr nur wenige Gleichaltrige gewachsen. Ohne lange darüber nachzudenken verprügelte sie die Peiniger – was der Beginn einer wunderbaren Freundschaft war. Emma, Gregor und sie wurden unzertrennlich. Fortan durchstreiften sie gemeinsam die geheimnisvollen Akazienwälder ihrer Heimat, ritten über die wilde Steppe, durchschwammen als Mutprobe den reißenden Fluss. Und Gregor verkündete ihr im Alter von acht Jahren, dass er sie eines Tages heiraten, mit ihr zusammen die Weinberge bestellen und nie von ihrer Seite weichen werde.

Er schwor es ihr mit feierlicher Stimme auf einer Waldlichtung. Sonnenstrahlen durchbrachen wie Fächer die Baumstämme und zauberten einen kreisförmigen Altar aus Wärme und Licht. Tanzende Schmetterlinge waren ihre Zeugen, jubilierende Vögel ihr vielstimmiger Chor, Emma die Hohepriesterin. Klein und zart stand sie vor der hochgewachsenen Alma und dem wesentlich kleineren Gregor und segnete sie mit ernster, piepsender Stimme. Alma hatte es viele Jahre vergessen. Erst vor wenigen Wochen ist es ihr wieder eingefallen. Ob Gregor auch noch manchmal daran denkt?

Sie weiß wieder genau, dass ihr Vater damals sehr ungehalten war, als sie es ihm und ihrer Mutter stolz und mit vor Aufregung klopfendem Herzen erzählt hatte. Er sagte, den Ehemann werde immer noch er für sie aussuchen. Und der Sohn eines Lehrers sei es bestimmt nicht. Denn eine Familie zähle nur etwas, wenn sie Land besitze. Eine Lehrerfamilie sei ihm zu wenig für seine einzige Tochter. Er wolle also nichts mehr davon hören – und das brauchte er auch nicht. Kurz danach starb ihre Mutter. Und sie vergaß es für lange Zeit wie so vieles, was davor an Gutem geschehen war.

* * *

»Jetzt erzähl schon! Hast du die Wölfe erschossen?« Alma kichert. Offenbar trauen ihre beiden Freunde ihr alles zu.

»Nein, natürlich nicht. Wir hatten nicht mal ein Gewehr dabei.«

Der Ostergottesdienst ist vorbei, und nun können sie endlich miteinander reden. Zum Sonnenaufgang haben sie sich zwar – wie jedes Jahr – auf dem Friedhof gesehen, wo die Gemeinde, begleitet vom Posaunenchor, zwischen frisch geschmückten Gräbern fröhliche Osterlieder zur Auferstehung des Herrn gesungen hat, doch da war keine Zeit zum Reden. Alma stand zwischen ihre Brüder geklemmt auf der einen Seite des Friedhofs, die Zwillinge zusammen mit ihrem Vater auf der anderen. Es blieb ihnen nur, sich über die Köpfe aller hinweg zuzuwinken.

Und danach fand sich auch keine Zeit. Denn noch vor dem Ostergottesdienst dürfen die Kinder traditionell die bunt gefärbten Ostereier suchen. Es war wie stets in Almas Familie ein großes Spektakel. Denn es gab nicht nur Ostereier, sondern auch allerlei andere Geschenke, die unter großem Jubel und lautem Kreischen, begleitet von den wohlwollenden Blicken der Erwachsenen, gefunden wurden. Unmöglich konnte sie einfach weggehen, um ihre Freunde zu treffen. Sie musste sich also bis nach dem Gottesdienst gedulden.

»So wie ich dich kenne, hast du die Wölfe allein mit deinem Blick verjagt.« Gregor lächelt sie strahlend an.

»Nein, ich musste dafür schon die Peitsche zu Hilfe nehmen.«

Emma lacht. Sie denkt, es sei ein Scherz. Doch Gregors Blick verrät ihr, dass er weiß, dass es keiner ist. Ernst sagt er: »Alma, du musst mir versprechen, dass du auf dich aufpasst, wenn wir weg sind.«

»Ach, Gregor, du kennst mich doch.«

»Eben.« Sein Blick ist besorgt. Er will noch etwas sagen, lässt es dann aber, blickt sie nur weiterhin an, so intensiv, dass Almas Herz für einen Moment aussetzt, nur um danach umso heftiger weiterzuschlagen.

»Lass sie doch!«

Emma unterbricht den zarten Moment, ohne etwas von Almas Verwirrung zu bemerken. »Wenn jemand auf sich aufpassen kann, dann Alma.« Fröhlich hakt sie sich bei ihrer Freundin unter und küsst sie mehrfach auf die Wange, was diese lachend geschehen lässt.

Alle drei freuen sich über das Wiedersehen. Obwohl Alma ob ihrer neuen Gefühle, die sie heimlich für Gregor hegt, ein wenig gehemmt ist. Doch sie lässt sich nichts anmerken. Glücklich vereint spazieren sie in einer Reihe mitten durch die Gemeindemitglieder, die nach dem Gottesdienst noch schwatzend im Sonnenschein beisammenstehen. Alma geht in der Mitte, die etwas kleinere Emma links, der riesenhafte Gregor rechts. So, wie sie es früher immer getan haben. Nur die Größenverhältnisse haben sich im Vergleich zu damals verändert. Ansonsten fühlt es sich an, als wäre die Zeit niemals weitergerannt, als wären sie immer noch die »Unzertrennlichen«, die »besten aller Freunde«, wäre da nicht … ja, was denn eigentlich? Alma blickt verstohlen zu Gregor, mustert sein markantes Gesicht mit der schmalen Nase und dem eckigen Kinn, versucht herauszufinden, was sich geändert hat, woher ihre neuen Gefühle kommen. Er trägt wie die anderen Männer die guten Sonntagssachen, wie es sich für das Osterfest geziemt: Anzug und Krawatte, darüber den guten Lammledermantel. Er sieht stattlich aus, wie Alma feststellen muss. Doch Emma steht ihm in nichts nach. Sie ist eine schöne Frau geworden. Wie die anderen Frauen trägt sie ein Samtkleid mit Spitzenborte und hat eine aufwendig gearbeitete Stola um die Schulter geschlungen. Sie hat es sich auch nicht nehmen lassen, die feine, mit Perlen verzierte Hermelinmütze auszuführen, die sie von ihrer Mutter geerbt hat, obwohl es bei Weitem nicht mehr so kalt ist, dass man diese bräuchte. Im Gegenteil. Die Luft ist weich und warm und schmeckt nach dem nahenden Frühling. Doch die Mütze steht ihr ausgezeichnet. Rötlich braune Locken schauen neckisch darunter hervor und umrahmen ein fein geschnittenes Gesicht. Ihre Haut ist wie Milch. Hell und samtig.

»Ist dir nicht zu warm mit der Mütze?«

»Und wie – aber was tut man nicht alles, um gut auszusehen.« Gregor verdreht die Augen. Die beiden jungen Frauen kichern ausgelassen.

Alma ist stolz auf ihre beiden gut aussehenden Freunde, ohne zu ahnen, dass die zahlreichen Blicke, die ihnen folgen, hauptsächlich ihr gelten, der hochgewachsenen schwarzhaarigen jungen Frau mit den aparten Gesichtszügen und den leuchtenden grünen Augen, die den Kopf wie eine Königin trägt.

»Alma, kommst du zum Ostermittagessen mit zu uns? Vater würde sich auch freuen, dich mal wieder bei uns zu haben, und Maria macht ihren berühmten Lammbraten.«

Alma mag den Vater der beiden, und sie liebt die Speisen von Maria, der Haushälterin, die so viel raffinierter sind als alles, was bei ihr zu Hause auf den Tisch kommt. Trotzdem zögert sie, ist sich nicht sicher, ob sie ausgerechnet an Ostern ihre Freunde besuchen kann. Ihr Vater ist sehr streng bei der Einhaltung der Traditionen. Und Ostern hat man mit seiner Familie zu verbringen. *Oder mit seinen besten Freunden*, wie Alma in Gedanken trotzig hinzufügt. Denn jetzt wäre endlich Zeit. Die Osterferien der beiden neigen sich dem Ende zu, und sie haben sich bisher kaum gesehen. Schließlich erlaubt ihr die Arbeit auf dem Hof und in den Weingärten nur wenig freie Zeit. Sie nimmt die Einladung an. »Sehr gerne komme ich mit zu euch! Wartet, ich sag nur noch meiner Familie Bescheid.«

Sie dreht sich um und stößt gegen eine Schulter.

»Hoppla, schöne Frau!«

Ein großer Mann in schwarzer Uniform dreht sich zu ihr um. Er trägt einen zweifingerbreiten Schnauzer, so wie es bei den Reichsdeutschen gerade Mode ist. Über seine rechte Wange zieht sich eine lange weiße Narbe fast bis zum Mundwinkel. Alma stammelt eine Entschuldigung. Es ist ihr peinlich, wie der Mann sie ansieht. Der Mann wendet sich an seinen Begleiter.

»Wollen Sie mich nicht vorstellen, Dorfschulz?«

»Äh, ja, das ist Alma Steiner, die Tochter vom Steiner Albert, dem Weinbauern.«

»So, so, der Weinbauer hat eine so attraktive Tochter. Davon haben Sie mir gar nichts erzählt.«

Der Dorfschulz, ein untersetzter Mann Anfang vierzig, stammelt eine Entschuldigung für etwas, wofür es keine Entschuldigung braucht. Und Alma fragt sich, ob und warum die beiden über ihren Vater, den Weinbauern, gesprochen haben. Sie will die Frage gerade stellen, als der schwarz Uniformierte mit einer eleganten Bewegung den rechten Handschuh auszieht und Alma die Hand reicht. Zögernd gibt Alma ihm ihre.

»Sehr erfreut, Fräulein Alma.«

Der Griff ist fest. Sein Blick jovial. Er hält ihre Hand ein wenig zu lange in seiner. Unangenehm berührt, entwindet Alma ihm ihre.

Gregor bemerkt ihr Widerstreben und tritt neben sie.

»Komm, Alma, mein Vater erwartet uns. Das Essen steht bestimmt schon auf dem Tisch.« Er wendet sich an den Fremden: »Frohes Osterfest, Herr …?« Gregor macht eine Pause.

»SS-Standartenführer Gengelbach – und Sie sind bestimmt der Sohn vom Oberlehrer Baumann.« SS-Standartenführer Gengelbach mustert Gregor von oben bis unten und fügt süffisant hinzu: »Wir werden uns bestimmt bald wiedersehen, für so große Männer wie Sie haben wir immer Verwendung.«

Er wendet sich wieder dem Gespräch mit dem Dorfschulzen zu und lässt den sprachlosen Gregor einfach stehen. Erleichtert will sich Alma bei Gregor unterhaken, um zu gehen, als sie eine Hand auf ihrer Schulter spürt, die sie zurückhält.

»Ach, und Fräulein Alma!« Vertraulich beugt sich SS-Standartenführer Gengelbach zu ihr vor und raunt mit kehliger Stimme: »Ich hoffe, ich sehe Sie auch nochmals während meines Aufenthalts.«

Sein Atem riecht hart nach Zigaretten. Alma weicht, ohne ihm eine Antwort zu geben, irritiert zurück. Schnell greift sie Gregors Arm und zieht ihn aus der Menschenmenge in Richtung Emma, die ein Stück weiter auf sie wartet. Sie fühlt sich seltsam beschmutzt. Hinter sich hört sie ein amüsiertes Lachen.

* * *

Auf ihrem Weg zum Elternhaus der Zwillinge sprechen Gregor und Emma über nichts anderes als diese seltsame Begegnung. »Warum redet der mit dem Dorfschulzen über uns?« – »Habt ihr den Totenkopf an seinem Revers gesehen?« – »Wie der dich angeguckt hat, Alma, da ist mir ganz übel geworden!« – »Der hat den gleichen Schnauzer wie dieser Hitler.« – »Ein unangenehmer Mann.«

Sie reden durcheinander. Nur langsam beruhigen sie sich, ordnen ihre Gedanken und die Unterhaltung:

»Was will ein reichsdeutscher Oberst in Bessarabien?«

»Vielleicht will er ja am Schwarzen Meer ein wenig Urlaub machen und eine der reichsdeutschen Jugendgruppen besuchen, die da gerade über Ostern sind?«

»Dann wäre der doch nicht in Uniform beim Gottesdienst.«

»Warum nicht? Wenn's ein offizieller Besuch ist, was gut sein kann, schließlich ist das Deutsche Reich ein Verbündeter Rumäniens.«

»Vermutlich. Allerdings finde ich das wirklich seltsam. Schließlich hat das Deutsche Reich erst im Herbst letzten Jahres Polen eingenommen.«

»Gerade deswegen! Wer weiß, auf welche Länder es Hitler noch abgesehen hat. Da verbündet man sich lieber, als dass man erobert wird!«

»Du meinst, Rumänien steht auf seiner Liste?«

»Wer weiß, sicher ist nur, dass Deutschland von unseren Öllieferungen abhängig ist und gleichzeitig militärisch und wirtschaftlich wesentlich besser dasteht.«

Beklommen lenken sie das Gespräch in leichtere Gefilde, versuchen, darüber zu scherzen, wie eingeschüchtert der Dorfschulz gewirkt hat, wie plötzlich die Gespräche um sie herum verstummt sind und alle zu ihnen hergeschaut haben. Bis Alma, die still und in sich gekehrt neben ihnen hergelaufen ist, an Gregor gewandt flüstert:

»Warum hat er gesagt, dass sie so große Männer wie dich haben wollen? Was hat das zu bedeuten?«

»Und warum hat er gesagt, dass er hofft, dich nochmals wiederzusehen?«

»Das hast du gehört?«

Gregor nickt. Emma macht vor Überraschung große Augen. Die letzten Meter gehen sie schweigend. Und Alma gesteht sich still und heimlich ein, dass nicht nur der Dorfschulz eingeschüchtert war. Auch sie selbst ist es. Denn dieser Mann ist ihnen absolut überlegen. Nonchalant hat er ihre jugendliche

Arroganz beiseitegewischt und mit ihrer Unerfahrenheit und Naivität gespielt, so kaltblütig und gleichzeitig lustvoll wie eine Katze mit einer Maus.

Und die Begegnung überschattet den Vormittag, der so unbeschwert begonnen hat, und legt sich wie eine unheilvolle Ahnung auf ihre Seelen.

* * *

Der Tisch ist festlich gedeckt: Zart bemaltes Porzellan, auf Hochglanz poliertes Silberbesteck, scharfkantig gebügelte Stoffservietten, gelb blühende Narzissen und bunt gefärbte Ostereier – Maria, die rotwangige bulgarische Haushälterin hat sich selbst übertroffen. Bei Dekoration und Osterbraten. Sie will, dass es den Zwillingen an nichts fehlt, wenn sie zu Besuch sind, will, dass sie sich wohlfühlen. »Meine *Bebetas*«, sagt sie immer, »meine *Bebetas* sollen es guthaben.«

Noch bevor sie das Haus erreichen, läuft Alma bereits das Wasser im Mund zusammen. Der unwiderstehliche Duft nach geschmortem Lamm, Paprika, Knoblauch, Thymian und Rosmarin begrüßt sie schon auf der Straße, windet sich in ihre Nase und legt sich auf ihre Sinne. Und mit jedem Schritt, den sie sich dem Haus nähern, wird er intensiver und steigert die Vorfreude. Besorgt fragt sie die Zwillinge, ob sie sicher seien, dass es für alle genug gebe, was diese mit herzlichem Lachen quittieren. Denn jeder weiß, dass Maria meist für eine ganze Kompanie kocht.

Alma wird vom Vater der beiden aufs Herzlichste begrüßt, und Maria holt schnell ein weiteres Gedeck. Alma hat vor Oberlehrer Baumann großen Respekt, und gleichzeitig schätzt sie ihn sehr. Denn anders als ihr eigener Vater ist er den Kindern meist zugewandt. Und trotz seiner respektablen Stellung redet er mit ihnen nur selten von oben herab. Im Gegenteil. Selbst als

Alma noch zur Schule ging, führten sie richtige Gespräche und diskutierten sogar miteinander. Die Meinung der Kinder war ihm wichtig und er förderte ihre Streitkultur. Sie sollten sich ausdrücken und argumentieren lernen. Alma ist ihm heute dankbar dafür. Bei ihr zu Hause hätte sie das niemals gelernt. Auch wenn sich Herr Baumann stets das Recht herausgenommen hat, eine Diskussion vorzeitig zu beenden, wenn sie ihm nicht gefiel oder er schlechte Laune hatte und lieber seine Ruhe haben wollte. Dann konnte auch er scharf und aufbrausend sein. Denn letztlich ist er eben doch der Patriarch. Und er ist einschüchternd, alleine schon durch seine Statur: Ein großer, dicker Mann mit einem dichten, grau durchsetzten Schnauzer und gewaltigen Ohren, aus denen dunkle Haarbüschel wachsen. Doch auch er hat eine Bürde in die Wiege gelegt bekommen. Davon zeugt eine feine Narbe, die sich seitlich an der linken Hand entlangzieht, von der Alma weiß, dass sie von der Amputation eines sechsten Fingers herrührt, der ihm als kleiner Junge abgenommen worden ist. Die Stelle plagt ihn seit Jahrzehnten bei jedem Wetterumschwung mit schrecklichen Phantomschmerzen. Das wollte er seinen Kindern ersparen, und so hat er sich gegen den Rat der Hebamme, den Wunsch seiner Frau und die Vorurteile der Dorfbewohner durchgesetzt: Die Hände seiner Kinder blieben unversehrt. Was diese ihm nicht immer dankten. Es gab Tage in ihrer Kindheit, da wünschten sie sich lieber Phantomschmerzen, als die Hänseleien der anderen ertragen zu müssen. Und auch wenn sich die Situation wesentlich gebessert hat, seit Alma in ihr Leben getreten ist, und natürlich auch, seit Gregor so groß ist, dass sich niemand mehr mit ihm anlegen will, kommt es immer noch vor, dass sie deswegen befremdliche Blicke auf sich spüren. Auch wenn es keiner mehr wagt, sie zu schikanieren. Das alles weiß Herr Oberlehrer Baumann nicht. Denn auch wenn er sich mit seinen Kindern intensiver unterhält, als das Familienväter üblicherweise in Bessarabien zu tun pflegen – persönlich wird es selten. Gefühle behält man für sich. Vor allem zwischen den Generationen. So ist das eben.

Deshalb ist Alma ziemlich irritiert, als sich gleich nach dem Essen und dem abschließenden Dankesgebet, und kaum, dass sich Oberlehrer Baumann eine Zigarre angezündet und noch ein Glas Wein aus dem Krug nachgeschenkt hat, das Gespräch auf eine emotionale Ebene schaukelt. Und obendrein in Anwesenheit eines Nichtfamilienmitglieds. Denn wenn Alma auch schon seit Langem die beste Freundin seiner Kinder ist, so ist sie nicht vom selben Blut. Und wird man seinen Kindern gegenüber schon nicht emotional, wird man es gegenüber *Fremden* erst recht nicht.

Dabei beginnt das Gespräch ganz harmlos, als Gregor nach anfänglichem Geplauder von ihrer Begegnung nach dem Kirchgang erzählt.

»Der Dorfschulz hat Besuch – ein Oberst der SS.«

»Ich weiß, SS-Standartenführer Gengelbach – er ist direkt aus Berlin angereist.«

»Du weißt das?«

»Selbstverständlich.«

»Wer ist er?«

»Ein Abgesandter des Deutschen Reichs – er soll den Führer persönlich kennen –, morgen wird er zu uns zum Essen kommen.«

Emma ist schockiert. »Vater, das ist ein durch und durch unangenehmer Mann.«

»Darum geht es nicht. Er ist wichtig, und vor allem ist das, was er vertritt, wichtig.«

Die drei horchen auf. Alma fragt neugierig: »Was vertritt er denn?«

»Ein kraftvolles Deutsches Reich, einen potenten Staat, in dem Zucht und Ordnung herrschen. Die Deutschen sind wieder wer in der Welt – wir sind wieder wer. Und ich muss gestehen, dass mir die Entwicklung so gut gefällt, dass ich …« Er macht eine Pause, wendet sich an seine Kinder: »Nun, ich habe ein Angebot.«

Emma und Gregor schauen sich an. Wie aus einem Mund fragen sie: »Was für ein Angebot?«

»Ich darf noch nicht darüber reden, doch unter bestimmten Umständen … könnten wir wieder heim ins Reich gehen.«

Gregor ruft überrascht: »Vater!«

Emma fragt »Was heißt heim? Wir sind doch daheim!«

»Zur Heimat gehört, dass man seine Muttersprache sprechen darf.«

»Aber das tun wir doch!«

»Und wie lange noch? Die Rumänen wollten gleich nach der Machtübernahme aus uns Deutschen Rumänen machen. Und diese Entwicklung schreitet weiter voran. In der Schule spricht mittlerweile niemand mehr Deutsch und an den Universitäten wird ausschließlich Rumänisch gelehrt. Und glaubt mir, irgendwann werden wir froh sein müssen, wenn wir Deutsch als Fremdsprache unterrichten dürfen.«

»Die Deutschen sind damit ja nicht allein, den hier lebenden Ungarn und Ukrainern geht es doch genauso.«

Er wischt den Einwand ungeduldig beiseite.

»Du willst jetzt nicht allen Ernstes Ungarn und Ukrainer mit uns Deutschen vergleichen, oder? Hier geht es um uns! Unsere Kultur! Und ich fürchte mich vor dem Tag, an dem ich nicht mal mehr Religion in Deutsch unterrichten darf. Das würde ich nicht ertragen.«

Die drei Freunde sind schockiert. Nicht über die Thematik des Gesprächs, als vielmehr darüber, dass Herr Baumann, Vater und respektabler Oberlehrer der Gesamtschule, eine vermeintliche Schwäche in Worte gefasst und zugegeben hat, dass er sich vor etwas fürchtet.

Sanft versucht Emma zu objektivieren: »Wir leben nun mal hier, wir sind rumänische Staatsbürger.«

»Und davor waren wir russische Staatsbürger. Doch immer blieben wir Deutsche.« Die Stimme des Oberlehrers klingt plötzlich scharf. Emma lässt sich davon nicht einschüchtern, versucht, weiter zu argumentieren.

»Aber es ist über hundertzwanzig Jahre her, dass wir aus Württemberg hierhergekommen sind. Sollten wir uns nicht langsam in den Staat eingliedern?«

Baumann sieht seine Tochter perplex an. Dann zischt er: »Eingliedern? Hab ich richtig gehört? Das lehren sie euch auf dem Internat? Dann steht es um uns schlimmer, als ich gedacht habe. Dann gilt bald auch die Vereinbarung nicht mehr, dass wir autonom sein dürfen.«

»Aber diese hat uns der Zar gegeben! Warum sollen sich die Rumänen daran halten?« Zum Glück flüstert Emma das nur. Auch so ist ihr Vater aufgebracht genug. Er kratzt sich die Narbe an der Hand. Es blutet ein wenig. Er bemerkt es und drückt fahrig eine Serviette darauf. Alma ist verstört. Noch nie hat sie Oberlehrer Baumann so außer sich erlebt. Sie schaut schnell zu Gregor, will wissen, ob er es auch bemerkt hat. Doch sein Gesicht ist ausdruckslos, als ginge ihn das alles nichts an. Oberlehrer Baumann fährt fort.

»Emma, als wir hier ankamen, gab es nichts außer Steppe und durchziehende Nomadenstämme. Deshalb hat der Zar uns geholt. Wir sollten das brache Land urbar machen und bevölkern. Versprochen hat er uns vieles. Gehalten nur weniges. Doch wir blieben uns treu. Vor allen den Traditionen. Nur so konnten wir aus dem Nichts innerhalb von vier Generationen ein wohlhabendes Bessarabien schaffen. Arbeitsam und gottesfürchtig. So haben wir gelebt und überlebt. Und jetzt sollen wir unsere Herkunft verleugnen, und die Rumänen wollen unsere Früchte ernten?«

»Wir ernten unsere Früchte doch selber, wir sind immer noch wohlhabend!«

»Wie lange noch? Die Rumänen besetzen die wichtigen Posten mit ihresgleichen. Wir Deutschen werden aussortiert.«

Die Stimmen sind lauter geworden. Oberlehrer Baumann kratzt sich wieder an der Narbe. Alma möchte am liebsten verschwinden, sich in Luft auflösen, wünscht sich, dass es Emma gut sein lässt. Doch Emma denkt gar nicht daran, klein beizugeben.

»Kann man es ihnen verdenken? Sie wollen staatstreue Bürger. Wie vermutlich jedes Land. Und –« Emma hält inne, denkt nach. »Und vielleicht kann man ja unser Deutschtum damit verbinden! Wir müssen uns halt irgendwie arrangieren. Das haben wir immer getan.«

Sosehr Alma ihre Freundin Emma für ihre politischen Kenntnisse und Folgerungen bewundert, fragt sie sich doch, was sie mit dieser Diskussion bezweckt, warum sie ihren Vater solchermaßen provoziert. Sie befürchtet, dass das Gespräch aus dem Ruder laufen könnte. Bei ihr zu Hause wäre das so. Ihr eigener Vater würde spätestens jetzt sehr, sehr laut werden. So laut, dass alle Anwesenden die Köpfe senken und den Blick starr auf den Tisch richten würden. Doch ihre Angst ist unbegründet. Erleichtert stellt Alma mal wieder fest, wie unterschiedlich ihr Vater und Oberlehrer Baumann sind. Denn dieser atmet tief durch, nimmt die Serviette, die mit roten Flecken besprenkelt ist, von der Hand, faltet sie ordentlich neben sich zusammen und sagt mit gefasster Stimme: »Emma, mittlerweile bin ich in einem Alter, in dem ich sagen kann, die Staatstreue zu Rumänien und die Liebe zu unserem Mutterland widersprechen sich.« Er seufzt. »Aber vor allem bin ich müde und will nicht mehr in diesem Zwiespalt leben. Und meine Kinder sollen es auch nicht.«

»Ich will nicht weg aus Bessarabien!« Emma klingt entsetzt. Sie ist noch nicht bereit nachzugeben. »Zudem befindet sich Deutschland bereits mit Frankreich und England im Kriegszustand – und wie sich das entwickeln wird, ist noch nicht abzusehen!«

»Ein Grund mehr, zu gehen und unserem Mutterland beizustehen – und wenn ich gehe, werdet ihr auch gehen.«

»Vater!«

»Es gibt diesbezüglich keine Diskussion. Wenn es so weit ist, werden wir die Einzelheiten besprechen.«

Er nimmt einen Schluck Wein, lehnt sich zurück, scheint nun sehr entspannt. Für ihn ist das Thema beendet. Nur die roten Kratzspuren an seiner Narbe zeugen davon, dass auch für ihn das Thema emotional behaftet ist. Emma sieht Hilfe suchend zu ihrem Bruder. Doch der scheint seltsam unbeteiligt. Alma fragt sich, ob er überhaupt mitbekommen hat, was sein Vater da eben gesagt hat, wie sehr er in die Zukunft seiner Kinder eingreifen will. Emma schweigt wütend. Eine Zornesfalte hat sich über der Nasenwurzel gebildet. Alma versteht sie gut. Schließlich musste ihre Freundin ohnmächtig feststellen, dass ihre ganze Bildung und scharfsinnigen Überlegungen nicht gegen die väterliche Dominanz ankommen. Als Emma aufsteht und den Tisch verlässt, will Alma ihr hinterhereilen, lässt es dann aber. Sie kann sich gut vorstellen, dass Emma jetzt lieber allein sein will.

Oberlehrer Baumann wendet sich an Alma. »Ich entschuldige mich für meine Tochter. Und es tut mir leid, dass du das mitbekommen hast.« Und dann strenger: »Ich verlasse mich auf deine Verschwiegenheit. Der Inhalt unseres Gesprächs ist nichts, was jetzt schon an die Öffentlichkeit dringen darf.«

»Ja, natürlich.«

Alma bleibt nur noch so lange, wie es die Höflichkeit gebietet. Die gute Stimmung ist zerstört. Gleich nach dem Kaffee verabschiedet sie sich. Schnell sagt Gregor: »Ich bring dich nach Hause.«

* * *

Schweigend gehen sie die ersten Meter im Zickzackkurs nebeneinanderher. Sie müssen aufpassen, dass ihre Sonntagsschuhe nicht durch den Lehm der Straße beschmutzt werden. Das Dorf wirkt wie ausgestorben. Alle sitzen nach dem Osteressen noch mit den Familien beisammen. Die Alten satt und träge, die Kinder zappelig und auf dem Sprung. Sie wollen raus und nach den noch nicht gefundenen Ostereiern suchen. Mit Wehmut erinnert sich Alma an ihre eigenen Kindertage. Sie konnte es damals auch nie erwarten, bis das Mittagessen endlich beendet war.

Gregor nimmt einen kleinen Umweg und führt Alma am Fluss entlang bis zur weißen Brücke, neben der sie als Kinder im seichten Wasser Frösche und Krebse gefangen haben. Sie lehnen sich über das Geländer und schauen dem Fluss zu, wie er gurgelnd durch das tauende Eis unter ihnen hindurchfließt.

Weit hinten steht eine Schafherde, die zwischen den letzten Schneeresten grast. Alma atmet tief durch. Sie liebt dieses weite Land, das jetzt, im beginnenden Frühling, so grün und frisch ist und dessen Viehweiden schon mit Tausenden weiß blühenden Branduschen übersät sind.

»Warum hast du Emma nicht beigestanden?«

»Ich fand, dass sie sehr gut ohne mich zurechtgekommen ist.«

»Was ist davon zu halten, dass euer Vater das Land verlassen will?«

Gregor seufzt. »Davon redet er schon seit Längerem. Um genau zu sein, seit die Nazis in Deutschland die Macht ergriffen haben. Ich glaube nicht, dass es dazu kommt.«

»Aber er schien so aufgebracht.«

»Nun ja, er bekam zum ersten Mal Gegenwind. Seine Tochter ist nun so weit, ihm argumentativ etwas entgegenhalten zu können.«

Gregor scheint stolz auf seine Schwester zu ein. Alma ist beruhigt und lehnt sich ein wenig gegen seine Schulter. Mit schlechtem Gewissen muss sie sich eingestehen, dass sie froh ist, dass Emma nicht dabei ist, dass sie Gregor zum ersten Mal für sich allein hat. Ein lauer Wind spielt mit ihren Haaren, die sich teilweise aus dem geflochtenen Zopf gelöst haben, und Gregor streicht ihr sanft die Strähnen aus dem Gesicht, ganz selbstverständlich, als hätte er so etwas schon immer getan. Dabei haben sie sich noch nie so liebevoll berührt! Nie gestreichelt, nie im Arm gehalten, geschweige denn geküsst. Alma schließt die Augen, will sich fallen lassen in dieses neue Gefühl der Zärtlichkeit, will ihn einlassen in ihr Sein.

Die Welt steht still.

Eine Brise trägt den Duft der Branduschen heran. Hoch über dem Dorf ziehen Steinadler Kreise. Das Versprechen des Frühlings, der Zauber eines Neubeginns liegt in der Luft. Doch mitten in der Bewegung hält Gregor inne, als hätte er erst jetzt bemerkt, was er da tut – und lässt den Arm verlegen sinken. Er räuspert sich.

Die Welt dreht sich wieder. Alma ist enttäuscht und fragt sich, wie dieser verzauberte Augenblick, so flüchtig, so zart, ungenützt vorbeihuschen konnte.

Sie verlassen die Brücke und gehen zurück. Almas Schulter berührt seinen Arm. Durch den Stoff hindurch kann sie seine Wärme spüren. Sie sehnt sich danach, ihn *richtig* anzufassen, möchte am liebsten seine Hand nehmen und den restlichen Weg vereint zurücklegen – wie ein Paar.

Sie mustert ihn von der Seite, will herausfinden, ob *jetzt* der richtige Moment ist, fragt sich, ob sie einfach die Initiative ergreifen darf, und als sie gerade denkt, jetzt, jetzt tu ich's, platzt Gregor heraus:

»Ich will im Herbst nächsten Jahres nach Tübingen gehen, um zu studieren.«

Die Stimmung ist vorüber. Alma zieht ihre Hand wieder zurück – ist ernüchtert.

»Du willst auch weg aus Bessarabien? Hat dein Vater dich doch überzeugt?« Sie versucht, spöttisch zu klingen. Er geht nicht darauf ein.

»Nein, mein Entschluss hat nichts mit ihm zu tun. Allerdings«, seine Stimme wird eine Nuance tiefer, gewichtiger, »muss ich sagen, er hat nicht ganz unrecht. Für die Erhaltung unseres Deutschtums stehen wir in fortwährendem Konflikt mit dem rumänischen Staat. Doch im Gegensatz zu ihm finde ich nicht, dass man Bessarabien deshalb den Rücken kehren sollte, ich denke, dass man der Entwicklung entgegentreten kann.«

Nun ist die Stimmung vollständig hinüber. Auch er hat sich offensichtlich Gedanken gemacht. Hätte er das nicht beim Mittagstisch äußern können? Sie grollt. Das konnte er schon immer gut: In unpassenden Momenten gewichtige Sätze von sich geben, die so schwer sind, dass sie jede andere Stimmung zerstören.

»Du meinst, so wie diese Fanatikergruppen, die überall aus dem Boden sprießen, die marschieren, sich heimlich versammeln und dabei Hakenkreuzfahnen schwenken – mit so was sympathisierst du?«, fragt sie provokativ.

Gregor lacht.

»Aber nein. Die kann man nicht ernst nehmen, und das wird sich wieder legen. Anfangs braucht jede neue Bewegung ein wenig Fanatismus«, doziert er, »das gibt sich mit der Zeit. Ich denke, man kann dem Konflikt durch Bildung entgegentreten. Je mehr gut ausgebildete Lehrer, Pastoren und Ärzte wir Deutsche dem Land stellen, desto weniger können sie uns ignorieren, desto mehr Rechte wird man uns zugestehen. Deshalb will ich zum Studieren nach Deutschland.«

»Und du traust diesen Nazis, diesem Hitler?« Alma kann immer noch nicht glauben, wie schnell die romantische Stimmung gekippt ist, und will ihn nicht so schnell von der Angel lassen.

Doch Gregor zuckt nur mit den Schultern.

»Manche sagen, er ist ein großer Feldherr, der in wenigen Jahren mehr geschaffen hat als manch anderer in Jahrzehnten. Ich selbst weiß noch nicht, was ich von ihm halten soll. Doch das spielt für meine Pläne auch keine große Rolle. Deutschland hat gute Universitäten. Bessere als Rumänien. Deshalb will ich in Tübingen studieren. Und danach komme ich wieder.«

»Weiß Emma davon?«

»Nein. Niemand weiß es bisher.«

Alma ist etwas besänftigt, denn schließlich bedeutet das, dass er sich ihr als Erster anvertraut hat.

»Was willst du studieren?«

»Nun, ich habe lange überlegt. Vater würde es bestimmt gefallen, wenn ich Lehrer werden würde. Zumal an den höheren Schulen Lehrermangel herrscht. Doch ich glaube, das ist nichts für mich. Theologie fände ich interessant. Und es wäre auch wichtig, mehr Geistliche zu haben. Immerhin kommen auf einen Pastor gegenwärtig zehn Gemeinden. Doch ich glaube, auch das ist nichts für mich. Deshalb habe ich mich dazu entschlossen, Medizin zu studieren, und vielleicht, falls ich die Zeit dazu finde, noch Philosophie.«

Alma fragt sich, was die Lehrer im Internat mit ihrem Gregor angestellt haben. Woher diese neue Entwicklung kommt. Denn wenn Gregor auch immer ernsthafter war als andere Jungen seines Alters, so ist der Gregor, den sie kennt, lieber mit ihr und Emma über die Steppe galoppiert, als die Nase stundenlang in dicke Bücher zu stecken.

»Wie lange dauert so ein Studium?«

»Nun ja, bis ich fertiger Arzt bin, bräuchte ich mindestens fünf Jahre, vermutlich länger.«

»So lange wärst du weg?«, fragt sie erschrocken. Erst jetzt wird ihr bewusst, was das bedeutet. Er wäre weg. Nicht einfach nur im Internat, das man in einer halben Tagesreise mit der Kutsche erreichen kann, nein, richtig weg. Sie könnte ihn dann womöglich nur noch zu Weihnachten sehen, wenn überhaupt! Ein Gedanke, der sie unendlich traurig macht.

Er nickt. Bleibt stehen. Blickt sie an.

»Komm mit!«, sagt er überraschend und nimmt ihre Hand – das, was sie sich vorhin so sehr gewünscht hat. Doch jetzt ist die Stimmung eine andere. Sie schüttelt den Kopf. Er bemerkt es nicht, ist ganz begeistert von dem Gedanken und wiederholt die Worte. »Komm mit!«

»Aber ich kann doch hier nicht weggehen!«

»Warum denn nicht?«

»Weil hier meine Heimat ist!«

»Meine doch auch! Wir kommen danach einfach wieder!«

Sie macht einen Schritt nach hinten, weg von ihm. Braucht plötzlich Abstand.

»Was soll ich dort?«

»Wir wären zusammen.«

»Dort kann ich keine Winzerin werden.«

»Winzerin? Das willst du immer noch?« Er lacht. Als wäre eine Winzerin im Vergleich zu einem Arzt nicht wichtig, als wären ihre Träume weniger wert als seine.

»Natürlich!«, ruft sie empört. »Das weißt du doch! Seit meiner Kindheit will ich nichts anderes.«

»Aber jetzt sind wir erwachsen! Eine Frau wird nicht Winzerin. Eine Frau heiratet und führt den Haushalt und kümmert sich um die Kinder.«

Als er ihren entgeisterten Blick sieht, muss er wieder lachen, tut so, als wäre dieser Satz bloß ein Scherz gewesen. Doch Alma traut ihm im Moment alles zu.

»So wenig kennst du mich?«

»Ach, Alma, ich kenne dich besser als Emma, als irgendjemanden sonst auf der Welt. Und deshalb weiß ich, dass man dich manchmal zu deinem Glück zwingen muss.«

»Mich zwingt keiner zu irgendwas!«

»Dann willst du nicht meine Frau werden?«, fragt er leise.

Alma ist sprachlos. Starrt ihn nur an. Einen Heiratsantrag hat sie sich anders vorgestellt. Nicht so, nun ja, so nebenbei. Sie schluckt, weiß nicht, was sie sagen, wie sie reagieren soll. Und fragt sich, warum sie ihm nicht vor Freude um den Hals fällt. Das wäre doch die normale Reaktion auf diese Frage, oder etwa nicht? Doch wo sind die Liebesschwüre? Wo ist der Kuss, der das Bündnis besiegelt?

Stattdessen fragt er beleidigt: »Du willst mich nicht?«

Bevor Alma antworten kann, watschelt eine Schar Gänse schnatternd an ihnen vorbei. Es ist inzwischen später Nachmittag. Sie gehen nach Hause. Alma schaut ihnen sehnsüchtig hinterher, wäre auch gern Gans, sorglos und unbekümmert. Dann bräuchte sie sich nicht in Gefühlen verheddern.

»Alma?«

»Doch!«, platzt es aus ihr heraus.

»Was lässt dich dann zögern?«

»Weißt du noch, was du mir versprochen hast auf der Waldlichtung, damals?«

Er nickt ernst. »Dass ich dich heiraten werde.«

»Das war nicht alles.«

Gregor hält inne und schaut sie fragend an.

»Du hast versprochen, dass du zusammen mit mir die Weinberge bestellst, und das tun wir bestimmt nicht in Tübingen.«

»Du bist eine Frau, Alma, und wirst die Weinberge niemals erben! Versteh doch! Du wärst abhängig vom guten Willen deiner Brüder – *wir* wären abhängig vom guten Willen deiner Brüder.«

Alma ist plötzlich so wütend, dass sie denkt, es würde sie zerreißen. »Das werden wir ja sehen!«

»Alma, sei doch mal realistisch!«

Alma will ihm sagen, dass die Brüder ihre Arbeit sehr schätzen, dass sie davon überzeugt ist, dass sie sich arrangieren können. Stattdessen schleudert sie ihm ein »Vergiss es!« entgegen. So enttäuscht und wütend ist sie. Ob er sie wirklich so wenig versteht? Wie kann er ihren lebenslangen Wunsch einfach so beiseiteschieben? Haben sie sich so weit voneinander entfernt? Durch das Internat und die Gehirnwäsche, die er dort offenbar verabreicht bekommen hat? Vielleicht aber auch einfach nur durch das Erwachsenwerden? Denn wer sagt schon, dass eine Kinderfreundschaft ewig hält und in eine Hochzeit mündet? Vielleicht haben sie sich beide getäuscht. Man wird älter, entwickelt sich weiter, hat eigene Pläne, neue Ziele. Mein Gott, sie waren nur Kinder, als Gregor ihr das Versprechen gab. Sie selbst hatte es ja sogar fast vergessen.

Doch wenn sie ehrlich ist, ist sie weniger davon enttäuscht, dass er ihre Ambitionen als Winzerin nicht ernst nimmt, nicht einmal davon, dass er ihr die Rolle eines Hausmütterchens zuweist, nein, vielmehr ist sie davon enttäuscht, dass er nicht sagt, dass er sie liebt, dass sein Heiratsantrag wie etwas Geschäftsmäßiges klingt.

»Alma, komm mit mir«, sagt er beinahe flehend. »Ich will nicht ohne dich leben.« Er spricht immer noch nicht von Liebe. Auch wenn dieser Satz einem Liebesschwur sehr nahe kommt. Sie überhört ihn.

Trotzig antwortet sie: »Dann bleib da!«

»Hier kann ich kein Arzt werden.«

Alma will sagen: Aber mein Ehemann. Und fragen: Liebst du mich? Tut es dann aber doch nicht. Denn natürlich hat sie Angst vor einer Antwort. Was, wenn er sich für das Studium entscheidet anstatt für sie? Was, wenn er sie tatsächlich nicht liebt? Sie blicken sich erbittert an, können nicht verstehen, dass der jeweils andere nicht nachgibt.

»Also gut. Dann halt nicht.«

Er dreht sich ohne ein weiteres Wort um und geht. Sie blickt ihm ohnmächtig hinterher, denkt, wenn er sich jetzt umdreht, wird vielleicht noch alles gut, dann empfindet er das Gleiche wie ich, dann komme ich doch mit ihm, dann werde ich eben Arztgattin anstatt Winzerin – Hauptsache, wir sind zusammen!

Doch er stapft einfach weiter, den Kopf zwischen hochgezogenen Schultern, die Hände tief in den Hosentaschen vergraben. Und Alma sieht, wie die große Gestalt mit dem breiten Kreuz langsam kleiner wird, bis sie hinter einer Häuserecke verschwindet. Und sie ahnt, dass zum Erwachsenwerden mehr gehört, als achtzehn zu sein, dass es ein wenig mehr braucht, als kluge Reden zu schwingen und übers Heiraten nachzudenken. Denn, wie sie sich jetzt eingesteht: Von der Liebe und den Nuancen des Miteinanders zwischen Mann und Frau wissen sie beide so gut wie gar nichts. Und mit einem Bedauern, das so groß ist wie eben noch ihre Wut, wird ihr klar, dass sich Menschen mitunter selbst im Wege stehen können.

Hinter ihr schnattern die Gänse. Sie sind wieder zurückgekommen, drehen noch eine kleine Runde durchs Dorf, bevor sie endgültig nach Hause gehen. Als sie an ihr vorbei watscheln, plustern sie ihre Federn und schnattern noch ein bisschen lauter. Und Alma ist sich sicher, dass sie sie auslachen.

Buenos Aires, Argentinien 2001

Ich stand auf, zog die Jalousien hoch und öffnete das Fenster. Wohltuende frische Luft drang herein, die im Gegensatz zur Mittagszeit weich und mild war und den süßen Duft von Jasmin mit sich trug. Ich atmete tief durch. Es war dunkel geworden. Ein Auto hupte. Ich schaute nach unten. Eine Frau in einem eleganten Kleid kam aus einem der prachtvollen Häuser, die dem Pariser Stil nachempfunden waren, und verschwand im Wageninneren. Mit quietschenden Reifen fuhr das Auto davon. Im gleichen Moment ging die Tür hinter mir auf. Ich schrak zusammen. Die Krankenschwester kam herein und streifte mich erneut mit einem missbilligenden Blick. Doch sie forderte mich nicht auf zu gehen.

Sie stellte ein Tablett mit Abendbrot auf den Nachttisch und legte eine Pillendose daneben. Mit strenger Stimme ermahnte sie meine Tante, alles aufzuessen und die Pillen nicht zu vergessen.

Meine Tante nickte, bedankte sich, und fügte hinzu, dass sie essen werde, wenn sie es für richtig hielt. Beleidigt ging die Krankenschwester wieder hinaus. Ihre Schwesterntracht raschelte. Es schien, als würden die beiden seit Langem einen Machtkampf gegeneinander austragen.

»Hast du Hunger?«

Ich schüttelte den Kopf. Ich war viel zu aufgewühlt, um etwas zu essen. Die Geschichte hatte mich auf eine Art und Weise gefangen genommen, wie ich es nicht für möglich gehalten hätte. Als hätte sie etwas ganz tief in mir drin zum Klingen gebracht. Eine Sehnsucht, ein Gefühl, etwas Undefiniertes, Unausgesprochenes. Etwas, von dem ich bis dato gar nicht wusste, dass es in mir ist. Leider konnte ich es nicht in Worte fassen. Sobald ich es versuchte, verschwand es auch schon wieder, als wäre es nie da gewesen. Ob es sich mir noch offenbaren würde? Ich hoffte, dass ich meiner Tante dafür nur weiter zuhören musste. Doch anstatt genau das zu tun, platzte es aus mir heraus: »Gregor war ein Arsch.«

Meine Tante lachte hell auf. »Das kann man wohl sagen.«

»Er kam nicht wieder zurück?«

»O nein! Dafür war er viel zu stolz.«

»Aber ihr kamt dann noch zusammen?«

Aus irgendeinem Grund war mir das plötzlich sehr wichtig. Sie lachte erneut. Ihre Zähne blitzten, sie waren erstaunlich weiß.

»Ach, das ist alles schon so lange her, wir waren Kinder!« Sie musterte mich. »Wie alt bist du?«

»Fünfundzwanzig.«

»Ein schönes Alter. Bist du verheiratet?«

Ich schüttelte vehement den Kopf.

»Das ist gut. Man sollte sich nicht zu früh binden, sondern erst noch das Leben kennenlernen.« Traurig fuhr sie fort: »Wir waren achtzehn. Für so ein Gespräch noch viel zu jung. Doch das wussten wir damals natürlich nicht. Wir spürten nur, dass sich die Welt um uns herum aufzulösen begann, und suchten wohl so etwas wie Sicherheit.« Sie zuckte mit der Schulter. »Doch die gab es natürlich nicht. Nicht zu dieser Zeit und auch später nicht. Im Grunde gibt es sie nie. Dennoch trachten die Menschen stets danach, suchen in allem einen Schutzwall gegen die Unbill des Schicksals. In der Religion, der Familie, den Freunden. Sie häufen Reichtümer an, erlangen Macht. Doch letzten Endes kann all das niemanden retten.« Sie seufzte und schüttelte resigniert den Kopf. »Das Einzige, was man tun kann, ist, wachen Auges durchs Leben zu gehen, zu versuchen, die Zeichen zu erkennen und sie richtig zu deuten. Nur dann besteht eine kleine Chance, dass man sich wappnen, sich vielleicht dagegenstemmen kann.«

»Hast du denn damals die Zeichen gesehen?«

»Nein. Ich hab ja nicht danach geschaut! Wenn ich allerdings rückblickend zu verstehen versuche, wann genau der Moment war, als nicht nur mein eigenes Leben, sondern das aller begonnen hat, sich vollständig zu verändern, dann denke ich stets an dieses Osterfest von 1940 zurück. Nicht an den verkorksten Heiratsantrag von Gregor und meinen eigenen unrühmlichen Beitrag zu dessen Misslingen, sondern an die erste Begegnung mit SS-Standartenführer Gengelbach.«

Sie schloss die Augen, als müsste sie nachdenken, öffnete sie wieder und sprach mit leiser Stimme weiter: »Später fragte ich mich oft, was ich hätte tun können, ob sich nicht zumindest ein Teil meines persönlichen Unglücks hätte vermeiden lassen oder ob die Ereignisse zumindest eine etwas andere Richtung hätten einschlagen können, wenn ich selbst im entscheidenden Moment die Zeichen gesehen und ein klein wenig anders gehandelt hätte. Denn du musst wissen«, sie schaute mich direkt an, »damals war ich leidenschaftlich und impulsiv und für die damalige Zeit«, sie lachte, »vermutlich zu selbstbewusst. Vielleicht hätte sich vieles vermeiden lassen.«

Sie nahm eine Scheibe trockenen Brots vom Tablett und führte sie zum Mund. Ihr Blick ging wieder ins Leere. »Diese Frage zog sich schon durch mein ganzes Leben. Auch was den Tod meiner Mutter betrifft. Ich fragte mich in meiner Kindheit und auch später noch oft, ob ich nicht etwas hätte anders tun können, um das Unglück zu vermeiden oder zumindest abzuschwächen. Nur eine Kleinigkeit, eine Nuance, und alles wäre vielleicht anders gekommen, hätte einen anderen Weg genommen. Wer weiß«, schloss sie und legte das Brot unberührt wieder zurück.

Ich bekam ein schlechtes Gewissen, wollte schon fragen, ob wir aufhören und ein anderes Mal über die alten Zeiten reden sollten, doch sie sprach bereits weiter. »Natürlich weiß ich, dass das Unsinn ist, dass man so nicht denken darf, dass man sonst

Gefahr läuft, verrückt zu werden oder seinen inneren Frieden zu verlieren, doch das änderte nichts an dem diffusen Gefühl der Schuld, das auf meiner Seele haftete wie eine schwere, klebrige Masse.«

Sie lehnte sich in ihrem Bett zurück, atmete tief durch. »Erst Jahre später gestand ich mir ein, dass ich gar nichts hätte tun können. Nichts, was den Tod meiner Mutter und schon gar nichts, was die Ereignisse betrifft, die uns in Bessarabien überrollt haben. Die Weichen waren gestellt. Hitler und Stalin hatten längst über das Schicksal von Millionen Menschen entschieden, insbesondere das einiger Tausend Deutschstämmiger, die Bessarabien ihre Heimat nannten und sie liebten.«

»Dann gab die Ankündigung von Oberlehrer Baumann, dass er ›ein Angebot‹ hätte, er heim ins Reich und seinem Mutterland beistehen wolle, nur einen kleinen Vorgeschmack auf das Kommende«, stellte ich nachdenklich fest.

»Allerdings«, sagte meine Tante. »Dass die Ereignisse so gravierend wären, dass sich unser bisher bekanntes Leben völlig verändern würde, ahnte kaum jemand. Einfache Weinbauern wie meine Familie und ich erst recht nicht.« Sie schaute wehmütig zum Fenster hinaus. »So begingen wir den Frühling vor dem Niedergang unserer Welt wie die Jahre zuvor: Wir gingen unserer Arbeit nach, fleißig und gottesfürchtig, und planten für das Jahr. Denn du musst wissen, das Streben des Bauern ist zukunftsgerichtet. Er kann nicht anders, selbst wenn er es wollte. Wer im Frühjahr nicht sät, ist im Winter tot. Die Natur gibt den Rhythmus vor und bestimmt das Leben. Auch in diesem Schicksalsjahr.

Also dankten wir Gott, dass der Winter vorbei war, bestellten unsere Äcker, und nachdem wir die Saat ausgebracht hatten, riefen wir erneut unseren Gott an und baten um eine gute Ernte.« Sie lächelte bitter und endete mit einer unendlichen Traurigkeit in der Stimme. »Das war alles, womit wir uns gegen das Schicksal wappneten.«

Kapitel 4

Bessarabien, Anfang/Mitte April 1940

Gleich nachdem der bitterkalte Winter 1940 endgültig von den warmen Ostwinden vertrieben worden ist und kaum, dass die zurückgekehrten Stare dem Frühling entgegenjubilieren, brechen die Knospen auf, und beinahe über Nacht grünen die Bäume und Sträucher, und auch die frischen Triebspitzen der Reben recken sich im Zyklus der Jahreszeit der Sonne entgegen.

Die Landschaft ist magisch, alles ist belebt, und aus der dunklen, satten Erde der Steppe steigt der betörende Duft nach Fruchtbarkeit und neuem Leben.

Fohlen springen ausgelassen umher, Tauben gurren verliebt auf dem Dach, Hühner brüten gackernd ihre Eier aus, und hoch am Himmel sieht man, als kleine Punkte, Kraniche in strenger V-Formation vorüberfliegen. Sie sind zurück aus ihrem Winterquartier. Ihre lang gezogenen Rufe tönen kilometerweit.

Alles ist im Aufbruch, alles ist beseelt, nur Alma fühlt sich seltsam leer. Sie hat seit Ostern nichts mehr von Gregor gehört. Und er fehlt ihr so sehr, dass es wehtut. Es ist, als ob etwas aus ihrem Inneren entfernt worden wäre, etwas, das seit Jahren so selbstverständlich da war, etwas Festes, Beständiges, etwas, das schon immer zu ihr gehört hat. Zurück bleibt ein Loch, eine Leere, und sie fühlt seine Abwesenheit wie einen körperlichen Schmerz, der sie straucheln lässt.

Sie vergräbt sich in die Arbeit mit dem Wein, ignoriert den Tadel ihrer Stiefmutter, dass sie die »Männerarbeit« ihrem Vater und ihren Brüdern überlassen soll und versucht, sich einzureden, dass vielleicht doch noch alles gut werden wird, sie und Gregor sich nur wiederzusehen brauchen und dann alles wieder sein wird wie zuvor. Doch im tiefsten Herzen ahnt sie, dass sie ihren besten Freund für immer verloren hat.

Emma schreibt ihr nach wie vor jede Woche einen Brief. In großen runden, akkurat gesetzten Buchstaben erzählt sie aus ihrem Leben im Internat, von ihren Mitschülerinnen und Lehrern, von einem Jungen mit flammend roten Haaren, der auf das benachbarte Jungengymnasium geht und dessen blitzendes Lächeln sie nicht mehr aus dem Kopf bekommt, berichtet über das schlechte Essen und sagt, dass sie sie vermisst, gerne mit ihr auf dem Bett liegen und ihr all das direkt erzählen würde – kein Wort über Gregor.

Alma schreibt zurück. Abends vor dem Schlafengehen, beim flackernden Schein der Petroleumlampe, erzählt sie ihr von der Arbeit auf dem Hof und in den Weingärten und vertraut ihr an, dass sie sich ein ledergebundenes Buch besorgt hat, mit dicken weißen Seiten, in das sie alles zum Thema Weinanbau und Weinmachen notieren wird, jeden Handgriff, jeden Schritt, alles, was sie darüber erfährt. Sagt, dass sie lernen und besser werden will als ihre Brüder. Besser als ihr Vater. Dass sie allen beweisen will, dass auch Frauen richtige Winzer werden können. Sie schließt den Brief mit »Deine Dich vermissende Freundin Alma« und verliert wie Emma kein Wort über Gregor, fragt nicht, wie es ihm geht, ob er ihren Streit erwähnt hat oder gar den Heiratsantrag.

* * *

In dieser Nacht schläft sie schlecht. Noch schlechter als die Nächte davor. Und beim Aufwachen, noch im Halbschlaf, ist ihr, als ob sich eine lange schwarze Gestalt über sie beugt und ihr eine behandschuhte Hand auf den Mund drückt. Sie schreit. Richtet sich auf. Mit heftig klopfendem Herzen entzündet sie die Petroleumlampe und leuchtet in jede Ecke. Der kleine Albert, mit dem sie sich das Schlafzimmer teilt, beobachtet sie mit aufgerissenen Augen. Er versteht nicht, warum sie geschrien hat und warum es mitten in der Nacht hell ist. Nachdem sie sich versichert hat, dass niemand außer ihnen beiden da ist, flüstert sie ihm zu, dass alles gut ist, er ruhig weiterschlafen kann, und streichelt ihm sanft übers Haar. Augenblicklich fällt er wieder in tiefen Schlaf. Seine gleichmäßigen Atemzüge beruhigen sie. Es muss ein Traum gewesen sein. Und wie es oft bei Träumen ist, verblasst die Erinnerung daran mit jeder wachen Sekunde, bis er sich ganz verflüchtigt hat. Doch als sie wieder in den Schlaf gleitet, fühlt sie die Handschuhe wieder auf ihrem Mund, und ihr fällt ein, an wen die schwarze Gestalt sie erinnert: an SS-Standartenführer Gengelbach. Und sie hat das Gefühl, sie müsse ersticken.

* * *

Es ist früh, die Sonne hat ihre Strahlen noch nicht über den Horizont geschickt. Das Land liegt in diffuses blaues Licht getaucht. Alma liebt diese Stunde, in der das blaue Lichtspektrum des Himmels schon dominiert, die Dunkelheit der Nacht aber noch nicht vollständig vorbei ist. Die Welt scheint dann entrückt, geheimnisvoll, voller Magie, als ob alles möglich wäre.

Sie reitet auf Bojan, hinter ihr kommen Alwin und Anton mit der Lastenkutsche, auf der Fässer mit einem Spritzmittel gegen

Mehltau verstaut sind. Ein Gemisch aus Molke und Wasser und etwas, von dem Alwin lachend sagt, keine Pilzspore würde es überleben. Alma vermutet, dass er hineingepinkelt hat. Genau will sie es aber gar nicht wissen. Sie beide haben die Mixtur am Abend zuvor angerührt, während Anton und ihr Vater die Ackergeräte gerichtet und das Pferdegeschirr geflickt haben. August war in der Zeit mit Igor auf der Pferdekoppel, um einen Zaun auszubessern. Das hat er zumindest behauptet. Doch als die ganze Familie samt Gesinde um den Abendbrottisch saß, war er immer noch nicht zurück. Igor wurde sehr einsilbig, als sie nach ihm fragten, und versuchte, August durch Schweigen zu schützen. Worauf der Vater einen roten Kopf bekam und ihn brüllend vom Tisch verbannte. Er hasst es, wenn etwas nicht nach seinem Willen geht. Seine Frau versuchte noch, ihn mit leiser Stimme zu besänftigen. Sie sprach auf ihn ein, ohne dass die anderen etwas verstanden. Doch zum Dank schlug er mit der geballten Faust auf den Tisch, dass die Teller wackelten, die Gläser umkippten, seine Frau weinend zurückzuckte und die Kinder vor Angst große Augen bekamen. Abrupt stand er auf, zog sich eine Jacke über und verschwand in der Dunkelheit.

Sie vermuteten, dass er ihn suchen ging. Offenbar hatte August es diesmal mit seiner Unzuverlässigkeit zu weit getrieben.

Ob Vater ihn gefunden hat? Darüber haben die drei schon beim Frühstück spekuliert. Sie konnten aber niemand fragen, denn der Vater, Igor und die Knechte waren schon weg, um ihr Tagwerk zu tun, und ihre Stiefmutter schwieg sich darüber aus. Immer noch eingeschüchtert oder beleidigt oder beides.

Alma und Anton, sich sonst in herzlichem Streit zugetan, äußerten einträchtig verschiedenste Mutmaßungen, bis Alwin seine beiden Geschwister dazu anhielt, sich auf die heutige Arbeit zu konzentrieren. Denn heute würden sie die zarten Knospen der Reben gegen Mehltau spritzen. Eine wichtige Aufgabe. Darauf sollten sie ihre Gedanken lenken und sich nicht in Fantasien und Lästereien ergehen. Und Alma gibt ihm insgeheim recht. Eigentlich geht das nur August und ihren Vater etwas an.

* * *

Als sie durch den dichten, düsteren Akazienwald reiten, hält Alma automatisch Ausschau nach den Wölfen, die ihnen hier vor nicht allzu langer Zeit im Schneesturm begegnet sind.

Sie dreht sich um und wechselt Blicke mit Anton. Sie haben nie darüber gesprochen, aber sie weiß, auch er denkt jedes Mal an die drei, wenn er den Wald durchquert. Doch nie haben sie das Rudel wiedergesehen.

Manchmal war ihr zwar so, als würde sie eine Spur erkennen – den angefressenen Kadaver eines Rehs, Pfotenspuren, die etwas größer waren als die normaler Hunde. Doch das Reh könnte auch von einem wilden Hund gerissen worden sein. Und manche der wilden Hunde sind genauso groß wie Wölfe. Vermutlich ist das kleine Rudel unmittelbar nach der Begegnung weitergezogen. Denn nur einen Tag später trommelten ihre Brüder ein paar Freunde zusammen und durchstreiften mit Gewehren die Gegend – fanden aber keine Hinweise mehr. Und erneut denkt Alma, dass die Begegnung gar nicht wirklich stattgefunden hat, dass es vielleicht einfach nur ein Traum war. Seltsamerweise ein Traum, den sie mit Anton teilt. Ob so etwas möglich ist?

* * *

Just in dem Moment, als sie die Weingärten erreichen, schiebt sich die Sonne hinter dem Hügel hervor und schickt die Strahlen übers Land. Sie taucht die Umgebung in goldenes Licht, pinselt jedem Blatt, jedem Gegenstand eine leuchtende Umrandung.

Alwin steigt vom Kutschbock, nimmt den Hut ab, fordert seine beiden Geschwister auf, es ihm gleich zu tun, und spricht mit lauter, tiefer Stimme ein Morgengebet. Das Gesicht von der Sonne bestrahlt, scheint er völlig entrückt, und Alma beneidet ihn um seinen tiefen Glauben.

Sie richten ein Lager bei der Scheune ein, versorgen die Pferde und beginnen sofort mit der Arbeit. Sie kommen gut voran. Begleitet vom morgendlichen ohrenbetäubenden Konzert der Vögel, sprühen sie Reihe um Reihe großzügig ein. Die zarten Knospen sehen danach aus wie mit weißlichem Tau benetzt und glitzern wie Edelsteine in der Sonne.

Gegen zehn Uhr setzen sie sich zu einem Vesper zusammen: dicke, rauchige Würste, schwarze Rettiche und frisch gebackenes Brot. Die Pferde grasen friedlich neben ihnen, und Alwin erzählt, während er sich noch einen Schluck Wein aus dem Krug einschenkt, dass er den kommenden Maifeiertag dazu nutzen will, um nach Odessa zu reisen.

»Was machst du da?«, fragen Anton und Alma fast gleichzeitig.

»Ich will zwei Männer aufsuchen, einen Weinabfüller, der dort eine neue staatliche Abfüllanlage installiert hat, und einen Weinhändler, der Wein nach Russland liefert.«

»Warum?«

»Ich will den Zwischenhändler in Akkerman umgehen und die Fässer direkt nach Odessa bringen.«

»Das verspricht mehr Profit?«

Alwin nickt. »Wesentlich mehr.«

»Weiß Vater davon?«

»Von dem Weinhändler schon. Mit dem mal zu sprechen, um die Konditionen zu erfahren, war seine Idee. Von dem Abfüller weiß er nichts. Damit will ich ihn nicht schon jetzt konfrontieren. Sollte sich das interessant anhören, ist immer noch genug Zeit, um es ihm zu erzählen.«

Alma kann ihre Überraschung kaum verhehlen. Alwin ist innerhalb der Familie zwar für den Vertrieb des Weins zuständig, doch normalerweise geschieht nichts ohne die Zustimmung ihres Vaters.

»Er wird wütend sein.«

»Vermutlich. Doch ich glaube, dass wir mehr verdienen, wenn wir den Wein in Flaschen abgefüllt verkaufen. Und Vater ist immer noch Schwabe genug, um zu erkennen, wann sich ein Geschäft lohnt.«

Anton lacht.

Alma, ebenfalls geschäftstüchtig, fragt: »Und wenn wir den Wein selbst in Flaschen abfüllen?«

Alwin blickt sie interessiert an. »Dann verspräche das noch mehr Gewinn. Allerdings müssten wir erst investieren. Eine Abfüllanlage ist teuer. Und dann müssten wir die leeren Flaschen vorab kaufen und nicht nur das, wir müssten sie auch selbst etikettieren – nun …« Er macht eine nachdenkliche Pause.

Bevor er weitersprechen kann, sagt Alma schnell: »Nimmst du mich mit? Dann schauen wir uns das gemeinsam an.«

Sie ist wie elektrisiert. Das wäre der Moment, sich mehr in das Familienunternehmen einzubringen, die Gelegenheit, unersetzlich zu werden, Gregors böse Unterstellung zu widerlegen. Doch Alwin holt sie auf den Boden der Tatsachen zurück.

»Es wird schon schwierig genug, eine Begründung für mich zu finden, um ein paar Tage weg zu sein. Vater wird niemals zulassen, dass wir beide bei der Arbeit ausfallen.«

»Bitte! Wir könnten auch …«

Alwin schüttelt den Kopf, klopft sich die Hose ab und steht auf. »Kommt, wir müssen weitermachen.«

Damit ist für ihn das Thema erledigt. Alma ist enttäuscht, sagt, sie sollen schon mal vorgehen, sie werde noch das Vesper zusammenräumen und gleich nachkommen. Sie möchte nicht, dass Alwin sieht, dass sie den Tränen nahe ist. Und wundert sich über sich selbst. Seit wann ist sie so verletzlich? Ob es etwas mit Gregor zu tun hat? Sie schiebt den Gedanken schnell beiseite. Denn sonst fängt sie tatsächlich noch an zu weinen. Und das tut man, wenn überhaupt, nur hinter verschlossenen Türen.

Plötzlich werden die Pferde unruhig. Und noch bevor etwas zu sehen ist, hört auch sie es: ein ganz und gar ungewohntes Geräusch, das schnell lauter wird. Motorenlärm!

Ein offener Geländewagen, mit drei Männern besetzt, nähert sich mit großer Geschwindigkeit. Er zieht eine Staubwolke hinter sich her und windet sich die Straße hoch, die sonst nur von Pferdewagen befahren wird. Jetzt kann sie ihn sogar riechen. In der klaren, reinen Luft stinkt es plötzlich ekelerregend nach Benzin.

Als er nahe genug ist, erkennt sie die Insassen: SS-Standartenführer Gengelbach sitzt auf dem Beifahrersitz. Er wird von dem jungen Bachmeier gefahren. Auf der Rückbank sitzt der Moser Franz. Die zwei Hilfspolizisten des Dorfschulzen. Ihr Traum fällt ihr wieder ein. Es fröstelt sie. Der Wagen kommt direkt neben ihr zum Stehen.

»Fräulein Alma!«

SS-Standartenführer Gengelbach mustert sie von oben bis unten, bleibt auf den Männerhosen hängen, die sie zur Arbeit lieber trägt als einen Rock, und an dem Hut, unter dem ihr schwarzes Haar hervorquillt, anstatt mit einem Kopftuch gebändigt zu sein, wie es bei den Frauen üblich ist. Und sie fühlt sich wie beim ersten Mal, als sie ihm begegnet ist: unbehaglich und irgendwie beschmutzt.

»Beinahe hätte ich Sie nicht erkannt«, sagt er mit ironisch erhobener Augenbraue. Sein Blick fällt auf den Krug in ihren Händen, den sie gerade wegpacken will.

»Laden Sie mich auf einen Schluck Wein ein?«

Ohne eine Antwort abzuwarten, steigt er aus, klemmt sich die Mütze unter den Arm, zieht geziert die Handschuhe aus und stellt sich direkt vor sie. Er schaut auf sie herab und mustert sie intensiv, mit auf dem Rücken verschränkten Händen und herausgedrückter Brust. Alma zwingt sich dazu, seinem Blick nicht auszuweichen.

Er ist groß. Beinahe so groß wie Gregor, wie ihr erst jetzt auffällt, allerdings mit einem wesentlich schmaleren Körperbau. Er sieht in der engen, maßgeschneiderten Uniform aus wie eine lange, biegsame Gerte. Die schwarze Aufmachung scheint das Licht um ihn herum zu absorbieren, stiehlt die Leichtigkeit des Morgens. Inmitten der sonnigen Weingärten wirkt er völlig fehl am Platz. Alma verbirgt ihre Unsicherheit unter Arroganz und sagt schnippisch: »Selbstverständlich! Für erschöpfte Reisende haben wir immer einen Schluck übrig.«

Sie wischt einen der benutzten Becher an dem groben Stoff ihrer Arbeitshose ab und füllt ihn bis zum Rand. Er lächelt amüsiert, nimmt den Wein lässig entgegen, schnuppert hinein, nimmt einen Schluck und schnalzt anerkennend mit der Zunge.

»Ein guter Tropfen. Vielleicht ein wenig zu erdig. Haben Sie auch einen mit etwas mehr Eleganz?«

Alma runzelt die Stirn. »Für gewöhnlich trinken wir unsere teuren Weine nicht zum Mittagessen im Weinberg. Und wenn Ihnen dieser nicht schmeckt, müssen Sie ihn auch nicht trinken.«

»Er schmeckt mir durchaus – zuweilen mag ich es deftig.« Seine Augen blitzen amüsiert, als er ihre Irritation auf die Zweideutigkeit sieht. Doch Alma versucht, sich nicht noch mehr verunsichern zu lassen. Sie mustert ihn genauer, sucht einen Anhaltspunkt, wie sie am besten mit ihm umgehen kann, ohne sich ständig unterlegen zu fühlen. Er lacht, als er ihren forschenden Blick auf sich fühlt, und sieht plötzlich viel jünger aus. Er scheint noch keine vierzig zu sein. Eher Mitte dreißig. Und wenn er diesen – wie sie findet – hässlichen Schnauzer nicht hätte, der irgendwie aufgeklebt aussieht, und die lange weiße Narbe auf der rechten Wange, die seine Gesichtszüge verfremdet, würde er vielleicht sogar gut aussehen.

»Was machen Sie hier draußen?«

»Ich habe Ihnen doch gesagt, dass Sie mich wiedersehen werden.«

Alma runzelt erneut die Stirn. Schäkert er etwa mit ihr? Sie verschränkt die Arme vor der Brust. Die beiden Hilfspolizisten lehnen etwas verlegen am Wagen und tun so, als würden sie nichts hören oder sehen. Sein Lächeln wird breiter. Ein Goldzahn blitzt auf. Unvermittelt fragt er: »Begleiten Sie mich nächste Woche zu den Maifeierlichkeiten nach Akkerman?«

Alma ist überrascht. Zeigt es aber nicht.

»Warum sollte ich das?«

»Nun, neben der üblichen Feier mit Musik und Tanz wird es dieses Mal auch Aufmärsche reichsdeutscher und bessarabischer Jugendgruppen geben, und ich werde eine Rede halten. Eine wichtige Rede über den Zusammenhalt des deutschen Volkes.« Er macht eine kleine rhetorische Pause, blickt ihr tief in die Augen und endet mit dem Satz: »Und meine Begleiterin soll die schönste Frau Bessarabiens sein.«

Alma ist überrumpelt, fühlt sich einerseits geschmeichelt, gleichzeitig sträubt sich alles in ihr. Doch bevor sie etwas darauf erwidern kann, wechselt er übergangslos das Thema.

»Ich habe Sie mit einem kleinen Jungen gesehen, Sie haben einen Sohn?«

Alma fragt sich verwundert, wann er sie mit Albert gesehen haben könnte. Ob er ihr nachgestellt hat? »Nein, das ist mein kleiner Bruder.«

»Ah, ich fragte mich schon, wer der Vater dazu wäre, und vermutete den jungen Baumann. Ein Prachtkerl – gewiss! So groß und kräftig! Ich habe gesehen, wie Sie ihn angeschaut haben.«

Er schnalzt mit der Zunge, so wie er es vorhin beim Wein getan hat. »Ich verstehe Sie – wirklich –, er sieht stattlich aus! Doch dann dachte ich sogleich, dass das Fräulein Alma wohl nicht so unachtsam wäre und ihr reines Blut mit *so einem* verschmutzen würde.«

Mit jedem Wort verdüstert sich Almas Gesichtsausdruck mehr. Was geht diesen Mann ihre Beziehung zu Gregor an? Und als er bei »verschmutzen« angekommen ist, hat sie das Gefühl, sie müsse platzen. Sie weiß nicht, was sie sagen soll, versteht die Anspielung nicht, merkt schon wieder, dass ihr dieser Mann in seiner Bösartigkeit, die er stets mit gönnerhaftem Ton vorbringt, völlig überlegen ist. Sie versucht, ruhig zu bleiben, atmet tief durch und sagt kalt: »Ich weiß nicht, was Sie meinen. Und ich will es auch gar nicht wissen. Doch Sie sprechen sehr respektlos über meinen besten Freund. Und das will ich nicht.«

SS-Standartenführer Gengelbach hebt die linke Hand und wackelt belustigt mit den Fingern.

»Na hören Sie, ein sechster Finger ist ja wohl nicht zu übersehen! Bedenken Sie, das würden Ihre Kinder erben.«

Er lacht, als wäre das alles nur ein Scherz, und zündet sich eine Zigarette an. Als Alma nicht sofort etwas erwidert, dreht er sich wie gelangweilt auf der Ferse um die eigene Achse. Sein Blick bleibt bei den grasenden Pferden hängen.

»Ah, was für ein schönes Tier!«

Mit ein paar Schritten ist er bei Bojan, der abwartend den Kopf hebt, und streicht ihm über die Nüstern. Das Fell des Pferdes ist genauso schwarz wie seine Uniform.

»Er würde gut zu mir passen, finden Sie nicht auch? Fast so gut wie seine Besitzerin«, fügt er mit einem Augenzwinkern hinzu. Worauf Bojan die Ohren anlegt, die Oberlippe hochstülpt und mit den Vorderbeinen stampfend sehr eindeutig zeigt, was er von der Aussage hält. Alma wünscht sich, dass er ihn beißt. Leider tut er es nicht.

»Wissen Sie, Fräulein Alma«, sagt er mit diesem ganz bestimmten jovialen Ton, den sie jetzt schon hasst, »in der Welt herrscht Krieg. Davon merkt ihr hier in eurem heilen Bessarabien nichts. Doch täglich sterben Tausende auf den Schlachtfeldern. Wir haben diesen Monat Norwegen angegriffen und Dänemark eingenommen. Nur sechs norwegische Divisionen leisten mit der Unterstützung der Briten und Franzosen und ein paar Exilpolen noch Widerstand – den sie bald aufgeben werden.« Er lässt Bojan los, schnippt seine Zigarette weg und kommt wieder zu Alma zurück, und mit einem scharfen Ton in der Stimme, den sie bisher noch nicht bei ihm gehört hat, fährt er fort: »Die Welt ist im Umbruch. Und glauben Sie mir, auch Ihre wird die Auswirkungen zu spüren bekommen. Denn das ist erst der Anfang. Hitler hat große Pläne. Und da täten Sie gut daran, sich auf die richtige Seite zu schlagen.«

Plötzlich stehen Alwin und Anton neben ihr. Erleichtert atmet Alma auf und fragt sich gleichzeitig, warum die so lange gebraucht haben, um zu ihr zu stoßen. Sie haben doch bestimmt gesehen, dass ihr das Gespräch mit Gengelbach unangenehm war.

»Ah, die Herren Brüder.« Er mustert die beiden. »Ihren anderen Bruder, den blonden, habe ich gestern in der Dorfschenke gesehen. Ihr Vater war bei ihm. Und – wie soll ich sagen – er war sehr aufgebracht. Er hat ihn vor aller Augen geohrfeigt. Was er wohl angestellt hat?«

Alwin und Anton bekommen große Augen. Das wussten sie nicht. Alwin will etwas erwidern, doch ohne eine Antwort abzuwarten, redet Gengelbach weiter. »Ich habe eben Ihre Schwester dazu eingeladen, meine Begleiterin bei den Maifeierlichkeiten zu sein. Doch wie mir scheint, fehlt ihr die nötige Begeisterung. Vielleicht können Sie als ältester Bruder«, wendet er sich an Alwin, »da etwas nachhelfen.«

Seine Stimme trieft vor Sarkasmus. Alma hofft, dass Alwin nichts Unbedachtes tut. Doch der bleibt zum Glück gelassen und sagt mit ruhiger, tiefer Stimme:

»Alma kann leider nicht. Sie begleitet mich zu den Maifeierlichkeiten nach Odessa.« Alma fällt vor Erleichterung nicht nur ein Stein, sondern ein ganzer Steinbruch vom Herzen. Dafür blitzt unverhohlene Wut in den Augen des SS-Standartenführers auf. Er hat sich jedoch schnell wieder im Griff.

»Sehr bedauerlich – wirklich sehr bedauerlich.«

Er wendet sich wieder an Alma.

»Schenken Sie mir wenigstens einen kleinen Spaziergang, Fräulein Alma? Ihre Brüder kommen bestimmt auch ein Weilchen ohne Sie zurecht.« Galant hält er ihr den Arm hin. »Dann können wir ein wenig allein sein und uns besser kennenlernen.« Seine Stimme klingt liebenswürdig, doch die Augen funkeln böse. In Alma sträubt sich alles. Sie merkt, dass sie Angst vor diesem Mann hat. Große Angst. Sie traut ihm alles zu, und er ist es offenbar nicht gewohnt, zurückgewiesen zu werden. Denn als Alma zögert, ergreift er ihre Hand und legt sie sich kurzerhand selbst auf den Arm. Ein Mann wie er lässt ganz offensichtlich keine Gegenrede, keinen Widerstand zu.

Er führt sie in einem großen Bogen an den Weinreben entlang hinter die Scheune. Sie weiß nicht, warum sie sich das gefallen lässt, warum sie ihm nicht ein für alle Mal klarmacht, dass sie nichts mit ihm zu tun haben will. Vielleicht hofft sie, ihn mit einem kleinen Zugeständnis schneller loszuwerden. Und was ist denn schon dabei, wenn sie mit ihm ein wenig spazieren geht? Doch die Wahrheit ist, dass sie wie alle Frauen dazu erzogen worden ist, den Wünschen mächtiger Männer zu entsprechen. Selbst ihre Mutter, die in ihrer Erinnerung eine starke, beeindruckende Frau war, sagte stets: »Wir Frauen müssen uns dem Patriarchen unterordnen.« Und obwohl Alma trotzdem einen unabhängigen Geist entwickelt hat, kann sie den anerzogenen gesellschaftlichen Normen, diesem inneren Gefängnis, nicht entfliehen.

Kaum hat SS-Standartenführer Gengelbach Alma, unbemerkt von den anderen, hinter die Scheune geführt, packt er sie, stößt sie gegen die Bretterwand und presst ihr die Hand auf den Mund, damit sie nicht schreien kann. Doch diese Vorsichtsmaßnahme ist völlig unbegründet. Alma kann sich vor Scham und Entsetzen nicht bewegen, schon gar nicht schreien. Sie fühlt in einem Zustand völliger Gelähmtheit seinen heißen, nach Zigaretten stinkenden Atem an ihrem Hals und spürt, wie er sich mit der anderen Hand an ihrer Arbeitshose zu schaffen macht. Er will die Knöpfe öffnen, was ihm nicht so schnell gelingt. Und Alma denkt: *Gott sei dank trage ich keinen Rock,* und dann denkt sie erst einmal nichts mehr, fühlt nur noch, wie der Ekel sie zu übermannen droht, hört die drängende Stimme Gengelbachs, wie er heißer in ihr Ohr flüstert, sie wolle es doch auch, das habe er ihr gleich angesehen, damals, bei ihrer ersten Begegnung. Und mit einem Ruck reißt er ihr die Hose auf. Die Knöpfe springen ab und landen im Gras.

Auf der anderen Scheunenseite hört Alma ihre Brüder, wie sie sich mit Bachmeier und dem Moser Franz unterhalten. Sie will schreien, Hilfe holen, den Albtraum beenden. Doch dann sieht sie vor sich, was passieren würde, und der Schrei bleibt in ihrer Kehle stecken. Denn Alwin und Anton würden herbeieilen, sie verteidigen und den Kampf mit Gengelbach und den Hilfspolizisten aufnehmen. Vielleicht würde Alwin ihnen sogar ernsthafte Verletzungen beibringen, schließlich ist er groß und stark, Gengelbach vielleicht sogar töten. Das würde sie ihm in so einer Situation, bei der es um ihre Ehre geht, zutrauen. Und dann? Würde er verhaftet werden.

Ihre Gedanken überschlagen sich. Sie versucht, nicht ohnmächtig zu werden, und spürt mit Entsetzen, wie ihr die Hose von der Hüfte gleitet, sie schutzlos der Gier Gengelbachs ausgeliefert ist und sich seine kalten Hände in das warme Fleisch ihrer Schenkel graben. Und der Ekel überrollt sie erneut – da sieht sie ihn: Vorne, am Eck der Scheune, gleich neben einem Rebstock steht die große Gestalt eines Tieres, das mit geducktem Kopf lauernd das unselige Treiben Gengelbachs beobachtet.

Im ersten Moment könnte man denken, es sei ein Hund. Ein großer Hund. Doch Alma weiß es besser. Es ist ein Wolf. Und sie ist sich sicher, dass es *der* Wolf ist. Ein wunderschönes, majestätisches Tier. Und das keine zwanzig Schritte von ihr entfernt. Es hat die Nackenhaare nach oben gestellt und die Vorderzähne gebleckt. Das gibt ihr den Mut, den sie braucht, um die Lähmung von sich abzuschütteln. Mit einem Knurren, von dem sie nicht weiß, ob es von ihr oder dem Wolf kommt, stößt sie Gengelbach von sich weg.

Damit hat dieser nicht gerechnet. Mit überraschtem Gesichtsausdruck taumelt er zurück. Fluchend will er sich wieder auf sie stürzen. Dann sieht auch er den Wolf. Er erstarrt. Und eine Verwandlung geht durch seinen Körper. Die Gesichtszüge versteinern, und ein fiebriger Glanz tritt in seine Augen. Alma ist vergessen. Er greift an das seitlich hängende Waffenholster, knöpft es auf und zieht eine Pistole heraus. Die Narbe an seiner Wange glüht rot. Mit vor Aufregung zitternden Händen richtet er die Waffe auf den Wolf. Der fletscht die Zähne. Ein Schuss knallt. Der Wolf dreht sich um und rennt los. SS-Standartenführer Gengelbach knöpft sich hastig die Hose zu, spurtet um die Scheune, und schreit den beiden Hilfspolizisten zu, sie sollen den Wagen starten. Er selbst ist in wenigen Schritten dort und springt mit einem Satz hinein. Der Geländewagen braust mit röhrendem Motor los, dem Wolf hinterher, der den Rebhang hinunter auf den Wald zurennt.

Es ist ein ungleiches Rennen. Der Abstand zwischen Tier und Auto wird schnell geringer. SS-Standartenführer

Gengelbach hält den Arm aus dem Wagen und schießt erneut, von seinen beiden Gehilfen lauthals angefeuert. Schnell sind sie auf gleicher Höhe, kommen dem Tier bedrohlich nahe. Die rotierenden Vorderreifen sind beinahe neben den galoppierenden Pfoten. Wenn der Wolf auszuweichen versucht, setzt der Wagen sofort nach. Die Männer lachen siegesgewiss. Der Wolf hat keine Chance. Sollte SS-Standartenführer Gengelbach ihn wieder nicht treffen, werden sie ihn einfach überfahren. Oder beides. Die ungleiche Verteilung der Kräfte hat etwas Obszönes, Entwürdigendes, ist einfach falsch. Alma kann es nicht mehr mit ansehen. Vielleicht erkennt sie sich auch selbst in dem Tier. Nur so kann sie sich später – viel später – erklären, was nun folgt.

Sie hastet zur Kutsche, zieht ihre Hose, nun ohne Knöpfe, mit dem Gürtel enger, greift sich das Gewehr, das bei Arbeitsfahrten stets geladen unter dem Kutschbock liegt, zielt auf den linken Hinterreifen des Geländewagens und schießt.

Alma war nie eine gute Schützin. Von zehn Versuchen trifft sie maximal einmal. Sie schießt auch nicht oft. Nur, wenn ihr Vater und Alwin unterwegs sind und Anton sich ihr überlegen fühlen will. Dann fragt er mit scheinheiliger Stimme, ob sie nicht zusammen in der Steppe Rebhühner jagen wollen. Nur um gleich danach hinzuzufügen, dass er aber vielleicht besser allein gehen sollte, denn schließlich sei Schießen und Jagen »Männersache«. Mit so einer Aussage schafft er es *immer*, ihren Ehrgeiz zu wecken. Auf gar keinen Fall will sie sich kampflos seiner männlichen Selbstgefälligkeit ergeben und ihm die Genugtuung eines zu leichten Sieges verschaffen. Allerdings ist auch er kein wirklich guter Schütze. Weshalb die Ausbeute ihrer geschwisterlichen Rivalität meist gering ist – sehr zur Freude der Rebhühner.

Inzwischen vermutet sie, dass sie beide dasselbe Problem haben. Sie denken zu viel nach und wenden nicht einfach das an, was ihnen der Vater vor Jahren beigebracht hat: sich auf das Ziel konzentrieren – zielen – einatmen – Luft anhalten – abdrücken. Er hat nie etwas von denken gesagt. Ihre Gedanken hingegen galoppieren spätestens beim Einatmen wild in alle Richtungen, und beim Abdrücken gebärden sie sich wie ein Rudel junger Hunde.

Doch diesmal ist es anders. Ihr ganzes Sein ist durchdrungen von Abscheu. Und schon beim Abdrücken, noch bevor die Kugel ihr Ziel erreicht, weiß sie, dass sie treffen wird – und tatsächlich: Eine Hundertstelsekunde später bricht der Geländewagen hinten aus und wäre gekippt, wenn der junge Bachmeier nicht rechtzeitig gegengelenkt und den Wagen zum Stehen gebracht hätte. Und genau diese Hundertstelsekunde braucht Alma, um zu begreifen, was sie da eben aus dem Affekt heraus getan hat – und was es bedeutet. Und auch Alwin, der bis zu diesem Moment sprachlos neben ihr gestanden hat, begreift es. Er entreißt ihr blitzschnell das Gewehr und wirft es hinten auf die Auflage der Kutsche. Dann tritt er wieder neben sie, als wäre nichts gewesen.

Währenddessen haben sich die Insassen des Geländewagens von dem Schreck erholt und blicken laut fluchend dem Wolf hinterher, der mit großen Sprüngen im Dickicht des Waldes verschwindet. Die beiden Gehilfen gehen um den Geländewagen, suchen eine Erklärung für ihr Malheur und entdecken den zerfetzten Reifen, auf den sie etwas dümmlich zeigen. SS-Standartenführer Gengelbach schreit sie aus dem Auto heraus an. Alma sieht, wie er wütend gestikuliert. Schnell machen sie sich daran, den Reifen zu wechseln.

Gengelbach steigt aus und guckt ihnen mit auf dem Rücken verschränkten Händen zu. Alma steht wie zur Salzsäule erstarrt da und beobachtet scheinbar emotionslos das geschäftige Treiben. Dabei ist ihr Innerstes in wildem Aufruhr. Stoßweise entweicht ihr Atem. Dann spürt sie Alwins Hand auf ihrem

Rücken und wie er sie zu den Pferden schiebt, denen Anton rasch das Geschirr anlegt. Alwin zischt ihr zu, dass sie so schnell wie möglich verschwinden sollten, dass sie morgen fertig spritzen können und sie den drei Mistkerlen auf keinen Fall länger zugucken dürfen.

Schweigend hilft Alma ihm, die restlichen Arbeitsgeräte auf die Lastenkutsche zu laden, schiebt das Gewehr heimlich unter die leeren Fässer und verankert diese nochmals fester. Darauf sattelt sie Bojan. Erst jetzt dreht sie sich nochmals um und schaut hinunter zum Geländewagen und zu den drei Männern, die gerade wieder starten wollen. In dem Moment hebt SS-Standartenführer Gengelbach den Kopf und blickt ihr mit ausdruckslosem Gesicht direkt in die Augen. Ihr ist, als würde ihr eine kalte Hand die Kehle zudrücken. Sie denkt an den Traum, hört seine drängende, heisere Stimme und fragt sich, ob er weiß, was sie getan hat.

* * *

Auf der Rückfahrt herrscht Alwin sie an, was sie sich dabei gedacht habe. Anton haut in dieselbe Kerbe. Beide fallen regelrecht über sie her. Alma faucht zurück: »Lasst mich in Ruhe!«

»Nein, das hörst du dir jetzt an!«, zischt Alwin. »Du hast auf ihn geschossen und uns damit alle in Gefahr gebracht!«

Alma antwortet schnippisch. »Warum sollte er uns verdächtigen? Der Knall des Schusses ist vermutlich im Motorengeräusch untergegangen! Niemand findet heraus, dass der platte Reifen durch eine Kugel verursacht wurde. Schließlich ist der Untergrund uneben und voller spitzer Steine.« Sie gibt sich uneinsichtig. Dabei macht sie sich selbst die größten Vorwürfe. Alwin bemerkt es und beendet resigniert den hitzigen Disput.

»Hoffen wir es. Denn wenn nicht, werden wir alle ein dickes Problem bekommen. Der Mann ist gefährlich.«

Doch für Anton ist es noch nicht beendet. »Wie konntest du bloß so blöd sein?«

Alma seufzt. Anstatt zu sagen: *Eigentlich hätte er es sogar verdient, dass ich ihn und nicht den Reifen durchlöchere, denn er hat eben versucht, mich zu vergewaltigen*, antwortet sie nur: »Ich konnte ihn doch nicht einfach so den Wolf erschießen lassen.«

Anton sieht sie verblüfft an.

»Na und, wir hätten den Wolf auch erschossen, wenn er vor uns gestanden hätte.«

»Ja, aber siehst du denn nicht den Unterschied?«

Als er nicht antwortet und sie nur fragend ansieht, versucht sie, in Worte zu fassen, was als diffuses Gefühl auf ihrer Seele liegt.

»Er hat aus dem fahrenden Auto heraus geschossen, und dann wollten sie ihn auch noch überfahren! Es war so … so …« Sie sucht nach einem Wort. »… so unwürdig!«, platzt es aus ihr heraus, sie ist froh, einen Begriff gefunden zu haben, der wenigstens annähernd das trifft, was sie empfindet, in Bezug auf den Wolf und auch auf sich selbst.

Darauf schweigt Anton. Dafür fügt Alwin leise hinzu: »Dieser Gengelbach ist ein Schwein. Doch du hast uns alle damit gefährdet. Mensch, Alma, das ist nicht irgendwer! Das ist ein hoher Vertreter des Deutschen Reichs!«

Alma nickt. Wem erzählt er das? Sie ist nur froh, dass sie mit der Abscheu, die sie diesem Mann gegenüber empfindet, nicht allein ist. Offenbar kann Alwin sie verstehen. Obwohl sie mit keinem Wort erwähnte, was er ihr angetan hat.

Schweigend fahren sie weiter. Jeder hängt seinen Gedanken nach. Und Alma beschließt, dass sie niemandem von dem Vorfall erzählen wird. Denn wenn sich ihre Brüder Gengelbach vornehmen, wären die Folgen fatal. Für die ganze Familie. Sie will sich selbst dafür rächen. Ihre Brüder sollen dadurch nicht gefährdet werden. Nach diesem Entschluss nickt sie stumm: O ja, sie wird sich rächen. Sie schwört es sich. Und sie merkt, dass bei diesen kämpferischen Gedanken die brennende Scham über das, was ihr angetan wurde, und darüber, dass sie sich nicht gewehrt hat, ein wenig nachlässt. *Du willst es doch auch, das habe ich dir gleich angesehen, damals, bei unserer ersten Begegnung.* Hatte sie ihm tatsächlich diese Signale gesendet? War sie womöglich selber schuld? Erneut brandet Scham auf. Begleitet von einer starken Übelkeit. Sie befürchtet, dass sie sich gleich übergeben muss. Doch sie stemmt sich mit aller Willenskraft dagegen. O nein, diese Schuld wird sie nicht annehmen, sie wird nicht wieder schwach werden. Sie wird sich rächen. Und kein Mann soll jemals wieder gegen ihren Willen Hand an sie legen können. Nein, nein, nein, nein! Die Übelkeit lässt nach. Anton reißt sie aus der Litanei heraus und sagt anerkennend: »Das war ein unglaublich guter Schuss – ich werde nie wieder mit dir zur Rebhuhnjagd gehen.«

* * *

»Alma, Alma, komm, ich will dir was zeigen!«

Kaum hat Alma Bojan abgesattelt, trocken gerieben und versorgt, kommt ihr ein Haufen kreischender Dorfkinder entgegengerannt, verfolgt von einem wütenden Gänserich, der seine brütende Gänseschar beschützen will, von den Kindern jedoch nicht weiter beachtet wird.

»Komm, komm!« Ihr achtjähriger Stiefbruder Arthur sondert sich von der Gruppe ab, nimmt Almas Hand und zieht sie aufgeregt ins Wohnhaus. Die anderen Kinder rennen lärmend weiter und springen nun den Lämmern und Fohlen hinterher, die lustige Bocksprünge vollführen. Der Gänserich schnattert ihnen noch ein letztes Mal drohend nach und trottet stolz, in dem Glauben, die Kinderschar verjagt zu haben, zu seinen Gänsedamen zurück.

In der Küche ist es heimelig warm. Am Küchentisch sitzt Almas Stiefmutter und schält Kartoffeln, am Herd rührt Manja in einem großen Topf, aus dem die herrlichen Aromen von Knoblauch und Geräuchertem steigen. Eine weitere Magd, deren Namen Alma noch nicht kennt, weil sie ganz neu ist, knetet Brotteig.

Der kleine Albert steht mit wackeligen Beinchen neben dem Ofen vor einem niedrigen Tisch und schielt konzentriert in einen Korb. In den halb geöffneten Händen hält er etwas Gelbes.

»Was hast du denn da?«, fragt Alma sanft und beugt sich zu ihm hinunter, den missbilligenden Blick ihrer Stiefmutter ignorierend, die sich eine bissige Bemerkung zu ihrer Männerkleidung zu verkneifen scheint. Albert strahlt sie an und hält ihr ein Küken entgegen, das sich vergnügt in der Küche umsieht.

Arthur will ebenfalls ihre Aufmerksamkeit, schiebt sich neben seinen kleinen Bruder und zeigt Alma den Inhalt des Korbes: Er ist mit einem rot-blau-grün gestreiften Stoff ausgelegt in dem sich fünf weitere Küken leise piepsend aneinander kuscheln und darauf warten, dass die Gluckhennen die restlichen Eier im Stall ausgebrütet haben. Die Küken sehen aus wie kleine, flauschige Bälle. Arthur nimmt eins davon vorsichtig in die Hände und reibt zärtlich die Wange an dem weichen Flaum. Der kleine Albert macht es ihm sofort nach. So verharren beide mit einem seligen Lächeln in den runden Gesichtern. Diese Geste ist so rührend, strahlt so viel Unschuld aus, ist so ein gewaltiger Kontrast zu dem, was passiert ist, dass Alma leise anfängt zu weinen.

Kapitel 5

Bessarabien, Ende April 1940

Niemand hat solch eine heftige Reaktion der Stiefmutter erwartet. Sie tobt regelrecht, nachdem der Vater während des gemeinsamen Mahls verkündet hat, dass Alma ihren Bruder nach Odessa begleiten wird. Die Stimme der Stiefmutter überschlägt sich beinahe. Alle schauen betreten auf die Teller. Keiner isst mehr. Diese sonst so stille, zurückhaltende Frau, die Unmut – wenn überhaupt – nur durch Blicke zeigt, ist völlig außer sich. Ihr sonst so blasses Gesicht ist rot angelaufen und die krausen blonden Locken winden sich wie dünne Drähte aus dem straff gebundenen Dutt. Alma bekommt ein schlechtes Gewissen. Natürlich ist sie froh, dass ihr Vater ihr erlaubt, mit Alwin nach Odessa zu reisen. Und natürlich hat sie damit gerechnet, dass ihre Stiefmutter das nicht gutheißen würde. Wie alles, was sie als ungerechtfertigtes Privileg der »Lieblingstochter« betrachtet. Doch mit dieser heftigen Gegenreaktion hat sie nicht gerechnet. Niemand hat das. Auch nicht ihr Vater, der demonstrativ ruhig Wein nachschenkt und die Tirade scheinbar gelassen an sich abprallen lässt.

Wie lange er wohl noch so beherrscht bleibt? Alma hat Angst, dass die Situation eskaliert. Niemand hat je so mit ihm gesprochen. Zumindest nicht vor Dritten. Alma fragt sich, was in ihre Stiefmutter gefahren ist. Sie kennt doch ihren Mann, der schon aus weit geringerem Anlass explodieren kann. Daran will Alma nicht schuld sein. Auch nicht indirekt. Zu ihrem Erstaunen gesellt sich zu dem schlechten Gewissen aber noch ein anderes Gefühl: Mitleid. Ein Gefühl, das sich bei ihr noch nie gegenüber ihrer Stiefmutter geregt hat. Dafür ist sie ihr all die Jahre über zu sehr – na ja – egal gewesen. Sie war halt »die Stiefmutter«, der Alma anfangs sogar mit großem Widerwillen begegnet ist. Schließlich war ihre Mutter gerade einmal drei Monate unter der Erde, als ihr Vater um die neue Frau gefreit und sie sich in ihrer aller Leben gedrängt hat. So sah Alma das damals jedenfalls. Weshalb sie ihr bei ihrer ersten Begegnung gegen das Schienbein getreten hat. Nun, sie war acht Jahre alt und hatte gerade ihre Mutter verloren.

Doch während Alma wie paralysiert der blonden Frau mit dem gedrungenen, kräftigen Körper bei ihrer Tirade zusieht, erkennt sie deren ganzes Unglück, das groß und schwer auf ihren Schultern lastet: Sie war damals so jung wie sie selbst jetzt. Gerade mal achtzehn, als sie einen Witwer mit vier Kindern geheiratet hat und fortan mit einer Toten konkurrieren musste. Sie hatte nie eine Chance, mit diesem Mann glücklich zu werden, und ebenso wenig, dass seine Kinder sie akzeptieren würden.

Die Leute erzählen, dass sie früher eine fröhliche junge Frau gewesen ist, die viel gelacht hat und anpacken konnte. Vermutlich hat ihr Vater sie deshalb geheiratet. Schließlich brauchte er schnell jemanden, der sich um die Kinder und den Hof kümmerte und möglichst unkompliziert war. Vielleicht hat er auch so etwas wie Zuneigung zu ihr gefühlt. Auch wenn er das dann gut versteckt hat.

Und so hat sich ihre Stiefmutter über die Jahre hinweg immer mehr zurückgezogen, wurde schweigsam, gar verbittert, hat die Kinder vernachlässigt, auch ihre eigenen, und mehrere Fehlgeburten erlitten, über die sie mit niemandem trauern konnte. Schon gar nicht mit ihrem Mann. Denn ihr Unglück kam nicht an ihn heran. An diesem unnahbaren, schweigsamen Mann prallte alles ab. Und vielleicht hätte sie sein distanziertes Wesen auch noch irgendwie akzeptieren können. Schließlich war er einfach so, er begegnete niemandem mit Wärme. Doch erst vor wenigen Tagen hat sie ihn dabei beobachtet, wie er am Grab seiner ersten Frau Blumen niederlegte und anschließend im Gebet verharrte. Und Alma, die ihn ebenfalls dabei beobachtet hat, ist sich sicher, dass auch ihre Stiefmutter die Tränen sehen konnte, die ihm dabei über die Wange rannen.

Und noch bevor ihr Vater den enthemmten Redeschwall seiner Frau, der das Gift von zehn Jahren in sich trägt und all die Wut und Ohnmacht, die sich in dieser Zeit aufgebaut hat, herausschleudert – noch bevor er all das mit einem kräftigen Schlag auf den Tisch beenden kann, steht Alma auf, stellt sich an das Fußende des Esstischs und entschuldigt sich mit ruhiger, gefasster Stimme bei ihrer Stiefmutter.

Es ist, als würde diese bei ihren Worten von weit her zurückkommen. Als wäre ihr Geist bei dem Lamento auf Wanderschaft gegangen, durch die letzten zehn Jahre, an jeder geschlagenen Verletzung, jeder bitteren Enttäuschung vorbei. Und Alma wiederholt die Worte langsam. »Es tut mir leid, wirklich! Ich habe nicht damit gerechnet, dass dich meine Reise nach Odessa so aufbringen könnte. Das wollte ich nicht. Ich wollte dich damit nicht brüskieren.«

Und sie begründet das, was eigentlich auch ihr Vater seiner Frau im Vorfeld hätte erklären können, wenn er sie nicht nur vor vollendete Tatsachen gestellt, sondern ein Gespräch auf Augenhöhe mit ihr gesucht hätte. Und Alma weiß, sie überschreitet ihre Kompetenzen, bricht ein Tabu. Denn es ist nicht an ihr, Familienangelegenheiten zu regeln, so etwas ist einzig dem Oberhaupt vorbehalten. Und vielleicht provoziert sie dadurch selbst einen Eklat. Doch das ist ihr in diesem Moment egal. Sie will, dass ihre Stiefmutter versteht, will, dass sie sich mit der Situation versöhnt, wenn nicht gar mit ihrem Leben. Und so spricht sie, als wäre ihr Vater nicht anwesend, als wäre sonst überhaupt niemand im Raum. Nur sie und ihre Stiefmutter.

»Natürlich möchte ich gerne nach Odessa, ich will die große Hafenstadt kennenlernen, das quirlige Leben sehen, von dem alle so viel erzählen. Viel lieber will ich das, als die Haus- und Mauerwände zu kalken, was vor dem Feiertag ansteht. Deshalb wollte Vater mich auch nicht gehen lassen, schließlich kann ich nicht einfach als Arbeitskraft ausfallen. Und unter normalen Umständen hätte ich mich still gefügt. Doch die vermeintliche Vergnügungsreise hat noch einen anderen Grund.« Sie blickt der Stiefmutter fest in die Augen. »SS-Standartenführer Gengelbach stellt mir nach und Alwin denkt, mich durch diese Reise vor ihm schützen zu können.« Dass SS-Standartenführer Gengelbach sie vergewaltigen wollte, dass sie auf ihn geschossen hat und dadurch die Situation noch brisanter ist, verrät sie lieber nicht. So weit muss die Offenheit auch wieder nicht gehen, findet sie.

Ansonsten lässt sie aber nichts aus. Sie fährt fort, »Ich weiß, du denkst, ich würde mich vor der Frauenarbeit drücken wollen, was zu einem gewissen Grad ja auch stimmt. Ich mag die typische Frauenarbeit einfach nicht, ich finde sie langweilig, habe einfach kein Talent zum Kochen, Nähen oder Spinnen. Aber du weißt, dafür engagiere ich mich umso mehr im Weinbau und scheue auch sonst keine körperliche Arbeit.« Ihre Stimme wird weich. »Zudem liebe ich meine beiden kleinen Stiefbrüder und würde alles für sie tun, auch das weißt du hoffentlich«, sagt sie eindringlich und lässt die Stiefmutter nicht aus den Augen, die ihr immer noch reglos gegenübersteht. »Doch in Zukunft will ich versuchen, dich mehr zu unterstützen. Das verspreche ich.«

Es ist die längste Ansprache, die Alma jemals an ihre Stiefmutter gerichtet hat. Sie ist selbst über sich erstaunt. Es ist einfach aus ihr herausgesprudelt und hat sich richtig angefühlt. Ihre Geschwister starren sie nur sprachlos an, die Knechte und Mägde tun so, als wären sie nicht da, der Vater steht wortlos auf und verlässt den Raum. Und die Stiefmutter?

Die lässt sich erschöpft auf einen Stuhl fallen und starrt blicklos auf den Esstisch. Sie ist kreidebleich geworden. Schweißperlen rinnen an ihrer Schläfe herab, die sie mit zittrigen Händen wegwischt. Alma weiß nicht, ob sie die Worte verstanden hat, ob es zu ihr durchgedrungen ist. Doch am nächsten Tag, als sie und Alwin mit der Kutsche vom Hof fahren, an den arbeitenden Frauen vorbei, die wie jedes Frühjahr die Haus- und Mauerwände weiß kalken und das Dorf dadurch zum Strahlen bringen, erntet sie keinen bösen Blick von ihr. Im Gegenteil. Als sie schon das Tor passieren, sieht sie aus den Augenwinkeln, wie die Stiefmutter ihnen hinterherblickt und die Hand zum Abschied hebt, als würde sie ihnen Glück wünschen.

* * *

Odessa, Perle der Schwarzmeerküste! Es ist aufregend, in die sowjetukrainische Hafenstadt zu kommen, die Katharina die Große Ende des achtzehnten Jahrhunderts als Militärstützpunkt bauen ließ. Und die eine wechselvolle Geschichte hat. Alwin erzählt Alma, dass Stalin im Winter 1931/32 eine Hungersnot herbeiführte, um die Ukrainer zu unterwerfen. Es starben fast vier Millionen Menschen. In vorsowjetischen Zeiten war Odessa ein florierender, moderner Handelsplatz und das Tor zur

Welt. Heute, 1940, hat sie einiges davon eingebüßt, trotzdem ist Alma von dieser wunderschönen Stadt überwältigt. Sie weiß gar nicht, wo sie zuerst hingucken soll, als sie von Akkerman kommend mit der Fähre über das blaue Wasser in den Hafen einfahren.

Die Möwen begrüßen sie mit lautem Kreischen, der frische, salzige Wind lässt ihre Augen tränen. Sie reibt sie mit dem Saum ihrer Jacke trocken, und als sie wieder klar sehen kann, strahlt ihr die monumentale Potemkinsche Treppe entgegen. Das Wahrzeichen Odessas, wie ihr Alwin erzählt. Sie zieht sich steil, nach oben verjüngend, zur Stadt hoch, die auf einem Hochplateau thront. Alma schwindelt es vor Staunen.

Nachdem sie von Bord gegangen sind, zeigt ihr Alwin oben die parallel zum Wasser verlaufende prachtvolle Promenade mit den stolzen Herrenhäusern und Denkmälern. Alma wusste nicht, dass Menschen fähig sind, so etwas Überwältigendes zu bauen. Bisher kannte sie nur die Kreisstadt Akkerman. Und schon beim Anblick der Festung, die in Akkerman hoch über den Klippen aufragt, blieb ihr vor Staunen beinahe die Luft weg. Doch im Vergleich mit Odessa wirkt Akkerman beinahe schäbig.

Als sie sich durch die engen, gepflasterten Gassen der Innenstadt schieben, hören sie die Melodie unterschiedlichster Sprachen. Alwin sagt, dass es früher noch internationaler war, dass man damals, vor der Revolution, neben Russisch, Deutsch, Bulgarisch und Rumänisch auch Italienisch, Griechisch, Englisch und Französisch hören konnte. Trotzdem ist es überwältigend. Und es stinkt. Noch nie war ihr bewusst, wie streng es riecht, wenn viele Menschen auf engstem Raum zusammenleben. Ein Gemisch aus Fäkalien, Essensgerüchen, Pisse, Feuer, Rauch, Benzin, Gewürzen, Fisch und anderen Dingen, die sie nicht benennen kann. Und zu ihrem Erstaunen stellt sie fest, dass sie sich bald an den Geruch gewöhnt hat und sie die Ausdünstungen der Stadt mag, dass sie etwas Lebendiges, Aufputschendes haben. Sie fühlt sich so weit von ihrem normalen Leben entfernt, dass sie beinahe Gregor vergisst und der SS-Standartenführer Gengelbach seinen Schrecken verliert. Plötzlich fühlt sie sich frei. Vergleichbar mit dem Gefühl, allein über die weite Steppe zu galoppieren.

Und auch Alwin ist ein Anderer. Der ernsthafte, gottesfürchtige junge Mann, nur zwei Jahre älter als sie – doch seit dem Tod ihrer Mutter mit der Verantwortung geschlagen, neben ihrem Vater auf die Familie aufzupassen –, führt sie unbeschwert durch die Gassen, zeigt stolz auf dieses und jenes, als würde all das ihm gehören, als wäre er nicht erst zum zweiten Mal in der fremden Stadt. Seine grünen Augen blitzen, die Wangen sind rot, und die steile Falte über der Nasenwurzel, die seinem Gesicht sonst einen konzentrierten Ernst verleiht, ist beinahe verschwunden. Und er sieht zum ersten Mal seit Langem so jung aus, wie er tatsächlich ist.

Am frühen Abend kehren sie hungrig im Gasthof Alexej ein und essen einen Teller heißen Borschtsch mit Weißbrot. Hier wollen sie auch den Weinhändler treffen, um danach im deutschen Viertel bei einem Freund der Familie zu nächtigen, der sie zu den Maifeierlichkeiten am nächsten Tag begleiten und ihnen, wie Alma hofft, noch mehr von der schönen Stadt zeigen wird. Am dritten und letzten Tag ihrer Reise werden sie die neue staatliche Abfüllanlage am Rande der Stadt besuchen. Alwin hat sich dem Verwalter mit einem Brief angekündigt und erst kurz vor der Abfahrt einen positiven Bescheid bekommen. Verschwörerisch kam der alte Postbote nach hinten in den Pferdestall. Wie sich herausstellte, hat Alwin ihn mit einem Kanten Speck bestochen, damit er ihm den erwarteten Brief nur persönlich aushändigte. Auf keinen Fall wollte er, dass ihr Vater anhand des Absenders seine Absichten erriet. Dass dieser vielleicht erst recht hätte misstrauisch werden können, wenn er den

Postboten dabei erwischte, wie er auf dem Hof herumschlich, kam den beiden offenbar nicht in den Sinn.

* * *

Kaum hat der dralle Wirt die Teller weggeräumt und mit dem Zipfel seiner schmutzigen Schürze den Tisch sauber gewischt, betritt ein neuer Gast die Wirtsstube. Alwin steht auf und winkt ihn über den Kopf und die lauten Gespräche der anderen Gäste hinweg zu sich her. Es ist der Weinhändler. Ein kleiner Mann, Ende zwanzig mit Aknenarben auf der Wange, die er unter einem fleckigen Bart zu verstecken versucht. Alwin raunt Alma zu: »Lass dich nicht von seinem Äußeren täuschen, er ist Mitglied einer wohlhabenden jüdischen Händlerfamilie und gehört zu den wichtigsten Weinhändlern weit und breit. Und er unterhält«, seine Stimme wird noch eine Nuance leiser, »gute Kontakte zum sowjetischen Staat. Doch vor allem erzählt man sich, dass er viel, wirklich sehr viel von Wein versteht.« Alma streicht bei diesen Worten verunsichert über die abgefüllten Phiolen in ihrer Umhängetasche, die sie extra zur Weinprobe mitgebracht haben.

Doch wie sich herausstellt, ist ihre Sorge unbegründet. Denn als der junge Weinhändler bemerkt, dass Alwin nicht allein, sondern in Begleitung einer hübschen jungen Frau ist, verändert sich sein selbstsicheres und geschäftsmäßiges Verhalten schlagartig. Beinahe bestürzt starrt er Alma an, stammelt eine Begrüßung und versucht fortan, sie zu ignorieren, spricht mit Alwin über Wein und welche Möglichkeiten der Export nach Russland bietet, um sogleich einzuschränken, dass er selbstverständlich nur Weine mit hoher Qualität übernehmen könne. Immer wieder starrt er dabei zu Alma, nur um prompt wieder wegzugucken. Alma wird es bald zu blöd. Beherzt packt sie die Phiolen aus, stellt sie auf den Tisch und bittet den Wirt um ein

Weinglas, in das sie die Phiole mit ihrem besten Roten gießt. Sanft schwenkt sie das Glas, damit der Wein genügend Luft bekommt und seine Aromen entfalten kann, und bietet es dem Weinhändler an. Darauf lehnt sie sich gespannt zurück und sagt mit einem Augenzwinkern: »Der Wein ist zwar nicht optimal temperiert, doch Sie als Fachmann können ihn sicherlich trotzdem beurteilen.« Der Weinhändler windet sich und schaut Hilfe suchend zu Alwin, doch dann siegt die Neugierde über seine Befangenheit gegenüber der schönen Frau. Er nimmt das Glas, schwenkt ebenfalls, schnuppert, schließt die Augen und probiert mit angespitzten Lippen und schnalzender Zunge. Ein beseelter Ausdruck entspannt sogleich seine Gesichtszüge. Als er sie wieder öffnet, schaut er Alma direkt in die Augen. Das Eis ist gebrochen, die Schüchternheit überwunden. Nun übernimmt Alma das Gespräch und offenbart dabei ein Handelsgeschick, das sie selbst am meisten erstaunt. Schon bald werden sie handelseinig. Als Alma fragt, ob er auch an abgefüllten Flaschen interessiert sei oder ausschließlich an Fässern, bestätigt er, was sie und Alwin schon vermutet hatten: Für abgefüllte Flaschen kann er im Handel mehr erzielen und ihnen somit auch mehr bezahlen. »Und«, fügt er hinzu, »bei Ihrem guten Wein würde sich das bestimmt für alle Seiten lohnen.« Die Geschwister verabschieden sich mit dem Versprechen, darüber nachzudenken und vor allem, mit ihrem Vater darüber zu sprechen.

* * *

Die ersten Sterne sind schon aufgegangen, doch die Stadt überstrahlt deren Pracht mit ihrer Helligkeit. »Schau, es sind nur blasse kleine Punkte anstatt hell glitzernder Edelsteine«, stellt Alma etwas enttäuscht fest. Alwin lacht über den Vergleich. »Du wirst sicher noch mehr entdecken, was bei uns auf dem Land schöner ist.« Er sieht sie stolz an. »Du warst übrigens großartig!

Selbst ich hätte dir alles abgekauft – und ich bin dein Bruder!« Alma kichert und wird bei dem Kompliment ein wenig rot.

»Dabei hat er mich anfangs völlig ignoriert.«

Alwin lacht laut auf. »Allerdings, er war dir gegenüber sehr schüchtern!«

Ausgelassen schlendern sie auf dem Weg zu ihrer Schlafstatt durch die nächtlichen Gassen. Nach einer Weile fügt Alwin hinzu: »Er ist es eben nicht gewohnt, mit Frauen Geschäfte zu machen.«

»Das ist doch niemand.« Sie schluckt, bleibt stehen. Ob jetzt der Moment ist, über ihre Zukunft als Winzerin zu sprechen? Über ihre Rolle innerhalb der Familie. Sie traut sich kaum. Doch wenn nicht jetzt – nach ihrem Erfolg –, wann dann?

Sie nimmt allen Mut zusammen. »Alwin, darüber wollte ich schon lange mit dir sprechen.«

Alwin, der schon weitergegangen ist, kommt zurück und schaut sie im Licht der Straßenlaterne fragend an.

»Gregor hat mir kürzlich gesagt, dass ich als Frau die Weingärten nicht erben könne.« Sie schluckt. »Weil Frauen nun mal für das Haus und die Kinder zuständig sind.« Als Alwin darauf nichts erwidert, fährt sie fort: »Aber wir müssen das ja nicht so machen wie alle anderen – wenn wir uns einig sind, können wir das doch auch so machen, wie wir wollen.« Hilfe suchend schaut sie zu ihrem Bruder, der ihr ernst zuhört. Die steile Falte über seiner Nasenwurzel hat sich wieder gebildet. Sie kann nicht einschätzen, wie ihre Worte auf ihn wirken. Und bereut es schon, damit angefangen zu haben. Sie gibt sich einen Ruck. »Das ist mein einziger Wunsch – ich will Winzerin werden.« Tapfer spricht sie weiter: »Ich will die Weingärten ja auch nicht allein erben, aber ich will mitmachen, als gleichberechtigte Partnerin. Das Anwesen ist groß genug, ich habe alles genau ausgerechnet. Wenn du, Anton und ich den Wein zusammen bewirtschaften, bleibt genug für uns und später für unsere jeweiligen Familien übrig.«

Als Alwin immer noch nichts sagt, redet sie schnell weiter: »Ich habe viele Ideen, wie wir gemeinsam in die Zukunft gehen könnten. Wir werden die besten Weine Bessarabiens machen, wir werden in alle Welt exportieren. August will sowieso nichts damit zu tun haben, den zahlen wir einfach aus, die Kleinen, das werden wir sehen, und ...« Alwin nimmt ihre Hände und unterbricht den Redefluss. Er räuspert sich und sagt mit sanfter Stimme: »Du bist jetzt schon Winzerin – und eine verdammt gute Verhandlungspartnerin, wie wir eben gesehen haben –, vermutlich wird selbst Vater das so sehen.« Er schluckt, sucht nach Worten. »Auch ich habe viele Ideen. Wir haben zwar schon – hin und wieder – einen hervorragenden Jahrgang wie den, von dem der Händler so begeistert war, doch das ist eher Zufall. Ich will jedes Jahr einen hervorragenden Wein machen. Dafür reicht mein Wissen aber nicht aus. Ich muss dazulernen.«

Alma schaut ihn aufmerksam an, merkt, dass sie nicht die Einzige ist, die sich über die Zukunft Gedanken, die Pläne gemacht hat. Alwin, ermutigt von ihrem Interesse, fährt fort: »Ich werde für mehrere Monate nach Schabo gehen, um bei dem Besten zu lernen. Bei einem Schweizer Winzer, der schon seit langem nach Russland exportiert und großen wirtschaftlichen Erfolg damit hat.«

»Du hast das schon arrangiert?«

Er nickt. »Ja, ich bin in Kontakt mit der Familie Zügli. Morgen werde ich dir jemanden von ihnen vorstellen.«

Alma ist perplex. So viele Geheimnisse hätte sie ihrem ältesten Bruder nicht zugetraut.

»Weiß Vater es schon?«

»Nein, aber wenn ich ihm sagen kann, dass du mich vertrittst, dass wir die Zukunft zusammen gestalten wollen, kann er eigentlich nichts dagegen haben.«

Alma könnte jubeln vor Glück.

»Wird Anton mich als deinen Stellvertreter akzeptieren?«

»Du bist besser und gewissenhafter – und ehrgeiziger«, fügt er lächelnd hinzu. »Wenn Vater mit unseren Plänen mitgeht, muss er es akzeptieren.«

»Hoffentlich lässt sich Vater überzeugen.«

Alwin lacht. »Wenn er von deinem Verhandlungsgeschick erfährt, mache ich mir da keine Sorgen.«

* * *

Vor Aufregung kann Alma nicht einschlafen. Ihre Nerven scheinen zu vibrieren. Denn der Tag war nach dem Gasthausbesuch noch lange nicht zu Ende. Erst irrten sie ein wenig orientierungslos durch die Gassen der Stadt, und nachdem sie endlich das Haus ihres deutschen Freundes gefunden hatten, mussten sie mit ihm und seiner Frau auf das Wiedersehen anstoßen. Alma hatte die beiden das letzte Mal gesehen, als sie ein kleines Mädchen gewesen war. Es gab viel zu erzählen. Sie waren über mehrere Ecken väterlicherseits miteinander verwandt, und die beiden hatten noch engen Kontakt in die alte Heimat, von der sie mit Begeisterung erzählten. Stolz, als wäre es ihr Verdienst, berichteten sie von den deutschen Erfolgen an der Front, von den eroberten Gebieten, und sangen ein Loblied auf Adolf Hitler, der die Deutschen zu neuer Größe führen werde. Alwin hörte interessiert zu, stellte viele Fragen, doch Alma sah bei den Berichten das Gesicht von SS-Standartenführer Gengelbach vor sich, wurde immer einsilbiger und entschuldigte sich bald, um sich schlafen zu legen.

Im Bett dreht sich ihr der Kopf von den Erlebnissen des Tages. Um sich zu beruhigen und von dem unerfreulichen Politikthema abzulenken, holt sie das ledergebundene Buch hervor, das ihr für die Notizen zum Weinanbau und Weinmachen dient. Erst wenige Seiten sind bisher beschrieben. Nun erweitert sie das Themenspektrum um den Weinverkauf. Sie sammelt ihre Gedanken und beginnt zu schreiben. Die Wichtigkeit dieses Bereichs ist ihr erst heute bewusst geworden. Denn was bringt es, guten Wein zu produzieren, wenn man ihn nicht gut verkauft bekommt? Und sie ahnt, dass es noch vieles geben wird, was sie auf ihrem Weg zu einer richtigen Winzerin lernen muss.

Irgendwann legt sie das Buch beiseite, löscht das Licht, lässt den Tag nochmals Revue passieren und staunt über die Pläne ihres Bruders, die so gut zu ihren eigenen passen, ohne zu ahnen, dass er noch mehr Überraschungen in petto hat.

Denn am nächsten Tag stellt Alwin ihr bei den Maifeierlichkeiten etwas verlegen und gleichzeitig stolz ein Mädchen vor. Erika Zügli. Blond, schmal, mit perlendem Lachen und blitzenden hellblauen Augen. Sie ist die jüngere Schwester eines Kameraden, Robert Zügli, mit dem zusammen er den Militärdienst abgeleistet hat. Sie lebt mit ihrer Familie, die zu Beginn des neunzehnten Jahrhunderts aus der Schweiz eingewandert ist, in Schabo. Zu dieser Familie will Alwin, um noch mehr über das Weinmachen zu lernen. Und – nun kommt die Überraschung – er will sie heiraten, wie er mit roten Wangen und strahlenden Augen berichtet, was Erika lächelnd bestätigt. Alma fällt aus allen Wolken, erkundigt sich, wie lange sie sich schon kennen und erfährt, dass Erika ihren Bruder Robert manchmal in der Kaserne besucht hat und ihr dabei der großgewachsene junge Mann mit den schwarzen Haaren und den grünen Augen aufgefallen ist, der sie stets so intensiv angeschaut hat, dass es ihr durch und durch ging, und dass sie bald an nichts anderes mehr denken konnte, wie sie Alma in einem – für deren Ohren – kratzigen Schweizerdeutsch gesteht. Auf ihr Drängen hat Robert ihr seinen Kameraden Alwin vorgestellt, und viele Briefe später wurde aus ihnen ein Paar. Alma staunt nicht schlecht. Zu Hause hat niemand etwas davon mitbekommen. Ganz offensichtlich ist der Postbote von Alwin schon oft mit Geräuchertem bestochen worden.

* * *

Am nächsten Tag verabschieden sie sich von ihren Gastgebern, die dabei den rechten Arm recken und »Heil Hitler« rufen. Sie besichtigen die Abfüllanlage, lassen sich alles von einem gut gekleideten melancholischen Russen erklären, staunen angemessen über die Modernität der Fabrik und die Schnelligkeit, mit der die Flaschen abgefüllt werden, trinken vor der Abfahrt im Gasthof Iwanow an der Theke einen Wodka, essen Maslena und Heringe dazu, setzen mit der Fähre, begleitet von Hunderten kreischenden Möwen über, nehmen Kutsche und Pferde in Empfang, die sie in Akkerman für wenige Leu untergestellt hatten, und machen sich frohgemut auf den Heimweg.

Die Hofhunde, die sie schon von Weitem am Geräusch der Kutschenräder erkennen, kommen ihnen gleich nach der Hofeinfahrt durch die Allee aus blühenden Obstbäumen entgegengerannt und begrüßen sie freudig bellend. Alma, gesättigt von der Reise, erfüllt von guten Gedanken und schönen Plänen für die Zukunft, ermutigt von Alwins baldiger Hochzeit, kann es kaum erwarten, Gregor einen Brief zu schreiben, zu erzählen, dass er sich geirrt hat, dass sie mit der Unterstützung ihrer Familie eben doch Winzerin werden kann und dass sie beide das schon irgendwie hinbekommen werden, dass fünf Jahre Studium ja auch nicht so lange sind – im Hinblick auf das ganze Leben, das vor ihnen liegt: Er, der Dorfarzt, sie, seine Frau, die Winzerin. Wertvolle und geachtete Mitglieder der Gesellschaft. Mehrere Kinder, ein glückliches Leben. Es ist Donnerstag. Am Freitag würde diese Welt untergehen.

Kapitel 6

Bessarabien, Mai 1940

Sie kommen zu dritt auf den Hof geritten. Der Dorfschulz und seine beiden Hilfspolizisten, der junge Bachmeier und der Moser Franz. Ein Teil der Familie und das Gesinde sitzen noch beim Mittagessen. Mit lauter, herrischer Stimme ruft der Dorfschulz über das Bellen der Hofhunde hinweg nach Alma.

Am Tisch halten sie inne und schauen sich fragend an. Alma runzelt die Stirn, legt den Suppenlöffel beiseite und geht vor die Tür. Auf der überdachten Terrasse, die sich rings um das Hauptgebäude zieht, bleibt sie stehen, stützt sich auf dem Geländer ab und sieht den Besuchern fragend entgegen. Sie ist durch die Erhöhung der Terrasse auf gleicher Höhe mit den Reitern. Eine schöne, selbstbewusste junge Frau in Männerkleidern, eingerahmt von Blumenkübeln, die links und rechts neben der Eingangstür hängen. Noch ist sie nicht beunruhigt, ahnt nicht, was da kommen könnte, ist einfach nur neugierig. Dafür scheinen die Hunde etwas zu ahnen. Sie gebärden sich wie toll und machen die Pferde unruhig. Der Braune des Dorfschulzen rollt mit den Augen, tritt nach hinten und zerstört einen Teil des Blumenbeets, das vor dem Haus angelegt ist. Beinahe wäre sein Reiter heruntergefallen.

Alma stößt einen kurzen Pfiff aus und herrscht die Hunde an, still zu sein. Sofort verstummen sie. Der Dorfschulz bekommt sein Pferd wieder in den Griff. Mit ernstem Gesicht blickt er sie an, zieht umständlich ein Taschentuch aus den Tiefen seiner Hosentasche, wischt sich die Schweißperlen von der kahlen Stirn, räuspert sich und fragt, ob sie in Odessa gewesen sei.

Alma nickt.

Er fragt weiter, was sie da gemacht habe. Alma antwortet ruhig, dass sie und Alwin sich mit einem Weinhändler getroffen hätten. Die Antwort scheint ihm nicht zu genügen. Mit erhobener Stimme fragt er, was sie dort sonst noch gemacht habe, ihm wäre nämlich zu Ohren gekommen, dass sie volle drei Tage in Odessa gewesen sei. Allmählich wird es Alma doch ein wenig mulmig. Um das zu überspielen, erklärt sie mit fester Stimme, dass sie nicht wüsste, was ihn das angehe. Der Dorfschulz überhört das. »Ist Alwin auch da?«

»Nein. Alwin ist mit Vater draußen in den Weingärten.«

»Dann hast du niemanden, der bezeugen kann, was du in Odessa gemacht hast?«

Alma ist es, als würde eine kalte Hand nach ihrem Hals tasten. Aus irgendeinem Grund denkt sie an Gengelbach und daran, was er ihr angetan hat. Die beinah vergessene Scham will sie wieder packen. Sie stößt sie zurück und atmet tief durch. Ihrer selbst wieder etwas sicherer, sagt sie schärfer als beabsichtigt: »Was soll das? Warum fragen Sie mich das?«

Der Dorfschulz räuspert sich erneut. Bachmeier und der Moser Franz steigen vom Pferd. Mit Grausen bemerkt Alma in ihren feisten Gesichtern dasselbe Jagdfieber wie kürzlich beim Anblick des Wolfs. Sie kommen nach vorne. Bauen sich links und rechts vom Dorfschulzen auf, nur noch wenige Schritte von den

Stufen der Terrasse entfernt. Als Bachmeier den Anschein macht, die unterste Stufe betreten zu wollen, richtet sich Alma zur vollen Größe auf. Sie ist plötzlich unglaublich wütend. *Kein Mann soll jemals wieder gegen ihren Willen Hand an sie legen können.*

Sie zischt: »Keinen Schritt weiter oder ich prügle dich persönlich vom Hof.«

Das Gesicht von Bachmeier wird rot vor Zorn, was in starkem Kontrast zu seinen blonden, verschwitzten, dünnen Haaren steht. Er ballt die Hände und will weitergehen, da öffnet sich die Tür und Anton tritt neben Alma.

»Hast du nicht gehört, was meine Schwester gesagt hat? Noch einen Schritt weiter und du bekommst es mit uns beiden zu tun.« Seine Augen funkeln wütend. Alma sieht ihn überrascht an. So kennt sie ihn gar nicht. Normalerweise verhält er sich der Staatsmacht gegenüber eher devot. Doch offenbar will er später seinem Vater und ältesten Bruder nicht als Schwächling gelten.

Moser will Bachmeier zu Hilfe eilen, doch da schaltet sich der Dorfschulz wieder ein. Die herrische Stimme steht in starkem Kontrast zu dem ständigen Räuspern, was aber nichts an der Wucht der folgenden Worte nimmt.

»Fräulein Alma Steiner, du wurdest dabei beobachtet, wie du in Odessa aus dem Haus einer Engelmacherin gekommen bist. Nun frage ich dich nochmals: Was hast du in Odessa gemacht?«

Bestürzt kann Alma ihn nur anstarren. Ihr ist, als hätte er ihr mit diesem Satz mit aller Kraft in den Magen getreten. Sie keucht. Er bezichtigt sie tatsächlich, in Odessa gewesen zu sein, um abtreiben zu lassen. In ihrer religiösen Gesellschaft eine Todsünde. Allein der Verdacht ist ein Garant dafür, von der Dorfgemeinschaft verstoßen zu werden. Anton blickt sie entsetzt an. »Alma? Deshalb wart ihr in Odessa?«

Sie will rufen: *Nein! Natürlich nicht!*, öffnet den Mund, doch ihr versagt die Stimme. Die Wut ist verpufft, und die daraus entspringende Kraft, die sie sonst so zuverlässig umschließt wie ein Panzer, liegt in Splittern um sie verstreut. Und sie bekommt eine Ahnung davon, wie fragil vermeintliche Gewissheiten, auf die man sich so selbstverständlich stützt, in Wirklichkeit sind. Denn wenn eine Lüge in den Köpfen der Menschen so einfach zur Wahrheit werden kann, ist nichts jemals sicher.

Der junge Bachmeier und der Moser Franz betreten nun die Stufen, kommen die Terrasse hoch, ohne aufgehalten zu werden und greifen nach ihren Armen. Die Gesichter in grimmigem Ernst verzerrt, entschlossen durch die Pflicht und überzeugt, das Richtige zu tun.

Alma sieht die Szene vor sich, wie die beiden zusammen mit SS-Standartenführer Gengelbach den Wolf jagen, wie sie SS-Standartenführer Gengelbach lauthals anfeuern, wie die rotierenden Vorderreifen des Geländewagens auf gleiche Höhe mit den galoppierenden Pfoten des Wolfs kommen, wie dieser versucht auszuweichen – und keine Chance hat.

Alma fragt sich, ob sie jetzt verhaftet ist, ob sie das nur auf einen Verdacht hin einfach so dürfen, ob man für eine Abtreibung überhaupt ins Gefängnis kommt, als plötzlich wie aus dem Nichts August neben ihr steht. Er hält den beiden Gesetzesvertretern mehrere Schwänze der Erdhasen vors Gesicht, die er den Morgen über gejagt hat.

»Wollt ihr die gleich mitnehmen?«

Blut tropft an den Schwänzen herab. August schüttelt sie ein wenig. Das Blut spritzt auf, glitzert in der Mittagssonne wie ein roter Regenschauer und besprenkelt alles im Umkreis von zwei Metern mit feinen Punkten. Der junge Bachmeier weicht erschrocken zurück und der Moser Franz wischt sich angeekelt die roten Spritzer von Revers und Wange.

August lacht hell auf und sagt mit liebenswürdiger Stimme: »Oh, Entschuldigung, ich dachte nur, ihr könntet die Schwänze gleich mitnehmen, dann erspar ich mir den Weg ins Rathaus, um sie als Beweis meiner Bürgerpflicht abzuliefern. Elf hab ich heute Morgen schon gefangen. Der Erdhasenplage werden wir dieses Jahr bestimmt schneller Herr als sonst.«

Sein Gesicht mit der kleinen, schmalen Nase und dem zarten Bartflaum auf Wange und Kinn wirkt offen und freundlich. Die blauen Augen strahlen, und das blonde Haar ist vom Wind zerzaust. Er sieht frisch und unschuldig aus. Und Alma ahnt, warum er beim Kartenspielen meist gewinnt. In diesem Moment liebt sie ihren jüngeren Bruder sehr, der bei anfallender Arbeit nie da ist, sich lieber in Hinterzimmern zum Glückspiel herumtreibt, ihr aber sofort beisteht, wenn sie es am dringendsten braucht.

Das gibt ihr wieder Mut.

Mit einem Tritt befördert sie den abgelenkten Bachmeier die Stufen hinunter. Den Moser Franz übernimmt Anton, der seinem jüngeren Bruder in der Pflicht, die Schwester zu beschützen, in nichts nachstehen will.

Die beiden Gesetzeshüter stürzen gegen den Braunen des Dorfschulzen, der daraufhin scheut, und der Dorfschulz landet kopfüber im Blumenbeet. Die beiden anderen Pferde ergreifen die Flucht und rennen mit wehender Mähne durch die Allee zum Tor hinaus. Fluchend steht der Dorfschulz auf, klopft sich die Hosenbeine ab und schreit seine Gehilfen an, sie sollen sich jetzt mal zusammenreißen und ihre Pflicht tun. Anton und August kommen die Stufen herunter, krempeln sich die Ärmel hoch und sagen, sie könnten es ja mal versuchen.

Inzwischen hat sich ein Kreis aus Knechten, Mägden und Familienmitgliedern gebildet. Auch ein paar interessierte Nachbarn sind von dem Geschrei angezogen worden. Alma möchte sich am liebsten verstecken, wünscht sich, dass sich die Erde auftut und sie einfach verschluckt. Denn wenn auch jetzt noch nicht jeder der Anwesenden weiß, was genau los ist, so wird es nicht lange dauern. In einem Dorf gibt es keine Geheimnisse, jegliche Information macht in Windeseile die Runde.

Plötzlich knallt ein Schuss. Augenblicklich tritt Stille ein. Alle Anwesenden verharren regungslos, wie eingefroren. Alwin und sein Vater kommen ins Zentrum des Geschehens geritten. Langsam, fast zögerlich setzen die Schimmel der beiden ihre Schritte. Brav folgen ihnen die beiden ausgerissenen Pferde der Hilfspolizisten. Alwin hält das Gewehr in der Armbeuge, aus dem es ein wenig raucht. Der Vater schaut grimmig auf die Menschen, die sich auf seinem Grund und Boden versammelt haben. Mit donnernder Stimme fragt er: »Was ist hier los?«

Der Dorfschulz richtet sich zur vollen Größe auf, zupft die Jacke über dem feisten Bauch zurecht, um ein würdevolles Aussehen bemüht. »Wir sind gekommen, um deine Tochter zu befragen.«

»Das sieht aber nicht nach *fragen* aus.«

»Nun ja, es ist ein wenig aus dem Ruder gelaufen«, gibt er zu.

»Bist du deshalb zu einem Zeitpunkt gekommen, an dem ich nicht da war?«

Der Dorfschulz stammelt: »Ich wusste doch nicht ...«

»Du hast mich und Alwin doch gesehen, als wir heute früh in die Weingärten geritten sind.«

»Ja, aber ...«

Alma schöpft ein wenig Hoffnung. Der Dorfschulz und ihr Vater haben im Wirtshaus schon oft das Glas zusammen erhoben, am Stammtisch dieselbe Meinung vertreten. Tatsächlich hat ihr Vater einen nicht unerheblichen Einfluss darauf gehabt, dass der Dorfschulz wiedergewählt wurde. Ob doch noch nicht alles verloren ist?

Der Vater dreht sich im Sattel, sieht seine Leute an – seine Familie, sein Gesinde –, einen nach dem anderen. Alma ignoriert er. Zum Schluss bleibt der Blick an den beiden Söhnen hängen, die immer noch in Kampfhaltung vor dem Haus stehen.

»Ihr macht euch besser an die Arbeit, auf dem Feld und im Stall gibt es genug zu tun. Da könnt ihr euch abreagieren.« Er wendet sich an die Nachbarn: »Und ihr geht nach Hause.«

Unter leisem Gemurmel löst sich die Versammlung auf. Der Vater wendet sich wieder an den Dorfschulzen. »Und du gehst jetzt besser auch mit deinen beiden Gehilfen.«

»Wir nehmen deine Tochter mit.«

»Sicherlich nicht.« In die Stimme des Vaters hat sich ein drohender Unterton geschlichen.

»Du weißt, was wir ihr vorwerfen?« Der Dorfschulz will noch nicht so einfach klein beigeben.

»Sie wird es mir selber sagen.«

»Na hör mal, hier geht es um eine strafbare Tat. Ich bin der Vertreter des Gesetzes …« Weiter kommt er nicht. Alwin steigt vom Pferd, steckt mit langsamen Bewegungen das Gewehr zurück in das Sattelholster, zieht die Jacke aus, krempelt sich die Ärmel hoch und gibt ihnen zu verstehen, dass sie, wenn sie jetzt nicht von ihrem Land verschwänden, die Konsequenzen tragen müssten. Denn unerlaubt auf fremdem Eigentum zu verweilen, sei ebenfalls eine strafbare Tat.

Unter wüsten Beschimpfungen ziehen die drei ab. Doch die Anschuldigung, wenn auch nicht deutlich ausgesprochen, bleibt wie eine dunkle Gewitterwolke über den Köpfen der Zurückgebliebenen hängen, verdüstert die Atmosphäre und lässt die Familie ängstlich und mit bösen Vorahnungen zurück.

Alma, die dem Gespräch ohne eine sichtbare Regung gelauscht hat, schaut ihnen mit hängenden Armen hinterher. Sie fühlt sich elend und auf undefinierte Weise beschmutzt. Und sie schämt sich schon wieder und wünscht sich erneut, die Erde täte sich auf und verschluckte sie einfach.

* * *

Am nächsten Tag macht sich der Vater auf den Weg. Er will den Dorfschulzen zur Rede stellen. Alma hat ihm mit zitternder Stimme von der Anschuldigung berichtet. Mit ausdruckslosem

Gesicht hat er zugehört. Während Alwin bei dem Bericht vor Wut einen roten Kopf bekam, die Fäuste ballte und ganz und gar unchristlich zischte, er wolle diesem Mann seine Lügen aus dem Körper prügeln. Doch der Vater beschwichtigte ihn mit den Worten, er werde das allein und auf seine Art regeln. Also kämmte er sich das Haar, zog die Sonntagskleidung an und ließ Bojan satteln, mit dem feinen Zaumzeug und dem nietenbesetzten Sattel. So, als ginge er in die Kirche – oder zu einer Beerdigung.

Wenig später ist er schon wieder zurück. Sein Gesicht ist aschfahl, und er scheint um Jahre gealtert.

»Was hat er gesagt?«

Umständlich zieht sich der Vater Stiefel und Jacke aus. Seine Frau schenkt ihm zur Stärkung ein Glas Wein ein. Alma, Alwin, Anton und August haben sich in der Küche versammelt und schauen ihn bange an. Der Vater nimmt einen Schluck Wein, schnalzt mit der Zunge, wie es Weinkenner tun, und beginnt mit stockender Stimme zu sprechen.

»Er sagt, es gebe einen Zeugen. Und Alma müsse sich einem Urteilsspruch stellen.«

Ein Raunen geht durch die Runde.

»Aber ich habe nichts getan! Alwin kann das doch bezeugen!« Alma versagt beinahe die Stimme. Ihr Vater ignoriert den Einwand, tut, als wäre sie nicht da, redet mit kräftiger Stimme weiter.

»Warst du die ganze Zeit bei Alma?« Der Vater wendet sich direkt an Alwin. »Hätte sie sich nicht für eine gewisse Zeit davonstehlen können?«

Alma ruft empört: »Vater!« Es klingt wie ein letztes Aufbäumen, bevor die Ohnmacht vor der Lüge sie umschlingt.

Alwins Gesicht verdüstert sich. Tatsächlich hat er Alma gebeten, ihn und Erika ein wenig allein zu lassen. Und Alma hat verständnisvoll zugestimmt und ist ohne die beiden durch die Stadt gezogen. Er stammelt. »Nein, wir waren nicht immer zusammen, aber ich kann meine Hand für Almas Unschuld ins Feuer legen, sie ist …« Der Vater unterbricht ihn unwirsch.

»Bist du dir sicher, wirklich sicher, dass sie unschuldig ist?«

»Natürlich!«

»Kannst du es beschwören?«

Als Alwin nicht antwortet, geben Almas Knie nach. Sie muss sich setzen. Auch sie denkt an die wenigen Stunden, in denen sie Odessa und die Maifeierlichkeiten allein besichtigt hat. Sie sieht sich selbst durch die Gassen wandern, staunend, beschwingt, sieht, wie ein unbekannter, hübscher junger Mann mit braunen Locken ihre Hände nimmt und sie auf dem Marktplatz um einen Maitanz bittet, den sie ihm lachend gewährt und so lange mit ihm tanzt, bis sie sich wieder traut, zu dem frisch verliebten Paar zurückzugehen.

»Nun«, fährt der Vater scheinbar ungerührt fort. »Der Dorfschulz bietet an, dich zu heiraten, Alma.«

Alma stöhnt ungläubig auf, will protestieren. Er hebt, keinen Widerspruch duldend, die Hände.

»Das wäre für alle Seiten von Vorteil. Er hätte nach dem Tod seiner Frau wieder jemanden, der die Kinder versorgt – und gegen seine eigene Frau kann er natürlich auch keine Anklage erheben. Die Sache wäre vergessen und würde niemals an die Öffentlichkeit kommen.«

Alma lacht bitter auf. »Dieser verlogene Schuft! Darum ging es ihm die ganze Zeit? Er will eine Frau mit einer ordentlichen Mitgift heiraten?«

»Und dazu auch noch eine schöne junge Frau, die für ihn unter normalen Umständen unerreichbar wäre!« Alwin ist genauso empört. »Du hast ihm diese Unverschämtheiten hoffentlich herausgeprügelt.«

Doch der Vater wischt die Worte seiner beiden Kinder einfach beiseite und fährt mit geschäftsmäßig klingender Stimme fort: »Der Ruf unserer Familie darf nicht beschmutzt werden. Unter diesen Umständen, mit dieser erdrückenden Beweislast, ist das ein großzügiges Angebot. Ich habe eingewilligt.«

Nun öffnet sich tatsächlich der Erdboden unter Almas Füßen. Sie stürzt hinein und fällt und fällt – und fällt.

* * *

In der Nacht bekommt Alma Besuch. An den kleinen Albert gekuschelt, hat sie sich in den Schlaf geweint. Nun will auch der achtjährige Arthur seine Loyalität zeigen und legt sich zu den beiden ins Bett. Es ist sehr eng. Doch das macht ihm nichts aus. Im Gegenteil. Er presst sich ganz fest an Alma und flüstert: »Mach dir keine Sorgen, Alma, ich bleibe immer bei dir.« Und Alma weint bei diesen Worten erneut, bis Albert davon aufwacht und mitweint. Darauf legt sie diesen in sein eigenes Bett, das neben ihrem steht, und fragt Arthur, ob er nicht auch zurück in sein Zimmer will.

Doch dieser schüttelt so vehement den Kopf, dass sie lachen muss und ihm erlaubt, in ihrem Bett zu bleiben. *Fünf Minuten. Mehr nicht.* Von nebenan kommen bald die tiefen, regelmäßigen Atemzüge von Albert. Und Arthur plappert noch ein Weilchen weiter und beteuert mehrfach seine Treue, bis auch er endlich einschläft. Alma ist es zu eng. Doch gleichzeitig ist sie froh, nicht allein zu sein. Immer wieder gehen ihr die jüngsten Ereignisse durch den Kopf. Sie ist davon überzeugt, dass ihr Vater sie schon vorab verurteilt hatte. Wie sonst hätte er, ohne nochmals mit ihr oder Alwin gesprochen zu haben, dem Angebot des Dorfschulzen zustimmen können?

Sie fühlt sich von ihm verraten und fängt erneut an zu schluchzen. Wie konnte er ihr das bloß antun? Ihr drängt sich der Gedanke auf, dass dem Vater die Bedürfnisse des Dorfschulzen vielleicht näher sind als die seiner Tochter. Sie erschrickt. Könnte das sein? Er ist doch ihr Vater! Doch sie ist zu verletzt. In einer Mischung aus Trotz und Wut fragt sie sich, ob er es selbst nicht genauso getan hat? Wer weiß, mit welchen Erpressungen er damals seine jetzige Frau zu sich geholt hat? Und plötzlich sieht sie die Verbindung ihres Vaters mit der Stiefmutter mit ganz anderen Augen.

Vielleicht, denkt sie bitter, ist das die Art und Weise, wie Männer in ihrer Gesellschaft hinterrücks mit jungen Frauen umgehen? Dann wären sie nicht viel mehr als das Eigentum der Väter, Brüder, Ehemänner, die mit ihnen machen können, was sie wollen. Vielleicht ist es ja so: eine unausgesprochene, doch seit Jahrhunderten geltende Übereinkunft zwischen Geschlechtsgenossen, ein Parallelgesetz, von dem die Frauen nichts wissen, das dennoch ihrer aller Geschick lenkt.

Mitten in diesen zermürbenden Gedanken holt sie der Schlaf, legt sich gnädig um vibrierende Nerven und führt sie in einen traumlosen Schlummer. Bis Alwin sie weckt.

»Alma, wir müssen sprechen.«

Sie schreckt auf. Albert protestiert. Kurzerhand nimmt Alwin seinen kleinen Stiefbruder und legt ihn zu Arthur. Er selbst setzt sich auf die Bettkante und erzählt flüsternd von seinem Plan: Alma solle zu Erika, zur Familie Zügli nach Schabo gehen, bis sich alles ein wenig beruhigt hat. Er selbst werde so bald wie möglich nachkommen.

»Da steckt vielleicht dieser Gengelbach dahinter. Dem Dorfschulzen fehlt die Raffinesse für solch ein Komplott.«

Alma ist alarmiert. Viel zu verletzt sah sie bisher nur das Naheliegende, nicht das Offensichtliche. Sollte sich Gengelbach über den Dorfschulzen an ihr rächen wollen?

»Meinst du? Daran habe ich noch gar nicht gedacht!«

»Mach dir keine Sorgen, wir werden es herausfinden. Das Wichtigste ist im Moment, dass du aus der Schusslinie kommst.«

Alma nickt und wischt sich die Tränen weg, die sie erneut zu überfluten drohen.

»Nimm diesen Brief für Erika mit«, sagt Alwin und gibt ihr einen Briefumschlag. »Darin habe ich alles erklärt. Und jetzt schlaf noch ein wenig, August wird dich begleiten. Ihr reitet noch vor Sonnenaufgang los.«

»August?«

»Ja, er ist der Einzige von uns, der zwischendurch – ohne dass es Fragen aufwirft – verschwinden kann.«

»Er ist auch der Unzuverlässigste von uns.«

Alwin lacht auf. »Eben deshalb wird es keine Fragen geben.« Ernst fährt er fort: »Mach dir keine Sorgen, er wird dich nicht im Stich lassen.«

* * *

Und tatsächlich. Am nächsten Morgen, die Sonne ist noch lange nicht aufgegangen, wartet August schon mit den Pferden und einem frisch gepackten Proviantsack auf sie. Zu Almas Enttäuschung hat er nicht Bojan für sie gesattelt, sondern einen der Füchse. Als sie ihn darauf anspricht, zuckt er nur mit den Schultern und meint, Alwin habe ihm das so aufgetragen, da Bojan als Zuchthengst zu wertvoll sei. Da wird Alma zum ersten Mal bewusst, dass sie womöglich lange wegbleiben wird, dass niemand weiß, wann sie ihre kleinen Brüder wieder in die Arme schließen darf und mit Bojan über die Steppe galoppieren kann. Eine tiefe Niedergeschlagenheit breitet sich in ihr aus und nimmt ihr beinahe die Kraft zum Atmen. Nur mit großer Willensanstrengung schafft sie es, aufzusitzen. Sie schaut ihren Bruder an, hofft, ein wenig Kraft von ihm zu bekommen. Doch der sieht zerknittert aus und riecht nach Alkohol. Vermutlich hat er die ganze Nacht gezockt, was er schlecht gelaunt und übermüdet bestätigt.

»Hoffentlich hast du wenigstens gewonnen.«

»Natürlich. Ich gewinne immer.«

Schweigend reiten sie los. Sie umrunden großzügig die Dörfer, die an ihrem Weg liegen, kommen aber gut voran. Schon beim ersten Hahnenschrei sind sie in der Nähe des Bulgarendorfs, das Alwin ihnen als Wegmarke beschrieben hat. Und bei Sonnenaufgang machen sie zur Erfrischung Rast an dem Steppenbrunnen, den er ihnen als weiteren Anhaltspunkt gegeben hat. Dort vespern sie schweigend das mitgebrachte Brot und hart gekochte Eier, trinken das kühle Wasser des Brunnens und hängen ihren Gedanken nach, sind gleichermaßen traurig, wütend und ohnmächtig. Irgendwann durchbricht August die Stille.

»Weißt du, das hätte auch ich sein können, der aus dem Dorf fliehen muss. Dass du es bist, ist sehr ungerecht.«

»Wie meinst du das?«

»Nun, ich bin der, der immer provoziert, dem es egal ist, was die anderen von ihm denken. Du bist die, die alle mögen, die immer alles richtig macht.«

Alma lacht bitter auf. »Und was hat es mir gebracht?«

»Alwin würde sagen: Niemand kennt Gottes verschlungene Pfade. Doch wenn du nur genügend glaubst, wird er es richten.«

Es sollte spöttisch klingen, ein wenig Leichtigkeit geben, vielleicht sogar Hoffnung. Doch Alma ist zu sehr in ihrem Leid vergraben, um das zu hören. Sie nickt nur traurig und schweigt. Das Rascheln einzelner Feldmäuse ist durch den Jubel der Vögel zu hören, die den Morgen begrüßen. Irgendwo bellt ein wilder Hund. Ein anderer antwortet. Eine Lerche steigt direkt vor ihnen auf und trillert ihr Lied. Die frühen Sonnenstrahlen wärmen durch die Kleidung. Es wird ein heißer Tag werden. Sie füllen die Wasserflaschen auf, befestigen sie am Sattel und reiten weiter. Sanft wiegen sich ihre Körper im Schritt der Pferde.

Sie haben keine Eile. Noch vor Mittag werden sie ankommen. Alma mustert August von der Seite.

»Du weißt, dass du, egal was du machst, Vaters Lieblingssohn bist?«

August schnaubt spöttisch durch die Nase.

»Den er erst kürzlich im Gasthaus vor aller Augen zusammengeschlagen hat.«

»Er ist enttäuscht, weil du so anders bist als wir anderen, dabei aber unserer Mutter am ähnlichsten siehst.«

August schaut sie ungläubig an.

»Weißt du das nicht? Du bist ihr wie aus dem Gesicht geschnitten.«

Er schüttelt bestürzt den Kopf. In seinem hübschen Gesicht arbeitet es. Verschiedenste Empfindungen spiegeln sich darauf. Ungeschützt. Es ist, als hätte er eine Maske abgelegt, die des stets lächelnden, mit nichts zu beeindruckenden jungen Mannes. Dann bricht es aus ihm heraus. »Ich will kein Bauer sein.« Als Alma ihn überrascht anschaut, fährt er fort: »Seit Mutters Tod hasse ich das Bauernleben. Ich hasse es, morgens aufzustehen, um in die Weinberge zu gehen, ich hasse es, die Tiere zu füttern, den Stall auszumisten, den Gestank der Pferdepisse, ach, alles hier.« Sein Arm macht eine ausholende Bewegung, die alles einschließt. Auch die Steppe, auch die Wälder und Felder. Dann hält er inne. »Vor allem aber hasse ich unseren Vater.«

Erschrocken ruft Alma: »Aber warum?«

Er druckst herum, will erst ausweichen, doch dann bricht es aus ihm heraus, und es hört sich an wie ein Geständnis: »Ich weiß nicht mehr, was damals geschehen ist, als Mutter starb, doch irgendetwas in mir gibt Vater die Schuld daran.« Alma will etwas erwidern, doch er ist noch nicht fertig. Atemlos fährt er fort: »An Mutters Tod und irgendwie auch an allem, was in meinem Leben schiefläuft. Und ich will so schnell wie möglich ebenfalls gehen, alles hinter mir lassen, ein anderer werden.«

»Ach, August, all das wusste ich nicht, das tut mir sehr leid.« Sie fühlt sich ihm plötzlich sehr nahe. Offenbar brauchte es erst ihr eigenes Unglück, um seines wahrzunehmen, um überhaupt mit ihm ins Gespräch zu kommen.

»Entschuldige bitte meinen Ausbruch. Du bist es, die klagen sollte, ich bin nur ein selbstmitleidiger Nichtsnutz.«

»Das stimmt nicht. Du bist kein Nichtsnutz. Und ich wünschte, wir hätten schon früher so offen miteinander gesprochen.«

»Das ging nicht. Wir lebten in unterschiedlichen Welten. Deine war gut. Meine …« er stockt. »Nun ja, meine ist so, wie sie eben ist.«

Als er ihren schuldbewussten Blick sieht, beschwichtigt er sie schnell. »Du kannst ja nichts dafür. Und im Endeffekt war ja auch alles richtig so, wie es war. Wir hatten unsere Rollen und lebten sie. Und du«, er richtet sich im Sattel auf, »du sollst dein gutes Leben wiederhaben. Ich werde herausfinden, was für ein mieses Spiel da gespielt wird. Mach dir keine Sorgen.«

Obwohl Alma denkt, keine einzige Träne mehr in sich zu haben, weint sie schon wieder. Diesmal vor Rührung. Unter Schniefen bittet sie ihn, Gregor und Emma zu informieren. Sie sollen es so schnell wie möglich erfahren. Noch bevor das Gerücht die Runde macht.

»Und bitte, sag Gregor, dass es nicht stimmt. Dass ich keine …« Sie kann das Wort nicht aussprechen, holt nochmals Luft, zwingt sich dazu. »… dass ich keine Abtreibung hatte, dass ich nicht mit einem anderen Mann zusammen war.« August nickt ernst und verspricht es ihr.

Kurz vor Schabo verabschieden sie sich. Die Landschaft hat sich verändert. Sanft geschwungene Weingärten haben die Steppe abgelöst. Sie ziehen sich bis zum Horizont, einzig durchbrochen vom Fluss Dnjestr, der durch sie hindurchmäandert. Alma wird die letzten Werst am Fluss entlang reiten. Das Ziel ist nun nicht mehr zu verfehlen. August kramt in der Satteltasche und holt ein Bündel Geldscheine heraus. Mit ernster Miene überreicht er es ihr.

»Da, nimm, das habe ich heute Nacht gewonnen.« Er beugt sich zu ihr vor und küsst sie vom Sattel aus ungelenk auf die Wange und flüstert mit vom Restalkohol geschwängertem Atem: »*Bozhe moi* – bitte lieber Gott, pass auf meine große Schwester auf.«

Nach diesem Segen wendet er das Pferd und lässt sie allein zurück. Alma blickt ihrem Bruder so lange nach, bis seine Silhouette von einem Hügel geschluckt wird. Es sieht aus wie ein Zaubertrick. Gerade war er noch da. Jetzt ist er weg. Noch lange starrt sie auf die Stelle. Unfähig, etwas zu tun. Das Gefühl der Scham, das sich seit den Geschehnissen in den Weinbergen und nun erneut mit der Anschuldigung des Dorfschulzen wie ein heißer Ball in ihrem Bauch ausgebreitet hat, ist inzwischen abgekühlt und einer diffusen Beklemmung gewichen. Was sie wohl erwartet? Ob Gott auf sie aufpassen wird, wie August es erbeten hat? Sie würde es gerne glauben und versucht, zu beten. Schafft es aber nicht, spürt keine Verbindung zu diesem Gott, der bisher so selbstverständlich zu ihrem Leben gehört hat wie die Luft zum Atmen. Doch ihr Glaube ist nie so tief gewesen wie der Alwins. Das hat sie oft bedauert, es im gleichen Moment aber auch wieder vergessen. Es war einfach nicht so wichtig. Gott war ja trotzdem da. Ob er sie deshalb kaum, dass es hart auf hart kommt, verlassen hat? Fatalismus macht sich in ihr breit. Wenn ja, hat sie es vermutlich verdient. Resigniert tätschelt sie dem Fuchs den Hals und versichert ihm, dass es nicht mehr weit sei, dass sie ihr Ziel bis zum Mittag erreicht hätten. Der antwortet mit einem Schnauben. Im Trab folgen sie dem Fluss bis nach Schabo, wo dieser breit und schwarz und kraftvoll ins Meer fließt.

Kapitel 7

Bessarabien, Mai/Juni 1940

Alle Mitglieder der Familie Zügli sind klein gewachsen, haben dichtes blondes Haar und helle, wachsame Augen. Und sie wirken – wenn sie abends, nach getaner Arbeit, in der kleinen Stube lachend und schnatternd beisammensitzen – wie aus einer anderen Welt. Als wären sie einer der Sagengeschichten entsprungen, die Alma als Kind so sehr liebte. Verstärkt wird der Eindruck durch ihre Sprache, die für Almas Ohren wunderlich und exotisch klingt. Denn sie sprechen eine Mischung aus Schweizerdeutsch und Schwäbisch, durchsetzt mit französischen, russischen, rumänischen, ukrainischen und jiddischen Wörtern. Alma fühlt sich sofort bei ihnen wohl.

Sie hatte, von der Reise verschwitzt, mit wirrem Haar und bangem Herzen an ihre Tür geklopft. Erst denkt sie, es sei Erika, die ihr öffnet, doch es ist deren jüngere Schwester Liselotte, die ihr wie aus dem Gesicht geschnitten ist. Es ist Mittagszeit. Die Familie sitzt beim Essen. Liselotte führt sie hinein und Alma sieht sich plötzlich elf Augenpaaren ausgesetzt, die sie neugierig mustern. Verlegen streicht sie sich das Haar zurecht und zupft an ihrer Reisekleidung.

»Alma!« Erika springt auf »Was machst du denn hier?« Sie nimmt ihre Hand. »Hat Alwin dich geschickt? Ist ihm etwas zugestoßen?«

Alma schüttelt den Kopf, entschuldigt sich stockend für ihr unerwartetes Erscheinen und überreicht Erika Alwins Brief. Mit besorgtem Blick liest Erika diesen. Die Kinder, Alma zählt fünf, im Alter zwischen vier und zwölf, flüstern währenddessen und stoßen sich aufgeregt mit den Ellbogen an, was ihnen einen mahnenden Blick der Mutter einbringt, die an einem der Tischenden thront. Darauf ist es mucksmäuschenstill. Nur die beiden Ältesten, ein Mädchen und ein Junge werfen sich noch vielsagende Blicke zu.

Nachdem Erika mit Lesen fertig ist, übergibt sie den Brief ihrem Vater, der der Mutter gegenüber am anderen Tischende sitzt. Konzentriert liest auch er, dann überreicht er ihn seiner Frau, indem er ihn durch die Hände der Kinder bis zu ihr wandern lässt.

Diese schüttelt während des Lesens ohne Unterlass den Kopf und gibt den Brief an den jungen Mann weiter, der zu ihrer Linken sitzt und den Alma als Robert identifiziert. Daraufhin steht sie auf und drückt Alma an ihren großen Busen. Was nicht so einfach ist, denn Alma überragt sie um Haupteslänge. Doch das scheint ihr egal zu sein.

»Oh, Mädele, es tut mir so leid, was man dir angetan hat«, ruft sie voller Mitgefühl mit krächzendem Schweizer Zungenschlag. Dann, mit unverhohlener Wut in der Stimme: »Der staatlichen Willkür muss man entgegentreten! Du kannst so lange bei uns bleiben, wie du möchtest.« Sie sagt das, ohne sich mit ihrem Mann abgesprochen zu haben. Es ist ganz offensichtlich, wer im Hause Zügli das Sagen hat. Alma ist von ihren Worten gleichermaßen gerührt wie beeindruckt.

Kurzerhand wird ein Teller Eintopf vor sie gestellt, und Robert verlässt den Tisch, um ihr Pferd zu versorgen, nicht ohne ihr zuvor versichert zu haben, dass sie bei ihnen sicher sei und er für seinen Kameraden und baldigen Schwager Alwin alles tun würde, da dieser nämlich ein guter Mann sei. Er wiederholt es mehrfach. *Ein guter Mann. Jawohl.* Nur der Großvater, der den Brief bisher nicht gelesen hat und somit auch nicht weiß, was diese Fremde hier will, mustert sie skeptisch unter dicken, buschigen Brauen hervor. Doch er verliert bald das Interesse. Mit einem leisen Grunzen beugt er sich wieder über seinen Teller und isst weiter. Dabei wackelt er unablässig mit dem Kopf.

* * *

Über einen Monat lebt Alma nun schon bei der Familie Zügli. Inzwischen hat der Frühsommer den Frühling abgelöst. Die Sonne badet die Weingärten Schabos seit Tagen in goldenem Licht. Die Eisheiligen sind vorüber und die Rebstöcke stehen kurz vor der Blüte. Nervös beobachten die Züglis das Wetter und beten, dass es schön bleibt. Genauso, wie es ihre eigene Familie vermutlich tut. Denn das Wetter im Juni entscheidet über die Ertragsmenge im Herbst.

Jeden Tag lernt Alma etwas Neues, das sie abends, vor dem Einschlafen, gewissenhaft in ihrem Buch notiert. Anfangs war die Familie irritiert, dass sie, als Frau, so viel Interesse an Weinbau und Weinmachen zeigt. Doch schnell ist klar, dass sie sich mit den Arbeiten im Weingarten auskennt und anpacken kann. Tatkräftig unterstützt sie die Züglis, säubert den Boden von störenden Pflanzen, bricht unerwünschte Geiztriebe aus, entfernt Fruchtansätze und stellt Fragen über Fragen, die Robert, Vater und Großvater Zügli gerne beantworten. Vor allem will Alma alles über die Weinherstellung wissen. Ihr war nicht klar, dass es darüber so viel Neues zu erfahren gibt. Denn ihre eigene Familie macht zwar ordentliche Weine, manchmal auch außerordentliche, doch ob es ein richtig guter Wein wird, bestimmt bei ihnen mehr oder weniger der Zufall. Bei der Familie Zügli ist dafür der Kellermeister verantwortlich, der gleichzeitig der Großvater ist.

Der erste Eindruck, den sie von ihm hatte, hat sich grundlegend gewandelt. Sie hat ihn für einen kleinen mürrischen, vielleicht sogar senilen alten Mann gehalten, doch das Gegenteil ist der Fall. Klein ja, dabei jedoch drahtig und agil. Und ganz bestimmt nicht senil. Wenngleich ihn außer Wein und allem, was damit zusammenhängt, nichts weiter zu interessieren scheint. Doch dafür hat er diesbezüglich einen immensen Wissensschatz, den er gerne teilt.

Stunden verbringt Alma mit dem alten Mann im Weinkeller, in dem es so wunderbar nach Treber und Eichenfass riecht, und lauscht seinen Ausführungen. Sie liebt es, wenn er sich dabei den dichten Bart krault, mit dem Kopf wackelt und die hellen Augen im diffusen Licht des Kellers vor Eifer funkeln. Dann lässt sie sich von seiner Begeisterung mitreißen und ihr Leben fühlt sich beinahe wieder *normal* an, die Beklemmung drückt ihr nicht die Luft ab, die Lügen sind fern.

Gleich zu Anfang erzählte Großvater Zügli, dass sein Urahn aus der Schweiz eingewandert ist. Er folgte, wie Almas Vorfahren, dem Ruf des Zaren. Im Gepäck nur eine Bibel und ein Gewehr und im Herzen die Zuversicht, mit der fruchtbaren Erde Bessarabiens die Schweizer Weinbautradition fortführen zu können. Denn – er beugt sich verschwörerisch zu ihr vor, als er das erzählt – die Gründerväter von Schabo erinnerte dieses Fleckchen Erde, wo der Dnjestr ins Meer mündet, an ihre Heimat am Lac Léman. Und in der Tat sind der Chardonnay und der Pinot Noir, die die Familie hauptsächlich anbauen, jedem Vergleich gewachsen, wie er stolz behauptet.

Alma lernt von ihm, wie wichtig beim Weinmachen die richtige Zeitplanung ist, dass es auf Nuancen im Prozess ankommt.

Das, was bei ihnen zu Hause mal ihr Vater, mal Alwin nach Gefühl bearbeiten, wird von Großvater Zügli genau berechnet und gestoppt. Nur so, erklärt er, kann man eine gleichbleibende Qualität garantieren.

Alma staunt. Arbeitsschritte, von denen sie dachte, sie seien weniger wichtig als andere, gibt es nicht. Alles beeinflusst den Geschmack. Selbst die Frage, wie lange man für einen guten Rotwein die Maische vor der Pressung ruhen lässt, ist entscheidend. Stolz zeigt ihr Großvater Zügli seine Notizen. Tabellen, in denen er mit zittriger Schrift ganz genau vermerkt hat, welche Traube mit welchem Zuckergehalt wie lange ruhen muss, um welches Ergebnis zu erzielen.

Alma schreibt sie gewissenhaft ab, saugt alles ehrfürchtig auf und hat gleichzeitig ein schlechtes Gewissen. Eigentlich sollte Alwin an ihrer Stelle hier sein und all das lernen dürfen, wie er es ursprünglich geplant hat. Sie fühlt sich ein wenig so, als hätte sie sich vorgedrängelt, als würde ihr etwas zuteil, das nicht für sie bestimmt ist – auf Kosten ihres Bruders. Doch schnell schiebt sie die schlechten Gedanken beiseite. Denn Großvater Zügli führt sie zum hinteren Ende des Weinkellers. Langsam schreiten sie das Spalier aus großen Weinfässern entlang. Ihre Schritte hallen in dem großen Gewölbe. Vor ihren Beinen huschen Mäuse vorbei.

Vor der Weinpresse bleiben sie stehen. Sie ist das Herzstück des Weinmachens, wie Großvater Zügli beinahe andächtig erklärt. Alma bleibt in respektvollem Abstand davor stehen. Zu Hause kommt sie nicht einmal in die Nähe der Presse. »Komm näher, du musst das Holz berühren, seine Kraft fühlen, es riechen«, sagt Großvater Zügli und winkt sie ungeduldig zu sich her. »Mein Vater sagt immer, das Pressen sei nichts für Frauen. Er sagt, wir Frauen könnten den Wein allein durch unsere Anwesenheit verderben und sauer machen, und …« Sie stockt. »Was, wenn es stimmt?« Großvater Zügli schüttelt unwirsch den Kopf und wischt ihre Bedenken mit einem Satz beiseite. »So ein Unsinn! Komm jetzt.«

Schüchtern tritt Alma näher und berührt das glatte, fleckige Holz des Bottichs, in den die Trauben kommen. Er ist im Durchmesser etwas breiter als Almas ausgestreckte Arme und damit kleiner als der Behälter bei ihnen zu Hause, doch das Prinzip ist dasselbe: Das Gewinde in der Mitte des Bottichs wird gedreht, und eine daran befindliche Platte drückt sich auf die Früchte und presst sie aus. So einfach und gleichzeitig genial, dass seit tausend Jahren die Trauben auf diese Art und Weise gepresst werden.

Der Most der ersten drei Pressungen wird in Fässer abgefüllt, wo er später pasteurisiert und fermentiert wird. Die vierte Pressung wird nicht verkauft, sondern zu billigem Tafelwein verarbeitet – ausschließlich für den Eigenverbrauch, wie Großvater Zügli versichert.

Alma staunt. Denn wie sie weiß, gießt ihr Vater nach einer schlechten Ernte den Treber mit Wasser auf und presst ihn für den Verkauf nochmals. Nun weiß sie, dass ein guter Kellermeister das niemals erlauben würde. Sie verspricht Großvater Zügli hoch und heilig, dass sie so etwas niemals tun wird. Worauf er lächelnd mit dem Kopf wackelt und mit unverhohlenem Stolz in der Stimme meint, er habe sich offenbar eine ernst zu nehmende Konkurrenz herangezogen. »Willst du nicht meinen Enkelsohn Robert heiraten? Der ist zwar viel kleiner als du, doch Großmutter Zügli, Gott hab sie selig, war auch einen Kopf größer als ich, große Frauen sind also quasi Familientradition.« Was Alma kichernd ablehnt, denn schließlich sei Robert mit einer anderen verlobt und sie selbst, nun ja, sie selbst habe ihr Herz auch schon vergeben.

Großvater Zügli grunzt. »Wo ist denn dieser Auserkorene? Denn ganz offensichtlich hat er in all den Wochen, in denen du jetzt hier bist, nichts von sich hören lassen.«

Das dämpft ihre gute Laune. Sie sieht Gregor vor sich, wie sie ihn das letzte Mal gesehen hat, wie er, den Kopf zwischen den hochgezogenen, breiten Schultern, die Hände tief in den Hosentaschen vergraben, davongegangen war, ohne sich noch einmal nach ihr umzudrehen. Und es zerreißt ihr beinahe das Herz vor Sehnsucht. Traurig schüttelt sie den Kopf und starrt in das trübe Licht der Petroleumlampe. Sie seufzt.

»Ich weiß es nicht. Als ich ihn das letzte Mal gesehen habe, hatten wir Streit.« Großvater Zügli schaut sie mitfühlend an. »Worüber habt ihr euch gestritten?«

»Er hat mich gefragt, ob ich ihn heiraten wolle. Und ich«, sie seufzt nochmals, »habe abgelehnt.«

»Warum?«

»Ach, ich weiß auch nicht, weil, weil …« Sie wischt sich eine Träne weg. »Weil er mich in meinem Wunsch, Winzerin zu werden, nicht ernst genommen hat. Und …« Sie stockt. »… weil er nicht gesagt hat, dass er mich liebt.«

»Dann ist er ein Idiot.«

Alma schnaubt. »Ja, aber vermutlich bin auch ich eine Idiotin. Denn ich habe auch nichts gesagt und ihn einfach gehen lassen.«

»Du liebst ihn also?«

»Schon mein ganzes Leben.«

»Dann sag *Ja*.«

Sie schüttelt traurig den Kopf. »Dafür ist es jetzt zu spät.«

»Ach was, es ist nie zu spät.«

»Leider doch.«

Sie will noch hinzufügen, dass es durch die Anschuldigung des Dorfschulzen noch komplizierter geworden ist, denn was soll ein Arzt mit einer Frau, an der der Makel einer Abtreibung haftet? Würden sich seine Patienten nicht von ihm abwenden, wenn sie es wüssten? Egal, ob es wahr ist oder nicht? Doch sie spricht es nicht aus. Denn sie weiß nicht, ob der alte Mann darüber informiert ist, ob er weiß, warum sie bei ihnen lebt.

»Ach, ihr jungen Leute!« Großvater Zügli tätschelt ihren Arm. Es ist das erste Mal, dass er sie berührt. Seine Hand ist warm und rau. »Dass ihr jungen Menschen euch auch immer selbst im Wege stehen müsst.«

Damit wendet er sich wieder dem Wein zu, referiert weiter, tut so, als hätten sie nie ein persönliches Gespräch geführt. Alma erwartet noch einen Nachsatz, etwas wie: *Gott wird es richten, du musst nur Geduld haben*, irgendetwas, das ihr ein wenig Hoffnung gibt, ein besseres Gefühl, doch Großvater Zügli denkt gar nicht daran, so etwas zu sagen. Für ihn gibt es nur ein Thema, über das er länger als zwei Minuten reden will. Und das ist der Wein. Vielleicht denkt er auch, dies sei Trost genug. Und in der Tat zieht er sie schnell wieder in seinen Bann, und Alma folgt dankbar seinen Worten, lässt sich entführen in die Welt des Geruchs und Geschmacks und der Exzellenz des Handwerks.

Er will den Prozess der Pressung noch ein wenig ausführen. Denn dieser sei einer der entscheidenden Momente in der Kreation eines guten Weines – Großvater Zügli spricht es französisch aus – *création*: Zu wenig Druck, und die Aromen bleiben in der Frucht. Zu viel, und die Kerne werden gequetscht, was den Wein bitter werden lässt. Doch mit dem genau richtigen Druck – Großvater Züglis Stimme wird ganz tief, sein Kopf wackelt noch stärker, werden beim Pinot Noir die Aromen von Himbeeren und Erdbeeren freigesetzt und beim Chardonnay die von Honigmelonen, Vanille und Haselnüssen. Er schnalzt genießerisch mit der Zunge und schließt die Augen. Alma ist fasziniert und ringt Großvater Zügli das Versprechen ab, dass sie im Herbst, nach der Lese, mit ihm zusammen den Wein keltern darf, damit sie selbst ein Gefühl dafür entwickeln kann, wie der richtige, der *genau* richtige Druck bei der Pressung sein muss.

Doch der Gedanke an die Zukunft holt sie schon wieder zu ihren Sorgen zurück. Nur Gott allein weiß, was im Herbst sein wird, ob sie bis dahin nicht von ihrem Vater entdeckt und zum Dorfschulzen geschleppt wird, oder noch schlimmer, ob nicht SS-Standartenführer Gengelbach selbst kommt, um sie zu holen. Sie weiß, das ist ziemlich unwahrscheinlich, vermutlich würde der sich nicht die Hände mit so etwas schmutzig machen wollen, doch je länger sie darüber nachdenkt, was ihr passiert ist, desto überzeugter ist sie davon, dass Gengelbach irgendwie mit der Anschuldigung zu tun hat. Wäre es nicht ein sehr großer Zufall, dass ihr direkt, nachdem sie ihn abgewiesen und auf seinen Geländewagen geschossen hat, diese *Sache* unterstellt wird? Doch was hätte er davon, wenn sie den Dorfschulzen heiratete? Geht es um die Demütigung? Sie weiß es nicht. Ihre ganze Hoffnung liegt darin, dass Alwin und August herausfinden, was gespielt wird.

Leider kam von Alwin bisher nur ein einziger Brief, in dem er erklärt, dass er und August nicht lockerlassen, dass sie alles tun werden, um die Lüge aufzudecken, sie jedoch zur Sicherheit so wenig Kontakt wie möglich halten sollten. Er fügte hinzu:

> *Halte durch, liebe Schwester! Alles wird gut. Solch eine offensichtliche Lüge kann sich nicht durchsetzen. Der Dorfschulz wird sich dafür verantworten müssen, sobald die Wahrheit ans Licht kommt. Gott wird dir beistehen. Du darfst den Glauben nicht verlieren.*

Und so weiter und so fort. Kein Wort darüber, welche Schritte sie unternehmen, wie sie es anstellen, die Wahrheit herauszufinden. Und auch kein Wort über Gregor. Ob er wohl weiß, was passiert ist? Ob August ihre Worte ausgerichtet hat? Ob Gregor ihr glaubt?

Eine tiefe Niedergeschlagenheit überkommt sie. Die Ungewissheit ist das Schlimmste.

»Alma? Mädchen, ist dir nicht gut?«

Großvater Zügli beugt sich zu ihr herunter. Er wirkt sehr besorgt. Sein Kopf wackelt noch stärker als sonst. Aus irgendeinem Grund sitzt sie auf dem harten Steinboden, an eines der Weinfässer gelehnt. Die Kälte des Bodens kriecht ihr den Rücken hinauf. Sie hat Kopfschmerzen.

»Was ist passiert?«

»Du bist in Ohnmacht gefallen, hier, trink das.«

Großvater Zügli flößt ihr eine bittere Flüssigkeit ein. Sie hustet. Ihre Sinne klären sich. Er setzt sich neben sie und nimmt ihre Hand.

»Glaube einem alten Mann, der das meiste, was das Leben bereithält, schon gesehen hat.« Er räuspert sich: »Nichts ist von Dauer. Das Gute nicht, aber auch nicht das Schlechte. Mir war das immer ein Trost. Und wenn du jetzt auch gerade denkst, niemals wieder glücklich zu werden, nun …« Seine Stimme wird ganz weich. »Du wirst schon bald wieder bei deiner Familie sein und alles, was du bei mir gelernt hast, in deinen eigenen Weingärten umsetzen können – glaube mir, die Lüge wird sich nicht auf Dauer durchsetzen. Dafür ist die Wahrheit zu kraftvoll. Nur wenn man Lügen oft wiederholt, haben sie die Möglichkeit, sich festzusetzen. Dazu wird es bei dir nicht kommen. Denn vergiss nie: Du hast Menschen, die dir beistehen.«

Alma seufzt. Er weiß also, was los ist. Und er glaubt ihr. Die ganze Familie Zügli glaubt ihr. Warum sollte Gregor es nicht tun? Wie zur Aufmunterung raschelt eine Maus vorbei, verharrt zu ihren Füßen, richtet sich auf, schaut sie an und schnüffelt in die Luft, bevor sie unter dem nächsten Fass verschwindet. Großvater Zügli sagt, dass er die Katze mal wieder herunterschicken sollte. Sie müssen beide lachen. Und das Leben fühlt sich schon wieder ein wenig leichter an.

* * *

Es ist ein warmer, sonniger Sonntagvormittag, Mitte Juni. Alma spaziert mit den Frauen der Familie Zügli am Strand entlang. Mutter Zügli, Erika, Liselotte und Martha, die Verlobte von Robert, die mit ihrer roten Lockenpracht und den vielen Sommersprossen exotisch und fremd zwischen ihnen wirkt.

Sie sehe aus wie eine Irin, sagt Mama Zügli spitz. Zu Martha selbst und zu allen, die es hören wollen. Und Alma weiß nicht so recht, was sie damit sagen will. Überhaupt weiß Alma nicht so richtig, wie sie Mama Zügli einschätzen soll. Einerseits ist sie herzlich und großzügig, andererseits muss alles genau so laufen, wie sie es will. Sie duldet keinerlei Widerworte und hat die Familie fest im Griff. Was Alma imponiert. Sie kennt sonst keine Frau, die so eindeutig die Familie anführt. Gleichzeitig fragt sie sich, wie Alwin später damit zurechtkommen wird. Doch sie schiebt den Gedanken beiseite. Sie will sich nicht schon wieder Sorgen machen. Sie hasst sich dafür, wie seltsam schwach und unsicher sie geworden ist. Wo ist die starke, selbstsichere Alma geblieben? Sie erkennt sich selbst nicht wieder. Unzufrieden stapft sie weiter. Dabei liebt sie die Spaziergänge am Strand.

Jeden Sonntag nach dem Gottesdienst kommen sie hierher. Die Männer haben sie wie immer im Gasthaus beim Frühschoppen gelassen. Die Kinder sind lärmend vorausgeeilt, um eine Sandburg zu bauen. Die Frauen sind unter sich. Der sonnengewärmte Sand knirscht bei jedem Schritt, der Wind bauscht knatternd ihre Röcke auf, und die Möwen am blauen Himmel kreischen gegen das laute Getöse des Meeres an. Sie haben Schuhe und Strümpfe ausgezogen und genießen es, wenn die kalten Wellen an ihren nackten Zehen lecken.

Alma hat sich mittlerweile an das Leben in Schabo gewöhnt, das mit neunhundert Einwohnern größer ist als ihr eigenes Dorf und mit den Kegelbahnen, dem Museum und der Bibliothek wesentlich mehr Zerstreuung bietet. Gegenüber der Meerzunge schimmert im Dunst die Ukraine. Odessa ist nur einen Tagesmarsch entfernt.

Alma denkt oft an die Tage, die sie mit Alwin dort verbracht hat, die so verheißungsvoll nach Neubeginn schmeckten, nach der Möglichkeit, zusammen mit ihrem Bruder den Familienbetrieb neu aufzuziehen – und mit ihrer Schmach endeten. Noch immer fragt sie sich, wer wohl der ominöse Zeuge ist, der sie vorgeblich in das Haus einer Engelmacherin hat gehen sehen. Doch sie schiebt die Erinnerung und die Frage in den hintersten Winkel ihres Herzens und konzentriert sich auf das Gespräch. Denn entgegen der landläufigen Meinung sind diese Frauen politisch sehr interessiert. Mutter Zügli war einst Lehrerin an der hiesigen französischen Schule, bevor sie ihren Mann kennengelernt hat, und tauscht sich immer noch rege mit ihren ehemaligen Kollegen aus. Neben Emma kennt Alma sonst keine Frau, die so blitzgescheit über Politik spricht.

Es ist beunruhigend, was sie erzählt. Und Alma schämt sich ein wenig, dass sie selbst so sehr in ihrem persönlichen Unglück gefangen, mit ihren eigenen Interessen beschäftigt ist, dass sie nichts davon mitbekommen hat, was in der Welt passiert.

Denn laut Mutter Zügli ist diese gerade dabei, aus den Fugen zu geraten. Die deutsche Wehrmacht startete am zehnten Mai einen Blitzkrieg gegen die vier westlichen Nachbarstaaten. Gegen die Niederlande, Belgien, Luxemburg und Frankreich. Und Hitler ist kurz davor, als grandiosen Schlusspunkt einen Waffenstillstand mit Frankreich zu schließen. Was einen Wendepunkt in der Kriegsgeschichte markieren würde, denn der Krieg gegen Großbritannien könnte dann theoretisch direkt von der Küste des Ärmelkanals aus geführt werden. Und dann

Gnade ihnen allen Gott. Denn wenn Hitler auch noch England besiegen würde, wäre kein Land mehr sicher.

Mutter Zügli wendet sich direkt an Alma: »Wie denkt ihr Deutschstämmigen denn darüber?«

Alma will nicht zeigen, wie wenig sie davon versteht, und versucht im Geiste, ihrer Freundin Emma zu antworten, die für sie bisher der Maßstab in politischen Fragen gewesen ist. Sie beginnt etwas über »Interessen durchsetzen« zu stammeln, kommt zu keinem Punkt, wischt die vermuteten Worte Emmas beiseite und gesteht: »Ich kenne mich zu wenig aus in politischen Themen, ich bin mit den Hintergründen nicht vertraut. Doch ich finde, es kann nicht richtig sein, dass ein Land ein anderes überfällt. Wie können sich Menschen bloß gegenseitig totschießen?«

Sie macht eine kleine Pause. »Aber so viel ich weiß, befürworten manche Deutschstämmigen Hitler. Sie sagen, dass die Deutschen durch ihn wieder etwas gelten würden in der Welt. Ich glaube aber nicht, dass Hitler die uneingeschränkte Unterstützung von uns allen hat.« Sie denkt an SS-Standartenführer Gengelbach und fügt hinzu: »Ich traue diesen Nazis jedenfalls nicht über den Weg.«

Die Frauen schweigen nachdenklich. Liselotte wirft den Möwen Brotreste zu. Kreischend fallen diese in der Luft darüber her. Erika sagt, sie habe Gerüchte gehört, dass die Deutschstämmigen zurück ins Reich geholt werden sollen. Sie selbst seien als Schweizer davon ja zum Glück nicht betroffen. Sie fragt, ob sie, Alma, denn da hinwollen würde? Nach Deutschland. Alles verlassen, was ihre Väter und Mütter in Bessarabien aufgebaut haben, um in ein unbekanntes Land zu gehen?

Alma wird es ganz bange bei dem Gedanken. Hat Oberlehrer Baumann an Ostern nicht etwas Ähnliches gesagt?

Sie schüttelt den Kopf. »Nein, ich will nicht weg. Ganz und gar nicht. Ich will in Bessarabien bleiben und Wein machen. Wo könnte ich das in Deutschland? Ohne Land? Ohne den guten Schwarzerdeboden?«

»Das verstehe ich. Wir würden auch nicht wegwollen. Doch vielleicht«, Mutter Zügli wendet sich direkt an ihre Tochter, »vielleicht kommt noch die Zeit, in der wir froh wären, wenn uns jemand irgendwohin ›heimholen‹ könnte.«

Erika fragt irritiert: »Wie meinst du das?«

Bevor Mutter Zügli ihrer Tochter antwortet, wendet sie sich an Martha: »Würdest du bitte zu den Kindern gehen und aufpassen, dass sie nicht ins Meer hüpfen? Die Wellen sind heute so kraftvoll, nicht, dass etwas passiert.«

Martha fügt sich ohne Widerrede. Sie geht zu den Kindern und der Sandburg, modelliert mit den beiden Größeren Schießscharten und Fenster und hilft den drei Kleinen dabei, einen Wassergraben auszuheben. Alma vermutet, dass sie es schon gewohnt ist, von manchen Themen ausgeschlossen zu werden, was auch durchaus seinen Vorteil hat: Dann muss sie auch nicht so tun, als würde sie sich für Politik interessieren, und ihrer Schwiegermutter in spe nicht ständig beweisen, dass sie die richtige Frau für Robert ist.

Als Martha außer Hörweite ist, wendet sich Mutter Zügli an Alma und die anderen Frauen. »Eigentlich wollte ich nicht darüber sprechen, doch es bringt nichts, die Augen vor einer Gefahr zu verschließen, die an unseren Grenzen lauert.«

»Welche Gefahr?«, fragen Erika und Liselotte wie aus einem Mund. Mutter Zügli wird sehr ernst. »Die Eroberungen Hitlers scheinen uns weit, weit weg. Wir sprechen darüber, als gingen sie uns nichts an. Als wäre der Krieg nur eine Schauergeschichte, bei der man sich im warmen Bett ein wenig gruseln kann. Doch die Welt brennt. Und zwei Nationen, die 1918 schwer gedemütigt wurden, sind wieder erstarkt, haben skrupellose Männer an der Macht, denen ein Menschenleben nichts zählt. Und jeder, der eins und eins zusammenzählen kann, sieht, dass das Feuer auch vor Rumänien nicht haltmachen wird.«

»Mutter! Sprich nicht in Rätseln! Was meinst du?«

»Es heißt, dass Hitler und Stalin paktieren. Schon letztes Jahr hat Hitler von einer Neuordnung der ethnografischen Verhältnisse gesprochen. Er will eine Umsiedlung der Nationalitäten. Alle Volksdeutschen sollen ›heim‹ ins großdeutsche Reich. Das kann er nur im Schulterschluss mit Stalin. Denn die meisten Volksdeutschen leben in diesem Teil der Welt.« Erika fragt: »Ja, aber wird Stalin das einfach so zulassen?« Mutter Zügli schaut aufs Meer. Der Wind peitscht ihr die Haare ins Gesicht. Sie streicht sie zurück und befestigt sie straff im Dutt. Erst dann wendet sie sich wieder an ihre Begleiterinnen. »Stalin will mit Hitlers stillem Einverständnis seine Großmannspläne umsetzen. Er will, dass Russland wieder erstarkt und zum Großreich wird. Und dazu gehört auch Bessarabien.«

»Ja, aber was bedeutet das?«

»Dass die Russen kommen werden.«

»Und Rumänien wird das einfach so zulassen?«

Mütter Zügli schüttelt den Kopf. »Ich weiß es nicht. Doch wenn nicht«, ihre Stimme wird ganz leise, ist gegen das Meeresrauschen kaum noch zu hören, »wird viel Blut vergossen werden.«

»Und wenn doch?«

»Sollten wir schauen, dass wir ebenfalls so schnell wie möglich von hier wegkommen. Denn Stalin hasst die Kulaken, die Grundbesitzer.«

In gedrückter Stimmung spazieren sie weiter. Das Meer klingt plötzlich bedrohlich, die Möwen zänkisch. Im blauen Himmel türmen sich hohe Wolkengebirge auf. Weit vorne sehen sie, wie Martha mit den Kindern an der Sandburg baut. Ihre roten Haare leuchten in der Sonne. Alma beneidet sie plötzlich sehr. Auch sie würde gerne einfach mit den Kindern spielen und nicht die Kälte der Bedrohung fühlen, die die Worte von Mutter Zügli bei ihr ausgelöst haben. Sie fröstelt und zieht die wollene Stola enger um ihre Schultern, die Liselotte ihr für den Spaziergang geliehen hat.

Erika fragt ihre Mutter »Warum wolltest du nicht, dass Martha das hört?«

»Sie ist noch nicht mit Robert verheiratet.«

»Ich gehöre doch auch nicht zur Familie«, wendet Alma ein.

»Du bist aber Deutsche. Und vielleicht brauchen wir eines Tages deine Hilfe, so wie du unsere gebraucht hast.«

Alma schaut sie überrascht an. Dann versteht sie. Natürlich. Jede Wohltat fordert eine Gegenleistung. Nichts ist umsonst. Auch nicht Güte. Sie nickt. »Ich werde euch immer helfen, sofern es in meiner Macht steht.« Mutter Zügli nimmt ihre Hand. »Ich weiß.« Sie will noch etwas hinzufügen, doch in diesem Augenblick ruft Liselotte: »Schaut mal, da kommt ein Reiter!«

* * *

Alma muss sich die Augen vor der Sonne abschirmen, die inzwischen hoch am Firmament steht. Die Silhouette eines Reiters sticht dunkel gegen die blitzenden Lichtreflexe des bewegten Meeres. Er kommt schnell näher. Das Pferd holt kraftvoll aus. Irgendetwas kommt ihr bekannt an Reiter und Pferd vor. Doch erst als die beiden nur noch wenige Meter von ihnen entfernt sind, ihnen Erika mit einem Jauchzen entgegenrennt, sich der Reiter aus dem Sattel gleiten lässt und das Pferd die letzten Meter allein auf sie zuschreitet, erkennt Alma die beiden.

Das Pferd bleibt vor ihr stehen und stupst sie sanft an, schüttelt den großen Kopf, nur um gleich darauf zärtlich an ihrem Haar zu knabbern. Ein Schluchzen macht sich in ihrem Brustkorb breit. Sie kann nichts dagegen tun. Weinend schmiegt sie sich an den warmen Hals von Bojan. Sein herber, kräftiger Geruch hüllt sie ein und zum ersten Mal seit Wochen fühlt sie sich geborgen.

»Möchtest du mich nicht auch begrüßen?«

Alwin steht Arm in Arm mit Erika vor ihr und lächelt sie breit an. Noch nie sah er glücklicher aus, zufriedener und irgendwie stolzer. Sie löst sich von Bojan und umarmt ihren Bruder, macht ihm die Jacke in Schulterhöhe tränennass, kann nicht mehr an sich halten, fragt, ob er etwas herausgefunden, den Dorfschulzen der Lüge überführt hat. Doch er vertröstet sie, »Später Alma, später«, und wendet sich wieder seiner Verlobten zu, um sie herzhaft auf den Mund zu küssen. Und Alma merkt, dass sie Angst vor der Antwort hat, dass ihr »später« vielleicht zu früh ist.

* * *

Gemeinsam gehen sie zum Dorf zurück. Es gibt bald Mittagessen und Mutter Zügli sagt, dass sie sich beeilen, den Sonntagsbraten ihrer Köchin Lena nicht kalt werden lassen sollten. Ihr kleiner draller Körper schiebt sich im Stechschritt über den Strand und alle beeilen sich, es ihr gleichzutun. Sie sind spät dran. Aufgehalten von tiefschürfenden Gesprächen und unerwartetem Besuch. Und dabei hasst es Mutter Zügli, wenn ihr Zeitplan durch Unerwartetes durcheinanderkommt. Deshalb rennen die beiden älteren Kinder beflissen neben ihr her, wollen sie nicht verärgern, bloß nicht reizen, und die drei Kleinsten werden von Liselotte und Martha an die Hand genommen und hinterhergezogen, damit es schneller geht.

Alma sagt, die drei könnten auch auf Bojan reiten, was einerseits mit Begeisterung, doch gleichzeitig mit ein wenig Furcht angenommen wird. Noch nie saßen sie auf so einem großen Pferd. Doch die Angst verschwindet schnell, denn Bojan schnaubt gutmütig und Alma führt ihn am langen Zügel hinter Mutter Zügli und ihrer Kinderschar her. Von außen betrachtet sind sie vermutlich eine seltsame Karawane, die versucht, in raschem Schritt, mit ein wenig Panik im Blick, der kleinen, raschen, klugen, zuweilen eigensinnigen Mutter Zügli hinterherzukommen, die alleine durch Körpersprache signalisiert, wer das Familienoberhaupt ist. Alma ist erneut von ihr beeindruckt und bemüht sich, nicht zurückzufallen.

Nur Alwin und Erika lassen sich nicht aus der Ruhe bringen. Sie schlendern Hand in Hand und lächeln sich selig an. Und Alma, die immer wieder den Kopf nach ihnen wendet, gesteht sich mit schlechtem Gewissen ein, dass sie ein klein wenig neidisch auf ihr Glück ist.

* * *

Durch den dunklen Flur kommen sie hintereinander ins Esszimmer gepoltert, der Jacken und Straßenschuhe entledigt, die Hände auf dem Weg schon gewaschen, bereit, sich sogleich an den Tisch zu setzen. Der ist zwar gedeckt, doch noch sitzt niemand daran. Verwaist warten die guten Porzellanteller, die mit dem blauen Blumenmuster, und das blitzeblanke Silberbesteck auf der blütenweißen, gestärkten Tischdecke.

Lena kommt ihnen mit roten Wangen aus der Küche entgegen, begleitet vom köstlichen Duft eines Rinderbratens, wischt sich die Hände an der Schürze ab und sagt etwas säuerlich, dass sie nun alles warm gestellt habe, die Herrschaften ja dann zu Tisch kommen könnten, sobald es ihnen zupasskomme.

Irritiert folgen sie den lauten Stimmen, die aus dem Garten kommen. Im Schatten des großen Walnussbaums hat sich eine kleine Gesellschaft versammelt. Großvater Zügli sitzt lächelnd auf der Gartenbank, ein Glas Wein in der Hand, vor ihm steht Vater Zügli, zusammen mit einer elegant gekleideten Dame, deren Haar von einem kecken Hut bedeckt wird. Sie haben den Ankommenden den Rücken zugewandt und unterhalten sich angeregt. Unwillkürlich blickt Alma an sich selbst hinunter und fühlt sich ein wenig schäbig. Seit Wochen trägt sie nur zusammengewürfelte Kleidung, ausgeliehen von den Frauen und teilweise auch von den Männern der Familie Zügli, die ihr nicht wirklich passt. In dem Moment dreht sich die Dame zu ihr um und Alma entfährt ein Freudenschrei: »Emma!«

Mit wenigen Sätzen kommt ihr Emma entgegengerannt, ignorierend, dass ihre feinen Stiefeletten im Gras einsinken. Sie umarmen sich, küssen sich, umarmen sich wieder. Alma hält sie um Armeslänge von sich: »Ich bin so froh, dich zu sehen! Alwin hat gar nicht gesagt, dass du auch hier bist!«

»Es sollte eine Überraschung sein! Wir haben gute Neuigkeiten für dich! Wir haben ihn, ja, wir haben ihn, Alma, er wird seine dreckige Lüge zurücknehmen müssen.« Emma spricht schnell, ihre Stimme überschlägt sich regelrecht. So aufgeregt hat Alma ihre Freundin noch nie gesehen. Und die tiefe Niedergeschlagenheit, die sie die Wochen fest umklammert hielt, bekommt Risse. Und ein wenig Hoffnung macht sich breit. Doch gleichzeitig hat sie Angst davor, die Hintergründe für die Verleumdung durch den Dorfschulzen zu erfahren. Denn dann muss sie handeln. Und dafür braucht es Kraft. Alma weiß nicht, ob sie im Moment genügend davon hat. Wann ist sie bloß so schwach geworden? Emma unterbricht die mutlosen Gedanken ihrer Freundin.

»Schau!« Sie dreht ihre Freundin an der Schulter um die eigene Achse, sodass sie in Richtung der Weingärten blickt, die gleich hinter dem Wohnhaus beginnen.

»Alwin hat noch jemanden mitgebracht.«

Alma blickt in die Richtung, in die Emma zeigt, versteht erst nicht, sieht nur Robert auf dem gewundenen Pfad, der sich von den Weingärten herunterschlängelt. Er schreitet genauso raumgreifend zwischen den Reben hindurch wie seine Mutter zuvor am Strand. Offenbar hat auch er es eilig, zum Mittagessen zu kommen. Er ruft etwas nach hinten, und in dem Moment tritt ein weiterer Mann in ihr Blickfeld. Ein großer, breiter Mann. Er überragt den klein gewachsenen Robert um mehrere Köpfe.

Almas Herz macht einen Sprung, gleichzeitig versagen ihr die Beine. Emma kann sie gerade noch festhalten, sonst wäre sie gefallen. Besorgt fragt Emma, ob mit ihr alles in Ordnung sei. Alma nickt stumm, den Blick starr auf den Mann gerichtet, der sie seit Monaten so intensiv beschäftigt, sie in bodenlose Pein gestürzt hat und den sie doch schon ein Leben lang liebt.

Sie gibt sich einen Ruck, löst sich von Emma und geht Gregor langsam entgegen. Konzentriert setzt sie einen Schritt vor den anderen, befürchtet, sonst nochmals zu fallen, will würdevoll scheinen, ihren inneren Aufruhr zähmen, die unpassende Kleidung mit eleganter Körperhaltung überspielen – für Gregor schön sein.

Als Gregor ihrer gewahr wird, beginnt er zu laufen. Und Alma, eben noch in sich und ihrer Unsicherheit gefangen, nimmt kurzerhand den Rock hoch und beginnt ebenfalls zu laufen. Es ist ihr egal, dass alle zuschauen.

Eine Armlänge voneinander entfernt bleiben beide wie auf Kommando stehen. Seltsam befangen schauen sie sich an, wissen plötzlich nicht, was sie sagen sollen, was zu tun ist. Sie betrachten sich, strahlen sich an, heben die Arme, lassen sie wieder sinken, betrachten sich erneut. Brennen die Blicke ineinander, sehnen sich nach Nähe, wagen es nicht, sich zu berühren. Er ist ihr so vertraut und gleichzeitig fremd. Er wirkt älter als zuletzt, männlicher, das Kinn ist breiter, eckiger, genauso die Schultern, die Brust. Er ist ein richtiger Mann geworden.

Alma fragt flüsternd: »Warum bist du nicht eher gekommen?« Sie weiß, die Frage ist in diesem Moment unpassend, sie müsste sagen, wie sehr sie sich darüber freue, dass er da sei, dass sie ihn vermisst habe, vielleicht auch, dass sie ihn liebe. Doch nur dieser eine Satz verlässt ihre Lippen: *Warum bist du nicht eher gekommen?* Und es klingt wie ein Vorwurf.

»Du hast mich nicht eingeladen.« Seine Stimme ist genauso leise. Auch er klingt nach Vorwurf.

»Du bist einfach gegangen, das letzte Mal.«

»Du hast mich abgewiesen.«

»Du hast nie geschrieben, dich nie gemeldet.«

»Du dich doch auch nicht!«

Sie schleudern sich die Sätze schnell und abgehackt entgegen.

»Warum bist du dann jetzt hier?«

»Weil …« Er hält inne. »Streiten wir etwa schon wieder?« Alma, schon eine Antwort auf den noch nicht gesagten Satz parat, hält ebenfalls inne, lacht auf, hell und glockenklar. Und es ist, als ob das Lachen einen Knoten löst. Und endlich, endlich liegen sie sich in den Armen. Riechen, schmecken, spüren sich – selbstvergessen, zeitvergessen. Und es ist, als hätten sie nie etwas anderes getan.

* * *

Hand in Hand folgen sie den anderen ins Wohnhaus. Lächeln sich an, berühren sich sanft, umflattern sich wie Schmetterlinge. Emma wiederholt ein ums andere Mal: »Na, endlich, na, endlich!«, und knufft dabei ihrem Bruder in den Arm, als hätte sie es schon immer gewusst.

Kurzerhand werden drei zusätzliche Stühle an den Tisch im Esszimmer geschoben, und Lena findet noch drei weitere Gedecke. Großvater Zügli fixiert Gregor mit seinen hellen, wachen Augen und fordert ihn auf, sich neben ihn zu setzen, er müsse schließlich wissen, was für einen Mann sich *seine* Alma ausgesucht habe. Groß und stattlich sei er ja schon mal, von seinem Charakter müsse er ihn noch überzeugen. Dabei mustert er ihn von unten nach oben und wieder zurück – und wackelt mit dem Kopf. Gregor muss lachen und kommt der Aufforderung eilig nach. Sogleich wird er in einen ausführlichen Dialog verwickelt. Großvater Zügli verhört ihn regelrecht, was Gregor gutmütig über sich ergehen lässt.

Als endlich alle sitzen, bringt Lena unter beifälligem Gemurmel den Sonntagsbraten, die große Platte mit den breiten Sonntagsnudeln, den Kartoffelsalat und die Soßenschüsseln. Von denen es mehrere gibt, denn Soße kann man nie genug haben, wie Mutter Zügli nebenbei bemerkt.

Vater Zügli fordert seinen zweitjüngsten Sohn auf, das Tischgebet zu sprechen. Dieser schaut erschrocken, noch nie hat er dies vor so vielen Menschen getan, und dann auch noch vor Fremden! Doch Vater Zügli klopft ihm ermutigend auf die Schulter und der Kleine beginnt mit stockender Stimme, wird bald flüssiger und nach einem vielstimmigen Amen setzt er sich strahlend und sehr erleichtert auf seinen Stuhl. Vater Zügli streicht ihm stolz über den Scheitel.

Alma ist gerührt. Vater Zügli ist so ganz anders als ihr eigener Vater. Niemals hätte Letzterer so einfühlsam einen seiner Söhne animiert, seine Schüchternheit zu überwinden. Die ganze Familie ist anders. Gemeinsam wird geredet und gelacht und Alma glaubt zu verstehen, dass sich Alwin mit Erika nicht nur eine Ehefrau holt, sondern eine andere Art zu leben. Alwin muss dasselbe gedacht haben. Denn er schaut zu ihr rüber und nickt in stillem Einverständnis.

Es wird ein lautes Sonntagsessen. Anders als bei Alma zu Hause nutzen die Züglis das gemeinsame Essen zur Kommunikation. Alle sprechen aufgeregt durcheinander, jeder erzählt, was ihm wichtig erscheint.

Mutter Zügli bemerkt lautstark, dass drei frisch verliebte Paare am Tisch ja beinahe unerträglich seien, was großes Gelächter auslöst. Ihr Sohn Robert erhebt das Glas und ruft: »Wollen wir im Herbst, zur Weinlese, nicht eine Dreierhochzeit feiern?« Worauf Alwin es ihm gleichtut und ebenfalls das Glas erhebt: »Auf jeden Fall eine Doppelhochzeit!«, und mit einem Blick zu seiner Schwester und Gregor, »Die beiden sollen sich erst noch ein wenig kennenlernen, schließlich kennen sie sich erst ein ganzes Leben.«

Und schon wieder großes Gelächter und Alma weiß nicht, wie ihr geschieht, wie plötzlich, von einem Moment zum anderen, ihr Leben ein völlig anderes ist. Sie wird ernst.

»Ich glaube, bevor wir eine Hochzeit planen, solltet ihr mir ganz genau erzählen, was ihr herausgefunden habt.«

Plötzlich sind alle ernst. Alwin nickt.

»Ich habe Mutter Zügli versprochen, es erst nach dem Essen zu tun. Kannst du noch so lange warten?«

Alma nickt. Doch die leichte Atmosphäre ist einer beinahe unerträglichen Anspannung gewichen. Jeder sehnt das Ende des Mahles herbei, um endlich zu erfahren, was Alwin, Emma und Gregor wissen, warum sie so unvorhergesehen aufgetaucht sind.

* * *

Nachdem die Teller abgetragen, das Dankgebet gesprochen und die Kinder nach draußen zum Spielen geschickt worden sind, gehen sie in den Garten. Die Männer rauchen Zigarre und trinken einen weiteren Krug Wein, die Frauen Weinschorle, und Emma beginnt zu erzählen. Beschreibt, wie sie zu viert zusammensaßen, Alwin, August, Gregor und sie selbst, und überlegten, was zu tun sei, wie man sie retten könne.

Alma wird es ganz warm ums Herz bei der Vorstellung, wie ihre Geschwister und Freunde sich trafen, um eine Strategie zu entwickeln, um für sie zu kämpfen. Alma flüstert Gregor zu, der ganz eng bei ihr sitzt, so, dass seine Wärme sie quasi umschlingt: »Hast du nie an mir gezweifelt? Hast du nie die Lüge geglaubt?« Gregor schaut sie beinahe beleidigt an: »Niemals!« Und Alma fühlt sich so geborgen wie noch nie in ihrem Leben. Sie legt den Kopf auf seine breite Schulter und folgt weiter dem Bericht von Emma.

Diese erzählt von ihren Bemühungen, den Recherchen, wie sie erst auf der Stelle traten und wie August letzten Endes den entscheidenden Hinweis vom Betreiber des Wirtshauses bekam, in dem er regelmäßig im Hinterzimmer Poker spielte: dass nämlich der Dorfschulz ein Spieler sei. Nicht nur Kartenspiel, nein, dass er regelmäßig nach Kischinew fahre und im Laufe der Monate viel Geld durch Pferdewetten verloren habe.

»Daraufhin sind August und ich nach Kischinew gereist und haben den Eigentümer des ansässigen Wettbüros mit einem kleinen Fass Wein bestochen, das Alwin uns dafür überlassen hat. Er nahm es gerne an und zeigte uns die Schuldscheine des ehrenwerten Herrn Dorfschulz.«

»August hat sie fotografiert. Dafür hat er extra einen Fotoapparat organisiert. Unser kleiner Bruder entwickelt ungeahnte Talente, wenn es drauf ankommt«, bemerkt Alwin lächelnd, öffnet eine Ledermappe, die er aus dem Nichts herbeigezaubert hat, und legt eine Schwarz-Weiß-Aufnahme nach der anderen auf den Tisch. Schuldschein um Schuldschein mit dem Namen und der Unterschrift des Dorfschulzen.

Alma staunt, und als Alwin zum krönenden Abschluss ein Foto auf den Tisch knallt, auf dem der Dorfschulz in Anzug und Krawatte auf der Zuschauertribüne der Rennbahn die Pferde anfeuert, geht ein abfälliges Raunen durch die Runde der konzentriert lauschenden Zügli-Familie. Auf dem Foto ist er nicht allein. Ein Mann in Uniform steht neben ihm. Alma beugt sich vor, um besser sehen zu können. Unwillkürlich entweicht ihr ein überraschter Aufschrei. Niemand anders als SS-Standartenführer Gengelbach steht neben ihm. In schwarzer Uniform und mit silbern blitzendem Totenkopf am Revers. Alma wird schlecht. Das Blut rauscht in ihrem Kopf. Sie hält sich an der Stuhllehne fest und wartet, bis der Anfall verebbt ist. Gengelbach ist für sie das personifizierte Böse. Der Dorfschulz nimmt sich gegen ihn wie ein Waisenknabe aus.

»Hat dieser Mann etwa auch was damit zu tun?«, ruft sie laut. Alwin schüttelt den Kopf. »Keine Ahnung. Wir wissen nicht, ob er im Hintergrund die Fäden gezogen hat. Das wäre Spekulation.« Er wischt die Frage seiner Schwester beiseite, für ihn ist sie im Moment nicht wichtig. Grimmig sagt er: »Allein die Schuldscheine reichen, um den Dorfschulzen an die Wand zu nageln.« Gregor fügt hinzu: »Der Dorfschulz braucht ganz offensichtlich Geld. Und das dringend. Und der einzige Weg, schnell an Geld zu kommen, ist eine Heirat mit einer Frau, die eine größere Mitgift zu erwarten hat.« Er hält inne, sieht, dass Alma ganz bleich geworden ist, und fragt besorgt: »Was ist mit dir?« Alma räuspert sich und versucht, das beklemmende Gefühl abzuschütteln. »Es geht schon.« Als Gregor sie immer noch besorgt mustert, versucht sie, sich zu erklären. »Wenn ich diesen Mann, diesen Gengelbach schon sehe …« Sie stockt, schluckt und fährt mit Ekel in der Stimme fort: »In seiner schwarzen Uniform, so schick, so schneidig, so arrogant, da wird mir ganz übel.« Sie hält kurz inne, dann bricht es aus ihr heraus: »Ich hasse diese SS-Leute, mit so einem Mann an oberster Stelle können das alles nur Verbrecher sein.« Als sie den verwunderten Blick Gregors sieht, räuspert sie sich und versucht, auf eine sachliche Ebene zurückzukommen. Irgendwie gelingt es ihr. »Also, wo sind wir stehen geblieben? Der Dorfschulz will durch mich an Geld kommen. Und dass er welches braucht, lässt sich durch die Schuldscheine beweisen.« Sie lehnt sich zurück, holt nochmals tief Luft, bis sie sich vollständig beruhigt hat, und fragt nachdenklich: »Wer ist der ominöse Zeuge, der mich in Odessa bei einer Engelmacherin gesehen haben will?«

»Wir glauben, dass er uns irreführen will, dass es den nicht gibt. Vermutlich ist er davon ausgegangen, dass allein die Anschuldigung reicht, um uns einzuschüchtern, dass wir alles tun würden, um Gerede zu vermeiden.«

»Das wäre ihm auch fast gelungen«, sagt Alma bitter. »Vater ist ja gleich auf den Zug aufgesprungen. Und hat allem zugestimmt, nur um zu verhindern, dass seine Familie mit Schande überzogen wird.« Sie schnieft und kann es immer noch nicht fassen, dass ihr Vater sie verkaufen wollte. »Nur durch euch«, sie schaut alle der Reihe nach dankbar an, »die ihr nie an mir gezweifelt habt und«, sie wendet sich direkt an die Züglis, »mich ohne zu fragen aufgenommen habt ...« Sie schnieft erneut, lässt den Satz unvollendet, um die aufkommenden Tränen zurückzuhalten, und schließt mit einem einfachen: »Danke.«

Nun haben auch die anderen Tränen in den Augen. Zumindest die Frauen. Die Männer räuspern sich nur und schlucken ihre Rührung herunter. Alwin beginnt ein Dankgebet. Und Erika als seine zukünftige Ehefrau beendet es. Nach dem einstimmigen Amen lächeln alle irgendwie befreit und trinken noch einen Schluck Wein.

Alma fragt: »Habt ihr schon etwas unternommen?«

Alwin schüttelt den Kopf. »Nein, wir wollten nichts ohne dich tun. Schließlich geht es um dich. Du musst entscheiden, was wir mit diesem Wissen machen sollen.« Alma nickt. Sie weiß das. Und sie weiß auch, was zu tun ist.

Inzwischen ist es später Nachmittag geworden. Gregor und Emma sagen, dass sie sich auf den Weg ins Internat machen müssen. Schließlich sind sie mitten im Abitur und können am nächsten Morgen nicht fehlen. Auch wenn sie dafür die halbe Nacht hindurch reiten müssen. Alma begleitet sie zu den Pferden. Etwas liegt ihr noch auf der Seele.

»Was ist mit deinem Plan, in Tübingen zu studieren?«

Gregor schaut sie unbehaglich an. »Robert hat mir erzählt, dass du sämtliches Wissen seines Großvaters geradezu aufsaugst.« Er lacht unsicher. »Er ist beeindruckt von deinem Durchhaltevermögen, denn wenn Großvater Zügli einmal angefangen hat zu referieren, ist er offenbar nicht mehr zu bremsen.« Doch er wird schnell wieder ernst. »Ich will dir dabei nicht im Wege stehen! Es tut mir leid, dass ich deinen Wunsch nicht ernst genommen habe. Vermutlich hatte ich einfach nur Angst davor, so eine starke Frau wie dich zu lieben.« Er nimmt sie in die Arme, drückt sie so fest an seinen kräftigen Körper, dass ihr schwindelt. »Wir bekommen das hin, Alma, wir bekommen das hin, auch wenn wir uns in fünf Jahren Studium nur selten sehen werden.« Darauf bedeckt er ihren Mund, ihre Haare, ihre Augen, ihre Wangen und wieder ihren Mund mit sanften, innigen Küssen, bis Emma sich hinter ihnen räuspert und zum Aufbruch drängt.

Alma schaut den beiden noch lange hinterher, sieht sie erst auf die Größe von Zwergen schrumpfen und dann klein wie Ameisen werden, und anstatt glücklich und frohen Mutes zu sein, zupft eine seltsame Melancholie an ihr, eine nagende Unruhe, gleichzeitig ein Sehnen. Und ihr wird klar, dass ihre Gefühle den Ereignissen nicht hinterherkommen, sie gar nicht weiß, wie ihr geschehen ist. Wochenlang hat sie um ihren besten Freund getrauert, den sie für immer verloren glaubte. Und nun kommt er aus heiterem Himmel zurück als ihr Mann. Und anstatt überglücklich zu sein, trauert sie weiterhin um diesen Freund, um das Verlorene, um, ja, um was eigentlich? Um den Verlust der Jugend, der kindlichen Unschuld?

Sie wendet sich ab, hört gedankenverloren dem Konzert der Vögel und Zikaden zu, versucht, sich zu sammeln, ihre fliegenden Gedanken einzufangen. Und irgendwann – sie hat sämtliches Zeitgefühl verloren – gibt sie sich einen Ruck und geht zurück, um sich bereit für den Abschied zu machen. Morgen wird es auch bei ihr und Alwin so weit sein. Dann geht es nach Hause. Sie darf keine Zeit verlieren. Sie muss es dem Vater sagen, ihn auffordern, den Dorfschulzen zur Rede zu stellen. Sie muss ihn darum bitten, dass er das Eheversprechen zurücknimmt und dafür sorgt, dass der Dorfschulz sie von der Anschuldigung freispricht.

Und dann kann sie nur hoffen, dass die Leute ihm glauben und mit der Zeit vergessen, dass das Gerücht keine weiteren Kreise zieht, dass nichts an ihr haften bleibt. Und da regt es sich wieder: ein Aufbegehren. Und sie fragt sich, in was für einer Gesellschaft sie eigentlich lebt. In der eine junge Frau auf nichts weiter als das unbewiesene Wort eines Mannes hin ihre Reputation verlieren kann. Und für was eigentlich? Für eine Abtreibung? Aber – und nun kommt der eigentlich revolutionäre Gedanke – würde eine Abtreibung die Ächtung rechtfertigen? Sollte das nicht jede Frau mit ihrem eigenen Gewissen ausmachen dürfen? Hat sie es mit dieser Entscheidung nicht schon schwer genug, ohne dass alle mit dem Finger auf sie zeigen? Wo ist die christliche Nächstenliebe, die in der Bibel so hochgehalten wird? Sie ist empört. Und Empörung ist besser als die Scham, die ihr über Wochen hinweg schleichend und unaufhaltsam jegliche Kraft geraubt hat. Und sie hofft, dass die Empörung ihr auch über die Angst vor dem Kommenden hinweghilft. Denn wer weiß, was man ihr noch antun, zu was man sie noch drängen wird.

Kapitel 8

Bessarabien, Juni 1940

Der Vater hört ihnen mit versteinertem Gesicht zu. »Wer hat die Fotos gemacht?«, will er wissen. Breitbeinig steht er an der Werkbank, die Ärmel des grau-grün karierten Arbeitshemdes sind nach oben gekrempelt und entblößen die braun gebrannten, muskulösen Unterarme, die von langen, kräftigen Haaren überwuchert sind. Große Schweißflecken dunkeln Achseln und Rücken ein.

Er legt die Zange und die dicke Ledernadel beiseite, mit der er den abgerissenen Gurt eines Sattels näht, zieht ein Taschentuch aus der Hosentasche und wischt sich Schweiß von der Stirn. Es ist drückend heiß in der kleinen Werkstatt, die direkt an den Pferdestall gebaut ist. Von nebenan hört man es scharren und schnauben. Die Fotos, die auf der Werkbank ausgebreitet sind, würdigt er keines weiteren Blickes. Er wiederholt die Frage: »Und? Wer hat sie gemacht?«

»Darum geht es doch gar nicht, sondern darum, was auf den Fotos zu sehen ist.« Alma will August aus dem Spiel lassen, seine Spielerverbindungen nicht öffentlich machen, vor allem die Glaubwürdigkeit der Fotos durch den zweifelhaften Ruf des Fotografen nicht untergraben.

Der Vater übergeht den Einwand. Er beachtet seine Tochter nicht, hat sie noch nicht einmal begrüßt, als sie und Alwin müde und schmutzig von der Reise zurückgekommen sind. Natürlich suchten sie als Erstes den Vater auf, um ihm alles zu erzählen, was Alma inzwischen allerdings bereut. Lieber hätte sie ihre beiden kleinen Brüder ein wenig ausgiebiger begrüßt, die ihr bei der Ankunft freudig entgegengerannt sind, hätte sie gerne ein wenig länger gedrückt und geküsst und bewundert, wie groß sie geworden sind. Doch Alwin hat darauf gedrängt, schnell zum Vater zu gehen. Und sie verstand ihn. Auch sie wollte es hinter sich bringen. So fragten sie sich beim Gesinde durch, wo er sei, wurden vom Weinkeller in den Pferdestall geschickt und fanden ihn schließlich in der Werkstatt.

Und was macht er? Er ignoriert sie, straft sie durch Nichtachtung, demütigt sie. Und das Allerschlimmste: Er übergeht die Beweise und missachtet die Argumente. Nur um ihr eine Lehre zu erteilen. Denn schließlich ist sie einfach geflohen, hat sich seiner Macht, seinem Befehl entzogen. Dass er im Unrecht war, er seine Tochter verraten, sich an ihr versündigt hat, dem Wort eines Erpressers mehr Wert beimaß als dem seiner Tochter, will er nicht wissen.

Sie versucht, die Wut zu zügeln, die in ihrem Inneren lodert. Mit gepresster Stimme stößt sie hervor: »Der Dorfschulz hat mich eines Verbrechens bezichtigt, um an meine Mitgift zu kommen. Denn er ist hoch verschuldet, was die Fotos beweisen.«

Das Gesicht des Vaters verdüstert sich. Über der Nasenwurzel bildet sich eine tiefe Falte. Nun ist auch er wütend, wie Alma mit Genugtuung bemerkt. Er kann sie also nicht vollständig ignorieren. Doch sie muss aufpassen, gegen seine Wut ist die ihre in der Regel ein zartes Flämmchen. Immerhin hat sie nun seine Aufmerksamkeit. Sie fährt fort: »Deshalb ist das Eheversprechen, das du ihm gegeben hast, auch nicht bindend!«

»Welche meiner Versprechen bindend sind oder nicht, bestimme immer noch ich.« Er flüstert. Es klingt bedrohlich. Sein mächtiger Oberkörper ist nach vorne gebeugt, die breiten Schultern nach oben gezogen, die Hände zu Fäusten geballt. Er sieht aus wie ein Stier, der jeden Moment seinen Gegner mit den Hörnern aufspießt. Und sie weiß, die nächsten Sätze wird er schreien, wenn sie sich nicht zurücknimmt. Oder noch Schlimmeres. Es ist zwar schon eine Weile her, dass er sie geschlagen hat, damals war sie noch ein Kind, doch es würde sie nicht wundern, wenn er es wieder täte. Sie schluckt ihre Antwort hinunter. Senkt jedoch nicht den Blick. Seine hellgrünen Augen bohren sich wie Pfeile in ihre. Und zum ersten Mal wird sie gewahr, wie ähnlich sie ihm ist. Und das macht ihr am meisten Angst. Alwin mischt sich ein, will das Schlimmste verhindern, greift die Frage von vorhin wieder auf. »August hat die Fotos gemacht.«

»Aha, das dachte ich mir.« Der Vater entspannt sich merklich, lässt die Schultern sinken und wendet sich von Alma ab, dem abgerissenen Gurt zu. Er nimmt Zange und Nadel zur Hand und will die begonnene Arbeit fortführen.

Doch Alwin ist noch nicht fertig. Er räuspert sich. Und Alma merkt, dass auch er ein wenig Angst vor dem Vater hat. Ihre Wut flammt wieder auf. Hell und klar. Sie richtet sich auf, holt Luft, doch Alwin ist schneller. Die Angst um seine Schwester lässt ihn mutig sein. Mit kräftiger, klarer Stimme sagt er: »Bitte löse das Eheversprechen auf, das du ihm gegeben hast.«

»Warum? Wegen ein paar Fotos, die ein Nichtsnutz gemacht hat?«

Alma braust auf, will sagen: *Wenn August ein Nichtsnutz ist, bist du ein Verräter*, doch Alwin kommt ihr schon wieder zuvor. »Nein, weil deiner Tochter von einem Erpresser etwas angehängt wird, das ihren Ruf, ihr Leben zerstören kann.«

»Und wo ist der eindeutige Beweis, dass er lügt? Diese Fotos beweisen nur, dass er Spielschulden hat.«

»Wo ist sein Beweis? Frag ihn nach dem Zeugen! Ich bin mir sicher, den gibt es nicht.«

»Du willst, dass ich so viel Staub aufwirble? Denn das wird es, wenn ich ihm sage, was ihr ihm unterstellt. Und das ganze Dorf wird wissen, was los ist.«

»Aber genau damit rechnet er ja, dass du dich davon zurückhalten lässt und ihm lieber Alma zur Frau gibst.«

»Ich schütze unsere Familie, kapiert ihr das nicht? Der Dorfschulz ist schließlich nicht irgendwer! Sein Wort hat Gewicht.«

»Deines doch auch«, sagt plötzlich eine dünne Stimme. Überrascht drehen sie sich um. Hinter ihnen steht die Stiefmutter. Klein und schüchtern steht sie da und knetet unsicher die Hände. Sie sieht aus, als würde sie sich selbst über die Einmischung wundern. Ihr Gesicht verschwindet fast unter dem blau gepunkteten Kopftuch, nur ein paar krause, drahtige Locken schauen daraus hervor. Alma weiß nicht, wann sie hereingekommen ist und was sie alles gehört hat. Doch es war offenbar genug, um sich ein eigenes Bild von der Situation zu machen. Die Stiefmutter fährt fort, und mit jedem Wort wird ihre Stimme kräftiger: »Wenn das stimmt, was die beiden sagen, hat er nicht nur Alma etwas angehängt, sondern vor allem dich betrogen. Dann will er über die Heirat an dein Geld. Das kannst du nicht zulassen. Egal, was die Leute reden, du kannst ihm Alma nicht zur Frau geben.«

Alma ist beeindruckt. Und überrascht. Weder hätte sie je mit der Unterstützung ihrer Stiefmutter, noch mit solch einer klugen Argumentation gerechnet, die ihren Vater an der Ehre packt. Sie muss sich eingestehen, sie hat die Stiefmutter unterschätzt. Ihr Vater offensichtlich auch. Denn er schaut seine Frau ebenso überrascht an, die schnell den Blick senkt und sich unter ihrem Kopftuch versteckt.

»Ich muss darüber nachdenken, lasst mich jetzt allein – alle!« Sein Blick bleibt dabei an seiner Frau hängen. Diese senkt den Kopf noch tiefer, als würde sie um Vergebung für die Einmischung bitten, was Almas Wut auf ihren Vater erneut zum Lodern bringt. Denn ihr wird – vielleicht zum ersten Mal – klar, dass ihr Vater schon immer eine Mauer der Einschüchterung um sich aufgebaut hat, eine Mauer, die die ganze Familie in ängstlicher Distanz hält. Sie musste erst mehrere Wochen bei den Züglis verbringen, erleben, dass ein Familienvater auch ganz anders mit Frau und Kindern umgehen kann, um sich dessen bewusst zu werden. Und das macht sie wütend. Unglaublich wütend. Und sie fühlt sich gut an, diese Wut. Denn wer wütend ist, ist nicht unsicher. Sondern stark. Sie fühlt sich beinahe so stark und selbstsicher wie früher. Und sie will ihm ihre Wut entgegenschleudern, ihm sagen, dass sie ihn durchschaut hat. Er alle in nächster Umgebung in Angst und Schrecken hält, ein Diktat der Launen, der Unberechenbarkeit führt, doch kaum, dass ein Sturm von außen aufzieht, einknickt. Einfach so. Wie der Weizen auf dem Feld. Oder ein Grashalm. Oh, es liegen ihr viele Worte auf den Lippen. Sätze, von Angst und Wut und Enttäuschung getragen. Doch bevor sie etwas Unbedachtes tut oder sagt, fasst Alwin sie an der Schulter und schiebt sie der Stiefmutter hinterher, die nach der Aufforderung ihres Mannes eiligen Schrittes nach draußen geeilt ist.

* * *

Mit einem lauten Klacken fällt die Werkstatttür ins Schloss. Sie folgen der Stiefmutter ins Hauptgebäude, in die Küche, wo Manja schon den Tisch mit Kaffee und Streuselkuchen gedeckt hat. Es duftet köstlich. Und erst jetzt merkt Alma, wie hungrig sie ist. Alwin geht es offensichtlich genauso, denn er isst den Kuchen gierig aus der Hand und leckt sich danach genüsslich die Finger ab. Auch sie greift kräftig zu. Schnell ist die Hälfte des Kuchens aufgegessen. Ihre Wut flacht langsam ab, lässt nur eine fahrige Unruhe zurück, die sie zu unterdrücken versucht.

Albert klettert auf Almas Schoss, Arthur setzt sich neben sie und Alma muss erzählen, wo sie gewesen ist und was sie bei den Züglis alles erlebt hat. Die Kinder hören ihr mit großen Augen und roten Wangen zu. Menschen, die Schweizerdeutsch reden, kennen sie bisher noch nicht. Auf ihr Drängen imitiert Alma den Zungenschlag. Das klingt für die beiden so fremdartig, dass sie sich vor Lachen den Bauch halten müssen. Doch Alwin herrscht sie an. Sie sollten nicht respektlos sein, denn schließlich handle es sich um die Familie seines Kameraden. Dass es ebenfalls die Familie seiner baldigen Ehefrau ist, hält er vor den Kinderohren noch zurück. Alma entschuldigt sich, ist sich aber sicher, dass die Züglis mitlachen würden. Vielleicht nicht gerade Mutter Zügli, der Rest aber schon. Und sie findet, dass ihrem ernsten Bruder ein wenig Selbstironie ebenfalls stehen würde.

Die Stiefmutter, die ohne ihren Mann wie ausgewechselt wirkt, beinahe heiter, wie Alma verwundert feststellt, setzt sich zusammen mit Manja dazu, und beide berichten von den Ereignissen der letzten Wochen auf dem Hof und im Dorf. Ein leichtes Gespräch entspinnt sich, alle schweren Themen werden vermieden: Auf dem Nachbarhof gab es eine Hochzeit, August ist erneut beim Glücksspiel erwischt worden, Albert hat einen Zahn verloren und im Akazienwald seien Wolfsspuren gesichtet worden. Die Stimme von Manja wird ganz aufgeregt, als sie davon berichtet. Sogleich habe sich eine Gruppe junger Burschen versammelt, um auf Wolfsjagd zu gehen. Doch außer der Spur hätten sie nichts gefunden. Was Alma erleichtert zur

Kenntnis nimmt. Es ist seltsam. Seit ihrer letzten Begegnung mit dem Wolf musste sie oft an ihn denken. Irgendwie sieht sie ihn in ihrer Erinnerung als Beschützer. Das ist natürlich lächerlich. Sie weiß das. Trotzdem. Und sie hätte es sehr traurig gefunden, wenn er erlegt worden wäre. Das kann sie natürlich nicht laut sagen. Schließlich ist ein Wolf der natürliche Feind der Menschen. Deshalb wechselt sie schnell das Thema.

»Wie läuft es in den Weingärten?«

»Wenn das Wetter weiterhin so mitspielt, wird es eine gute Ernte geben«, antwortet Alwin. Er lächelt zufrieden. »Erst letzte Woche haben wir erneut das Blattwerk gelichtet. Du glaubst nicht, wie viele kleine grüne Beeren schon an den Stöcken hängen. Mehr als die Jahre zuvor zu dieser Jahreszeit!«

Alma nickt. »Ja, die Züglis sagen, es wird viel gelichtet werden müssen, damit die Kraft der Rebe nicht in zu viele Beeren verteilt wird.«

Alwin sieht sie interessiert an. Erst jetzt scheint ihm bewusst zu werden, dass Alma sich die Wochen über nicht nur versteckt, sondern einiges an Wissen erworben hat.

»Hast du etwas bei den Züglis gelernt?«

Alma nickt. »O ja, sehr viel sogar. Vor allem über das Weinmachen.« Das weckt seine Neugier. »Sobald wir ein wenig Ruhe haben, musst du mir alles genau erzählen.« Alma verspricht es ihm.

Langsam beruhigen sich Almas Nerven. Endlich kommt sie zur Ruhe. Die Fenster sind weit geöffnet und ein sanfter Durchzug bauscht die Vorhänge und bringt wohltuende Kühle, mit der auch die typischen Geräusche des Hofes hereinschweben: das Schnattern der Gänse, Gackern der Hühner und Blöken der Schafe. Die Pferde wiehern hin und wieder, und die Hunde bellen ständig. Alles umrahmt von dem Gesang der Vögel und dem Zirpen der Grillen. Alma lässt sich einfangen von der Melodie des Hofes, die sich zusammen mit dem

Stimmengewirr in der Küche, dem Klappern und Scheppern der Hausarbeit zu einem ganz eigenen Lied verbindet. Und sie fragt sich, ob sich so *Heimat* anhört.

»Schwesterherz!«

Alma schreckt auf. August steht mit ausgebreiteten Armen vor ihr. Er kommt verschwitzt und schmutzig aus den Weingärten und bringt den grünen, aromatischen Duft von Reben und Steppe mit. Seine blauen Augen leuchten beim Anblick der Schwester.

»Wie schön, dass du wieder da bist! Anton wusste nicht, wann du eintriffst, sonst wäre er gewiss auch früher aus dem Weingarten zurückgekommen.«

Alma springt auf. Anton ist ihr im Moment egal. Schließlich war es August, der sie gerettet hat. Sie umarmen sich, und sie flüstert ihm ein »Danke schön« ins Ohr. Er winkt verlegen ab, als wäre ihm peinlich, was er für sie getan hat. Er räuspert sich und fragt: »Wart ihr schon bei Vater?«

»Ja, er war nicht erfreut über das, was wir ihm erzählt haben.« Alwin fügt hinzu: »Auch nicht von dem, was wir von ihm gefordert haben. Dass er den Dorfschulzen zur Rede stellen und vor allem das Eheversprechen zurücknehmen soll.«

August schnaubt. »Nun ja, das war fast zu erwarten. Doch ich glaube, ihr habt ihn trotzdem überzeugt. Als ich eben kam, sattelte er gerade einen der Füchse.«

Alma und Alwin blicken sich überrascht an und eilen gleichzeitig zur Tür hinaus. Sie erwischen ihren Vater kurz vor dem Tor.

»Gehst du zum Dorfschulzen?«

Er nickt knapp. Die Augen sind starr nach vorne gerichtet. Sein Gesicht wirkt wie aus Stein gemeißelt. Er hat das verschwitzte Arbeitshemd durch ein sauberes ersetzt. Der Schnurrbart ist gekämmt. Das Haar mit Wasser gescheitelt. Alwin fragt: »Soll ich mitkommen?« Doch er schüttelt nur den

Kopf und reitet ohne ein weiteres Wort davon. Aufrecht, mit durchgedrücktem Rücken. Ein Gewehr steckt im Sattelholster.

* * *

Nach einer Stunde ist der Vater immer noch nicht zurück. Inzwischen ist es später Nachmittag. Alma, Alwin und August sitzen nervös und schweigend in der Küche zusammen. Nur das dumpfe Ticken der Wanduhr unterbricht die Stille. Auf dem Tisch stehen die leeren Kaffeetassen und Kuchenteller. Streusel liegen darum verstreut. Alma wischt sie fahrig weg und spült die Tassen ab. Sie hält es nicht mehr aus. Sie will wissen, was ihr Vater mit dem Dorfschulzen bespricht und bereut es schon, nicht selbst zu ihm gegangen zu sein. Wer weiß, was die Männer wieder unter sich ausmachen. Doch Alwin beruhigt sie. Er ist sich sicher, dass ihr Vater das Richtige tun wird.

»Und was ist das Richtige? Als er mich an ihn verkauft hat, dachte er auch, er würde das Richtige tun«, sagt sie bitter.

»Alma, jetzt vertrau ihm doch einfach.« Alwin steckt sich eine Zigarette an. Es ist schon die dritte. Der Rauch schwebt langsam nach oben und vertreibt die Mücken, die über dem Tisch kreisen.

»Ihm vertrauen?« Alma schüttelt den Kopf und wedelt den Rauch aus ihrem Gesicht. »Wie könnte ich ihm jemals wieder vertrauen?« Darauf springt sie auf und geht hinaus. Das Herz pocht ihr bis zum Hals, der Magen rebelliert. Sie hat das Gefühl, dass sie gleich platzen muss. August kommt ihr schnell hinterher.

»Wenn du zum Dorfschulzen willst …« Er hebt die Schultern, atmet tief durch, lässt sie hilflos wieder fallen, als wüsste er, dass er im Begriff ist, etwas sehr Dummes zu tun. »Also, wenn du zu ihm willst, komme ich mit dir.«

* * *

Gemeinsam reiten sie zum Rathaus, das sich gleich neben der Kirche befindet. Jeden Moment erwarten sie, auf dem Weg ihrem Vater zu begegnen. Sie haben sich eine Geschichte zurechtgelegt, warum sie ihm entgegenreiten, doch er ist nirgends zu sehen. Überhaupt ist nur wenig los an diesem Montag, Ende Juni. Und Alma beginnt sich zu fragen, ob sie etwas verpasst hat. Sie fragt August, doch er weiß auch nicht, warum das Dorf wie ausgestorben wirkt. Nur ein paar Bauern kommen vom Feld, mehrere streunende Hunde streichen in geduckter Haltung durch die Gassen, in der Ferne spielen Kinder, ansonsten ist keine Menschenseele zu sehen.

Etwa fünfzig Meter vor dem Rathaus, beim Dorfbrunnen, steigen sie ab und binden die Pferde an einen Baum, der in der drückenden Hitze ein wenig Schatten spendet. Die letzten Meter wollen sie zu Fuß gehen. Beiden ist etwas mulmig, als sie die Stufen betreten, die zu der großen, eisenbeschlagenen Eingangstür mit dem dicken, verzierten Eichenholz führt. Oben angekommen, bleiben sie unschlüssig stehen, überfordert von der eigenen Courage. Sie geben sich einen Ruck.

August drückt mit der Hand gegen die Tür. Sie ist nicht abgeschlossen und schwingt mit einem lauten Quietschen auf. Kühle, abgestandene Luft schlägt ihnen entgegen. Entschlossenen Schrittes durchqueren sie den Flur. Ihre Schritte hallen auf dem Steinfußboden. Vor der Tür, an der ein kleines Messingschild mit der Gravur »Dorfschulz« angebracht ist, bleiben sie lauschend stehen. Von innen sind keine Stimmen zu hören. Alma klopft. Stille. Dann drückt sie die Klinke hinunter.

Auf dem Schreibtisch, der einen Großteil des Raums einnimmt, herrscht Chaos. Der Boden ist übersät mit Papieren. Ein Stuhl ist umgestoßen. Es sieht aus, als hätte ein Kampf stattgefunden. Sie starren auf das Durcheinander, wissen nicht recht, was sie denken sollen. Dann entweicht August ein trockenes Keuchen. Es klingt wie von einem Tier. Alma dreht sich erschrocken zu ihm um, und in diesem Moment sieht sie es auch: Keine zwei Meter entfernt, in dem kleinen Erker, der seitlich zur Straße zeigt, baumeln zwei Beine. Die Nachmittagssonne streift ein Hosenbein, das andere liegt im Schatten. Ein Schuh fehlt. Im Strumpf ist ein Loch. Staubkörner tanzen fröhlich im Sonnenlicht. Ihr Blick wandert nach oben. Der Dorfschulz baumelt von einem der Deckenbalken. Ein Gürtel ist um seinen Hals geschlungen. Die Augen sind weit aufgerissen und blicken ins Leere. Die Zunge hängt ihm heraus. Sie ist blau angelaufen. Alma taumelt nach hinten und fällt über das Bein des umgekippten Stuhls. Japsend landet sie auf dem Boden. Neben ihr liegt ein Foto. Gengelbach lächelt ihr mit süffisantem Gesichtsausdruck entgegen. Es sieht so aus, als schaue er den Fotografen direkt an. Als würde er ihn anlächeln. Der Dorfschulz steht neben ihm in Anzug und Krawatte. Mit aufgerissenem Mund feuert er Rennpferde an.

Alma hebt das Foto auf, steckt es in die Tasche ihres Rockes und taumelt zur Tür hinaus. August hinterher. Erst draußen können sie wieder atmen. Doch auch die goldene Nachmittagssonne kann die bleiche Farbe ihrer Gesichter nicht mildern. August übergibt sich neben dem Brunnen.

»Wo ist Vater?« Er schluckt, wischt sich den Mund ab und wiederholt die Frage. »Wo ist er?« Und ein schrecklicher Verdacht macht sich in ihnen breit. »Ob er etwas damit zu tun hat?«

Noch bevor Alma antworten kann, ruft es hinter ihnen: »Hoppla, die kennen wir doch! Wieder aus der Versenkung auferstanden?«

Auf der Straße reiten ihnen die beiden Hilfspolizisten entgegen. Der junge Bachmeier und der Moser Franz. Schon von Weitem ist ihre Schnapsfahne zu riechen. Offenbar haben sie sich zum Nachmittagskaffee ordentlich einen genehmigt. Sie scheinen auf dem Weg zum Rathaus zu sein. »Da wird sich der Chef aber freuen, dass seine zukünftige Braut wieder da ist.« Der Moser Franz lacht gehässig, während sich der junge Bachmeier um Haltung bemüht, im Sattel aufrichtet. »Jetzt entkommst du uns aber nicht mehr.« Seine Hand legt sich drohend auf das Gewehr, das er quer hinter dem Sattel liegen hat.

August fackelt nicht lange. Mit lautem Geschrei und rudernden Armen spurtet er vor die beiden, hüpft auf und nieder und wirbelt den Staub des trockenen Bodens auf. Die Pferde scheuen und werfen ihre verblüfften Reiter ab. Gleichzeitig bindet Alma ihre eigenen Pferde vom Baum. Mit einem Satz sitzt sie im Sattel. August tut es ihr gleich, und noch bevor der junge Bachmeier und der Moser Franz sich den Staub fluchend von den Hosenbeinen klopfen können, sind sie aus dem Dorf galoppiert.

* * *

Das Problem bei einer überstürzten Flucht ist, dass sie gänzlich ungeplant irgendwann ins Leere läuft. Früher oder später lässt das Adrenalin nach und das Denken setzt wieder ein. Und dann kommt die Ernüchterung. Und Hilflosigkeit. So auch bei den beiden. Denn kaum, dass Alma und August die ersten Häuser hinter sich gelassen haben, zügeln sie die Pferde. Sie wissen weder wohin, noch wie sie sich jetzt verhalten sollen. Und ihnen schwant, dass sie vielleicht den größten Fehler ihres Lebens begangen haben. Denn wer soll ihnen nach dieser Flucht noch glauben, dass sie nichts mit dem Tod des Dorfschulzen zu tun haben?

Doch lange können sie sich nicht darüber grämen. Ein Schuss knallt. Erschrocken schauen sie nach hinten. Der junge Bachmeier galoppiert mit angelegtem Gewehr auf sie zu. Dicht gefolgt vom Moser Franz. Die Verfolger sind noch zu weit weg, als dass sie in ihrem betrunkenen Zustand gefährlich werden könnten, doch sie kommen schnell näher. Alma drückt ihrem Pferd die Fersen in die Flanken. Mit einem Satz sprintet es erneut los. August tut es ihr gleich und galoppiert hinter seiner Schwester her. Und schon wieder sind sie auf der Flucht und jagen kopflos über die Steppe.

* * *

Plötzlich hören sie ein Brummen, das schnell lauter wird. Irritiert schauen sie nach oben. Eine kleine Propellermaschine fliegt dicht über sie hinweg. Automatisch ziehen sie die Köpfe ein. Das Flugzeug dreht eine Schleife, kommt wieder zurück und setzt zur Landung an. Auf dem unebenen Steppenboden holpert es langsam aus, direkt auf sie zu. Sie zügeln die Pferde. Keine zehn Meter vom Flugzeug entfernt bleiben sie stehen. Pferd und Reiter, keuchend und bebend. Die nass geschwitzten Pferdekörper dampfen. Das Flugzeug, kühl und seltsam fremd in der Umgebung. Es sieht aus wie ein blechernes Ungeheuer. Der Propeller schwingt langsam aus.

In dem Moment erreichen auch Bachmeier und Moser die Gruppe. Die beiden ignorieren das Flugzeug völlig, sind ausschließlich auf ihre Beute konzentriert. Bachmeier hebt das Gewehr und schreit etwas, das niemand versteht. Er selbst vielleicht auch nicht. Sein Gesicht ist gerötet, die dünnen blonden Haare stehen ihm steil vom Kopf ab. Darunter schimmert die sonnenverbrannte Kopfhaut. Wie bei einer Bürste, denkt Alma unwillkürlich, einer Bürste, die nur noch wenige Borsten hat.

Da kommt Bewegung in das zweisitzige Flugzeug und zwei Männer in Uniform steigen über die Tragflächen ab. Ein sehr großer stämmiger und ein etwas kleinerer mit asiatischen Gesichtszügen. Sie kommen auf sie zu. Ihre Uniformen sind frisch gebügelt. Die Stiefel glänzen. Die Haare sind streng gescheitelt. Sie sehen sehr beeindruckend aus. Bachmeier lässt das Gewehr sinken. Auf Russisch fragt der Größere der beiden Uniformierten, was hier los sei. Er wendet sich direkt an Alma, die ihm als einzige Frau wohl am vertrauenswürdigsten erscheint.

August, der ein viel besseres Russisch spricht, antwortet für sie. Ohne nennenswerten Akzent und mit der richtigen Intonation sagt er: »Die beiden sind völlig betrunken und bedrohen meine Schwester und mich. Bitte helfen Sie uns.« Er hat sein bestes Pokergesicht aufgesetzt, die glatten Wangen sind vom Ritt gerötet. Er wirkt ehrlich bekümmert, freundlich und offen. Und vor allem glaubwürdig. Alma drängt sich erneut das Bild auf, wie er beim Kartenspiel sitzt und mit seinem unschuldigen, hübschen Gesicht und den strahlenden blauen Augen die Spielerkollegen abzockt. In diesem Moment ist sie sehr froh über sein zweifelhaftes Talent.

Bachmeier und Moser, nun völlig aus dem Tritt, nicht fähig, sich auf die neue Situation einzustellen, schauen ratlos die Uniformierten und das Flugzeug an. Sie verstehen kein Wort. Was nur bedingt daran liegt, dass ihr Russisch sehr schlecht ist. Sie sind einfach viel zu betrunken.

Die Russen beratschlagen sich, murmeln leise, schauen abwechselnd von den Hilfspolizisten zu Alma und August. Und auch wenn Alma nicht gefällt, wie die beiden sie im Speziellen mustern, ist sie doch froh, dass sie hier sind. Denn es ist offensichtlich, wem ihre Sympathien gehören. Schnell sind sie sich einig. Der Kleinere wendet sich an Alma und August.

»Warum bedrohen sie euch? Was habt ihr getan?«

»Meine Schwester wird von ihrem Chef, dem Dorfschulzen erpresst. Er droht, Lügen über sie zu verbreiten.«

Die Russen wirken überrascht. Neugierig fragt der größere: »Was für Lügen?«

»Dass sie in Odessa abgetrieben hätte.«

Alma erschrickt. Warum sagt August das? Es ist ihr zutiefst unangenehm, dass er Fremden gegenüber so offen über die Anschuldigung spricht. Peinlich berührt will sie einschreiten, sagen, dass das natürlich nicht stimme, irgendwie vom Thema ablenken, doch August bedeutet ihr mit der Hand, ruhig zu bleiben, signalisiert: *Ich mach das schon.* Und zu ihrer eigenen Überraschung schweigt sie tatsächlich und lässt ihn einfach machen.

»Was will euer Dorfschulz dafür haben, dass er den Mund hält?«, fragt der Kleinere. Sein Gesicht mit den schmalen Augen und den breiten Wangenknochen bleibt ausdruckslos. Es ist ihm nicht anzusehen, was er von der Geschichte hält.

»Sie soll ihn heiraten.«

»Ach.« Der Uniformierte mustert Alma ausgiebig von oben bis unten. Alma kommt sich vor wie ein Pferd. Sie hält seinem Blick stand, richtet sich kerzengerade auf, wappnet sich für einen anzüglichen Spruch oder eine Beleidigung, denkt: *Ein falsches Wort und ich kratze dir die Augen aus*, doch es kommt keins.

»Er will also deine schöne Schwester heiraten«, sagt er lediglich zu August. Ohne den Blick von Alma zu wenden, fügt er hinzu: »Nun ja, man kann es ihm nicht verdenken. Nur die Methode der Brautwerbung ist unter euch Bessarabiern ein wenig fragwürdig.«

Der andere Russe lacht. »Verfluchte unkultivierte Kulaken.« Alma kann es nicht fassen. Die beiden scheinen die Bedrohung, die von den Hilfspolizisten ausgeht, nicht ernst zu nehmen. Sie scheinen auch August und sie nicht ernst zu nehmen. Was wollen diese Russen überhaupt hier in Bessarabien? August versucht es noch einmal. Schließlich sind die beiden Russen die einzige Möglichkeit, ihre Verfolger abzuschütteln. »Es ist ernst. Sie haben uns verfolgt und beschossen. Wir bitten um Ihre Hilfe.«

»Also gut. Die beiden sind mir sowieso unsympathisch.« Gelassen wendet er sich an Bachmeier und Moser: »Haut ab und schlaft euren Rausch aus.«

Bachmeier versteht die Worte zwar nicht, doch die Gestik ist eindeutig. Er richtet sich zu seiner vollen Körpergröße auf, streckt die Brust raus und antwortet auf Rumänisch: »Na hört mal, wir sind rumänische Staatsdiener und lassen uns von euch Russen gar nichts sagen.«

Die beiden Russen lachen erneut. Offenbar verstehen sie ihn. Der Größere antwortet mit starkem Akzent auf Rumänisch: »Nicht mehr lange.« Wie er das meint, lässt er offen. »Und jetzt haut ab.«

Bachmeier und Moser schauen perplex. Sie sind mit der Situation völlig überfordert und wissen nicht recht, was jetzt zu tun ist. Man sieht förmlich, wie sie mit sich ringen, wie sie versuchen, Herren der Lage zu werden. Bachmeier nestelt fahrig am Griff seines Gewehrs. Auf den strengen Blick der Russen hin lässt er es. Immerhin scheint ihm klar zu sein, dass er gegen das russische Militär keine Chance hat. Trotzig sagt er: »Das werden wir ja sehen.« Er spuckt aus und zieht Moser mit sich. »Komm, wir gehen, lass die Russen schwätzen. Die Steiners kriegen wir schon noch.«

* * *

Als sie weg sind, werden die beiden Uniformierten wieder ernst. Der größere fragt nach ihren Namen. Alma will ihm ihren nicht geben, doch August antwortet, ohne zu zögern: »Ich bin August Steiner, und das ist meine Schwester Alma Steiner. Wir sind Volksdeutsche. Unsere Familie hat keine zehn Werst von hier entfernt ein großes Weingut. Wir würden Sie gerne zu einem Krug Wein einladen.« Alma sieht ihren Bruder sprachlos an und fragt sich, was er vorhat. Der kleinere Russe nickt knapp.

»Danke, wir werden demnächst darauf zurückkommen.« Es klingt fast wie eine Drohung. »Sind Sie bereit, uns ein paar Fragen zu beantworten?« August lächelt. »Nur zu, fragen Sie.«

Es folgen Fragen über Fragen zur Größe der umliegenden Dörfer, zum Zustand von Brücken und Straßen, zur Wirtschaftskraft. August beantwortet jede gewissenhaft, gibt sich höflich und seriös. Alma wird ihr jüngerer Bruder unheimlich, wie souverän und erwachsen er wirkt. Wie kaltblütig er ist. Haben sie nicht eben erst den erhängten Dorfschulzen entdeckt? Sind sie nicht gerade von den Hilfspolizisten verfolgt worden? Er scheint aus jeder Situation für sich das Beste zu machen.

Zum Schluss klopft der kleinere Russe August auf die Schulter, und mit einem unergründlichen Blick zu Alma sagt er, sie müssten sich keine Sorgen machen. Mit dem hervorragenden Russisch und ihrer Kooperationsbereitschaft könnten sie es bei ihnen weit bringen.

Darauf greift er in die Brusttasche seiner Uniformjacke und zieht eine zerknitterte Zigarettenpackung heraus. Galant bietet er erst Alma eine Zigarette an, dann August. Beide greifen zu. Mit einem Klick öffnet er ein metallenes Feuerzeug und gibt ihnen Feuer. Und Alma raucht zum ersten Mal in ihrem Leben eine Zigarette.

Der weiße Rauch steigt auf und zieht über die Steppe. Es hat beinahe etwas Friedliches. Das Flugzeug reflektiert die warme Abendsonne. Man hört nur das tiefe, durchdringende Zirpen der Zikaden. Es ist der 24. Juni 1940. Alma ahnt, dass ihr dieser Tag noch lange im Gedächtnis bleiben wird.

* * *

»Wer waren die?«, fragt sie, als die Propellermaschine längst gestartet ist und zum Abschied noch eine Schleife über ihnen gedreht hat.

»Das waren Aufklärer der russischen Armee.«

»Dann stimmt es also, was man sich erzählt?«

»Was erzählt man sich?«

»Dass die Russen kommen.«

August nickt. »Ja, was auch immer das für uns bedeutet.«

»Warum hast du sie zu uns eingeladen?«

»Sie würden auch so kommen. Besser man hat sie nicht zum Feind.«

»Und der Dorfschulz?«

August sieht dem Flugzeug hinterher, das zu einem kleinen Punkt am Himmel geschrumpft ist, und antwortet lakonisch: »Wenn die Russen kommen, interessiert es kein Schwein mehr, ob sich irgendein korrupter rumänischer Dorfschulz erhängt hat oder nicht.« Er greift seelenruhig in seine Hosentasche und holt eine zerknitterte Zigarettenpackung heraus. Es ist die des Russen. Gelassen klaubt er sich eine Zigarette daraus hervor, steckt sie sich an und bläst weiße Rauchkringel in den Himmel. Als er Almas fragenden Blick sieht, zwinkert er. »Hab ich geklaut.« Seine blauen Augen blitzen vor kindlichem Vergnügen. Und Alma fragt sich, welches der vielen Gesichter, die ihr jüngerer Bruder ihr heute offenbart hat, das echte ist. Und wann er um Himmels willen bloß so kaltblütig und berechnend geworden ist.

Buenos Aires, Argentinien 2001

Die alte Frau lehnte sich erschöpft in die Kissen zurück. »Gibst du mir bitte einen Schluck Wasser?« Ich schreckte auf. Die Bitte kam völlig unvermittelt und riss mich regelrecht aus dieser fremden Welt, die Tausende von Kilometern entfernt und Jahrzehnte zurücklag. Sie katapultierte mich ins Hier und

Jetzt, ans Krankenbett meiner Tante. Ich kam mir vor wie eine Zeitreisende. Schnell sagte ich: »Ja, natürlich! Entschuldige.«

Ich nahm das Wasserglas, das neben dem Tablett auf dem Nachttisch stand. Eine dicke Fliege schwamm darin. Ich stand auf und ging ins Nebenzimmer. Neben dem Fernseher war eine kleine Kochnische, daneben ein Kühlschrank. Ich öffnete ihn. Er war leer, bis auf eine große Plastikflasche mit Wasser. Ich goss die Fliege ins Spülbecken, reinigte das Glas und füllte es halb voll mit dem kühlen Wasser aus dem Kühlschrank.

Als ich zu meiner Tante zurückkam, hatte sie die Augen geschlossen. Ihr Brustkorb hob und senkte sich gleichmäßig. Ich bekam ein schlechtes Gewissen. Mein Gott, sie war alt und krank und ich ließ mir von ihr Geschichten erzählen, die mich so sehr bewegten und gefangen nahmen, dass ich alles drum herum vergaß.

Ich stellte das Wasserglas vorsichtig neben dem Tablett ab. Sollte ich sie schlafen lassen und einfach gehen? Ich war verunsichert. Doch sie musste ja noch ihre Pillen nehmen! Also setzte ich mich wieder neben sie und wartete.

Sofort überkam mich selbst eine bleierne Müdigkeit. Ich schloss die Augen und dachte an meine Kindheit, daran, wie ich damals meinen Vater löcherte, er solle mir etwas über die Familiengeschichte erzählen, über die Brüder und seine einzige Schwester, die, wie ich wusste, nach Südamerika ausgewandert war. Er erzählte nicht allzu viel, sagte, er könne sich nicht erinnern, er sei ja noch so klein gewesen. Was mich stets etwas ratlos machte.

Mehr erfuhr ich von seinem älteren Bruder, der eines Tages zu Besuch nach Süddeutschland kam. Direkt aus dem Staat New York. Mit Cowboyhut. Ich war sehr beeindruckt. Beim Mittagessen, das ihm zu Ehren recht üppig ausfiel, erzählte er von früher. Sobald die Rede auf die einzige Schwester kam, veränderte sich sein Tonfall. Er wurde respektvoll und klang stolz. Und noch eine andere Nuance schlich sich hinein, die ich damals nicht deuten konnte. Ich war neugierig. Traute mich aber nicht zu fragen. Doch ich beschloss, dass ich diese Schwester eines Tages kennenlernen wollte.

Ich musste kurz eingeschlafen sein. Denn als ich die Augen wieder öffnete, war meine Tante hellwach und schaute mich an.

»Kannst du schon nicht mehr?« Sie lachte. »Dabei habe ich dir nicht mal die Hälfte der Geschichte erzählt.« Plötzlich blickte sie mich besorgt an. »Oder langweile ich dich etwa?«

»Nein, überhaupt nicht!« Auf keinen Fall wollte ich, dass sie einen falschen Eindruck von mir bekam. Schließlich lernten wir uns gerade erst kennen! »Ich habe unendlich viele Fragen und will unbedingt wissen, wie es weitergeht! Aber …« Ich musterte sie eingehend. »Ich will dich nicht überfordern. Hast du keinen Hunger? Musst du vielleicht schlafen?«

»Ach«, winkte sie ab. »Geschlafen habe ich in meinem Leben genug. Und essen tu ich abends nie.« Sie kicherte. »Das weiß der alte Drache eigentlich. Aber es ist Zeit für meine Tabletten.« Sie streckte den Arm aus. Ich reichte ihr die Pillendose, die auf dem Nachttisch lag. Sie nahm zwei Stück davon heraus und spülte sie mit Wasser hinunter. Aufmerksam musterte sie mich. »Aber wenn du Hunger hast …«

Ich ließ sie nicht ausreden. »Nein, nein, erzähl weiter!«, rief ich eifrig.

Sie lachte. Herzhaft und laut. Wie mein Vater es immer tat. Ich bekam eine Gänsehaut. Wie ähnlich sie sich waren! Spontan sagte ich: »Ich bin so froh, dass ich dich endlich kennenlerne.« Und erzählte ihr von ihrem Bruder, der mit seinem Cowboyhut bei uns gewesen war, und dass ich damals beschlossen hatte, sie in Südamerika zu besuchen. »Ich dachte, wenn ein Mann so stolz über seine Schwester spricht, muss das eine ganz besondere Frau sein.«

Ihre grünen Augen blitzten bei dem Wort »Stolz«. Ihr Mund verzog sich – spöttisch? Ich war verunsichert. Trotzdem fuhr ich fort. »Was ich nicht verstehe: Warum hattet ihr alle keinen Kontakt mehr untereinander?« Nun verfinsterte sich ihr Gesicht deutlich, und sie kniff die Lippen zusammen. Es war klar, dass sie darüber nicht sprechen wollte. Zumindest nicht in diesem Moment. War ich zu indiskret? Ich hätte mich ohrfeigen können. Deshalb ging ich sofort darauf ein, als sie das Thema wechselte, indem sie meine Frage einfach ignorierte. »Wo war ich stehen geblieben?«, fragte sie stattdessen.

Ich räusperte mich. »Bei den Russen. Sie sind gekommen.« Ich räusperte mich nochmals, bis ich in Gedanken wieder dort war, in Bessarabien. »Hattet ihr keine Angst vor den Russen, vor dem, was kommen musste?«

Sie schüttelte den Kopf, war zurück in der Vergangenheit, mitten auf der Steppe, auf der eben noch ein russischer Aufklärer gelandet war, und antwortete: »Die beiden Russen aus dem Flugzeug waren auf ihre Art freundlich und hielten uns die beiden Hilfspolizisten vom Hals.«

Nun hatte die Geschichte mich wieder. »Aber euch war schon klar, dass eine russische Invasion bevorstand?«

»Ja. Doch ganz ehrlich, in diesem Moment wussten wir nicht, was das bedeutete. Nicht in seiner Gänze.« Als sie meinen fragenden Blick bemerkte, fuhr sie fort: »Du musst dir bewusst machen, dass man etwas im Nachhinein oft anders beurteilt, als wenn man mitten im Geschehen ist. Im Rückblick sieht man die geschichtlichen Zusammenhänge, man weiß, wie sich die Dinge entwickelt haben. Wir hingegen steckten mittendrin, beschäftigt mit unserem eigenen kleinen Leben. Ich wurde der Abtreibung bezichtigt. Damals konnte einem allein die Anschuldigung das Leben vernichten. Zudem hatten wir einen toten Dorfschulzen am Hals, fürchteten insgeheim, dass der Vater ihn getötet hatte. Also, um auf deine Frage zurückzukommen, in diesem Moment waren die Russen unser kleineres Problem.«

Ich schaute sie nachdenklich an und versuchte, mich in ihre Situation zu versetzen. Aber für jemanden wie mich, die ich nie Krieg, nie Leid erfahren hatte, war eine militärische Bedrohung zu abstrakt.

»Behielt August recht?«

Sie nickte. »Kein Mensch interessierte sich mehr für einen rumänischen Dorfschulzen, der sich erhängt hatte. Vorerst jedenfalls nicht. Die politischen Ereignisse haben das reale Leben überholt. Schon zwei Tage nach unserer Begegnung mit dem russischen Aufklärer stellte die Sowjetunion Rumänien ein Ultimatum. Es sollte Bessarabien zurückgeben.«

»Was heißt ›zurückgeben‹?«

»Nun, zwischen 1812 und 1918 war dieses Gebiet russisch. Zar Alexander I. hatte es vom Osmanischen Reich erobert. Er richtete das Gouvernement Bessarabien ein.« Sie verzog das Gesicht zu einer Grimasse. Es sah aus, als wollte sie lachen. Doch sie lachte nicht. »Es liegt eine gewisse Ironie darin, wenn ein kommunistischer Diktator Besitzansprüche aufgrund der Eroberung eines Monarchen erhebt. Aber die Mächtigen haben, um die Unterjochung anderer Völker zu rechtfertigen, schon immer fragwürdige Gründe vorgeschoben.

Stalin jedenfalls sah 1940 den richtigen Zeitpunkt, sein Reich wieder nach Westen hin auszudehnen, sich Estland, Lettland, Litauen, Galizien, Wolhynien, Bukowina und eben auch Bessarabien, die im Zuge des Zusammenbruchs des Zarenreichs *verloren gegangen* waren, zurückzuholen.«

»Das konnte er, weil er mit Hitler einen Pakt zur gegenseitigen Neutralität geschlossen hatte?«

»Nicht nur zur Neutralität. Es gab ein geheimes Zusatzprotokoll über die Aufteilung des Baltikums und Polens.«

Sie schaute grimmig, war gar nicht mehr müde. Im Gegenteil. Sie schien wütend zu sein! Und dabei strahlte sie plötzlich eine Kraft aus, die mir ein Bild von der Frau zeigte, die sie einmal gewesen war. Ich war beeindruckt. Sie fuhr fort: »Wie Mutter Zügli damals schon wusste, oder besser, richtig vermutet hatte, wollte Hitler eine große Neuordnung der ethnografischen Verhältnisse, eine Umsiedlung der Nationalitäten. Alle Volksdeutschen sollten ›heim‹ ins großdeutsche Reich, um die frisch eroberten Gebiete in Polen ›einzudeutschen‹. Im Zuge dessen hatte er nichts dagegen, dass sich Stalin die früheren russischen Gebiete zurückholte.«

»Rumänien konnte sich also nicht weigern?«

»Theoretisch natürlich schon. Es bat Deutschland darum, helfend zu intervenieren. Doch Deutschland sah Russland nicht nur als hilfreichen Partner bei seinen geopolitischen Plänen, auch wollte es keinesfalls den Zugriff auf die rumänischen Erdölvorkommen riskieren. Denn die brauchte Hitler für seinen Krieg.« Sie blinzelte. War das eine Träne auf ihrer Wange? Bitter sagte sie: »Du siehst, es geht immer um Geld, Bodenschätze und Macht. Um einen Krieg zwischen Rumänien und Russland zu vermeiden, riet deshalb der deutsche Außenminister Ribbentrop, den russischen Forderungen zu entsprechen. So gab Rumänien Bessarabien auf.«

»Wann begann die Annexion?«

»Unmittelbar. Zwei Tage später, am 28. Juni 1940, besetzte die Sowjetunion das Territorium Bessarabien. Schon am nächsten Tag kamen die ersten russischen Militärkolonnen, die auf den Höfen unterkamen und versorgt werden wollten. Innerhalb von vier Tagen war ganz Bessarabien okkupiert. Die Kommissare zogen in die Verwaltung ein, warfen die Andersstämmigen raus und besetzten alle Posten mit Russen.«

Kapitel 9

Bessarabien, Juli/August 1940

Es ist glühend heiß. Im Schatten der großen Walnussbäume stehen die Frauen des Dorfes um den Dorfbrunnen versammelt, jede einen Eimer in der Hand, denn zum Wasserholen sind sie vordergründig da. Doch eigentlich geht es nur darum, Neuigkeiten auszutauschen. Und derer gibt es im Moment viele. Ihr Leben hat sich von Grund auf verändert. Wie eine dunkle Gewitterwolke schwebt die Ungewissheit über ihnen. Niemand weiß, wie es weitergeht, was mit ihnen geschehen wird, jetzt, nachdem ihr Land von den Russen okkupiert ist. Sie erzählen flüsternd, dass die rumänische Armee dabei sei, sich aufzulösen, dass einzelne Einheiten gesehen wurden, die Richtung Jassy marschierten, von Hitze und Wassermangel geschwächt.

»Die Feiglinge! Verteidigen das Land nicht, lassen uns mit den Russen allein!« Manche recken die Hände. Andere meinen: »Was sollen sie denn tun? Gegen die russische Übermacht haben sie doch keine Chance, besser sie gehen und vermeiden ein Blutbad. Schließlich leisten auch unsere Söhne ihren Wehrdienst in der Armee.« Wieder andere wissen: »Zusammen mit der rumänischen Armee flieht auch die wohlhabende rumänische Bevölkerung.« Ein Raunen geht durch die Gruppe, es hört sich an wie ein großer Bienenstock. »Ja, das habe ich auch gehört! Alles, was Rang und Namen hat, Beamter ist oder Angestellter, flieht über den Pruth ins altrumänische Reich.«

»Und was wird mit uns Deutschstämmigen?« Ratlos schauen sie sich an. Eine düstere Atmosphäre aus Ungewissheit breitet sich aus. Der Bienenstock verstummt.

»Alma, hast du etwas vom Oberlehrer Baumann gehört? Der weiß doch meist am besten Bescheid, und du gehörst ja quasi zur Familie.«

Alle Gesichter wenden sich zu Alma, die sich eben erst zur Gruppe gesellt hat. Seit sie vom Dorfschulzen beschuldigt worden ist, meidet sie solche Versammlungen. *Du gehörst ja quasi zur Familie.* Ob das eine gehässige Anspielung ist? Weil sie noch nicht mit Gregor verheiratet ist? Denken sie, er will sie nicht mehr, nachdem der Dorfschulz ihren Ruf durch den Dreck gezogen hat? Sie schüttelt den Gedanken ab. Schilt sich selbst, paranoid zu sein. Denn höchstwahrscheinlich weiß keiner, um was es dem Dorfschulzen damals bei der Beschuldigung genau ging. Außer seinen beiden Gehilfen. Und die haben sich bisher, vermutlich aus Angst vor den Russen, nicht geäußert. Warum sollten sie es in Zukunft tun?

Alma rückt den quengelnden Albert auf ihrem Arm zurecht, dem es zu heiß ist, der lieber mit seinem größeren Bruder im Wasser des Brunnens spielen will. Doch Arthur spielt längst mit den anderen Dorfkindern Fußball. Die Temperatur scheint ihnen nichts auszumachen. In der flimmernden Hitze jagen sie dem Ball hinterher.

Alma schüttelt verneinend den Kopf. Sie hat den Oberlehrer Baumann schon seit Längerem nicht gesehen. Obwohl sie jeden Tag bei ihm vorbeigeht, um nach Gregor und Emma zu fragen. Sie will wissen, ob sie noch im Internat sind.

Maria, die Haushälterin, wimmelt sie jedes Mal ab, sagt, allen gehe es gut, sie werde die Grüße ausrichten, die Alma ihr aufträgt. Alma weiß nicht, was sie davon halten soll. Sie ist besorgt. Warum ist Gregor nach dem russischen Einmarsch nicht so schnell wie möglich zu ihr geeilt? Kann es sein, dass der Schulbetrieb einfach so weitergeht? Aber all das sagt sie natürlich nicht zu den Frauen. Um etwas zum Gespräch beizutragen, erzählt sie, dass Anton heute schon im Dorfladen war und nur noch mit Rubel bezahlen konnte. Was die Frauen sehr aufbringt. Sie fragen sich, ob ihre schwer verdienten Lei nichts mehr wert sind, ob sie diese nun in Rubel tauschen, oder sie gar ins altrumänische Reich tragen müssen. Aus dem Bienenstock ist ein Taubenschlag geworden.

In dem Moment schlendert der Moser Franz vorüber. Die Hände tief in den Taschen vergraben. Sein Gang ist unsicher. Er stinkt nach Schnaps. Als er Alma in der Runde entdeckt, reckt er drohend den Arm und brüllt etwas Unverständliches. Die Frauen sagen ihm, er solle nach Hause gehen und seinen Rausch ausschlafen. Doch so schnell lässt er sich nicht einschüchtern.

Er bahnt sich einen Weg, an den Frauen vorbei, direkt auf Alma zu. Sein unrasiertes Gesicht ist verzerrt. Er baut sich vor ihr auf und lallt: »Verräterische Hure!« Speichel sprüht Alma wie ein Schauer ins Gesicht. »Verräterische Hure!«, wiederholt er. »Die Russen werden dich nicht immer schützen können.« Sein Atem ist hart und stinkend. Zum Glück ist seine Aussprache so schwammig, dass ihn keine der anderen Frauen versteht. Alma fackelt nicht lange. Sie setzt Albert ab und stößt Moser mit beiden Fäusten kraftvoll gegen die Brust. Er taumelt nach hinten und stolpert über seine eigenen Beine. Die Frauen weichen auseinander, machen ihm Platz. Mit einem dumpfen Ächzen landet er im Staub. Er versucht, sich aufzurappeln, bleibt dann aber liegen. Unmittelbar darauf fängt er an zu schnarchen. Die Frauen lachen. Doch Alma ist nicht nach Lachen zumute.

Verräterische Hure. Die Russen werden dich nicht immer schützen können. Die Worte legen sich als böses Omen auf ihre Seele. Und Alma weiß, dass es mit den Drohungen noch lange nicht vorbei ist. Jetzt ist er noch besoffen. Doch was passiert, wenn er wieder nüchtern ist?

Eine der Frauen sagt kopfschüttelnd »Seit der von den Russen aus dem Amt geworfen wurde, säuft er nur noch. Schon morgens.« Alle schütteln missbilligend den Kopf.

»Der alte Dorfschulz kann froh sein, dass er das nicht mehr erleben muss. In seinem Büro sitzt jetzt Ilja, der Kuhhirte! Stellt euch das mal vor. Die haben Ilja zum Dorfschulzen gemacht. Seine einzige Qualifikation ist, dass er Russe ist. Der kann gerade mal seinen Namen schreiben. Wo soll das noch hinführen?«

»Vielleicht hat der Dorfschulz sich ja deshalb erhängt.«

»Das glaube ich nicht. So weitsichtig war er nicht. Ich glaube, es war wegen seiner Schulden.«

»Wieso Schulden?«

»Habt ihr das nicht gehört? Er war ein Spieler, hat bei den Pferdewetten in Kischinew viel Geld verloren.«

Nun gleicht der Taubenschlag einem Hühnerhaus, wenn der Fuchs kommt. Alle reden aufgeregt durcheinander.

Alma hat genug gehört. Keiner hat Verdacht geschöpft. Niemand hat den Tod des Dorfschulzen in Zusammenhang mit den Beschuldigungen gegen sie gebracht. Und es ist durchgedrungen, dass er ein Spieler war. Sie vermutet, dass August das geschickt im Gasthaus platziert hat. Sie nimmt Albert an die Hand, greift mit der anderen den Wassereimer und ruft nach Arthur. Schon wieder bewundert sie Augusts Raffinesse, und gleichzeitig nistet sich das Unbehagen darüber wie ein ungebetener Gast bei ihr ein.

Alma macht sich auf den Fußweg zurück zum Hof. Sie muss sich beeilen, vor dem Mittagessen will sie in den Weingärten sein. Arthur rennt vor ihr her und schlägt mit einem langen

Stock die am Wegrand wachsenden Gräser tot, so wie Jungs das eben tun. Albert, der auf unsicheren Beinchen hinter ihm herläuft, tut es ihm gleich. Da nähert sich ein offener Geländewagen, besetzt mit russischen Offizieren. Arthur hebt den Stock, tritt auf die Straße, stellt sich breitbeinig hin, legt den Stock an die Schulter, als wäre er ein Gewehr, und zielt auf den Wagen. »Bäng, bäng, bäng«, ruft er triumphierend. Alma bleibt beinahe das Herz stehen. Der Geländewagen stoppt. Keine zwei Schritte von dem Jungen entfernt. Albert hebt ebenfalls den Stock, will zu ihm rennen, es ihm gleichtun, kickst mit heller Stimme. »Bäng, bäng, bäng.« Doch Alma ist schneller: Sie packt ihn, entreißt ihm den Stock, umschließt den zappelnden Jungen fest mit dem Arm und tritt neben Arthur, der immer noch breitbeinig vor dem Geländewagen steht und erneut ein »Bäng, bäng, bäng« anstimmt. Leiser nun. Nicht mehr ganz so triumphierend. Ihm schwant, dass es vielleicht keine so gute Idee ist, auf feindliche Soldaten zu schießen. Wenn auch nur im Spiel. Er senkt den Stock. Alma verpasst ihm eine schallende Ohrfeige. Die vier Offiziere im Wagen brechen in lautes Gelächter aus, rufen auf Russisch »Kapitulation angenommen« und fahren weiter.

Alma werden vor Erleichterung die Beine weich. O Gott! Das hätte auch anders ausgehen können. Sie strauchelt. Fängt sich aber schnell wieder. Sie setzt Albert neben Arthur ab, kniet sich vor die beiden und sagt, so streng sie kann, dass man nicht auf Menschen schießen darf, auch nicht auf die russischen Besatzer, auch nicht im Spiel. Albert nickt ernst und reibt sich mit dem Ärmel Rotz aus dem Gesicht. Arthur hebt trotzig das Kinn, sagt, er würde sie alle aus dem Land vertreiben, hätte er nur ein richtiges Gewehr. Seine kurzen Haare stehen nach allen Seiten ab, sind von Spiel und Hitze ganz verschwitzt. Die Wangen leuchten vor Aufregung in hellem Rot. Wie das linke Ohr, das Alma geohrfeigt hat. Und anstatt erneut mit ihm zu schimpfen oder gar zu schlagen, nimmt sie ihn in den Arm. Zusammen weinen sie, bis Arthur einen Schluckauf bekommt und sie alle drei lachen müssen. Alma zieht sich das Herz vor Mitleid und Liebe zusammen. Die Ereignisse gehen also auch an den Kindern nicht spurlos vorbei. Wenngleich sie anders damit umgehen, wissen sie sehr genau, was um sie herum passiert.

* * *

Alwin erwartet sie bereits auf dem Hof. Er hat schon die beiden Füchse eingespannt. Und belädt die Kutsche mit Arbeitsgerät und Proviant »Wo bleibst du denn? Wir wollten doch schon längst in den Weingärten sein. Die Rebstöcke beschneiden sich nicht von allein. Vater ist seit heute früh schon mit Anton und August und den Knechten da. Er wird ungehalten sein, wenn wir so spät kommen.« Alma nickt nur. Sie schickt Albert und Arthur zu Manja in die Küche und setzt sich zu Alwin auf den Kutschbock. Während der Fahrt erzählt sie ihm von der Begegnung mit den Soldaten, beschreibt, wie Arthur sie »beschossen« hat.

Alwin sieht sie besorgt an. »Wir können froh sein, dass wir Deutschen überwiegend in Ruhe gelassen werden. Wie man hört, gibt es kaum Übergriffe. Und die Soldaten, die hier bei uns auf dem Hof ihre Zelte aufgeschlagen haben, sind uns gegenüber ja auch höchst anständig.«

»Das stimmt. Und um ehrlich zu sein, frage ich mich immer noch, warum«, antwortet Alma und denkt an den russischen Aufklärer, an die beiden Uniformierten, den großen und den kleinen, die sie vor den Hilfspolizisten in Schutz genommen haben. Sie hat Alwin nie erzählt, was vor der Verfolgung passiert ist, dass August und sie den erhängten Dorfschulzen entdeckt haben. Und erst recht nichts über ihren Verdacht, dass der Vater etwas damit zu tun hat. Sie gibt sich einen Ruck, sie will ihm endlich alles erzählen. Doch Alwin redet schon weiter.

»Vater sagt, dass es zwischen Deutschland und der Sowjetunion eine Vereinbarung geben muss, anders ist das nicht zu erklären. Wir Deutschen stehen demnach unter dem Schutz des Deutschen Reichs. Und wenn du mich fragst, haben wir damit großes Glück gehabt.« Er treibt die Füchse zur Eile an. »Anderen Nationen geht es nicht so gut.«

Alma sieht ihn fragend an.

»Rumänen und Bulgaren werden zum Verhör abgeholt. Juden müssen ihre Läden schließen, manche werden verschleppt, weil sie angeblich Ausbeuter der Arbeiterklasse sind.« Als er Almas erschrockenen Gesichtsausdruck bemerkt, fragt er: »Hast du das nicht gehört? Alle reden darüber. Der alte Rosenstein vom Nachbardorf hat ein Schild um den Hals bekommen, mit genau diesen Worten: ›Ausbeuter der Arbeiterklasse‹.«

»Der alte Rosenstein?«, fragt Alma ungläubig. »Aber das ist doch ein herzensguter Mann, er schenkt Albert immer eine Zuckerstange, wenn wir bei ihm einkaufen. Und wenn der jemanden ausbeutet, dann sich selbst. Er steht tagein, tagaus allein im Laden!«

»Das wird ihn jetzt nicht mehr retten.«

Alma ist schockiert.

»Aber das können wir doch nicht einfach so hinnehmen! Können wir denn nichts tun?«

Alwin blickt sie düster an. »Die rumänische Armee ist ohne einen einzigen Schuss geflohen. Was können wir Zivilisten ohne Unterstützung schon tun?«

»Wir verschließen also die Augen vor dem Unrecht und ducken uns einfach weg?« Alma ist wütend. Und gleichzeitig weiß sie, dass er recht hat. Was können sie ohne Unterstützung schon gegen eine ganze Armee tun, die sie selbst ja nicht mal bedroht. Eine ganz und gar bizarre Situation. Und das nagende

Gefühl von drohendem Unheil, das sie seit Wochen verfolgt, wird beinahe übermächtig. Und obwohl es so heiß ist, fröstelt sie.

Alwin seufzt. »Ich mache mir Sorgen um die Züglis. Als Schweizer haben sie ebenfalls keinen Schutz.«

»Hast du noch nichts von Erika gehört?«

Er sieht Alma bekümmert an. »Nein, und wenn ich bis morgen keine Nachricht von ihr habe, reite ich hin.« Er strafft die Schultern. »Auch wenn eine nächtliche Ausgangssperre herrscht und wir nur mit Genehmigung den Ort wechseln dürfen. Das ist mir egal. Erika braucht mich jetzt.«

Alma denkt an die Worte von Mutter Zügli: *Vielleicht brauchen wir eines Tages deine Hilfe, so wie du unsere gebraucht hast.*

»Soll ich mitkommen?«

Alwin schüttelt den Kopf. »Es bringt niemandem etwas, wenn wir beide erwischt werden.«

Er sieht sie von der Seite an. »Und du? Hast du seit dem Einmarsch etwas von Gregor gehört?«

Sie schüttelt den Kopf »Ich mache mir auch Sorgen. Jeden Tag gehe ich bei seinem Vater vorbei, doch nur Maria ist da. Ich habe das Gefühl, dass sie mich abwimmelt. Sie sagt, alles wäre in Ordnung. Doch ich glaube, irgendetwas stimmt da nicht.«

»Nun, vielleicht sollten wir morgen gemeinsam hingehen und Maria befragen.« Alma nickt. Sie ist ihm dankbar. Alwin gab ihr schon immer das Gefühl, dass er *es* irgendwie richten wird. Schon immer war er der Fels in der Brandung, an dem sich die Wellen umsonst abarbeiteten. Etwas beruhigt reitet sie weiter.

* * *

Bei den Weingärten angekommen, stellen sie die Lastenkutsche vor den Geräteschuppen, spannen die Pferde aus und reiben sie trocken. Alma schirmt die Augen mit den Händen gegen die Sonne ab, betrachtet ein Bild des Friedens: Der tiefblaue Himmel, nur durchsetzt von einzelnen weißen Schleierwolken, umspannt schützend die hellgrünen, üppigen Rebstöcke, die sich geordnet in Längsstreifen scheinbar endlos über die Hänge ziehen. Keine Invasion, keine Bedrohung, kein drohendes Unheil. Nicht vorstellbar, dass Menschen in ihrer Nachbarschaft verhört, verschleppt, enteignet werden, dass es irgendwo auf der Welt Krieg gibt, dass vielleicht genau jetzt Tausende von Menschen getötet werden.

Alma atmet tief durch und beobachtet, wie sich mehrere Personen zwischen den Rebreihen bewegen. Eine Gruppe ist weit weg, am äußersten Hang, nur als schmale Silhouetten zu erkennen. Das müssen die Knechte und Arbeiter sein, die das dichte Blätterwerk beschneiden und die langen Triebe »wipfeln«. Eine Arbeit, die während des Wachstums oft wiederholt werden muss, um vor Schädlingen und Feuchtigkeit zu schützen und damit die Beeren eine größere Widerstandsfähigkeit gegen Sonnenbrand bekommen. In dieser Hitze eine schweißtreibende Arbeit.

Eine kleinere Gruppe arbeitet in den mittleren Reihen, welche sich sanft bis in die Ebene ziehen. Alma vermutet, dass das der Vater, Anton und August sind. Sie gehen einer anspruchsvolleren Aufgabe nach, die der Vater keinem Knecht oder Arbeiter überlässt: der »Grünen Lese«. Dabei entfernen sie mit einer Schere die schlechten Beeren sowie einen Teil der Trauben, damit die ganze Kraft des Rebstocks in die verbliebenen Beeren gelangen kann. Zum Zeitpunkt der Lese sind diese dann extraktreicher und aromatischer. Doch Alma fragt sich, ob sie die Lese hier überhaupt noch erleben werden, wofür sie sich die ganze Arbeit machen. Ist inzwischen nicht alles sinnlos?

Alwin tritt neben sie. Er schaut mit ihr auf ihr Reich, auf das, was sie aufgebaut haben, was sie lieben, auf das sie ihre

Hoffnung und Zukunft gesetzt haben, und als hätte er ihre Gedanken gehört, sagt er leise: »Egal, was kommt, wir können die Gärten nicht einfach sich selbst überlassen, wir müssen sie auch in der Ungewissheit hegen und pflegen. Das sind wir ihnen schuldig. Und vielleicht«, er versucht, seiner Stimme einen optimistischeren Klang zu geben, »vielleicht kommt ja alles besser, als wir befürchten. Wir Bessarabier haben schon vieles überstanden. Russen, Rumänen, was soll's? Sind wir nicht immer noch hier?«

Wehmütig schauen sie auf das schöne, weite Land. Zwei Zitronenfalter tanzen direkt über ihren Köpfen. Sie schweigen. Alwin gibt sich einen Ruck, führt Daumen und Zeigefinger zum Mund und pfeift laut. Dreimal hintereinander. Das Zeichen fürs Mittagessen. Die Arbeitenden halten inne, winken ihnen zu und legen ihr Arbeitsgerät nieder. Bis sie bei ihnen angekommen sind, haben Alma und Alwin im Schatten der Bäume, gleich neben dem Geräteschuppen, auf einer großen Decke das Essen ausgebreitet. Frisches Brot, Schafskäse und Schinken. Dazwischen Zwiebeln, Gurken, Tomaten und in Öl und Knoblauch eingelegte spitze Paprika. Einen Weinkrug und Becher stellt er in die Mitte.

Die ankommenden Männer ziehen die Handschuhe und Schürzen aus und säubern sich am Brunnen. Anton, August und ihr Vater setzen sich zu ihnen auf die Decke. Oleg, die Knechte und Arbeiter nehmen sich etwas vom Essen und setzen sich abseits in den Schatten. Alma ist irritiert. Noch nie haben die Knechte separat gegessen. Da tritt ein Fremder mit asiatischem Aussehen zu ihnen. August macht neben sich Platz. Erstaunt erkennt Alma in dem Fremden einen der russischen Aufklärungsflieger. Er ist in Zivil, trägt wie die anderen eine Arbeitshose und dazu ein weites, hellblaues Hemd mit einem über die Schulter geschnallten braunen Pistolenholster. Ohne Uniform wirkt er viel jünger, gar nicht mehr so beeindruckend wie damals, als sie ihm das erste Mal begegnet ist. In der Hand hält er ein kleines Notizbuch und einen Bleistift. Er nickt Alwin und Alma zur Begrüßung knapp zu. Mit ausdruckslosem Gesicht zieht er einen metallenen Spitzer aus der Hosentasche und spitzt seelenruhig seinen Stift. Dann schlägt er das Notizbuch auf und schreibt. Das kratzende Geräusch hört sich hier, in der Natur, sehr fremd an. Anton, der neben ihm sitzt, knufft ihn in die Seite, als wäre er sein bester Freund, und schaut ihm interessiert über die Schulter.

Auf Alwins fragenden Blick brummt der Vater in holprigem Russisch: »Das ist Sascha Iwanow, ein sowjetischer Schreiber. Er wird einige Zeit bei uns auf dem Hof leben.«

Alma sieht ihrem Vater an, wie unangenehm es ihm ist. Doch offenbar hat er beschlossen, sich zu fügen. Zumindest was den neuen Hausgast betrifft.

Der Schreiber legt bei der Erwähnung seines Namens das Notizbuch zur Seite und reicht Alma und Alwin höflich die Hand und sagt, dass er hoffe, sie nicht allzu sehr zu stören, während er bei ihnen lebt. Mit keiner Geste zeigt er, dass er Alma schon kennt. Ob er einfach nur diskret sein will? Alma sucht den Blick von August, der sich bisher sehr zurückgehalten hat, alles nur zu beobachten scheint. Er nickt ihr unmerklich zu. Also weiß der Vater Bescheid, welche Rolle dieser Mann gespielt hat. Mit spitzem Unterton sagt sie: »Willkommen. Ich hoffe, unsere Informationen haben Ihnen weitergeholfen.«

Der Schreiber ist sichtlich überrascht ob ihrer Direktheit. Sein Gesicht gleicht aber schnell wieder einer ausdruckslosen Maske. »O ja, sie haben uns viel Zeit erspart.« Er hält inne, sieht sie direkt an. »Sie hatten hoffentlich keine weiteren Unannehmlichkeiten mit den beiden Herren.« Ist da ein belustigtes Funkeln in den schmalen, dunklen Augen?

Alma will ihm antworten, doch Alwin kommt ihr zuvor. Er fragt: »Ihr kennt euch?«

Alma nickt »Er ist einer der Sowjets, die uns vor den Hilfspolizisten gerettet haben.«

»Die Flieger!«, ruft Alwin überrascht. »Na dann – danke!« Er hebt einen Becher, füllt ihn mit Wein und reicht ihn ihm.

Die Knechte und Arbeiter, die das Gespräch schweigend verfolgt haben, nehmen das zum Anlass, mit dem essen zu beginnen. Der Vater poltert streng: »Wir beten hier, bevor wir essen!« Mit einem Blick auf den Schreiber: »Auch mit einem Kommunisten unter uns, der sich für seine Gottlosigkeit am jüngsten Tag verantworten muss.«

Den letzten Satz sagt er auf Deutsch. Alma hält erschrocken den Atem an. Der Mann mag nur ein Schreiber sein, doch die Pistole in dem Holster ist echt. Er sollte nicht unterschätzt werden. Und vermutlich kann er besser Deutsch, als er zeigt. Warum sonst wurde er hier als Schreiber stationiert? Doch Sascha Iwanow, der Schreiber, Flieger und Aufklärer zeigt keine Regung, es ist nicht erkennbar, ob er die Worte verstanden hat. Er senkt mit den anderen das Haupt und wartet geduldig, bis ihr Vater das Dankgebet gesprochen hat. Dann fallen alle hungrig über das Essen her.

* * *

Der Schreiber bleibt den restlichen Tag bei ihnen. Er wandert gemächlich durch die Rebreihen, bleibt ein ums andere Mal stehen, zieht sich den Strohhut tief ins Gesicht, wischt sich in regelmäßigen Abständen den Schweiß aus dem Nacken, lässt sich von einem der Knechte etwas erklären oder von Anton etwas zeigen. Beinahe könnte man denken, er gehöre dazu.

Anton scheint einen besonderen Narren an ihm gefressen zu haben und sucht ständig seine Nähe. Vielleicht fühlte er sich die letzten Wochen ein wenig von seinen Geschwistern ausgeschlossen und sucht nun Anschluss oder will nur Alma ärgern. Denn ihre geschwisterlichen Reibereien, die schwelenden Konkurrenzkämpfe, kamen in den sich überschlagenden Ereignissen beinahe zum Erliegen. Alma beschließt, auch weiterhin darauf zu verzichten, beobachtet allerdings mit Argusaugen, wie Anton den Schreiber mehrfach zu sich ruft, um ihn auf etwas hinzuweisen. Dieser kommt dem gerne nach und kritzelt emsig in sein Notizbuch. Und Alma fragt sich, was es denn so viel über die Arbeit in den Weingärten zu berichten gibt oder ob Anton, der kleine Pisser, ihm noch anderes erzählt. Sie würde ihm alles zutrauen, nur um über sie triumphieren zu können. In welcher Form auch immer.

August bearbeitet die Rebreihe neben Alma. Er kommt unauffällig näher, damit sie sich über die Wipfel hinweg unterhalten können. Alma hat schon darauf gewartet »Was macht der Russe denn hier?«

»Spionieren.«

»Was denn?«

»Na, wie wir leben, wie die Stimmung ist, ob es Pläne zur Sabotage gibt.«

Alma lacht. »Und dafür verbringt er den Tag mit uns im Weingarten? Da gibt es bestimmt aufregendere Orte.«

»Das sieht unser Bruder aber anders«, sagt August mit einem Grinsen. Und fügt hinzu: »Das tut Anton nur wegen dir.«

»Warum sollte er das?«

»Weil er immer besser sein will als du!«

»Und deshalb biedert er sich dem Schreiber an?«

August kichert und erwidert: »Er denkt halt, dass du dem gefällst.«

»Ach?« Alma zieht eine Augenbraue hoch »Das versteckt *der* aber gut.«

»Russen sind halt ein wenig spröde.«

Jetzt kichern beide. Und Alma stellt erneut fest, wie eng sie die letzten Wochen miteinander geworden sind. Es fühlt sich beinahe so harmonisch an wie mit Gregor und Emma.

Noch vor einem Jahr wäre so ein vertrautes Gespräch zwischen ihr und ihrem jüngeren Bruder nicht möglich gewesen. Und sie ist sehr froh darüber, dass es nun anders ist. Die Leichtigkeit, mit der August durchs Leben geht, tut ihr gut. Doch gleichzeitig fragt sie sich erneut, ob das jetzt gerade der *echte* August ist. Sie hat in kurzer Zeit so viele Gesichter von ihm gesehen, dass sie es nicht mehr weiß. Doch vielleicht ist das ja auch egal. Sie sagt: »Es ist gut für uns, dass der Schreiber da ist.« Und dann erzählt sie von dem Erlebnis am Dorfbrunnen, wie der Moser Franz sie vor allen anderen eine verräterische Hure genannt hat.

»Was haben die Frauen dazu gesagt?«

»Er hat so gelallt, dass keine ihn verstanden hat.«

August lacht laut auf. »Zum Glück ist er ein Versager – in jeglicher Hinsicht.«

Alma prustet los, nur um im selben Moment erschrocken nach dem Vater Ausschau zu halten, der von Heiterkeit während der Arbeit gar nichts hält. Doch er ist auf der anderen Seite des Weinhangs und hört sie nicht. Schnell wird sie wieder ernst und fragt vorsichtig: »Hast du mal versucht, mit Vater über den Dorfschulzen zu sprechen?«

August schüttelt den Kopf »Seither spricht er noch weniger als sonst, man kommt noch schlechter an ihn ran. Und ganz ehrlich, ich will gar nicht wissen, ob er's war.«

»August!«, ruft Alma verblüfft aus »Das ist doch wichtig!«

»Warum? Die Sache ist mit dem Tod des Erpressers erledigt. Wenn Vater seinen Beitrag dazu geleistet hat – gut! Wenn das Schwein sich selbst umgebracht hat – auch gut. Also denk nicht weiter darüber nach.«

»Ja, aber …«

Plötzliches Geschrei unterbricht sie. Der angefangene Satz bleibt in der Luft hängen. Keine fünfzig Schritt entfernt ist unter den Knechten ein wilder Tumult ausgebrochen. Und wie sie mit Erschrecken feststellt, ist Anton mittendrin.

Breitbeinig steht er da, Blut läuft ihm als schmales Rinnsal aus der Nase. Er hält die Fäuste geballt, in Kampfstellung nach oben. Dicht vor ihm: einer der jüngeren Knechte. Mischa, ein Neffe ihres altgedienten Oleg. Er ist erst seit wenigen Wochen bei ihnen. Mischa sieht Anton herausfordernd an. In der rechten Hand hält er das Schneidemesser, mit dem er nur Minuten zuvor Blattwerk entfernt hat. Die gebogene Klinge zeigt auf Antons Gesicht. Alma will hinrennen. Doch August hält sie zurück, sagt, Alwin macht das. Und tatsächlich ist Alwin schon bei der Gruppe.

Er schiebt die anderen Knechte unsanft beiseite. Mit wenigen Schritten ist er bei den Kontrahenten und schlägt Mischa das Messer aus der Hand. Er herrscht ihn an, ob er den Verstand verloren habe, und klatscht ihm mit der flachen Hand ins Gesicht. Wie man es mit einem Schuljungen tun würde. Der Abdruck seiner Hand glüht als rote Fläche auf Mischas Wange und zeigt seine Schande.

Doch anstatt klein beizugeben, zurückzuweichen und es gut sein zu lassen, holt Mischa mit der Faust aus. Alwin ist schneller. Er weicht dem Schlag aus und tritt Mischa gleichzeitig gegen die Beine. Es knackt hörbar. Der junge Mischa sackt mit einem gellenden Schrei in sich zusammen. Oleg schreit ebenfalls auf und lässt sich neben seinen wimmernden Neffen niedersinken, dessen linkes Bein in einem unnatürlichen Winkel absteht. Hilflos tastet er ihn ab, weiß nicht, was zu tun ist, während sein Neffe vor Schmerzen heult.

Alwin will sich ebenfalls zu ihm hinunterbeugen, doch Oleg hält schützend die Hände vor seinen Neffen. Sein Blick ist nicht zu deuten. Ist es Angst? Wut? Oder Hass?

Alwin zuckt mit den Schultern und wendet sich ab, hebt das Messer auf, steckt es ein, winkt Anton zu sich und bahnt für sie beide einen Weg zwischen den Knechten und Arbeitern hindurch. Murrend machen diese Platz. Doch keiner wagt es, die Hand gegen sie zu erheben, noch Unmut laut zu äußern.

Scheinbar ungerührt sammelt Alwin seine Sachen zusammen und geht seelenruhig weg, als hätte er nicht eben einem jungen Mann den Unterschenkelknochen zertrümmert, ihn womöglich zum Krüppel gemacht. Mit einem einzigen Tritt. Einfach so. Bewundernd flüstert August: »Er war schon immer ein guter Kämpfer.«

Alma lässt die Hände sinken, die sie sich bei Mischas Schrei voll Entsetzen auf den Mund gepresst hat. »Unser gottesfürchtiger Bruder ist ein Schläger?«, fragt sie verwundert. »Das war er, bevor er zum Glauben gefunden hat«, antwortet August trocken. »Aber er kann es offensichtlich immer noch.« Und Alma muss erkennen, dass ihre Brüder viele Seiten haben, die bisher vor ihr verborgen waren.

* * *

»Auf, los jetzt, hebt ihn auf und bringt ihn zu den Wagen. Wir fahren nach Hause.« Die Stimme des Vaters klingt kühl und ohne jegliche Emotion. Es ist ihm nicht anzumerken, wie er zu dem Geschehenen steht, ob er die unverhältnismäßige Brutalität seines ältesten Sohnes gutheißt. Als keiner reagiert, klatscht er in die Hände. Das löst die Erstarrung der Knechte und Arbeiter. Eine hektische Betriebsamkeit erfasst sie, jeder will dem Verletzten helfen. Doch Oleg scheucht sie alle weg, bis auf die beiden Kräftigsten. Schweigend tragen sie Mischa durch die Rebgassen zum Geräteschuppen, wo die Lastkutschen und Pferde warten.

Im Konvoi fahren sie zurück. Drei Kutschen hintereinander. In der vorderen fährt die Familie. Die beiden hinteren sind voll besetzt mit Knechten und Arbeitern. Zwischen ihnen der verletzte Mischa, von dem nur noch ein auf- und abflauendes Jammern zu hören ist. Die Stimmung ist eisig. Kein fröhliches Scherzen, keiner der Knechte singt, wie sie es sonst nach getaner Arbeit tun.

Der Schreiber sitzt zwischen Alma und Anton auf der Pritsche des ersten Wagens und beobachtet alles mit ausdruckslosem Gesicht. Auch dem Kampf hat er ohne Kommentar, aus der Distanz heraus zugesehen. Es ist, als ob er alles aufsaugt, analysiert und schreibend in eine Schublade ablegt, die das Notizbuch ist. Er kritzelt ohne Unterlass. Was er wohl schreibt?

Alma ist es peinlich, dass ein Fremder den Konflikt zwischen ihrer Familie und den Knechten mitbekommen hat. Sie hofft bloß, dass er die Situation richtig versteht, sie in die richtige Schublade einordnet. Doch sie versteht das Geschehene ja selbst nicht, weiß nur, dass irgendetwas gekippt ist, als hätte jemand einen Schalter umgelegt, und was vorab normal war, galt plötzlich nicht mehr. Wo ist der gegenseitige Respekt geblieben? Der Respekt zwischen Bauer und Knecht, der ihr Miteinander über die Jahrzehnte bestimmt hat, ohne den eine gemeinsame Arbeit, ein Zusammenleben nicht möglich ist? Wo kommt bloß der ganze Hass her? War der schon immer da und hat nur auf einen Funken gewartet, um aufzulodern?

Sie fühlt sich niedergeschlagen, traurig und ratlos, weiß nicht, wie sie mit der Situation umgehen soll. Die Knechte waren doch ihre Freunde! Als Kinder haben sie, Gregor und Emma zusammen mit Oleg gespielt. Er ließ sie immer auf seinen Schultern reiten. Und jetzt sieht sie nur noch Verachtung in seinen Augen? Und in den von Alwin und Anton auch! Was ist bloß in sie alle gefahren? Als hätten sie nicht andere Sorgen! Und aus der hintersten Ecke ihres Herzens zieht eine unbändige

Sehnsucht nach Gregor herauf, und sie wünscht sich weit, weit weg zu sein. Vielleicht sollte sie doch zusammen mit ihm irgendwo ganz anders hingehen und völlig neu anfangen? Wenn sie bloß wüsste, wo er ist!

Sie schreckt aus ihren Gedanken auf und blickt hoch. Dem Schreiber direkt in die Augen. Aufmerksam mustert er sie. Dann geht ein unmerklicher Ruck durch seinen Körper, als hätte er sich zu etwas entschlossen. Er reißt ein Blatt Papier aus dem Notizbuch und reicht es ihr. Verwundert nimmt sie es entgegen. Es ist eine Skizze. Mit feinen, präzisen Strichen hat er das Gesicht einer Frau auf das Blatt gezaubert. Ein Gesicht, scheinbar alterslos, so apart und seelenvoll, dass es sie zum Staunen bringt. Ausdrucksvolle, traurige Augen schauen in die Ferne, den Mund umspielt ein feiner, melancholischer und gleichzeitig stolzer Zug. Es ist niemand anders als sie selbst.

So hat sie sich noch nie gesehen. So traurig und verletzlich und gleichzeitig erhaben, als würde sie über allem stehen, als würde die Welt ihr nichts anhaben können. Sie gibt ihm das Porträt zurück, sagt, dass sie nicht so schön sei. Doch er schüttelt den Kopf, schiebt es ihr wieder zu und erwidert auf Deutsch: »Noch nicht, aber bald.«

Buenos Aires, Argentinien 2001

»Ich wurde zwar niemals so schön wie auf der Zeichnung, doch mit der Melancholie sollte er recht behalten. Sie fand mich, umschloss mein Herz und wurde mir zu einer zweiten Haut. Es brauchte Jahrzehnte, bis sie mich wieder frei ließ.«

Inzwischen war es später Abend geworden. Die laue Luft, die durch das geöffnete Fenster hereinwehte, hatte einen salzigen, feuchten Geruch angenommen. Weit entfernt hörte man Donnergrollen. Meine Tante unterbrach ihre Erzählung, horchte und sagte, dass es über dem Rio de la Plata gewittere. Sie bat mich, mit ihr nach draußen zu gehen.

»Ich liebe es, von Weitem den Blitzen zuzusehen.« Sie lächelte. »Mach bitte das Licht aus, dann sehen wir sie besser.« Ich half ihr aus dem Bett und führte sie vorsichtig über die Schwelle zum Balkon. Sie war groß. Wesentlich größer als ich. Ihre langen, sehnigen Hände waren mit dicken Adern durchsetzt. Warm lag eine Hand auf meiner Schulter. Meine Tante strahlte Kraft aus, obwohl sie so hinfällig war.

Wir setzten uns auf den kleinen Balkon mit dem filigranen, verschnörkelten Eisengeländer. Zwei Stühle, ein Infusionsständer. Mehr passte nicht darauf. Aber mehr brauchte es auch nicht. Es war schön. Unter uns die Straße, gegenüber die hell erleuchteten Fenster der fünfstöckigen Wohnhäuser, über uns der nächtliche, von Wolkenfetzen durchzogene Himmel. Eine Mondsichel schob sich hinter den Dächern hervor und spendete klares, fahles Licht.

Der Wind war kühler geworden. Meine Tante wickelte sich in die Decke, die ich ihr um die Schultern gelegt hatte, und atmete tief durch. »Ich vermisse den Geruch der Steppe. Und diesen ganz bestimmten Duft der schwarzen Erde, den es nirgendwo sonst auf der Welt gibt. Immer noch. Auch nach über sechzig Jahren.« Sie seufzte. »Ist das zu glauben?« Ich antwortete nicht, wusste, dass es keine wirkliche Frage war, wartete einfach darauf, dass sie noch etwas hinzufügen würde. Doch sie schwieg, schaute nur versonnen zu den aufleuchtenden, gezackten Blitzen, die weit hinten über dem Fluss ihren Tanz aufführten. Ich hielt es nicht mehr aus.

»Wer war denn schuld damals an der Auseinandersetzung? Wer hat angefangen?«

Sie schreckte auf. Und schaute mich an, als müsste sie sich erst erinnern, wer ich war. Nach endlosen Sekunden sagte sie: »Das weiß ich nicht mehr, doch das ist auch egal. Es war wie überall auf der Welt, zu allen Zeiten: Junge Männer messen sich, ein Wort gibt das andere, es schaukelt sich hoch, die Fäuste fliegen, die Ehre wird verletzt, Demütigungen müssen gerächt werden.«

Sie zog die Decke noch enger um die Schultern. »Dass so etwas zwischen Knecht und Grundbesitzer stattfand, war allerdings neu. Normalerweise ließ ein Knecht sich lieber verprügeln, als dass er die Hand gegen seinen Herrn erhob.« Sie schaute mich an. Das Licht des Mondes reflektierte in ihren Pupillen. »Kannst du das aus der heutigen Sicht verstehen?«

Ich schüttelte den Kopf.

»Ich auch nicht mehr. Doch damals fand ich das völlig normal. Für mich war so die Ordnung der Dinge. Es gab die Herren und die Knechte. In dieser Gewissheit bin ich aufgewachsen. Ich machte mir keine Gedanken über Gerechtigkeit und darüber, dass es nicht sein kann, dass es Menschen gibt, die über anderen stehen. Erst viel später sollte ich verstehen: Der junge Mischa lehnte sich gegen eine althergebrachte gesellschaftliche Ordnung auf. Er stand symptomatisch für eine Entwicklung, die in unserem Teil der Welt durch die Annexion in Gang gesetzt wurde. In anderen Teilen hatte diese schon früher stattgefunden. Das Zeitalter des Feudalismus neigte sich dem Ende zu.«

»Was wurde aus Mischa?«

»Ich weiß es nicht. Er wurde zu seiner Familie zurückgebracht. Und ich glaube, Vater zahlte eine Art Entschädigung. Doch ob er jemals wieder normal laufen konnte …« Sie ließ den Satz offen, fügte nur noch hinzu: »Keiner sprach mehr darüber. Alwin nicht und auch Oleg nicht. Das war die Art, wie wir damals mit so etwas umgingen. Schweigen. Noch etwas, was ich aus der heutigen Sicht nicht verstehe.« Sie hob bedauernd die Schultern. »Aber so war es eben. Alle waren wir gefangen in den Traditionen und in uns selbst. Das Verhältnis mit Oleg wurde zu meinem Bedauern nie wieder so herzlich, wie es einmal gewesen war. Doch er machte einfach weiter wie zuvor. Und wir auch.«

»Gab es noch mehr Vorfälle dieser Art?«

»Nun, die Stimmung zwischen Landbesitzern und Knechten sollte schlecht bleiben. In den darauffolgenden Tagen und Wochen wurden Stimmen laut, die von der Enteignung der Besitzenden sprachen und eine Umverteilung des Eigentums forderten. Man hörte von umherziehenden Banden, landlosen Bauern und Knechten, die das Vakuum aus Ungewissheit, das uns alle lähmte, mit Forderungen und Besitzansprüchen füllten.

Doch sie hatten sich allesamt verkalkuliert. Dachten sie, sie würden von einer kommunistisch-bolschewistischen Besatzungsmacht toleriert, wenn nicht gar unterstützt, mussten sie erleben, dass die russischen Soldaten rigoros gegen sie durchgriffen. Kaum wurden sie gesichtet, wie sie mit Sensen und Mistgabeln bewaffnet die Höfe und Dörfer einnehmen wollten, kam ein Trupp russischer Infanterie und stellte die Ruhe wieder her. Es wurde berichtet, dass die Anführer ohne Prozess an die Wand gestellt wurden. Doch ich glaube, das war ein Gerücht. Vermutlich sollte damit nur das gute Einvernehmen des Deutschen Reichs mit der Sowjetunion gezeigt werden.«

Wir schwiegen und ich versuchte, das Erzählte zu verstehen. Die Blitze waren einem schwachen Wetterleuchten gewichen. Die Mondsichel stand nun direkt über uns. Nur noch wenige Fenster gegenüber waren erleuchtet. Ich fragte meine Tante erneut, ob ich sie nicht ins Bett bringen sollte. Ich hätte mir dann ein Taxi gerufen und wäre ins Hotel gefahren.

Doch sie wollte davon nichts hören. Sie lachte nur und sagte, schlafen könne sie auch noch später. Ich wagte nicht, ihr zu widersprechen. Das hatte bei meinem Vater auch nie funktioniert. Und ich vermutete, dass meine Tante einen ähnlichen Sturkopf hatte wie er. Deshalb sagte ich: »Also gut, aber nur, wenn du mit mir eine Kleinigkeit isst.« Ich stand auf und holte das Tablett mit dem Abendbrot.

Gemeinsam aßen wir trockenes Graubrot und Schinken. Beide waren wir plötzlich sehr hungrig. Mit vollem Mund sagte ich, dass mir das Verhältnis zwischen russischen Besatzern und Bessarabiendeutschen noch nicht so ganz klar war.

»Das war es uns damals auch nicht«, erwiderte meine Tante und legte das Brot beiseite, in das sie gerade hatte beißen wollen. »Einerseits beschützten sie uns und veranstalteten sogar bunte Abende mit Tanz und Gesang. Andererseits verschleppten und enteigneten sie unsere Nachbarn und Freunde. Und wenn wir Deutschen das Falsche sagten, wurden auch wir eingesperrt.

Wir trauten ihnen nicht, wussten nicht, was sie vorhatten und wie es weitergehen würde. So zog die Angst um, schlich von Tür zu Tür, raubte uns den Schlaf. Und die Ungewissheit legte sich dumpf auf unsere Seele. Es war zermürbend.«

Ihre Stimme wurde bei der Erinnerung ganz leise. Und ich bekam schon wieder ein schlechtes Gewissen. Es war zu viel für sie! Ich hätte wirklich gehen sollen, auch wenn sie etwas anderes behauptete. Doch eine Frage brannte mir noch auf der Seele. Ich wusste, ohne eine Antwort darauf würde ich nachher nicht einschlafen können. So schob ich das schlechte Gewissen beiseite und fragte gespannt: »Was war mit Gregor? Warum hast du nichts von ihm gehört?«

»Gregor?« Sie lächelte wehmütig. »Nun, das sollte ich bald erfahren.«

Kapitel 10

Bessarabien, September 1940

Das ganze Dorf spricht von nichts anderem als der Umsiedlung. Niemand weiß, woher das Gerücht kommt, noch kennt man Details. Doch in Windeseile wehen die Worte »Heim ins Reich« über die Dörfer und Städte und in die Köpfe der Menschen. Und bis sie in den Herzen ankommen, ist es nur eine Frage der Zeit. Heim ins Reich. Sprach davon nicht schon an Ostern Oberlehrer Baumann? Heim ins Reich. Und Alma fragt sich, wie damals auch Emma, was »Heim« eigentlich bedeutet. Sollen sie wirklich alles, was sie sich aufgebaut haben, was sie lieben, zurücklassen für ein unbekanntes Heim? Bezeichnet »Heim« nicht vielmehr einen Ort, wo man sich auskennt, wo man sich wohlfühlt? Also genau hier in Bessarabien?

Sie schiebt die quälenden Gedanken beiseite und hastet durch das Dorf. Es hat geregnet. Über mehrere Tage. Die trockene Erde saugte das Wasser gierig auf, hinterließ schlammige Straßen, überschäumende Flüsse und vollgesogene Pflanzen. Zum Glück hatten die Bauern schon davor einen Teil der Ernte eingebracht. Mais, Kürbisse, Äpfel und Birnen.

Sie hüpft über eine Pfütze hinweg und landet mit einem Schuh in einem Schlammloch. Schimpfend zieht sie ihn aus und reibt das Gröbste mit einem Grasbüschel, das sie vom Straßenrand rupft, weg. Sie atmet tief durch und genießt die klare Luft, die so kühl ist wie seit Monaten nicht mehr. Es ist, als ob der Regen den Herbst gebracht hätte. Über Nacht haben sich die Blätter bunt gefärbt.

Doch die kommenden Tage soll es wieder schön werden. Nicht mehr lange und die Chardonnaytrauben am Südhang können geerntet werden. Eine der früheren Sorten. Der Vater misst jeden Tag den Öchslegrad, um den richtigen Zeitpunkt für die Lese zu bestimmen.

Natürlich fragen sie sich inzwischen, ob die Lese dieses Jahr tatsächlich durchgeführt werden soll. Doch was wäre die Alternative? Die Beeren an den Rebstöcken verdorren zu lassen? Das bringen sie nicht übers Herz. Wie sagte Alwin erst kürzlich? *Egal, was kommt, wir sind ihnen schuldig, dass wir uns um sie kümmern.* Zudem hat Alwin gehört, die Sowjets würden erwarten, dass die Deutschen die Ernte einbringen und vor der Abfahrt abliefern. Ob das stimmt, weiß Alma nicht. Es kümmert sie im Moment auch nicht. Sie hat andere Sorgen. Ihre Gedanken kreisen unablässig um Gregor und Emma.

Deshalb hat sie sich erneut auf den Weg zum Haus des Oberlehrers gemacht. Wie fast jeden Tag seit zwei Monaten. Bevor Alwin zu den Züglis aufgebrochen ist, hat er sie begleitet, wie versprochen. Doch auch ihn wimmelte Maria einfach ab. Bald. Bald wären Oberlehrer Baumann und auch Emma und Gregor wieder da. Alma weiß nicht, wie viele Briefe sie ihr für Gregor übergeben hat. Von ihm bekam sie keinen einzigen zurück.

Mit langen Schritten und in Schlangenlinien hastet sie durch das Dorf, immer auf der Suche nach der Ideallinie, um in dem Schlamm einigermaßen sauber zu bleiben. Sie weicht einem Fuhrwerk aus, schimpft Fußball spielenden Jungs hinterher, sie sollen aufpassen, wo ihr Ball hinfliegt, grüßt eine Gruppe Alter, die auf den Weg zum Friedhof sind, nickt dem jungen Vikar zu, der ein wenig rot wird, und erreicht endlich ihr Ziel.

Bevor sie klopft, rückt sie die Weste zurecht und schaut an sich hinunter. Sie trägt Männerkleidung, wie immer, wenn sie von der Arbeit kommt. Eine grobe braune Arbeitshose, ein beiges, weites Hemd mit Weste. Sie hätte sich umziehen müssen, schimpft sie sich, doch das hat sie einfach vergessen. Und nun ist sie schon mal hier. Sie strafft sich und klopft. Die Tür öffnet sich und vor Überraschung wäre sie fast die Stufen hinuntergefallen. Emma steht vor ihr.

»Emma!«, stammelt sie und macht einen Schritt nach vorne. Sie will sie umarmen. Doch Emma weicht zurück, in den Halbschatten des Hausflurs.

»Was ist mit dir?«, flüstert Alma erschrocken. Sie macht einen weiteren Schritt nach vorne, in den Flur, und dann sieht sie den Verband, der in dem diffusen Licht hell leuchtet.

»Emma?«

Emma strafft die Schultern, legt den Zeigefinger auf die Lippen, und macht »sch!«. Fahrig blickt sie über die Schulter, horcht ins Wohnzimmer. Doch alles bleibt still.

»Komm.«

Leise gehen sie die Treppe hoch in ihr Mädchenzimmer, das sich auch nach ihrem Weggang ins Internat nicht verändert hat. Schweigend setzen sie sich auf das Bett. Nebeneinander. Emma hält den dicken Verband an ihrer linken Hand verschämt in der Armbeuge versteckt. Sie schaut starr auf den Boden. Ihre sonst so makellose, helle Haut ist mit hektischen roten Flecken übersät. Alma legt ihr den Arm um die Schulter und streichelt ihr sanft den Rücken. Sie schweigen. Und dann brechen die Tränen aus Emma heraus. Ohne zu schluchzen, ganz still, strömen dicke Rinnsale über ihre Wangen, treffen sich am Kinn und tropfen auf ihr blaues Kleid. Über der Brust bilden sich dunkle nasse Flecken.

Alma lässt sie weinen, stellt keine Fragen, ist einfach nur da. Irgendwann versiegt der Tränenfluss. Emma tastet mit der gesunden Hand nach einem Taschentuch. Alma gibt ihr eines.

»Was ist passiert?«, flüstert sie.

»Sie haben ihn abgeschnitten.«

»Wen?« Und obwohl Alma die Antwort schon kennt, erfasst sie eine Eiseskälte. Die wandert ihren Rücken hoch und legt sich von hinten um ihren Hals. Und als Emma sagt: »Meinen Finger« drückt die Kälte zu.

Alma stößt keuchend hervor »Warum?«

»Vater sagt, bei den Nazis würde ich sonst unter das Euthanasiegesetz fallen.« Emma sieht ihre Freundin nun zum ersten Mal direkt an. Ihre großen, schönen Augen bekommen einen harten Glanz. »Sie würden mich sterilisieren.«

Alma schlägt sich vor Entsetzen die Hände vor den Mund. Ihre perfekte, wunderschöne Freundin ist verstümmelt. Und warum? Weil sie nicht der von den Nazis propagierten »Rassereinheit« entspricht?

»Das ist doch Irrsinn!«, stößt Alma hervor.

Emma nickt. Ein bitterer Zug um den Mund macht ihre sonst weichen Gesichtszüge hart. »Und die Amputation wird sie nicht abhalten.«

»Wie meinst du das?«

»Die wissen das längst mit unseren Fingern.«

Emma zeigt mit ihrer gesunden Hand nach unten, wo sie ihren Vater im Wohnzimmer vermutet.

»Er wartet vergeblich darauf, dass er in die Umsiedlungsorganisation berufen wird. Alle seine Kollegen haben schon Bescheid bekommen. Jetzt sitzt er auf seinem Schaukelstuhl, starrt Löcher in die Luft und macht Pläne für die

Zukunft, die er sogleich wieder verwirft, denn plötzlich ist er ja ebenfalls ›unwertes Leben‹. Seine alte Narbe zeugt davon.« Sie lacht. Es klingt nicht fröhlich. »Dabei ist er einer der größten Verehrer des Deutschen Reichs. Er wollte ja schon an Ostern am liebsten in das Land seiner Sehnsucht auswandern.« Mit verstellter, schnarrender Stimme sagt sie »Wir Deutschen sind wieder wer in der Welt.«

Sie lässt sich mit einem resignierten Aufstöhnen nach hinten auf das Bett sinken. Ihr Zopf hat sich gelöst. Das rotbraune, gewellte Haar breitet sich auf der mit Rosen bestickten Tagesdecke aus. Den Verband hält sie immer noch verschämt in der rechten Armbeuge.

»Wo ist Gregor?«, fragt Alma.

Und mit dumpfer, leiser Stimme beginnt Emma zu erzählen »Wir waren in Odessa im Krankenhaus. Vater hat einen Chirurgen bestochen. Einen ehemaligen Schüler von ihm. Es sollte niemand erfahren, dass wir …«, sie holt tief Luft, »… dass wir den ›Teufelsfinger‹ amputieren lassen. Es hat auch alles gut geklappt. Mit genügend Geld kann man sich alles kaufen. Auch Loyalität. Gregor und ich hatten ein Zimmer im privaten Trakt des Krankenhauses. Wir sollten ganz früh am Morgen als Allererste operiert werden, ein paar Tage bleiben und dann mit der *normalen* Anzahl an Fingern wieder nach Hause gehen, um respektable Mitglieder der nationalsozialistischen Gesellschaft zu werden. Doch noch vor der Narkose ist Gregor abgehauen.«

»Abgehauen? Wohin?«

»Wir wissen es nicht.«

»Warum ist er nicht zu mir gekommen? Warum hat er nichts gesagt?«

Emma zuckt mit den Schultern »Ich glaube, er hat sich geschämt. Er war sich sicher, dass du ihn unter diesen Umständen nicht mehr heiraten willst. Er sagte, im Deutschen Reich haben Menschen wie wir keine Chance. Denn wir können den Finger zwar amputieren lassen, doch nichts an unseren Erbanlagen verändern. Und Alma soll kein Kind mit sechs Fingern auf die Welt bringen müssen.«

»Das ist mir doch egal! Ich liebe ihn, egal wie viele Finger er hat.« Sie nimmt Emma in die Arme. »Und dich auch.« Jetzt schluchzen beide.

»Wo ist er bloß?«

»Vater und ich wissen es nicht. Er ist spurlos verschwunden.«

Beide schweigen. Sorge, Wut und Ohnmacht machen sie sprachlos. Erst nach einer Weile fragt Alma: »Warum trägst du immer noch den Verband, ist das nicht schon ein paar Wochen her?« Emma nickt »Es hat sich entzündet. Wir mussten nochmals ins Krankenhaus. Erst gestern sind wir wiedergekommen.«

»Hast du Schmerzen?«

Emma geht auf die Frage nicht ein. Tonlos sagt sie: »Weißt du, ich spüre ihn noch, es ist, als ob er noch da wäre.«

Alma fühlt erneut, wie sich Eiseskälte um ihren Hals legt. Sie versucht, das Grauen abzuschütteln, will für ihre Freundin stark sein. Sie richtet sich auf, streicht Emma sanft das Haar aus dem Gesicht. »Du wirst nicht sterilisiert. Das lasse ich nicht zu. Wir bleiben in Bessarabien, hier interessiert es doch keinen, wie viele Finger ihr habt.« In Gedanken fügt sie hinzu: *oder meine Kinder*. Emma schüttelt den Kopf »Das geht nicht.«

»Aber es ist doch noch gar nicht sicher, ob es überhaupt zu der Umsiedlung kommt!« Almas Stimme wird laut.

»Doch, Vater sagt, demnächst werde die offizielle Kommission aus dem Deutschen Reich eintreffen. Ein paar sind schon da. Er hat Kontakt zu SS-Standartenführer Gengelbach aufgenommen. Es zumindest versucht.«

»Gengelbach?« Almas Stimme überschlägt sich fast. Emma bedeutet ihr erschrocken, leise zu sein. Sie horcht nach unten. Alles bleibt still.

Alma sieht das überhebliche Gesicht von Gengelbach vor sich, wie er belustigt mit den Fingern seiner linken Hand wackelt. *Doch dann dachte ich sogleich, dass das Fräulein Alma wohl nicht so unachtsam wäre und ihr reines Blut mit* so einem *verschmutzen würde.* Sie hatte es völlig vergessen. Und dann fällt ihr die Schwarz-Weiß-Aufnahme wieder ein, auf der Gengelbach zusammen mit dem Dorfschulzen zu sehen ist. Auf der Tribüne der Rennbahn. Hatte all das etwas miteinander zu tun? Sie bekommt eine Gänsehaut.

»Was will dein Vater von diesem Schwein?« Ihre Stimme klingt schärfer als gewollt.

Emma sagt niedergeschlagen: »Es heißt, er wäre der deutsche Hauptbevollmächtigte der Umsiedlung.« Almas Augen weiten sich. Damit hat er mehr Macht, als sie sich vorzustellen wagt.

»Vater hat ihn nach Ostern öfters getroffen, bezeichnete ihn als ›den richtigen Mann an der richtigen Stelle‹. Ich denke, die haben damals schon über den Plan der Umsiedlung gesprochen. Keine Ahnung, was er Vater alles in Aussicht gestellt hat. Dann ging er zurück ins Reich. *Um Vorbereitungen zu treffen.* Seither hat Vater nichts mehr von ihm gehört.«

»Und jetzt kommt er zurück als Hauptbevollmächtigter.«

Emma nickt.

Alma gibt sich einen Ruck, reckt das Kinn und sagt mit Entschlossenheit in der Stimme »Wir bleiben hier. Die Russen haben uns bisher anständig behandelt. Einer von ihnen, Sascha Iwanow, ist auf unserem Hof als Schreiber. Er kann uns helfen.«

»Ach, Alma«, erwidert Emma traurig. »Wir können nicht hierbleiben, auch wenn wir es wollten. Den Sowjets ist nicht zu trauen. Vielleicht einzelnen, vielleicht diesem Sascha Iwanow, aber nicht der Regierung, nicht Stalin. Im Zweifel haben sie uns schneller nach Sibirien verfrachtet, als wir es uns vorstellen können.«

»Warum sollten sie so etwas tun?«

»Vater sagt, das wäre schon mal ihr Plan gewesen. Während des Weltkriegs, 1915, sollten alle Bessarabiendeutschen nach Sibirien deportiert werden. Weil ihre Loyalität gegenüber Russland bezweifelt wurde. Nur durch das Chaos, das die russische Revolution verursachte, und aufgrund des folgenden Wintereinbruchs wurde das verhindert.« Bitter fügt sie hinzu: »Wie wir wissen, blieb den Wolhyniendeutschen dieses Schicksal nicht erspart.«

Alma will sagen, dass das fünfundzwanzig Jahre her ist, dass sich Menschen und Einstellungen ändern, vermutlich auch politische Strategien, doch sie schweigt. Denn natürlich weiß sie, dass die Wolhyniendeutschen nach Sibirien deportiert wurden. Und sie weiß auch, wie es den Deutschen ergangen ist, die nach dem Weltkrieg auf sowjetischem Gebiet geblieben sind: Erst hat der Bürgerkrieg ihr Land verwüstet, dann sind sie von der bolschewistischen Führung enteignet worden, sind verarmt, und wer vor dem Leid fliehen wollte, wurde verfolgt und nach Sibirien deportiert.

»Und die Alternative sind die Nazis?«

Emma nickt. »Unsere einzige Hoffnung ist, dass sich Vater mit Gengelbach irgendwie arrangiert.« Als sie den entsetzten Blick von Alma sieht, sagt sie: »Ach, ich weiß auch nicht. Vielleicht ist er ja gar nicht so schlimm. Vater hat damals so begeistert von ihm erzählt, und wenn er jetzt so eine große Nummer ist …« Ihre Stimme bricht ab.

»Du hast das Foto doch auch gesehen!«, ruft Alma »Er hatte irgendetwas mit den Machenschaften des Dorfschulzen zu tun. Und in so einen setzt ihr eure Hoffnung?«

Emma presst die Lippen zusammen. Dicke Tränen der Hoffnungslosigkeit rinnen ihr die Wange herab. Alma nimmt ihre Freundin in die Arme. Von unten ist das Quietschen des Schaukelstuhls zu hören.

* * *

Die Umsiedlungskommission aus Deutschland trifft Mitte September ein. In deutscher und russischer Sprache werden Plakate angeschlagen, darauf steht, dass jeder Deutschstämmige »frei und ungehindert« auf deutschen Boden ausreisen kann.

Die meisten der Bewohner sind erleichtert. Die Ungewissheit hat ein Ende. Klar und strukturiert wird ein Plan aufgezeigt, wie alles vonstattengeht: Man muss sich bei der Umsiedlungsstelle melden, die rein-arische Abstammung bis zum Urgroßvater nachweisen, darauf wird das Privatvermögen für die spätere Entschädigung erfasst. Zack, zack. Schließlich soll die Umsiedlung schon wenige Wochen später beginnen.

»Es ist eine organisatorische Meisterleistung!«, preist Oberlehrer Baumann. Ungeachtet seiner Situation ist er nach wie vor überzeugter Nationalsozialist, was Alma nicht begreifen kann. Mit unverhohlenem Stolz in der Stimme doziert er weiter. »Über neunzigtausend Deutsche werden umgesiedelt. Dafür braucht es eine funktionierende, straffe Organisationsstruktur vom Stabsamt bis hinunter zur Ortsleitung – so etwas können nur wir Deutschen zustande bringen. Und das auch noch in so kurzer Zeit.« Alma beschleicht ein mulmiges Gefühl und sie fragt sich, was da wohl noch auf sie alle zukommen wird.

Während Oberlehrer Baumann immer noch an »die Sache« und die Hilfe Gengelbachs glaubt, hat Emma eine tiefe Niedergeschlagenheit erfasst. Ihr scheint die Situation ausweglos. Alma verbringt jede freie Minute mit ihr, versucht, sie aufzubauen, für sie da zu sein. Doch Emma hat jede Hoffnung verloren. Sie fragt Alma, was das kleinere Übel sei. Bei den Russen zu bleiben oder in Nazideutschland sterilisiert zu werden. Und sie erzählt ihr, dass sie Gerüchte über Sonderzüge gehört habe, die Geisteskranke und gebrechliche Alte transportieren sollen. Und Krüppel. Zu denen sie sich inzwischen zählt.

Alma will es ihr ausreden, sagt, sie sei genauso wenig ein Krüppel wie sie selbst, keiner werde sie in einen Sonderzug stecken. Doch Emma zuckt nur resigniert mit den Schultern. Ihr scheint inzwischen alles egal zu sein. Als sie dann auch noch hinzufügt, dass es vielleicht sogar besser wäre, wenn sie sterilisiert werden würde, dann könnte sie den »Defekt« nicht mehr an spätere Generationen weitergeben, zerreißt es Alma das Herz. Mit Schrecken sieht sie, wie aus ihrer schönen, klugen, selbstbewussten Freundin eine unsichere, ängstliche, von Zweifeln und Selbsthass zerfressene Frau geworden ist. Und sie weiß nicht, was sie dagegen tun kann.

* * *

Unterdessen sprechen die Bessarabiendeutschen über nichts anderes als die Umsiedlung. Sie diskutieren nach dem Gottesdienst, in den Gasthäusern, auf den Feldern, zu Hause. Manche rufen: »Niemals! Niemals verlassen wir unsere Heimat!« Doch das sind nur wenige Stimmen. Die meisten wollen nichts wie weg. Die einen aus Angst vor den Russen, die anderen sind von der Kraft des neuen Deutschlands beeindruckt und wollen dazugehören, ziehen sich prompt den Sonntagsanzug an und melden sich auf der Umsiedlungsstelle als ausreisewillig an.

Für die Zögerlichen reisen Abgesandte der Gauleitung durchs Land. Mit einschmeichelnden Worten versuchen sie, ihre Landsleute von der Umsiedlung zu überzeugen. Sie sprechen von »der Liebe des Führers für alle Volksgenossen und einer gesicherten Zukunft im Mutterland«.

Alma glaubt kein Wort und versucht nach dem Abendessen und dem anschließenden Dankgebet, ihre Familie davon zu überzeugen, dass es besser ist, in Bessarabien zu bleiben, hier schließlich ihre Heimat ist.

Anton schaut sie perplex an und schiebt auf dem Schachbrett den weißen Läufer wieder zurück, mit dem er den schwarzen Bauern von August schlagen wollte, und sagt, dass er natürlich umsiedeln will wie alle seine Freunde, dass sie als Arier schließlich im Deutschen Reich einer großen Zukunft entgegenblicken könnten.

August pustet bei den Worten seines Bruders abfällig durch die Nase und empfiehlt ihm, sich seinen Arierdünkel sonst wohin zu stecken. Als er dann auch noch mit einem belustigten Glitzern in den Augen hinzufügt, dass er ja nicht mal blond sei, so wie er, boxt ihm Anton wütend in die Seite. Der Vater blickt von der Zeitung auf. Sofort hören die beiden auf zu streiten.

»Natürlich siedeln wir mit allen anderen um!«, sagt er in bestimmendem Tonfall, der keinerlei Widerrede duldet, so, wie es seine Art ist. Doch dieses Mal will Alma nicht so schnell klein beigeben und fragt, wovon sie denn leben sollen, ohne Land, ohne Weingärten. Als der Vater nicht gleich antwortet, legt die Stiefmutter Stricknadeln und Wolle beiseite, ermahnt Arthur und Albert, die an einem Zinnsoldaten ziehen, und sagt, dass sie schließlich entschädigt werden, sie neues Land bekommen würden.

»Ja, aber wo?«, fragt Alma »Und wann?« Dass sie in diesem fremden Deutschen Reich zudem Angst um ihre Freundin Emma hat, erwähnt sie nicht. Auch so hängen ihre Worte wie eine störende Wolke über der familiären Eintracht.

Der Vater räuspert sich. Er schaut sie nun direkt an. Zum ersten Mal seit dem Tod des Dorfschulzen scheint er sie zu sehen und ihren Worten Gewicht beizumessen. Im Zimmer ist es inzwischen dämmerig. Doch durch die kleinen Fenster kommt noch genügend Licht herein, um seine Gesichtszüge scharf zu zeichnen. Tiefe Falten haben sich links und rechts neben den breiten Schnauzer gegraben. Er sieht besorgt aus. Und alt.

»Wir werden gehen. Nicht etwa, weil wir im Deutschen Reich so eine großartige Zukunft haben.« Er nickt in Richtung von Anton, der schnell den Kopf senkt, »sondern, weil die Nazis das kleinere Übel sind. Denn ich traue den Russen nicht. Und das aus gutem Grund.«

Alma lässt resigniert die Schultern fallen. Sie ahnt, was jetzt kommt. Oberlehrer Baumann hat schließlich Ähnliches gesagt. Ihr Vater schüttelt den Kopf, als hätte er ihre Gedanken gelesen.

»Du verstehst das offenbar nicht. Doch zwischen uns und den Russen herrscht eine lange Tradition des Misstrauens. Die Privilegien, die uns 1814 gewährt wurden, die uns dazu veranlasst haben nach Bessarabien einzuwandern, wurden 1871 schon wieder aufgehoben. Das war noch unter dem Zaren. Zu der Zeit war Russland für uns Volksdeutsche ein gemütlicher brauner Bär. Das bolschewistisch-kommunistische Russland von Stalin hingegen ist eine hungrige Bestie. Es hasst die Kulaken, uns Grundbesitzer! Was sie mit denen machen, ist von der Wolga, aus der Ukraine, von der Krim und aus dem Kaukasus bekannt: Sie werden enteignet, erschossen, erschlagen oder nach Sibirien gebracht. Wir können nicht hierbleiben. Wir werden mit allen anderen umsiedeln und dann auf Gott vertrauen!«

»Ja, wir siedeln um!«, ruft Anton freudig, als wäre er noch ein kleiner Junge. Das Schachspiel ist vergessen. Eine fiebrige Aufregung hat ihn gepackt, mit der er die anderen ansteckt. Selbst die Stiefmutter. Als wäre ein Knoten geplatzt, reden plötzlich alle durcheinander, sprechen über die Umsiedlung, die sie bis dahin nur in ihren sorgenvollen Gedanken trugen. Plötzlich planen sie, was sie mitnehmen werden, und überlegen, was für den Ariernachweis noch vonnöten ist, während die beiden Kleinen, Arthur und Albert, trotz der strengen Ermahnung des Vaters durch das Zimmer hüpfen und kaum zu beruhigen sind. Für sie scheint alles ein großes Abenteuer zu sein.

Alma fragt sich, ob Alwin auch so entschieden hätte. Wie gerne würde sie sich mit ihm beraten. Auch wenn sein Wort letzten Endes unerheblich ist. Der Vater ist das Familienoberhaupt und trifft die Entscheidungen. Trotzdem wüsste sie gerne, was ihr ältester Bruder darüber denkt. Doch er ist seit Längerem in Schabo, um Erika und den Züglis beizustehen. Sie hat seither nichts von ihm gehört. So ist sie hin- und hergerissen. Sie findet, dass die Worte ihres Vaters schlüssig klingen. Doch wenn sie an Emma denkt, wird ihr ganz elend zumute. Sie will ihre Freundin beschützen, die sich selbst aufgegeben hat und wie ein Stück Vieh mit hängendem Kopf gottergeben auf den *Schlachter* zu warten scheint. Ob die Sowjets wirklich die schlechtere Wahl sind?

Alma wünscht sich, dass Gregor wiederkommt. Vielleicht könnten sie zu dritt einfach ganz woanders hingehen? Gibt es nicht auch viele Deutsche in Amerika? Doch wo ist Gregor? Warum lässt er sie und seine Schwester allein? Sie fühlt sich so hilflos. Und wütend. Wütend auf Gregor, ihren Vater, ihre Brüder, die Russen, die Nazis, die Welt. Sie hält es nicht mehr aus, steht auf und geht aus dem Zimmer.

Sie tritt vor die Haustür. Die Sonne steht tief am Horizont und zeichnet lange Schatten. Die Stimmen ihrer Familie sind auf der Terrasse nur noch gedämpft zu hören. Sie atmet die würzige Abendluft ein. Die Geräusche des Hofes beruhigen ihre Nerven. Der Gänserich watschelt schnatternd an ihr vorbei. Im Stall hört sie das Wiehern von Bojan. Er tritt gegen die Box. Eine der Stuten ist vermutlich rossig. Ob sie die Pferde mitnehmen können? Es würde ihr das Herz brechen, wenn sie dagelassen werden müssten. Doch würden ihnen die Sowjets die Pferde lassen, wenn sie hierbleiben? Sie behaupten es zwar. Doch keiner glaubt ihnen.

Bojan tritt erneut gegen die Box. Sie will zum Stall und nachsehen, was los ist, doch da eilt schon Oleg mit einem der

Knechte über den Hof, um sich darum zu kümmern. Und was wird aus Oleg und den anderen nicht Deutschstämmigen? Wie wird es ihnen unter den Sowjets ergehen? Sie sorgt sich um ihn. Auch wenn Oleg ihnen seit dem Vorfall in den Weingärten deutlich reserviert begegnet, gehört er trotzdem zur Familie.

Langsam geht sie die Treppenstufen der Terrasse hinunter. Zwei der Hofhunde kommen angerannt und drücken sich, um Aufmerksamkeit bettelnd, an sie. Gedankenverloren streichelt sie ihnen über den Kopf. Wie von selbst führen ihre Beine sie zu der Bank unter dem Apfelbaum, wo sie Sascha Iwanow, den Schreiber, vermutet. Dort sitzt er meist abends mit Stift und Notizbuch und schreibt im letzten Licht des Tages alles auf, was er tagsüber, während seiner Wanderungen durchs Dorf und die Gehöfte erlebt und gehört hat. Manchmal setzt sie sich dazu und unterhält sich mit ihm.

Natürlich ist sie immer vorsichtig und achtet darauf, was sie sagt. Das sind sie alle. Schließlich ist er die direkte Verbindung zu den Sowjets. Trotzdem mag sie ihn mit seiner zurückhaltenden, höflichen Art. Ihr gefällt, wie er alles aufmerksam mustert und gleichzeitig zu analysieren scheint und dabei den Eindruck macht, als würde ihm gefallen, was er sieht. Als würde er etwas Besonderes in all dem sehen, was es wert ist, erhalten zu bleiben. Sie ist sich beinahe sicher, dass er bisher nichts Belastendes über sie und ihre Familie an seine Führung berichtet hat. Und irgendwie vertraut sie darauf, dass er sie jetzt nicht anlügen wird.

Sie findet ihn tatsächlich unter dem Apfelbaum und setzt sich neben ihn. Er rückt ein wenig zur Seite, legt Stift und Notizbuch auf die Bank. Der gärende, satte Duft der Äpfel, die sie für die Vögel am Baum hängen gelassen haben, hüllt sie ein. Alma nickt zum Wohnhaus. »Sie sprechen über die Umsiedlung.« Er sieht sie aufmerksam an und wartet, ob sie weiterspricht.

»Ich würde gerne hierbleiben. Doch vieles spricht dagegen.«

»Es spricht auch vieles dafür«, antwortet er salomonisch in dieser Mischung aus Russisch und Deutsch, die sie sich im Gespräch miteinander angewöhnt haben. Er schaut sie direkt an. Sein Gesicht glüht in den letzten Sonnenstrahlen rot. Warme Punkte spiegeln sich in den sonst tiefschwarzen, schmalen Augen. Alma fragt: »Was spricht dafür?«

»Hier herrscht Frieden.«

Alma stutzt. Darüber hat sie noch gar nicht nachgedacht. Er fährt fort: »Deine Brüder wären im Deutschen Reich schnell keine Bauern mehr, sondern Soldaten. Warum wollt ihr in den Krieg ziehen? Denn der wird euch dort mit Sicherheit erwarten.«

Alma erschrickt und muss zugeben, dass das ein gutes Argument dafür ist, hierzubleiben. Doch als Alma herauszufinden versucht, wie sein Land mit »Krüppeln« umgeht, zuckt er nur mit den Schultern und lässt das Wort »Gulag« fallen. Und als Alma fragt, ob er garantieren könne, dass seine Regierung nicht doch eines Tages beschließt, dass die Deutschen, die bleiben, enteignet und nach Sibirien verschleppt werden, bleibt er stumm.

Die rot glühende Sonne verschwindet hinter den Stallungen, die Nacht senkt sich wie eine Decke herab. Ein Käuzchen ruft, ein anderes antwortet. Die warmen Punkte in seinen Augen sind mit der Sonne erloschen. Er wirkt nun kühl und unnahbar. Ganz so, als hätte er Angst, mit seinem Schweigen schon zu viel gesagt zu haben. Alma ist ihm dankbar, dass er sie nicht angelogen hat, dass er lieber schweigt, als irgendwelche Phrasen von sich zu geben, wie es die sowjetische Verwaltung tut, die mit falschen Versprechungen versucht, die Bauern zum Bleiben zu bewegen. Die sogar von der Abschaffung der Steuern spricht, nur um sie am nächsten Tag mit aller Härte einzutreiben.

Mit einem leisen »Danke« steht sie auf und geht zurück ins Haus. Sie hofft, dass er weiß, dass sie ihn nicht verraten wird.

* * *

Mitten in der allgemeinen Aufbruchsstimmung steht die Weinlese an. Für Alma zählt diese zu den schönsten Ereignissen des Jahres. Noch schöner als Weihnachten. Wenn nach der Arbeit der ganze Hof nach Treber und jungem Wein riecht und alle Beteiligten verschwitzt und müde, doch mit einem seligen Lächeln im Gesicht gemeinsam die Ernte feiern, ist das gewiss der Höhepunkt des Jahres.

Allerdings ist dieses Jahr die Stimmung gedämpft. Es wird gemurrt, man verstehe den Sinn dahinter nicht. Für wen sollen sie sich die ganze Arbeit machen? Für die Russen? Denn mitnehmen werden sie davon nichts können.

Doch der Vater besteht darauf, zumindest die Chardonnaytrauben am Südhang zu ernten: »Man kann sie nicht verkommen lassen.« Und sie sieht ihm an, wie sehr es ihn schmerzt, dass er die restlichen Hänge, die noch nicht so weit sind, sich selbst überlassen muss.

Wie jedes Jahr brechen sie auf, noch bevor die Sonne aufgegangen ist. Vier Lastenkutschen fahren im Treck zu den Weingärten. Alle müssen mit anpacken, auch die Kinder, auch Helfer aus der Nachbarschaft. Sogar Sascha Iwanow hat sich ihnen angeschlossen. Nur auf die rumänischen und bulgarischen Wanderarbeiter müssen sie dieses Mal verzichten. Die haben sich seit der Annexion in alle Winde zerstreut.

Dafür ist Alwin wieder da. Am Abend zuvor ist er aus Schabo zurückgekehrt. Zusammen mit Erika. Als Ehepaar. Sie haben dort auf die Schnelle geheiratet.

»Ihr habt uns alle um eine Hochzeit gebracht«, sagt Alma etwas säuerlich.

»Wir hatten uns das auch anders vorgestellt, das kannst du mir glauben«, erwidert Alwin zerknirscht.

Zu dritt sitzen sie auf dem Kutschbock. Alwin führt mit einer Hand die Pferde, die andere hält die seiner Frau. Erika hat den Kopf an seine Schulter gelegt. Trotz der Worte sehen sie zufrieden und glücklich aus, wirken durch die Zweisamkeit unantastbar, als könne ihnen niemand etwas zuleide tun. Wehmütig betrachtet Alma die beiden. Wie gerne hätte sie jetzt Gregor neben sich, würde sich genauso an ihn kuscheln, seine Wärme spüren, durch seine Liebe der Welt trotzen.

»Aber wir konnten nicht mehr warten. Schließlich findet bald die Umsiedlung statt.« Alwin reißt sie aus den sehnsüchtigen Gedanken heraus. »Und so gab es kurzerhand eine Doppelhochzeit zusammen mit Robert und Martha. Es vollzog sich im engsten Kreise am Mittwochabend im Pfarrhaus. Ohne die üblichen Fristen des öffentlichen Aufgebots.« Erika kichert: »Vater wollte es erst nicht zulassen, sagte, wir sollten donnerstags heiraten, wie es anständige Leute tun, sonst würden alle im Dorf denken, wir würden ein Kind erwarten – stell dir vor! Doch Mutter konnte ihn überzeugen.«

Alma vermutet, dass die praktisch veranlagte Mutter Zügli dafür nicht lange gebraucht hat, und muss ebenfalls kichern.

»Wie geht es deinen Leuten?«, fragt sie Erika.

»Großvater weigert sich zu gehen. Er sagt, die Sowjets können ihn mal kreuzweise und die Nazis erst recht. Er bleibt bei seinem Wein.«

Alma muss lachen, obwohl alles so traurig ist. Sie sieht den störrischen Alten mit den hellen, wachen Augen und dem dichten weißen Bart vor sich, den sie während ihres Aufenthalts in Schabo so sehr ins Herz geschlossen hat.

»Das lasst ihr aber hoffentlich nicht zu, oder?«

Erika erwidert besorgt: »Du kennst ihn ja. Er macht nur das, was er will. Doch für uns Schweizer ist sowieso alles noch ungewiss.«

»Werdet ihr nicht zusammen mit den Deutschen umgesiedelt?«

»Mutter hofft darauf. Sie sagt, es sei besser, sich nicht allein durchschlagen zu müssen. Lieber nimmt sie die Hilfe der Nazis an, als schutzlos den Klauen des Bolschewismus ausgesetzt zu sein.«

»Deshalb fahre ich auch gleich morgen wieder zurück«, fügt Alwin mit ernster Stimme hinzu. »Ich hoffe, ich kann beim zuständigen Gauleiter ein gutes Wort einlegen. Immerhin haben die Züglis durch unsere Heirat«, er küsst Erika liebevoll aufs Haar, »nun auch eine deutsche Familie.«

»Du gehst wieder?«, ruft Alma erschrocken.

Er nickt. »Ja, ich wollte bloß Erika zu euch in Sicherheit bringen.«

* * *

Den Rest des Weges fahren sie schweigend weiter. Man hört nur den rhythmischen Schritt der Pferde, ihr Schnauben und das Knirschen der Wagenräder. Selbst die Kinder sind still und in sich gekehrt.

Als sie in den Weingärten ankommen, wird es langsam hell. Das diffuse Licht des Morgens liegt sanft auf den langen Reihen der Rebstöcke, die sich parallel, wie ein grafisches Muster über die gewellte Landschaft ziehen und auf sie zu warten scheinen.

Bodennebel löst sich in den ersten Sonnenstrahlen auf. Es riecht süß und gleichzeitig würzig, und mit aller Macht überwältigt Alma ein Gefühl des Verlustes. Es ist wie ein Faustschlag, der sich dumpf in den Magen bohrt. Ihr bleibt die Luft weg, sie keucht. Zum ersten Mal versteht sie – versteht sie wirklich, was es bedeutet, all das zu verlieren. Sie weiß, es ist das letzte Mal, dass sie hier ist, dass sie die Weingärten sieht. Die Idee einer Zukunft als Winzerin, die erst die letzten Monate in den buntesten Farben Gestalt annahm, mit der sie gerungen, für die sie gekämpft hat, löst sich in grauen Rauch auf. Und die Zukunft, vormals so hell und strahlend, ist zu einem diffusen Bild aus flüsternden Schatten geworden.

Die Trauer darüber ist so unmittelbar und allumfänglich, dass sie sich an den Arm von Alwin klammern muss, weil sie Angst hat, sonst zu fallen. Besorgt hält er sie fest, fragt, was mit ihr los ist, doch sie schüttelt nur den Kopf, bedeutet ihm, dass es gleich wieder geht, sie nur einen Moment braucht. Und tatsächlich. Kaum haben sie die Wagen abgestellt und die Pferde versorgt, schwärmt sie mit den anderen zusammen, mit Schere und Korb bewaffnet, in den Südhang aus. Die Knechte stimmen zur Arbeit ein lustiges Lied an, dessen fröhliche Melodie in der gegenwärtigen Situation aber so unpassend wirkt, dass es schon nach wenigen Strophen in sich zusammenfällt. Die Gewissheit darüber, dass diese Weinlese die letzte in Bessarabien sein wird, hat sie nun alle erfasst und schlingt sich als Trauerband um ihre Herzen.

Wie in Trance geht Alma der Arbeit nach. Mechanisch schneidet sie die Trauben von den Rebstöcken und legt sie in den Korb auf ihrem Rücken. Sobald er voll ist, geht sie zu der Lastenkutsche und leert ihn in den großen Bottich darauf. Das tut sie immer und immer wieder, bis jemand zum Aufbruch ruft. Die Sonne hat den Zenit schon längst überschritten. Sie kann sich an die letzten Stunden nicht erinnern. Erst als sie auf dem Kutschbock durchgerüttelt wird, wacht sie vollständig aus der Betäubung auf. Sie betrachtet ihre Hände. Sie sind voller Blasen. Und sie merkt erst jetzt, dass sie weint.

* * *

Im Innenhof ist ein großer Tisch mit Bänken aufgebaut. Die Stiefmutter hat zusammen mit Manja ein großes Festmahl vorbereitet. Es gibt Borschtsch mit reichlich Lamm für die erschöpften Arbeiter. Hungrig fallen alle darüber her, genießen den kräftigen Geschmack der Brühe mit dem feinfaserigen Fleisch, spüren, wie die Erschöpfung von ihnen fällt und einer zufriedenen Müdigkeit Platz macht. Nur für den Vater und Alwin ist das Tagwerk noch nicht beendet. Sie pressen im Weinkeller die Beeren und trennen sie vom Trester.

Alma will ihnen helfen, will selbst spüren, wie der richtige Druck bei der Pressung sein muss, von der Großvater Zügli ihr vor gefühlten hundert Jahren so leidenschaftlich erzählt hatte. »Der genau richtige Druck«, der die Aromen von Honigmelonen, Vanille und Haselnüssen freisetzt. Doch der Vater weist sie rüde ab. Sagt, das sei nichts für Frauen, sie würden den Wein bloß sauer machen. Die gleiche Leier wie all die Jahre zuvor. Als hätte sich nichts geändert, als würden sie das nicht zum letzten Mal tun. Alwin will protestieren. Er weiß schließlich, dass sie bei Großvater Zügli einiges gelernt hat, und glaubt nicht an die Mär, dass Frauen etwas sauer machen können. Doch Alma winkt müde ab, sagt nur, »Dann halt nicht« und fügt in Gedanken hinzu, *dann macht euren Dreck doch allein*. Sie hat in der gegenwärtigen Situation nicht die Kraft, sich aufzulehnen, und keine Lust mehr, sich den abergläubischen Quatsch ihres Vaters anzuhören, der nur dazu dient, sie als Frau abzuwerten, wie ihr jetzt klar wird. Resigniert geht sie zurück in den Hof und nimmt mit den anderen das Mahl ein. Zum Glück geht es ihr von Bissen zu Bissen ein wenig besser.

Nach dem Essen klettert Arthur neben Alma auf die Bank und zeigt ihr stolz ein paar prächtige Traubendolden, die er in einen extra Eimer gelegt hat. Er will sie auf dem Dachboden an einer Schnur aufhängen, sodass sie bis Weihnachten frisch bleiben und den Weihnachtsbaum schmücken können. Alma bringt es nicht übers Herz, ihm zu sagen, dass die empfindlichen Trauben die Umsiedlung vermutlich nicht überstehen werden.

Bei dem Gedanken droht sie die Niedergeschlagenheit erneut zu überrollen. Erika, die neben ihr sitzt, bemerkt es und versucht, sie aufzumuntern, will sie in ein Gespräch verwickeln, erzählt von der Hochzeit, an der nur die Familie und ein paar Nachbarn teilgenommen haben, erzählt, wie schön es trotzdem war und was für einen wunderbaren Mann sie nun hat, dass niemand glücklicher sein könne als sie und sie Gott von ganzem Herzen dafür danke.

Alma erträgt es nicht, von ihrem Glück zu hören. Sie wird sogar regelrecht wütend bei dem Gedanken, dass jemand in der gegenwärtigen Situation Glück empfinden kann. In einer Welt, in der alles zusammenbricht, was vormals Gewissheit war, in der ihre schöne, einst stolze Freundin Emma Angst vor einer Zwangssterilisation hat, ihr eigener Freund Gregor verschollen ist, ihr Vater immer noch denkt, Frauen seien weniger Wert als Männer, sie ihre Heimat verlassen müssen, alles verlieren und einer ungewissen Zukunft entgegenblicken, in solch einer Welt empfindet sie die Worte ihrer Schwägerin geradezu als blasphemisch und außerordentlich naiv.

Sie weiß, es ist ungerecht. Sollen die beiden doch glücklich sein, wenigstens sie. Doch sie kann nicht aus ihrer Haut. Der heutige Tag war zu viel für ihre Nerven. Und wie so oft in letzter Zeit manifestiert sich ihre Ohnmacht in einer brennenden Wut, die aufflammt und Auslass fordert. Ungehalten will sie Erika ihren Zorn entgegenschleudern, trotz der Gewissheit, dass sie damit ihr gutes Verhältnis mit einem Schlag vernichten wird. Doch da hält sie plötzlich inne. Irgendetwas stimmt nicht. Das unangenehme Gefühl, beobachtet zu werden, legt sich wie eine Decke auf die Wut und erstickt sie unter sich. Ihre Nackenhaare stellen sich auf.

Alarmiert schaut sie sich um und lässt den Blick über die Anwesenden gleiten: Anton macht der jüngsten Tochter des Nachbarn Häberle, dessen ganze Familie bei der Lese geholfen hat, schöne Augen. August würfelt etwas abseits mit den beiden ältesten Söhnen, während sich der Schreiber mit den Eltern unterhält. Die Knechte sitzen im Halbkreis und prosten sich zu. Nebenan spielen die Kinder Verstecken. Und die Stiefmutter trägt unter großem Hallo zum Nachtisch einen warmen Apfelkuchen auf. Alma kann nichts Ungewöhnliches entdecken.

Erst als Oleg gegen die einsetzende Dunkelheit ein paar Fackeln entzündet, sieht es Alma: Aus den flackernden Schatten löst sich hinten bei den Stallungen eine große Gestalt und stiehlt sich davon. Sie steht auf, um ihr hinterherzueilen, doch in diesem Augenblick kommen der Vater und Alwin an den Tisch und fordern die Aufmerksamkeit aller: Erschöpft, doch zufrieden schenken sie den neuen Wein aus.

Die Gesellschaft erhebt die Gläser, wie jedes Jahr nach der Lese. Alle prosten sich zu. Mit geschlossenen Augen nehmen sie den ersten Schluck. Das ist der Augenblick, in dem es sich zeigt, ob sich die ganze Arbeit gelohnt hat. Nach einem kurzen Moment der Stille geht ein beifälliges Raunen durch die Runde. Der neue Wein schmeckt jung, trüb und süß, und man ahnt schon jetzt, dass er gut werden wird.

Die Augen des Vaters glänzen vor Stolz und gleichzeitig mit Wehmut. Denn keiner weiß, ob dieser Wein das Potenzial, das in ihm steckt, durch die Umsiedlung jemals entfalten darf.

Oleg steht auf, stellt sich vor den Tisch und stimmt ein melancholisches Lied an. Ein altes russisches Volkslied, das von Abschied und Schmerz und gebrochenem Herzen erzählt. Zögerlich kommt eine weitere Stimme hinzu, und dann noch eine und noch eine, bis jeder am Tisch, Jung und Alt, Knecht und Herr, voller Inbrunst und mit ganzer Seele in derselben

Melodie über seinen eigenen Abschiedsschmerz singt. Sascha Iwanow, der Schreiber, Flieger und Besatzer mitten unter ihnen. Auch ihm rinnen, wie den anderen, dicke Tränen die Wangen herab.

Als das Lied zu Ende ist, sagt der Vater in die sich ausbreitende Stille »Wir haben von den letzten Jahrgängen noch zwei volle Weinfässer im Keller.« Er räuspert sich, kämpft sichtlich, damit ihm die Stimme nicht wegbricht: »Die werden wir jetzt anstechen.« Und dann, mit Trotz in der Stimme, fügt er hinzu: »Den Russen lassen wir nichts übrig!« Die Leute jubeln. Verstohlen wischt er sich die feuchten Wangen trocken. Alma ist irritiert. Noch nie hat ihr Vater, seit dem Tod ihrer Mutter, offen geweint. Und sie merkt, dass es sie abstößt und sie ihm immer noch nicht verziehen hat. Wo waren seine Gefühle, als er sie an den Dorfschulzen verkauft hat?

Plötzlich sitzt August neben ihr. Als hätte er ihre Gedanken gehört, flüstert er: »Er hat Gefühle.«

Sie lacht auf. »Ganz offensichtlich.«

Nachdenklich fügt er hinzu: »Vielleicht war er es ja doch.«

Sie sieht den Dorfschulzen vor sich, wie er von der Decke baumelt, mit weit aufgerissenen Augen und heraushängender blauer Zunge und fragt betroffen: »Aber warum?«

»Vielleicht ging er so weit, um seine einzige Tochter zu rächen«, antwortet August.

Alma nickt nachdenklich, sagt »Vielleicht« und fragt sich, ob sie ihrem Vater den Verrat eher verzeihen könnte, wenn er danach für sie gemordet hätte. Es fröstelt sie. Was ist bloß mit ihr los? Warum hat sie so viele böse Gedanken in sich? Und woher kommt diese Wut, die vorhin beinahe die Freundschaft zu ihrer Schwägerin zerstört hätte? Sie ist froh, dass es nicht so weit gekommen ist.

»Was habt ihr beide zu flüstern?« Anton gesellt sich zu ihnen. Die jüngste Tochter von Häberle an der Hand, die ihn verliebt anblickt. August will zu einer rüden Antwort ausholen, sagen, dass er sich verpissen soll, es ihn gar nichts angehe, was sie miteinander reden, doch das braucht er gar nicht. Antons Interesse gilt schon wieder anderem. Denn in Windeseile hat es sich herumgesprochen: Der Steiner öffnet den Weinkeller und sticht die Fässer an.

Der Innenhof füllt sich mit Dorfbewohnern, mit Knechten und verbliebenen Hilfsarbeitern. Sogar der Vikar und zwei von der Umsiedlungskommission sind dabei. Und ironischerweise auch ein paar russische Offiziere, die sich ein kostenloses Besäufnis nicht entgehen lassen wollen. Alle bringen etwas mit. Brot, Wurst, Speck. Ein Tribut an den Abschied. Gemeinsam erheben sie das Glas, prosten sich zu, trinken die Weinfässer leer und schlagen sich die Bäuche voll. Alma überlegt, ob sie Emma und ihren Vater dazuholen soll, doch sie verwirft den Gedanken schnell wieder. In ihrer Gemütslage würden sie bestimmt nicht kommen wollen.

Der Abend schreitet voran und irgendwann sieht man im flackenden Schein der Fackeln nur noch vom Wein beseelte Gesichter. Verbrüderung findet statt, ewige Freundschaft wird geschworen. Oleg umarmt Alwin und fleht ihn mit schwerer Zunge an, dass sie ihn mitnehmen sollen, in dieses deutsche, fremde Reich, dass sie ihn nicht allein lassen können, hier bei den Sowjets, die mit ihm, als Russen vom alten Schlag, nichts anzufangen wüssten. Alwin sagt ihm das, was er sowieso schon weiß, dass sie das nicht können, nur Volksdeutsche mit Nachweis umsiedeln dürfen. Und Oleg bricht in betrunkene Tränen aus. Doch schon holt jemand die Ziehharmonika und spielt lustige Weisen, zu denen sich bald auch der traurige Klang einer Violine gesellt. Es wird getanzt und gelacht, dazwischen geweint und auch gebetet. Alle denken dasselbe, keiner spricht es aus: Es ist ein Fest, das einem Leichenschmaus gleicht. Und die Melodie des Abschieds und des Trostes schwebt über das Dorf, breitet sich über der Steppe aus, überwindet den Akazienwald bis hin zu den Weingärten, die im fahlen Licht der Sterne schon anfangen zu vergessen, dass es sie jemals gab. Als der letzte Akkord verklingt, die Melodie erstirbt, gehen alle beseelt und mit neu entfachtem Lebensmut nach Hause.

* * *

Alma trägt Albert ins Bett. Er war schon am Tisch eingeschlafen. Den Kopf auf ihrem Schoß, die Beine bei Erika, eingebettet in die Wärme und den Lärm der Gemeinschaft. Zwar kämpfte er tapfer gegen den Schlaf, wollte absolut nichts verpassen, doch irgendwann wurde sein Blick immer schläfriger, bis die Augen ganz zufielen.

Alma legt ihn ins Bett, deckt ihn zu, streichelt ihm über die weichen Kinderhaare, die immer noch duften wie bei einem Säugling und flüstert: »Schlaf schön, kleiner Albert, schlaf schön.«

Erschöpft und ein wenig betrunken legt sie sich selbst ins Bett und hört den regelmäßigen Atemzügen ihres kleinen Stiefbruders zu.

Plötzlich klackt es an der Fensterscheibe. Sie schreckt auf. Da. Es klackt nochmals. Sie steht auf und tastet sich in der Dunkelheit den Weg. Vorsichtig schiebt sie den Vorhang beiseite und schaut hinaus. In der Finsternis zeichnet sich eine Gestalt ab. Eine große Gestalt. Sie überragt selbst den Fliederstrauch, der im Frühjahr so betörend duftet. Alma kennt nur einen Menschen, der so groß ist: Gregor!

Um vor Überraschung nicht aufzuschreien, presst sie die Hände an den Mund. Ihr Herz rast. Schnell schließt sie den Vorhang, zieht sich eine Wolljacke über und hastet hinaus.

Kaum tritt sie aus der Haustür, umschließen sie seine kräftigen Arme. Wärme hüllt sie ein wie ein Kokon. Sein männlicher

Geruch nach Moschus und Steppe macht sie schwach. Sie haucht: »Du warst das heute im Hof! Du hast mich beobachtet! Warum …«

Weiter kommt sie nicht. Gierige Lippen pressen sich auf ihren Mund. Ein unrasiertes Kinn kratzt ihre Wange. Vor Aufregung bekommt Alma keine Luft mehr. Sie weicht zurück und muss lachen. Sein erschrockenes »Pssst« lässt sie noch mehr kichern. Sie flüstert: »Komm mit«, nimmt seine Hand und zieht ihn in den Pferdestall.

Bojan begrüßt sie mit einem Schnauben und tritt ganz selbstverständlich beiseite, um in der Box Platz zu machen. Ganz so, als ob er jede Nacht von zwei Liebenden Besuch bekäme. Mit unterdrücktem Lachen landen sie im Stroh. Aufgeregt ziehen sie sich gegenseitig die Kleider vom Leib, streichen sich zärtlich über die Haut, ertasten neugierig ihre Körper, spüren harte Muskeln, entdecken weiche Rundungen. Riechen sich, schmecken sich. Ausgelassen kugeln sie über den Boden. Das Stroh kitzelt auf der nackten Haut. Sie kichern. Alles fühlt sich richtig an. Leicht und unbeschwert. Und als er in sie eindringt, ist es so, als hätten ihre Körper nie etwas anderes getan.

Danach bleiben sie schwer atmend liegen. Bojan stupst Alma an der Schulter, als wolle er fragen, ob es ihr gut geht. Sie streichelt seine weichen Nüstern und flüstert: »Ja, Bojan, so gut wie noch nie.«

Gregor schiebt Bojan beiseite, sagt »Sie gehört mir« und umarmt Alma so fest, dass ihr die Luft wegbleibt. Bojan schnaubt. Alma lacht, bettet den Kopf auf Gregors breite Brust und hört dem kräftigen Herzschlag zu. Ihr Kopf hebt und senkt sich im Rhythmus seiner Atemzüge.

Unerwartet fragt sie »Warum kommst du erst jetzt?« Sie windet sich aus seinen Armen, richtet sich auf und schlägt ihm spielerisch auf die nackte Brust. Es klatscht. Bojan grunzt. Sie müssen wieder lachen. »Ach, Alma. Es tut mir leid.«

»Es tut dir leid?« Plötzlich ist sie wirklich wütend »Du hast uns allein gelassen, mich und Emma, bist einfach abgehauen!« Sie redet sich in Rage, alles, was sich an Angst und Unsicherheit die Wochen über aufgebaut hat, will sich nun entladen. »Weißt du eigentlich, was du Emma damit angetan hast? Hast du sie gesehen? Hast du gesehen, was aus ihr geworden ist?«

Erneut will sie ihm auf die Brust schlagen. Diesmal härter. Er hält ihre Hände fest und küsst sie. Doch er entschuldigt sich nicht, sagt nur: »Ich liebe dich.« Ganz leise.

Ihre Wut fällt in sich zusammen. Sie nimmt seine Hand, die mit den sechs Fingern, und legt sie sich an ihre Wange. So verharren sie. Schweigend. Hören dem Atem des anderen zu. Sie flüstert: »Emma hat ihn amputieren lassen.« Sie hält inne, holt Atem, spricht weiter. »Er ist nun weg. Und mit ihm auch ihr Lebensmut. Ihr Stolz.«

Gregor keucht bei dem Wort »Lebensmut« und noch mehr bei dem Wort »Stolz«. Es klingt wie bei einem Tier. Doch sagt er immer noch nichts.

Dafür spricht Alma weiter: »Sie braucht Dich. Noch mehr als ich.« Als er immer noch nichts erwidert, ruft sie: »Hörst du?« Erst dann bricht es aus ihm heraus.

»Ich konnte nicht, ich schämte mich so sehr. Ich bin aus dem Krankenhaus geflohen, wollte nur noch allein sein, niemandem meine Anwesenheit antun.«

»Aber jetzt bist du hier.«

Alma nimmt seinen Kopf in ihre Hände. Sein Körper bebt. Er weint. Sanft fragt sie: »Warum bist du zurückgekommen?«

Er seufzt, sagt nichts, weint still weiter. Als Alma schon denkt, er werde keine Antwort geben, sagt er: »Meine Scham ist offenbar nicht so groß wie meine Liebe.« Er schluckt hörbar. »Oder anders rum. Sonst würde ich dir meine Liebe ja nicht antun. Niemals werden wir Kinder haben können.«

»Gregor, mir ist es doch völlig egal, wie viele Finger du hast.« Und leiser fügt sie hinzu: »Oder unsere Kinder.«

»Erzähl das mal den Nazis.« Es sollte spöttisch klingen. Doch dafür ist seine Stimme viel zu kraftlos.

»Weißt du noch, wie wir uns kennengelernt haben?«

»Du hast die Jungs verprügelt, die mich und Emma gequält haben.«

»Das mach ich wieder.«

Gregor lacht hell auf. Dann umarmt er sie und presst sie an sich. So eng, dass sie beide fast keine Luft mehr bekommen.

Sie lieben sich nochmals. Dieses Mal ist es anders. Ernster, ruhiger, inniger. Danach verspricht er ihr, dass er einen Weg finden wird, wie sie zusammen sein, wie sie eine gemeinsame Zukunft haben können. Ohne Angst. Und wie er Emma helfen kann. Und seinem Vater.

Alma sagt, dass sie ja einfach zusammen fliehen könnten. Nach Amerika. Oder sonst wohin in der Welt. Wo es keine Nazis und keine Russen gibt. Keine Rassengesetze. Keinen Gulag. Kein Sibirien. Sondern Freiheit. Und ihre Liebe. Doch Gregor schüttelt nur den Kopf.

»Ich habe einen Plan. Vertraue mir. Gib mir einfach ein wenig Zeit. Gleich morgen früh werde ich aufbrechen und ihn umsetzen.«

»Wir haben keine Zeit. Die Umsiedlung findet demnächst statt. Und du willst wieder gehen?«

»Ich muss. Vertrau mir. Bitte.«

Es klingt so tapfer und gleichzeitig so traurig, dass es Alma beinahe das Herz zerreißt. Sie klammern sich aneinander fest, zehren von der Wärme des anderen, schwingen im selben Herzschlag. Und Alma sieht, wie sie beide als Kinder auf einer Waldlichtung stehen, sieht wie Sonnenstrahlen fächerförmig die Baumstämme durchbrechen und einen kreisförmigen Altar aus Wärme und Licht zaubern. Und sie hört, wie Gregor mit feierlicher Stimme schwört, sie für immer zu lieben. Und sie weiß, solange diese Liebe sie umhüllt, wird alles gut. *Bitte, lieber Gott, hilf Gregor, dass sein Plan gelingt, worin der auch immer besteht. Bitte, bitte, lieber Gott, bitte.*

Bevor es hell wird, schleicht sie zurück in ihr Zimmer. Albert liegt immer noch genauso eingerollt auf der Seite, wie sie ihn verlassen hat. Sie küsst ihn sanft auf die Wange, legt sich neben ihn und lauscht den regelmäßigen Atemzügen. Und kurz bevor sie selbst auch einschläft, fragt sie sich, wie das geht, wie das sein kann, dass man sich über alle Maßen glücklich und gleichzeitig unendlich traurig fühlen kann.

* * *

Wenige Tage vor dem Termin der Umsiedlung hat das Land eine hektische Unruhe erfasst. Es wird gepackt und gewogen, umgeräumt und wieder gewogen. Lediglich fünfzig Kilogramm Großgepäck und fünfunddreißig Kilogramm Handgepäck dürfen pro Person mitgenommen werden. So wird geheult, geräumt und weggeworfen, nur um das Weggeworfene im nächsten Moment wieder zurückzuholen, einzupacken, umzuräumen und wieder zu heulen. Eine Mischung aus Zukunftsangst und Unsicherheit, Vorfreude und Reisefieber treibt die Leute an – und lähmt sie gleichzeitig.

Was sie nicht mitnehmen können, wird an die Knechte und die Bulgaren aus dem Nachbardorf verschenkt. Das Wertvollere wird verkauft. Russische Offiziere sind dankbare Abnehmer des Mobiliars.

»Als sie bei uns eingefallen sind, kauften sie die Läden leer und machten völlig unsinnige Hamsterkäufe, sodass wir innerhalb kürzester Zeit keinen Zucker mehr bekommen konnten. Und jetzt? Jetzt zum Schluss fallen sie über die Wohnzimmer der Leute her«, stellt Anton säuerlich fest, während die Stiefmutter, mit hektischen roten Flecken auf den Wangen, das Geld zählt, das sie dadurch verdient haben.

»Wenigstens zahlen sie dafür«, antwortet August trocken. Und fügt mit Spott in der Stimme Richtung Anton hinzu »Wie gut, dass uns *dein* Deutsches Reich so gut beschützt.« Was ihm einen bösen Rempler seines Bruders einbringt.

Zu guter Letzt finden die Sowjets auch noch Mittel und Wege, an das Geld der Grundbesitzer zu kommen. Durch eine Extrasteuer. Rückwirkend für die paar Monate, in denen sie das Land besetzt haben. Eine Steuer, die so hoch ist, dass die gesamten Einnahmen der verkauften Güter dafür verwendet werden müssen. Die Bauern fluchen und toben, doch es bleibt ihnen nichts anderes übrig, als zu zahlen. Dadurch bekommt die Umsiedlung allerdings nochmals eine ganz eigene Dynamik. War in der Gefühlswelt der Umsiedler zuvor noch das Bedauern über den Weggang dominierend, wollen nun alle nichts wie weg. Denn wer weiß, was *denen* sonst noch alles einfällt. So der Tenor.

Und es fällt ihnen noch etwas ein: Die Bauern werden nun tatsächlich aufgefordert, die Ernte des Jahres vor dem Weggang abzugeben. In genau festgelegten Mengen müssen Weizen und Mais, Roggen und Hirse geliefert werden. Und den Steiners, als einzige große Weinbauern in der Gegend, wird eine Litervorgabe für den abzugebenden Wein gemacht.

Der Vater tobt. Die Fässer im Keller sind mittlerweile beinahe leer. Also müssen sie in der ganzen Hektik noch die restlichen Hänge lesen und pressen, um die Abgabe entrichten zu können. Auch wenn die Trauben bei Weitem nicht den perfekten Öchslegrad erreicht haben, wie der Vater sagt.

»Sie werden eh keinen Wein daraus machen. Es fehlt ihnen das Wissen«, versucht Alma zu beschwichtigen.

Worauf der Vater erbost brummt: »Auch der süße, schöne Most ist zu schade für *die.*« Das »die« zischt er durch die Zähne hindurch, dass der Speichel nur so fliegt. Doch dass »die« niemals einen guten Wein aus seinen Trauben trinken werden, beruhigt ihn ein wenig.

Währenddessen werden für die Reise Schweine, Hühner und Gänse geschlachtet, Jungmänner lassen sich noch schnell ihre Volkstracht nähen, junge Leute heiraten überstürzt, um ein selbstständiges Fuhrwerk mitnehmen zu können. Und nachdem bekannt wird, dass die Sowjets die Mitnahme der Kirchenbücher nicht gestatten, sie offenbar die Dokumentation des Lebens und Sterbens über Generationen hinweg, für die deutsche Nachwelt getilgt wissen wollen, kopieren Pfarrer und Lehrer diese in aller Hast. Sie schreiben sie ab. Akribisch. Name für Name, Datum um Datum. Seite nach Seite.

Alma berührt das alles nicht mehr. Den Abschiedsschmerz und den Wunsch, Winzerin zu werden, hat sie im hintersten Winkel ihres Herzens verschlossen und das Buch mit den Notizen über den Weinbau und das Weinmachen in die unterste Kiste gepackt. Es wäre sonst nicht zu ertragen. Dafür klammert sie sich wie eine Schiffbrüchige an die Liebe und die Erfüllung, die sie in ihr gefunden hat. Sie blendet alles andere aus.

Natürlich packt sie an, organisiert, ärgert sich über die Sowjets, streitet mit Anton, grollt ihrem Vater. Doch in Wahrheit ist sie bei Gregor. Sie fühlt seine Haut an ihrer, spürt seine Hände über ihren Körper gleiten, schmeckt seine Zunge in ihrem Mund, riecht seinen Schweiß, erlebt in Gedanken immer und immer wieder das Drängen, Nachgeben, Sehnen ihrer Körper.

Sie musste Gregor versprechen, Emma nicht zu verraten, dass er bei ihr gewesen ist. Er wollte seine Schwester nicht beunruhigen, wollte erst den Plan umsetzen, um sie alle zu retten. Jetzt bedauert Alma es, ihn nicht gedrängt zu haben, ihr Näheres zu erzählen. Denn die Zeit schreitet voran, alles, was zu tun war, ist erledigt. Sie stehen kurz vor dem Aufbruch, sind registriert, haben gepackt, der Wert ihres Besitzes wurde für die spätere Entschädigung taxiert, die Steuern sind gezahlt und die Ernte ist abgeliefert. Und wo ist er? Sie hat nichts mehr von ihm gehört. Doch vielleicht war Gregor ja inzwischen in seinem Elternhaus. Vielleicht weiß Emma etwas.

Sie hält es nicht mehr aus und holt Bojan von der Weide, sattelt ihn und reitet in scharfem Galopp zum Haus des Oberlehrers. Kaum steht Bojan still, ist sie schon aus dem Sattel und bindet ihn locker am Geländer der Veranda fest. In diesem Moment öffnet sich die Tür und ein großer, kräftiger Mann in schwarzer Uniform und glänzenden Stiefeln kommt heraus. Im ersten Moment denkt Alma, es sei Gregor. Doch die Wahrnehmung und ihre Gefühle spielen ihr einen Streich. Und als ihr bewusst wird, wer da tatsächlich durch die Tür tritt, bleibt ihr vor Schreck beinahe das Herz stehen.

Es ist SS-Standartenführer Gengelbach. Ein zufriedenes Lächeln umspielt seinen Mund. Er hat deutlich zugenommen, seit sie ihn das letzte Mal gesehen hat. Die weiße Narbe auf der rechten Wange scheint dadurch breiter geworden zu sein. Ein leichtes Doppelkinn wölbt sich über den Uniformkragen.

Alma hat sich oft ausgemalt, wie es wohl sein wird, wenn sie ihn wiedersieht, hat verschiedene Gespräche mit sich selbst geführt, in denen sie ihm klarmacht, dass sie *es* entgegen seiner Behauptung nicht will und niemals wollen wird, und dass sie ihm die Eier abschneidet, falls er *es* nochmals versucht. Und sie hat sich auch vorgestellt, wie sie ihn zur Rede stellt, ihn geradeheraus fragt, was er mit dem Dorfschulzen und der Verleumdung gegen sie zu schaffen hatte. Doch das jetzige Aufeinandertreffen ist so unerwartet, dass sie ihn nur anstarren kann. Sie fühlt sich wie eine Maus, die sich urplötzlich einer Katze gegenübersieht.

Als Gengelbach ihrer gewahr wird, lächelt er breit. »Das schöne Fräulein Alma.« Sein Goldzahn blitzt. Er stellt sich breitbeinig hin und blickt von der obersten Treppenstufe auf sie herab. Almas Blick bleibt auf seiner Hose hängen. Sie ist offen. Er folgt ihrem Blick und knöpft seelenruhig den Latz zu. Seine Augen blitzen belustigt, als er merkt, wie unangenehm ihr das ist, und er weiß, dass sie, genau wie er, an den Nachmittag in den Weinbergen denkt. Dann steigt er die Treppe herab. Die Stiefel klacken schneidig. Direkt neben ihr bleibt er einen Moment stehen, streicht sich über den fingerbreiten Schnauzer und flüstert: »Und wann werden wir beide das fortsetzen, was wir damals hinter der Scheune begonnen haben?« Als er ihren entsetzten Blick sieht, lacht er schallend und lässt sie mit den Worten stehen: »Stellen Sie sich doch nicht so an! Wie ich gehört habe, sind Sie doch sonst auch nicht wählerisch.«

Eine brennende Röte breitet sich auf Almas Wangen aus. Worauf spielt er an? Auf die Behauptung, sie habe abgetrieben? Auf ihr vermeintliches Einverständnis, als er über sie herfiel? Oder hat sie jemand mit Gregor im Stall gesehen? Sie kann ihm nur sprachlos hinterherstarren. Und die Scham versucht, sie erneut zu packen. Alma bringt ihre ganze Willenskraft auf, um sie abzuwehren. Sie will sich nicht mehr schämen müssen für etwas, was ihr Männer unterstellen oder antun. Nie wieder.

Mit wenigen Schritten ist Alma im Haus. Dämmerlicht empfängt sie im Flur. Sie schaut ins Wohnzimmer. Der Oberlehrer sitzt mit ausdruckslosem Gesicht im Schaukelstuhl und schwingt langsam hin und her. Es quietscht. Als er hochblickt, ist sie sich nicht sicher, ob er sie erkennt. Sie wendet sich ab und rennt die Treppe hinauf, immer zwei Stufen auf einmal nehmend. Eine böse Ahnung treibt sie an. Vor Emmas Zimmer bleibt sie stehen, nimmt allen Mut zusammen, atmet tief durch und drückt die Klinke hinunter.

Emma liegt zusammengekrümmt auf dem Bett. Sie ist nackt. Ihre langen Haare breiten sich wie ein Fächer auf dem Kissen aus. Wie dünn sie ist! Die Rippen zeichnen sich deutlich gegen die milchweiße Haut ab. Alma zieht es vor Mitleid das Herz zusammen. Sie schließt die Tür, betritt das Zimmer und setzt sich auf die Bettkante neben ihre Freundin. Vorsichtig zieht sie ein Laken über ihre Nacktheit. Emma rollt sich darunter noch mehr in sich zusammen. Sie wimmert. Alma streichelt ihr hilflos über den Rücken, spürt ihr Zittern und flüstert beruhigende Worte. Worte, die sie sonst für den kleinen Albert bereithat, wenn er aus einem Albtraum erwacht und nicht mehr schlafen kann. Irgendwann hört Emma auf zu beben. Ihr Atem wird ruhiger. Sie liegt ganz still.

Alma schluckt die Befangenheit hinunter und fragt leise: »Was hat er dir angetan?« Emma antwortet nicht, bleibt einfach nur still liegen. Und Alma schilt sich, diese Frage gestellt zu haben. Es ist doch so offensichtlich. Soll sie es auch noch aussprechen müssen?

Hasserfüllt zischt sie: »Ich werde ihn töten, Emma. Das wird er büßen, ich schwöre es dir.« Sie will aufstehen und ihre Worte sogleich in die Tat umsetzen. Fieberhaft überlegt sie, wo die Gewehre sind, ob der Vater alle verkauft oder ob er noch eines behalten hat. Da regt sich Emma. Sie richtet sich auf und hält Alma am Arm fest. Überraschend deutlich sagt sie: »Nein!«

Alma schaut sie verwundert an, und Emma fährt fort: »Nein, Alma. Du musst ihn nicht töten.« Und noch etwas lauter, jedes einzelne Wort betonend, als müsste sie es nicht nur Alma, sondern auch sich selbst erklären: »Er hat es nicht gegen meinen Willen getan.«

»Emma! Was sagst du da?« Almas Stimme überschlägt sich beinahe. Emma fährt kühl und sachlich fort: »Ich habe es ihm angeboten. Es war ein Tauschgeschäft.«

»Wofür?«

Jetzt setzt sich Emma vollends auf. Das Laken gleitet von ihrem Oberkörper und entblößt ihre Brust. Emma scheint es nicht zu bemerken. Sie streicht sich die wirren Haare aus dem Gesicht, hebt das Kinn und sagt trotzig: »Vater und ich werden mitgenommen, und niemand wird sich weiter für unseren verfluchten Finger interessieren.«

Buenos Aires, Argentinien 2001

Kein Laut war zu hören. Betroffen fragte ich in die Stille: »Hatte das etwas mit Gregors Plan zu tun? Hat er etwa seine eigene Schwester dazu benutzt und sie …?« Ich ließ den Satz unvollendet. Zu widerwärtig war mir die Vorstellung, dass Gregor womöglich seine Zwillingsschwester von dem SS-Mann für ihre Freiheit missbrauchen ließ.

»Nein. Gregors Plan war ein anderer.« Meine Tante seufzte. »Hätten die beiden Geschwister allerdings miteinander gesprochen und gewusst, was der jeweils andere bereit war, für die Freiheit zu tun, nun, dann wäre vielleicht vieles anders gekommen.«

»Wie meinst du das?«

»So verkauften sich beide.«

Voller Mitgefühl für die Zwillinge, deren vom Schicksal auferlegte Bürde es gewesen war, mit einem sechsten Finger in einer Zeit zu leben, in der man schon wegen Geringerem zu »unwertem Leben« werden konnte, ließ ich die Worte nachhallen. *So verkauften sich beide.* Was hatte Gregor bloß getan? Gespannt wartete ich, bis sie weitererzählte, sich erklärte, doch sie war in Gedanken schon weitergesprungen.

»Die Umsiedlung vollzog sich in insgesamt vier Wellen, die über das Land schwappten wie eine Flut. Von Norden und Osten kommend schoben sich Buskolonnen und Wagentrecks einhundertfünfzig Kilometer durch Bessarabien, über den Pruth, bis zum Donauhafen in Galatz.«

Als sie meinen fragenden Blick bemerkte, erklärte sie: »Galatz lag in Rumänien, außerhalb des sowjetischen Hoheitsgebiets.

Von dort sollte es mit Ausflugsdampfern der Donauflotte weitergehen. Alles war von der Umsiedlungskommission bis ins Kleinste Detail geplant und organisiert.« Meine Tante verstummte. Sie hob den Kopf und schaute blicklos in den nächtlichen Himmel. Erst nach einer Weile fuhr sie fort: »In der ersten Welle fuhren Busse in langen Kolonnen die Dörfer ab. Sie waren mit Blumen und Girlanden geschmückt. Die Verantwortlichen stilisierten den Start des bessarabischen Exodus zu einem festlichen Akt. Die Vorfreude auf das geliebte Mutterland sollte geschürt werden.«

»Wie fürsorglich«, stellte ich erstaunt fest.

Sie lachte bitter auf. »Fürsorglich? Nein. Das war einfach nur Kalkül. So blieben die Leute ruhig und gefährdeten nicht den Ablauf. Schließlich war geplant, binnen sechs Wochen dreiundneunzigtausend Menschen umzusiedeln. Rund zweitausend Kilometer lagen vor ihnen ...« Sie hielt inne und verbessert sich: »... lagen vor uns – da musste alles reibungslos laufen.«

Ich war widerwillig beeindruckt. Das war die Einwohnerzahl einer mittelgroßen Stadt! Als würde ganz Tübingen durch halb Europa transportiert. Welch ungeheuren logistischen Aufwand das voraussetzte! Die Leute mussten ja auch versorgt werden!

»Es hat funktioniert? Keiner scherte aus?«, fragte ich.

»Nein, von Effizienz und Propaganda verstanden die Verantwortlichen bei der SS etwas.« Meine Tante nickte nachdenklich. »Und die Betroffenen ließen sich in der unsicheren Lage gerne von Hoffnung und Zuversicht tragen, nahmen jede vermeintlich nette Geste dankbar an, versuchten zu verdrängen, dass sie nun dem Deutschen Reich und seinem Wohlwollen völlig ausgeliefert waren, sie selbst keinerlei Kontrolle mehr über ihr Leben hatten.« Sie stöhnte auf, als hätte sie Schmerzen. Spontan legte ich meine Hand auf ihren Arm.

»Geht's dir gut? Sollen wir reingehen?«

Sie schüttelte den Kopf, nestelte ihre Hand unter der Decke hervor und legte sie auf meine.

»Lass uns noch ein wenig hier in der frischen Luft sitzen. Das Zimmer macht mich schwermütig.«

Ich spürte ihren Blick auf mir. »Wo war ich stehen geblieben?«

»Die Umsiedlung.«

Sie nickte. Sagte aber nichts, atmete tief ein und aus, wie um sich zu sammeln. Erst nach einer Weile erzählte sie weiter.

»Der Exodus begann. Die erste Welle nahm Frauen, Kinder, Alte und Kranke mit. Für mich war es schrecklich, mich von Albert und Arthur zu trennen, die mit ihrer Mutter aufgeregt den Bus bestiegen. Noch nie hatten sie so ein großes, brummendes Ungetüm gesehen, geschweige denn waren sie in einem gefahren. Für sie war es ein aufregendes Abenteuer. Und entschädigte sie ein wenig dafür, dass sie nur einen kleinen Teil ihrer Spielsachen mitnehmen durften. Albert drückte den Hund aus Stoffresten, den ich ihm zu Weihnachten genäht hatte, ganz fest an seine kleine Brust, als könnte er ihn beschützen.« Sie lächelte wehmütig. »Ich sehe ihn immer noch vor mir, wie er sich mit großen Augen und vor Aufregung kicksender Stimme von mir verabschiedete. Es brach mir das Herz.«

Ich war gerührt und stellte mir meinen Vater als kleinen Jungen vor, wie er aufgeregt und staunend zum ersten Mal Bus fuhr. Doch lange konnte ich nicht bei diesem Bild verweilen, denn sie sprach schon weiter.

»Ich winkte den Bussen so lange nach, bis von der Kolonne nur noch eine flirrende Staubwolke übrig war und sich meine Eingeweide vor Sehnsucht, bösen Ahnungen und Zukunftsängsten zu verknoten schienen. Heftige Bauchkrämpfe malträtierten mich, die in den nächsten Monaten zu Unzeiten wiederkehren sollten. Ich nahm sie ohne Klage an. Dachte ich doch, Gott wolle mich strafen, weil ich nicht genügend an ihn glauben konnte. Dass seelischer Schmerz im Körperlichen Ausdruck findet, wusste ich damals noch nicht.«

»Warum bist du nicht mitgefahren?«

»Ich wollte mich den Männern im Wagentreck anschließen, die in der letzten Welle mit dem Großgepäck nachkommen sollten. In meiner jugendlichen Selbstüberschätzung dachte ich, dass es an mir wäre, dafür zu sorgen, dass Bojan bei uns bleiben konnte und nicht mit den anderen Pferden eingezogen wurde. Denn der schöne Hengst weckte natürlich Begehrlichkeiten bei den Russen. Zwar wusste ich nicht, wie ich das anstellen sollte, doch da würde mir schon noch etwas einfallen. Dachte ich.«

Sie verstummte. Wir schauten in die Nacht. In der Häuserzeile gegenüber war inzwischen alles dunkel. Sterne standen klar und funkelnd darüber und erweckten ein Gefühl von Unendlichkeit. Die Mondsichel war weitergewandert, lag nun scharf und spitz an der Stelle, wo vorher noch das Wetterleuchten gewesen war. Ich bildete mir ein, das wogende Rauschen des Meeres zu hören. Das konnte natürlich nicht sein. Denn der Rio de la Plata mündete erst auf der Höhe von Montevideo ins Meer. Und das war mehr als zweihundert Kilometer weiter östlich. Trotzdem. Ich hörte es rauschen und es weckte eine Sehnsucht in mir, die ich nicht definieren konnte. Oder kam die von der Geschichte? Von dieser längst vergangenen Zeit?

Ich musterte meine Tante. Sie saß aufrecht auf dem Stuhl, neben sich den Infusionsständer, der das fahle Sternenlicht metallisch zurückwarf. Sie wirkte kraftvoll. Wo war die alte, gebrechliche Frau geblieben? Die Decke, in die sie sich gewickelt hatte, verstärkte den Eindruck. Sie war wie eine Rüstung, gab ihr etwas Zeitloses. Ich konnte mir gut vorstellen, wie sie vor über sechzig Jahren genau so auf dem Kutschbock gesessen und die Pferde angetrieben hatte. Sie sprach weiter.

»Die Trecks waren straff organisiert. Jedem Wagen wurde von der Umsiedlungskommission eine Nummer zugeteilt, die

die Reihenfolge im Konvoi festlegte. Als Treckführer war ein deutscher Vertreter der Kommission eingesetzt. Und weißt du, wer unserer war?«

Ich zuckte fragend mit den Schultern.

»Der Moser Franz.«

»Der Hilfspolizist?«, rief ich entsetzt. »Dann warst du ihm ausgeliefert? Was hat er getan?«

Sie schnaubte. »Zum Glück war der junge Bachmeier nicht auch noch dabei. Allerdings war er als Treckführer für den reibungslosen Ablauf verantwortlich und konnte sich entsprechend wichtigmachen und die Leute gängeln. Das, was Kleingeister eben tun, wenn sie die Möglichkeit zur Macht bekommen. Und es war schon klar, dass er bloß auf eine Gelegenheit wartete, um …« Sie ließ den Satz in der Luft hängen. »Doch der Reihe nach: Zuerst verabschiedeten wir uns. Von unserem Land und von unseren Toten. Und irgendwie auch von Gott.«

Kapitel 11

Bessarabien, Rumänien, Oktober 1940

Die kleine Kirche ist bis zum letzten Platz gefüllt. Sogar im Gang und auf den Treppen stehen die Leute. Zu den Bessarabiendeutschen haben sich Juden, Moldauer, Bulgaren und sogar Russen gesellt. Die vertrauten Geräusche, bevor der Gottesdienst mit einem Lied angestimmt wird, das Flüstern, Scharren, Rascheln, manchmal Niesen, Husten, Räuspern, sonst Ausdruck entspannter Erwartung, dringen diesmal gedämpft durch eine gallertartige, bedrückende Stimmung. Die Atmosphäre ist so dick und zäh, dass man sie schneiden könnte. Nur dünnes Licht sickert von den hohen, spitz zulaufenden Fenstern durch sie hindurch und taucht die Anwesenden in ein diffuses Halbdunkel.

Jeder weiß, es ist ein Abschied für immer. Und als der Kirchenchor verstummt, der letzte Ton des Eingangsliedes verklingt, haben die ersten schon Tränen in den Augen.

Die Predigt des Vikars beinhaltet sinnigerweise den Exodus. Er erzählt vom Volk Israel, das Gott aus Ägypten, aus der Sklaverei befreit, und spannt den Bogen zu ihnen, die aus Bessarabien ins Deutsche Reich umgesiedelt werden. Alle sind tief berührt. Denn gehen sie nicht auch ins Ungewisse? Suchen sie nicht ebenfalls ein gelobtes Land? Werden sie dadurch nicht überdies Teil von etwas Größerem?

Erst als der Vikar sie, die Bessarabier, als »das auserwählte Volk« bezeichnet, findet Alma die Analogie etwas an den Haaren herbeigezogen. Entspräche Hitler dann nicht Moses?

Bei dem Gedanken muss sie so heftig lachen, dass sie es als Schluchzen kaschiert. Ihre Schultern beben. Sie presst sich ein Taschentuch vors Gesicht. Die Anspannung der letzten Wochen entlädt sich in einem Lachanfall, wie sie ihn zuletzt als Kind erlebt hat. Zusammen mit Gregor und Emma. Doch damals kullerten sie dabei über den Boden einer Scheune, prusteten, keuchten und lachten so lange, bis sie sich wieder beruhigt hatten. O Gott! Wie lange das schon her ist. Wie unschuldig sie waren, wie wenig sie von der Welt wussten! Wer hätte damals gedacht, was auf sie zukam, zu was sie getrieben wurden. Und wer weiß, was das Leben sonst noch für Grausamkeiten für sie bereithält. Erneut wird sie von einer Lachsalve überrollt und täuscht in ihrer Hilflosigkeit heftiges Weinen vor, was es genau genommen ja auch ist. Denn liegen Lachen und Weinen so weit auseinander? Jedenfalls nicht immer. Manchmal kommen sie sich bedrohlich nahe.

Die Stiefmutter tätschelt ihr von der einen Seite unbeholfen den Rücken, Erika von der anderen. Dabei wischen sie sich selbst Tränen aus den Augen. Viele weinen während der bildgewaltigen Predigt. Nicht nur in den Reihen der Frauen, nein, auch gegenüber, bei den Männern, gibt es den einen oder anderen Schluchzer.

Als die Wellen des heiteren Wahnsinns verebbt sind, ist Alma etwas beruhigt. Niemand hat bemerkt, dass ihr Weinen eigentlich ein Lachen war. Still dankt sie Gott dafür. Und während die Gemeindemitglieder das Vaterunser beten und den Segen entgegennehmen, gibt sie sich einen Ruck und schließt mit Gott einen Pakt: Wenn er sie und ihre Lieben beschützt und ihnen Kraft gibt, wenn sie Gregor wieder küssen und in seinen Armen liegen darf, dann, ja, dann will sie an ihn glauben. Richtig glauben, so, wie Alwin es tut. Denn ihr ist klar geworden, dass sie Hilfe braucht. Sie befürchtet, dass sie das Kommende nicht allein bewältigen kann, dass sich ihr Geist, wenn es hart auf hart kommt, womöglich in einem immerwährenden Lachanfall verlieren könnte.

* * *

Am nächsten Morgen bleibt ihnen nur noch, sich von den Toten zu verabschieden. Gleich in der Frühe machen sie sich im Sonntagsstaat auf den Weg. Zuvor haben sie auf Bitten von Manja den Hof verrammelt. Sie hat »ein wenig Angst«, wie sie sagt, »so allein im Wohnhaus«, denn in letzter Zeit hört man immer öfter von streunenden Banden, die das Vakuum, das die Umsiedlung verursacht, für Plünderungen nutzen.

Der Himmel hängt grau und bleiern über dem Friedhof. Die mit frischen Blumen geschmückten Gräber recken sich ihm bunt und seltsam fröhlich entgegen. Es wird jeden Augenblick zu regnen beginnen. Alma und ihre Familie gehören zu den ersten, die sich einfinden. Nach und nach trudeln die anderen Gemeindemitglieder ein. Alma hält Ausschau nach Emma. Sie und ihr Vater waren gestern nicht beim Abschiedsgottesdienst. Und wenn die beiden der heutigen Andacht ebenfalls fernbleiben, wird sie gleich danach bei ihnen vorbeigehen. Sie macht sich Sorgen. Das Bild der nackten Emma, wie sie hilflos und beschämt und gleichzeitig trotzig auf dem Bett saß, hat sich in ihre Netzhaut eingebrannt. Sie hat Angst, dass sich Emma etwas antun könnte. Denn auch wenn sie behauptet, sie habe sich Gengelbach freiwillig hingegeben, war es letzten Endes eben doch eine Vergewaltigung. Denn von Freiwilligkeit konnte in diesem Zusammenhang ja wohl keine Rede sein. Auch wenn Emma es für ihren Seelenfrieden ihr – und vielleicht auch sich selbst – gegenüber so hingedreht hatte. Und Gengelbach, dieses Schwein, hat Emmas Notlage schamlos ausgenutzt. Bei dem Gedanken an Gengelbach ballt Alma die Fäuste, und wäre sie nicht auf einem Friedhof, auf geheiligter Erde zwischen den geliebten Verstorbenen, würde sie ihn jetzt verfluchen. Genau. Verfluchen. Das, was zu den Zeiten vor den Zeiten, damals, als die Sagen und Geschichten dieses Landes entstanden, schlechten Menschen zuteilwurde. Und in diesem Moment wäre sie auch bereit dazu, die Konsequenzen eines ausgestoßenen Fluches zu tragen. In seiner ganzen Tragweite. Denn ein Fluch trifft immer beide. Den, der ihn empfängt, und den, der ihn ausstößt. Das hat ihr die Großmutter damals, vor vielen, vielen Jahren, als sie noch ein kleines Mädchen war, eingebläut: »Hörst du, Alma, immer, immer kommt ein Fluch zurück. Merk dir das.« Und Alma hat es sich gemerkt. Noch nie hat sie einen Fluch ausgestoßen. Doch gerade war sie nahe daran. Sehr nahe.

Als Emma dann endlich mit hoch erhobenem Haupt, ihren Vater am Arm, den Weg zwischen den Gräbern entlangschreitet, vergisst Alma den unausgesprochenen Fluch und hätte einmal mehr lachen und weinen können. Gleichzeitig. So froh ist sie, ihre Freundin zu sehen, so erleichtert, dass Emma offensichtlich nicht zusammengebrochen ist, dass sie, im Gegenteil, nach den Wochen des Haderns, des Selbstzweifels, ihre Würde wiedergefunden hat. Sie hat sich sogar schick gemacht. Die rotbraunen Locken sind sorgsam frisiert, und sie trägt die feine, mit Perlen verzierte Hermelinmütze ihrer Mutter. Ihr helles Gesicht leuchtet darunter hervor, so ebenmäßig und schön wie eh und je.

Nur der Vater macht einen schlechten Eindruck. Er scheint in wenigen Wochen um Jahre gealtert. Der stattliche, Respekt einflößende Oberlehrer Baumann ist nur noch ein Schatten seiner selbst. Er hat deutlich abgenommen, der ehemals dichte, grau durchsetzte Schnurrbart ist zu einem weißen, schmalen Band geschrumpft. Und da ist sich Alma plötzlich sicher: Er weiß über das Opfer seiner Tochter Bescheid. Und im Gegensatz zu ihr hat es ihn gebrochen. Wer weiß, welche Rolle er dabei gespielt hat? War er mit Gengelbach nicht gut bekannt?

Die beiden stellen sich zu der Gemeinde, gegenüber von Alma und ihrer Familie. Die Blicke der beiden Freundinnen treffen sich. In stillem Einvernehmen nicken sie sich zu, während die große Kirchenglocke mit durchdringendem Ton die Andacht einläutet.

Die Gemeinde erwartet eine feierliche, natürlich religiöse Verabschiedung. Doch zu ihrer Überraschung schreitet der Vikar zusammen mit einem Offizier der SS heran, genau auf dem Weg, den kurz zuvor Emma mit ihrem Vater gegangen ist. Im Schlepptau eine Gruppe streng gescheitelter Jugendlicher, Jungen und Mädchen in weißen Hemden und schwarzem Unterkleid. Blick gerade aus, stramm, marschieren sie an den Wartenden vorbei. Im Halbkreis formieren sich die jungen Menschen hinter einem sichtlich nervösen Vikar und dem Offizier.

August flüstert Alma gegen das Glockengeläut zu: »Wo kommen die denn her?« Und Alma schüttelt nur verwundert den Kopf und wartet unbehaglich auf das, was da kommen mag.

Der Klang der Glocke verhallt und der Vikar setzt zur Rede an. Schon nach dem ersten Satz verhaspelt er sich und versucht es nochmals. Er verhaspelt sich erneut. Kurzerhand schiebt ihn der Offizier beiseite und ergreift das Wort. Mit schnarrender Stimme und abgehackten Sätzen macht er aus der Andacht eine nationalsozialistische Propagandaansprache. Die Leute flüstern sich hinter vorgehaltener Hand ihr Befremden zu.

»Der Vikar hat nichts mehr zu melden – Die machen eine politische Veranstaltung daraus – Die sollten sich was schämen – Jetzt zeigt uns der Führer, wo es langgeht.«

Und beinahe einhellig: »Das kann ja noch heiter werden.«

Aber nicht allen missfällt die Programmänderung. Manche nicken zustimmend und straffen den Körper. Denn gehören sie nun nicht auch diesem überaus stolzen Deutschen Reich an?

Als der Offizier fertig ist, stimmen die Jugendlichen hinter ihm ein heroisches deutsches Volkslied an und reißen den rechten Arm hoch. Sogleich schießen aus der Masse der Anwesenden weitere Arme steil nach oben. Es sieht seltsam aus. Beinahe lustig. Alma muss schon wieder an sich halten, um nicht einfach loszuprusten. Doch als Anton sie anstößt: »Los, wir auch«, ist es mit ihrer Heiterkeit vorbei. Sie weigert sich. Trotzig verschränkt sie die Arme vor der Brust. Als der Offizier allerdings seinen Blick streng über die Gemeinde schweifen lässt, hat selbst Alma den Arm erhoben. Und als das Lied der jungen Parteianhänger endet, ruft sie zusammen mit allen anderen brav: »Heil Hitler«, als könnte sie nicht anders, als wäre der äußere Zwang zu einem inneren geworden. Und Alma ahnt, dass sie nicht nur eine räumliche Veränderung erwartet, sondern vielleicht auch ihre Sitten und Gebräuche bei dem Umzug zurückbleiben. Die Nazis werden der Kirche nicht mehr viel Raum lassen, Gott wird womöglich durch Hitler ersetzt. Und der Vergleich mit Moses, über den Alma gestern so sehr lachen musste, ist plötzlich gar nicht mehr so abwegig. Es fröstelt sie. Die ersten Regentropfen fallen dick und prall herab, platzen wie überreife Früchte und tränken die Gemeinde in furchtsame Beklemmung. Auf was haben sie sich da bloß eingelassen?

Als die Nazigruppe im Stechschritt den Friedhof verlässt, lösen sich die Leute aus der Schockstarre, öffnen die Regenschirme und verteilen sich zwischen den Gräbern, um nun wirklich Abschied von den Verstorbenen zu nehmen. Und Alma zerreißt es das Herz: Nie wieder wird sie am Grab ihrer Mutter stehen. Sie werden gehen und die Mutter wird allein zurückbleiben. Natürlich ist der Gedanke irrational. Alma weiß das. Doch es fühlt sich an, als würden sie Verrat begehen. Verstohlen beobachtet sie den Vater. Ob er das Gleiche denkt? Sie weiß es nicht. Er steht mit versteinertem Gesicht vor dem Grab. Dann senkt er das Haupt, nimmt die Kopfbedeckung ab und verharrt in stiller Wehmut, während der Regen mit zunehmender Lautstärke auf den Regenschirm trommelt.

Die Stiefmutter steht etwas abseits. Klein und gedrungen. Das Wasser läuft ihr über den ungeschützten Kopf und klebt die drahtigen blonden Locken an den Schläfen fest. Sie wird nass bis auf die Haut. Niemand hat ihr einen Regenschirm überlassen. Alma, die nach der Verabschiedung so schnell wie möglich zu Emma eilen wollte, bemerkt es und schämt sich für die Unachtsamkeit ihres Vaters und die ihrer Brüder. Und für ihre eigene. Schnell geht sie zu der Stiefmutter, schiebt einen Arm unter ihren Ellbogen und hält den Regenschirm über sie. Diese dankt es ihr mit einem knappen Nicken. Schweigend gehen sie zurück zum Hof.

* * *

Am Samstag, den 5. Oktober 1940, kehren die Frauen ein letztes Mal die Straßen und Höfe. So, wie sie es jeden Samstag getan haben, seit sie diesen Landstrich bevölkern. Niemals würden sie auf den Gedanken kommen, es einfach sein zu lassen. Denn das wäre nicht weniger als die Kapitulation vor dem Chaos. So kehren sie, lachen und schwatzen, als wäre alles wie immer, als würde nicht, in weniger als zweiundsiebzig Stunden, ihr bisheriges Leben vollständig auf den Kopf gestellt.

Der Regenguss von gestern hat die Bäume entlaubt. Schnell häufen sich große Berge mit gelben, roten und braunen Blättern auf. Die Luft ist kühl und frisch. Alma hält inne, stützt sich auf den Besen und beobachtet Anton und August, wie sie zusammen mit dem Vater die beiden stabilsten Kastenwagen für die

Reise herrichten. Sie ziehen wasserdichte Planen auf, die sie an den Seitenstreben befestigen.

Die Stiefmutter folgt ihrem Blick und sagt an Erika gewandt, die einen großen Sack mit Laub füllt, um ihn danach ordentlich auf dem Misthaufen zu entleeren: »Es ist ein Segen, dass Alwin und du geheiratet und einen eigenen Hausstand gegründet habt, so dürfen wir jetzt immerhin zwei Wagen bepacken und wir haben Platz für das gute Porzellan.« Und mit kaum verhohlenem Stolz in der Stimme fügt sie hinzu: »Diese schönen Dinge habe nämlich ich in die Ehe gebracht.« Sie spricht dabei sehr langsam, betont jedes Wort, denkt sie doch, dass Erika mit ihrem Schweizer Dialekt der deutschen Sprache nicht wirklich mächtig ist. Erika lächelt säuerlich. Sie hat es aufgegeben, ihrer Schwiegermutter zu versichern, dass sie selbstverständlich alles versteht.

August, der hoch auf dem Wagen thronend alles mit angehört hat, grinst und übersetzt seiner Schwägerin das Gesagte scherzhaft in ein radebrechendes Schweizerdeutsch. Worauf Anton wiehernd lacht und dabei beinahe vom Wagen fällt. Auch Alma lacht. Doch als sie bemerkt, wie sich das Gesicht des Vaters bei der Heiterkeit seiner Kinder verdüstert, vergeht ihr das Lachen. Und auch August und Anton senken schnell den Kopf und arbeiten stumm weiter. Sie alle wollen keinen Wutausbruch des Vaters riskieren. Er ist mal wieder unberechenbar. Seit gestern, seit der Verabschiedung auf dem Friedhof, hat er kein einziges Wort mehr gesprochen. Es ist, als wäre ein Teil seines Selbst auf dem Friedhof beim Grab ihrer Mutter geblieben, als würde ihn der Rest der Welt nicht mehr interessieren. Und Alma ahnt nur, was das mit ihrer Stiefmutter macht. Doch auch für sie selbst und ihre Brüder ist es schwierig. Nicht nur emotional. Auch aus praktischen Gründen. Denn wie sollen sie seine Arbeitsanweisungen verstehen, wenn er nicht spricht? Schon heute früh beim Frühstück kam es deshalb zum Eklat:

Er stand auf, noch während die anderen aßen, faltete die Hände zum stummen Dankgebet und ging unverrichteter Dinge zur Tür. Alle am Tisch schauten sich verunsichert an. Anton fragte: »Sollen wir gleich mitkommen?« Doch anstatt zu antworten, knurrte er nur etwas Unverständliches und riss wütend die Tür auf. Schnell folgten sie ihm.

Auch jetzt steigt der Vater einfach vom Wagen und stapft davon. Auch jetzt schauen sie sich nur verunsichert an. Anton und August folgen ihm nach kurzem Zögern.

Erika fragt: »Warum spricht er nicht?« Doch was sollen sie ihr antworten? Die Wahrheit, dass er den Tod seiner ersten Frau niemals überwunden hat? Das ist unmöglich. So zuckt die Stiefmutter lediglich mit den Achseln und antwortet niedergeschlagen: »So ist er eben«, und kehrt weiter den Boden. Ihre Schultern hängen nach vorne, der Rücken ist gekrümmt. Sie sieht von hinten beinahe aus wie eine alte Frau.

Alma seufzt. »Ich wünschte, Alwin wäre wieder hier, nur er kann Vater in dieser Gemütsverfassung erreichen.« Und direkt an Erika gewandt fragt sie: »Hast du etwas von ihm gehört?«

Erika schüttelt den Kopf. »Immer noch nichts. Heute Nacht habe ich geträumt, die SS hätte ihn verhaftet.« Zögernd fährt sie fort: »Ich weiß, das ist Unsinn, aber vielleicht ist ihm ja wirklich etwas passiert. Vielleicht haben die Russen ihn nach Sibirien verschleppt, oder er ist marodierenden Banden in die Hände gefallen!« Ihre Stimme wird lauter. »Wenn alles in Ordnung wäre, hätte er doch geschrieben!« Alma legt den Besen beiseite und nimmt sie in die Arme, versucht, ihre Schwägerin so gut wie möglich zu beruhigen. »Ach, Erika, warum sollten die Russen das tun? Alwin ist deutschstämmig und somit durch das Deutsche Reich geschützt. Mach dich nicht verrückt und male dir nicht die schlimmsten Dinge aus.«

Sie streichelt ihr beruhigend über den Rücken. Doch im Stillen ist auch sie besorgt. Wenn Alwin, aus welchen Gründen auch immer, länger bei den Züglis bleiben musste, warum hat er sich nicht in einem Brief mitgeteilt? Er wollte doch rechtzeitig zum Umsiedlungstermin wieder zurück sein! Dabei ist sich Alma nicht mal sicher, ob Briefe überhaupt noch zugestellt werden, ob die russische Behörde nicht alles eingestellt hat. Denn hätte nicht auch Gregor längst ein Lebenszeichen von sich geben müssen? Sie schluchzt unwillkürlich und zieht Erika noch enger an sich. Ach, Gregor! Sie sieht ihn vor sich, sein markantes Gesicht mit der schmalen Nase und dem eckigen Kinn, wie er sie ansieht, mit diesem brennenden, intensiven Blick, hört seine tiefe Stimme, die ihr mit feierlichem Ernst versichert: »Ich habe einen Plan. Vertrau mir. Gib mir einfach ein wenig Zeit.« Und Sehnsucht und Wut zerreißen ihr gleichermaßen das Herz. Wo ist er bloß? Warum meldet er sich nicht? Warum, verdammt noch mal? So stehen die beiden Frauen da. Eng umschlungen, in ihrer Angst vereint. Und beide wissen, dass sie nichts, absolut nichts tun können. Die Ereignisse nehmen ihren Lauf, so oder so. Egal, was Alwin oder Gregor passiert ist, egal, was sie selbst tun, die Umsiedlung wird im Zeitplan umgesetzt. Exakt wie ein Uhrwerk. Ein Zahnrad wird in das andere greifen und das Geschehen vorantreiben. Nichts ist mehr zu stoppen. Es gibt kein Zurück. Alles, was sie tun können, ist mitzulaufen. Und das ist das Schlimmste daran, so empfindet es zumindest Alma: Sie sind den Umständen machtlos ausgeliefert. Ihr Leben wurde ihnen aus der Hand genommen. Ob es ihnen gefällt oder nicht.

Die drei Männer kommen zurück aus dem Haus. Sie schleppen große Holzkisten, die der Vater extra für die Reise gezimmert hat. Schnell eilt Alma zu ihnen, um ihnen zu helfen, sie in die Wagen einzuladen. Dieses Großgepäck wird später im Donauhafen auf einem Lastenschiff vorausgeschickt. Die Stiefmutter tritt zu ihnen und besteht darauf, dass sie die Kiste mit dem Porzellan nochmals öffnen und zur Sicherheit mit einer zusätzlichen Schicht Zeitungspapier auspolstern. »Damit nichts passiert! Damit alles heil bleibt.« Und sie geht ins Haus, um einen Stapel alter Zeitungen zu holen.

Der Vater bleibt erstaunlich ruhig, öffnet sogar die Kiste. Dafür verdrehen August und Anton die Augen. Wagen aber nicht, etwas zu entgegnen. Auch Alma findet es unnötig. Allerdings aus anderen Gründen als ihre Brüder, die einfach keine Lust auf die Mehrarbeit haben. Sie vermutet, dass die Kisten niemals ihren Weg zu ihnen zurück finden werden. Vermutlich werden sie in irgendwelchen dubiosen Kanälen verschwinden. Doch sie wird sich hüten, das sich gerade entspannende Verhältnis zur Stiefmutter mit kritischen Äußerungen zu gefährden. Dann polstern sie die Aussteuer eben nochmals. Dann hat sie ihren Willen. Wenigstens darin. Doch nein. Alma erkennt, dass es ihr darum nur am Rande geht. Vielmehr ist es ein Versuch, Kontrolle auszuüben, die Hoheit über ihr Leben zu behalten. Zumindest im Kleinen. Und wenn man das Porzellan vor dem Zerbrechen beschützen kann, gelingt es dann vielleicht auch mit dem Leben?

* * *

Wie von der Umsiedlungskommission geplant, werden am nächsten Tag die Frauen und Kinder, die Alten und Kranken mit Bussen abgeholt. Nachdem sich alle verabschiedet haben, liefern die Zurückgebliebenen die restliche Ernte ab und übergeben Wertgegenstände und Schmuck der russischen Kommission. Viele zögern, obwohl ihnen auch dafür eine Entschädigung garantiert wurde. Doch was sollen sie tun? Es ist zu spät, um sich dagegen aufzulehnen. Auch wenn Alma nur schweren Herzens den Schmuck ihrer leiblichen Mutter hergibt. Die Halskette mit den roten und grünen Steinen ist das einzige Erinnerungsstück, das sie von ihr hat.

Der Vater verstaut die Belege darüber in einer Ledertasche, in der auch die anderen wichtigen Dokumente sind, der

Ariernachweis, die Besitzurkunden, und sichert sie mit einem Vorhängeschloss.

Dann bleibt ihnen nur noch, die Pferde abzuliefern, die für den Treck nicht gebraucht werden. Sie treiben sie zur Sammelstelle am Dorfeingang. Einige Hundert Pferde stehen schon in der provisorisch angelegten Koppel, die in mehrere Einheiten unterteilt ist. Sowjets in Uniform eilen hin und her, begutachten die Pferde, sortieren sie, dazwischen die Bauern, die neue Pferde bringen, andere, die sich verabschieden, oder kleine Gruppen, die sich am Rande formieren und einfach nur ein Schwätzchen halten. Einzelne Vertreter der deutschen Umsiedlungskommission beobachten am Rande, gestikulieren, scheinen zufrieden. Ein Stimmengewirr hüllt sie ein, das wie ein Summen klingt, dazwischen einzelne Rufe, die hin und her hallen. Eine geschäftige Atmosphäre wie auf einem Pferdemarkt. Es riecht nach Schweiß und Pferdepisse.

Alma geht hinter den Brüdern und dem Vater her, jeder der Männer lotst drei Pferde durch die Menge. Sie selbst führt die beiden Schimmel, streicht ihnen hin und wieder über die Nüstern, tätschelt ihnen beruhigend den Hals, versucht, nichts zu denken, macht ihr Herz so hart wie einen Stein, denn sonst könnte sie es nicht ertragen. Sie ist froh, dass Bojan und drei der Füchse zu Hause im Stall auf sie warten.

Sie geben die Pferde bei einem jungen Soldaten ab, der sie fachmännisch begutachtet, ihnen ins Maul schaut und prüfend über den Rücken streicht. Dann stellt er einen Beleg aus. Bevor er sich um die nächsten Pferde kümmert, klopft er ihnen noch beruhigend den Hals und nickt Alma zu. Seine braunen Augen blicken freundlich. Die Vorstellung, dass er den Wert der Pferde sieht, gut zu ihnen sein wird, tröstet Alma ein wenig.

Unschlüssig stehen sie zu viert noch ein wenig um die Tiere herum, können sich nicht trennen. Dann gibt sich der Vater einen Ruck und verscheucht Anton, August und Alma mit knapper Geste. Diese ziehen sich zurück und lassen den Vater mit den Pferden allein.

Zu dritt, über das Geländer der Umzäunung gebeugt, beobachten sie ihn, wie er sich von jedem der Tiere einzeln verabschiedet. Er streichelt ihnen die Nüstern, streicht über die Flanken und flüstert ihnen zu.

»Mit denen spricht er«, stellt Anton etwas eifersüchtig fest. »Was er ihnen wohl sagt?«

»Er bedankt sich.«

»Was?« Anton und August drehen sich zu Alma um und fragen wie aus einem Mund: »Wie kommst du denn darauf?«

»Weil ich es auch getan habe.«

»Dich bedankt? Warum?«

»Sie haben uns treu gedient. Waren stets loyal.«

Anton sagt trocken: »Es sind Pferde. Sie können nicht anders.«

»Es waren Freunde, du Trottel«, fährt Alma ihn an, stößt sich mit einem Ruck vom Zaun ab, dreht sich um und stapft mit eingezogenem Kopf und hochgezogenen Schultern davon. Sie will nicht, dass er sie weinen sieht.

August eilt ihr nach. Schweigend gehen sie nebeneinander zurück zum Hof. Irgendwann fragt Alma: »Was, wenn sie Bojan im Donauhafen einbehalten?«

August versucht, sie zu beruhigen: »Dafür haben wir ihn und die Füchse ja extra als Gespann ausgewählt. Sie können ihn uns nicht wegnehmen.«

»Vielleicht nicht, bis wir vor Ort angekommen sind. Aber danach? Hast du dir mal überlegt, wie ein Pferd auf einem Ausflugsdampfer transportiert werden soll?«

August schweigt. Und Alma vermutet, dass auch er sich darüber keine Gedanken gemacht hat. Dass er ganz selbstverständlich davon ausgegangen ist, sie könnten die vier Pferde, mit denen sie die hundertfünfzig Kilometer quer durch Bessarabien bis zum

Donauhafen in Galatz zurücklegen würden, auch ins Deutsche Reich mitnehmen. Doch Alma nimmt an, dass das schon aus praktischen Gründen nicht gehen kann. Das scheint auch August jetzt klar zu werden. Alma kann seinen erschrockenen Blick regelrecht fühlen, obwohl sie, den Kopf von ihm abgewandt, still weint. Mit matter Stimme sagt sie: »Wenn sie Bojan tatsächlich im Donauhafen einbehalten, weiß ich nicht, was ich tun werde.«

»Vertrau mir, ich kümmere mich darum. Bojan wird mit uns kommen«, sagt August mit Nachdruck.

»Wie denn?«

Doch er antwortet nicht, schüttelt nur den Kopf und bekommt diesen berechnenden, irgendwie kaltblütigen Gesichtsausdruck, vor dem sich Alma inzwischen sogar ein wenig fürchtet.

* * *

Als die beiden in die Hofeinfahrt einbiegen, hören sie lautes Geschnatter und aufgeregtes Gackern. Und kaum stehen sie im Innenhof, bietet sich ihnen ein blutiges Spektakel: Oleg schlachtet die restlichen Hühner und Gänse. Mit kurzen, präzisen Axtschlägen trennt er die Köpfe vom Körper. Zack! Der Holzklotz, den er dafür benutzt, ist mit Blut getränkt. Zack! Danach nimmt er sie aus und reicht die Kadaver an Manja weiter, die etwas abseits breitbeinig auf einem Hocker sitzt, die Federn erst mit heißem Wasser überbrüht und anschließend rupft.

Der metallische Geruch von Blut und Angst liegt in der Luft. Alma wird übel, wenn sie daran denkt, dass es sich hierbei um ihren Reiseproviant handelt. Gerade, als sie sich angewidert abwenden will, rast ein weißes Ungetüm flügelschlagend und mit wütendem Geschnatter auf Manja zu. Es ist der Gänserich, der sich losgerissen hat und seine Brut auch noch in deren Tod beschützen will. Bevor Alma eingreifen kann, hat Oleg ihn durch einen präzisen Schlag mit der flachen Kante der Axt betäubt, ihn auf den Holzklotz gepackt und ihm ebenfalls den Hals abgehackt. Zack! So wird der tapfere Wächter wie die anderen zu Proviant. Alma übergibt sich.

Sie hört erst auf zu würgen, als August sich über sie beugt. »Was ist mit dir?« Alma schüttelt den Kopf und stammelt: »Er hat den Gänserich getötet«, und zeigt dabei anklagend auf Oleg, der betreten auf das blutige Beil schaut.

August lacht hell auf. »Alma, es war nur eine Gans.« Und als Alma auch ihn anfunkelt, fügt er hinzu: »Mach dir keine Sorgen, Schwesterherz, alles wird gut.« Dann wendet er sich ab und steigt auf einen der Füchse, der gesattelt neben ihm wartet.

»Wo willst du hin? Was soll ich Vater sagen?«

»Sag ihm, ich hätte noch etwas zu erledigen.«

»Du weißt schon, dass es morgen früh losgeht?«

Er lacht erneut: »Ich bin rechtzeitig zurück. Versprochen.«

* * *

Auf den Glockenschlag genau um sechs Uhr rattern am nächsten Morgen die ersten Wagen zur Dorfstraße. Die Familie Steiner reiht sich entsprechend ihrer Nummer im vorderen Bereich der Kolonne ein. Es ist noch dunkel, die Luft ist kalt. Im zuckenden Schein der Fackeln sieht man Atemwolken vor den Köpfen der Pferde aufsteigen. Gedämpfte Stimmen unterhalten sich, vereinzelt hört man ein Lachen. Es ist, als würden sie alle bloß einen kleinen Ausflug machen oder zusammen in die Sommerfrische fahren.

Alma hat die anderen vorausgeschickt. Sie will allein Abschied vom Hof nehmen. Langsam schreitet sie durch die verwaiste Küche, streicht an den akkurat nach Größe geordnet aufgehängten Kochtöpfen entlang, die sie dalassen, weil sie zu sperrig für den Transport sind, geht über den Flur ins Wohnzimmer, betrachtet nochmals die Bilder an der Wand,

Landschaftsbilder, die Steppe, die Weinberge, dazwischen Stillleben mit Trauben und Weingläsern, und fragt sich, warum diese Ölbilder niemand abgehängt hat. Sie geht weiter ins Schlafzimmer und streicht wehmütig über Alberts kleines Bett, das neben ihrem großen steht. Nie wieder werden sie darin schlafen. Nie wieder wird sie hier Albert in den Schlaf singen, seine Hand halten, ihm tröstende Worte zuraunen, bevor sie selbst einschläft. Sie kann es sich nicht vorstellen.

Plötzlich hört sie ein Tapsen. Zwei der Hofhunde stehen mit eingezogenem Kopf und hängender Rute im Türrahmen und schauen treuherzig zu ihr hoch. Noch nie waren sie im Haus. Es ist, als wüssten sie, dass sich auch ihr Leben von heut auf morgen vollständig ändern wird.

Sie geht zu ihnen, kniet sich vor sie hin, streichelt ihre großen Köpfe und entschuldigt sich, raunt ihnen zu, dass es ihr leidtut, dass sie sie nicht mitnehmen dürfen, dass sich aber bestimmt bald jemand um sie kümmern wird. In dem Moment sieht sie etwas Helles, Eckiges in der Fußleiste klemmen. Sie tastet danach und zieht es heraus. Es ist ein Fotoabzug. Sie dreht ihn um und blickt in das Gesicht Gengelbachs, der neben dem Dorfschulzen auf der Tribüne der Pferderennbahn von Kischinew steht. Und während der Dorfschulz mit verzerrtem Gesicht die Rennpferde anfeuert, ist das Gesicht von Gengelbach aufmerksam auf den Fotografen gerichtet. Er sieht, dass er fotografiert wird, und es scheint, als hätte er nichts dagegen. Schnell schiebt sie das Foto in die Taschen ihres Reisekleides und verlässt fluchtartig das Haus. Die Hunde weichen ihr nicht von der Seite.

* * *

Vor dem Tor warten Oleg und Manja auf sie. Sie nickt ihnen zu, atmet tief durch und versucht, sich zu beruhigen. Sie hätte nicht gedacht, dass sie die Szene auf dem Foto, das sie längst vergessen hatte, so durcheinanderbringt. Warum bloß? Wegen Gengelbach? Wegen des Dorfschulzen, dessen Tod immer noch unklar ist? Sie kann nicht lange darüber nachgrübeln. Oleg nimmt ihre Hände, drückt sie und sagt auf Russisch: »Alles Gute für die Zukunft, Alma.«

»Danke, Oleg, das wünsche ich dir auch. Pass auf dich auf.« Sie streichelt die Hunde, die sich eng an ihre Beine drücken.

»Wirst du dich um die Hunde kümmern?«

Zögernd nickt er. »Bis die neuen Besitzer alles übernehmen.«

»Ich weiß aber nicht, wann das sein wird«, sagt Alma vorsichtig und fügt leise hinzu: »Und ob überhaupt. Niemand weiß, was nun mit den Höfen passiert.«

»Na, irgendjemandem muss das alles ja wieder gehören, und der wird sich dann auch um die Hunde kümmern – und um uns«, brummt Oleg ohne Zuversicht in der Stimme.

Aber wer, liegt es Alma auf der Zunge. Doch sie schweigt lieber. Sie möchte Oleg nicht noch mehr verunsichern. Sie wendet sich Manja zu, die bisher still danebengestanden hat, und umarmt sie. Manja schluchzt und bittet sie mit tonloser Stimme, sie mitzunehmen. Alma nimmt ihre Hände: »Manja, das würde ich so gerne, doch du weißt, dass das nicht geht.« Manja nickt, sagt aber trotzdem: »Mein Deutsch ist gut! Keiner wird merken, dass ich Rumänin bin.« Und Alma nickt ebenfalls, tätschelt ihren Arm, erwidert: »Ich weiß.« Sie braucht ihr nicht nochmals zu erklären, dass es nicht geht. Manja weiß es auch so.

»Hier.« Oleg unterbricht die Verabschiedung. »Das sollen wir dir geben.« Er hält ihr eine Papierrolle entgegen. »Er wollte sie dir persönlich überreichen, doch er musste zurück zu seiner Einheit.« Alma nickt. Sie hat es schon vermutet. Dann entrollt sie neugierig das Papier. Ihr bleibt die Luft weg. Es ist eine bezaubernde Bleistiftzeichnung. Sie zeigt den Hof mit allen Bewohnern. Feine, detaillierte Striche verdichten die Leichtigkeit eines Sommertags, zeigen die Essenz von Harmonie und Frieden. Alles sieht prall und fruchtbar aus. Und voller Leben. Der Gänserich, quicklebendig, stolziert um seine Brut, Fohlen tanzen über die Koppel, zusammen mit ausgelassenen Kindern. Bojan trabt stolz und erhaben auf den Betrachter zu. Auf seinem Rücken sitzt sie selbst, mit wehenden Haaren. Ein Lächeln in den Augen. Im Hintergrund die Weingärten, viel näher als in Wirklichkeit. Ihre Brüder arbeiten zwischen den Reben. In Arbeit vereint. Der Vater und die Stiefmutter sitzen dicht beieinander auf der Bank unter dem Apfelbaum. Einen Krug Wein neben sich. Zufrieden. Der Künstler hat einen Hof zum Leben erweckt, den es so nie wieder geben wird und in dieser Idealform auch nur in ihren Träumen gab. Unterschrieben ist das Werk von Sascha Iwanow. Alma lächelt. Sie rollt die Zeichnung wieder zusammen. Ihr ist nun etwas leichter ums Herz. Warum? Sie weiß es nicht. Vielleicht, weil Sascha Iwanow, der Flieger, der sowjetische Schreiber, am allermeisten Künstler ist. Und irgendwie auch ihr Freund.

* * *

Als Alma bei dem Wagentreck eintrifft, haben sich beinahe zweihundert Wagen eingefunden. Eine gerade Schlange zieht sich quer durch das ganze Dorf. Vom Ortseingang bis weit über den Ortsausgang hinaus. Stimmen, Rufe, lautes Schimpfen, Beten, Lachen, Wiehern. Fiebriges Treiben, gespanntes Warten. Dazwischen kleine Tragödien: Hunde, die auf den Höfen zurückgelassen worden sind und jetzt winselnd nach ihren Herren suchen, die sie nun gezwungenermaßen mit gezielten Steinwürfen und schmerzenden Herzens vertreiben müssen.

Vor jedem Kastenwagen stehen zwei Pferde, die ungeduldig stampfen. Sie wollen los. Wie die Menschen. Eine knisternde Anspannung liegt in der Luft. Beinahe elektrisch.

Die meisten haben ihren Wagen mit einer wasserdichten Plane ummantelt. Nur wenige fahren offen. Es sieht aus wie in den Bilderbüchern, aus denen sie Albert und Arthur vorgelesen hat, wie in den Western, Lederstrumpf und Winnetou, wenn die Siedler Nordamerikas eine neue Heimat suchen und in das Land der Indianer vordringen. Die beiden lieben diese Geschichten! Wenn sie jetzt bloß da wären. Es würde ihnen gefallen.

Alma schreitet die Wagen ab, grüßt vereinzelt mit knappem Nicken bis sie, weit hinten, den Wagen von Emma und ihrem Vater findet. Wagennummer hundertsechsunddreißig.

Emma hat die Zügel in der Hand und wartet mit ausdruckslosem Gesicht darauf, dass es losgeht. Ihr Vater sitzt zusammengesunken neben ihr auf dem Kutschbock. Von seinem Stolz ist nicht mehr viel geblieben. Als Emma ihre Freundin sieht, hellt sich ihr Gesicht auf.

»Da bist du ja. Ich habe dich schon gesucht.«

Alma fragt: »Wie geht es dir?«

Emma zuckt mit den Schultern. »Wie soll es mir schon gehen?« Nach einer kleinen Pause fügt sie hinzu: »Ich will, dass es endlich losgeht. Wie vermutlich jeder hier. Doch der da«, sie nickt zu den Reihen vor ihnen, »muss sich erst noch ein wenig wichtigmachen.«

Alma folgt ihrem Blick und erschrickt: Der Moser Franz geht geschäftig von Wagen zu Wagen. Er trägt Uniform, ist glatt rasiert, hat das Haar streng gescheitelt. Ein großer Kontrast zu dem betrunkenen, lallenden Mann, der ihr vor nicht allzu langer Zeit »verräterische Hure« zugezischt hat. Ihr wird ein wenig mulmig. Sie hört, wie er mit schnarrender, herrischer Stimme zu jedem sagt: »In fünf Tagen müssen wir in Galatz sein, ich erwarte, dass du in deiner Reihe bleibst und während der Fahrt nicht ausscherst. Angehalten wird nur, wenn ich es sage. Hast du das verstanden?« In der Hand hält er ein Klemmbrett. Wenn der Angesprochene antwortet, kritzelt er etwas aufs Papier. Danach geht er zum nächsten Fuhrwerk.

»Was tut er da?«, fragt Alma.

»Er wurde zum deutschen Vertreter der Umsiedlungskommission ernannt. Und muss sich darum kümmern, dass alles reibungslos vonstattengeht«, antwortet Emma. »Und es macht ihm sichtlich Spaß.« Alma schaudert es.

Vor ihrem Wagen bleibt er stehen. Er beginnt mit dem Satz: »In fünf Tagen müssen wir …« Dann bemerkt er Alma. Seine Augen verengen sich. »Los, auf deinen Platz! Ihr habt die Nummern einunddreißig und zweiunddreißig.«

Emma sagt: »Ist ja gut Moser, Alma wird den Treck nicht aufhalten. Sie ist schneller vorne als du.«

»Mit dir habe ich nicht gesprochen.«

Er lässt Alma nicht aus den Augen, ist sich seiner augenblicklichen Macht absolut bewusst. Alma reckt das Kinn, versucht, sich ihre Furcht nicht anmerken zu lassen. »Keine Sorge, ich werde zu meinen Leuten nach vorne gehen.«

»Wann?«

»Na, gleich.«

Er brüllt. »Nicht gleich, jetzt!«

Alma weicht erschrocken zurück, stößt gegen das Holz des Wagens. Ein Splitter bohrt sich in ihre Hand. Er setzt sofort nach, steht nur noch eine Handbreit von ihr entfernt. Er stinkt nach Schweiß und Zwiebeln.

»Na warte, hier gibt es keine Russen, die dich beschützen.« Er holt aus, doch bevor er zuschlagen kann, zuckt er zurück. »Autsch!« Er fasst sich an die Wange. Blut tropft zwischen seinen Fingern hervor. Oberlehrer Baumann steht breitbeinig auf dem Kutschbock, die Peitsche in der Hand, und sagt mit ruhiger Stimme: »Man schlägt keine Frauen.«

Erleichtert schiebt Alma den Moser Franz von sich weg. Er lässt es geschehen, ist viel zu verdattert, um zu protestieren, und zu eingeschüchtert vom Respekt einflößenden Gebaren des Oberlehrers, dessen Schüler er viele Jahre war. Manche Rollen ändern sich nie. Alma ist, zumindest in diesem Moment, dankbar dafür. Sie nickt dem Oberlehrer und Emma zu, strafft sich, dreht sich um und geht, ohne den Moser Franz noch eines Blickes zu würdigen, nach vorne zu ihren Leuten.

Sie findet August zusammengesunken auf dem Kutschbock des Wagens Nummer zweiunddreißig. Er sieht schrecklich aus. Dunkle Schatten unter den rot geäderten Augen, unrasiert, als hätte er die ganze Nacht gesoffen. Und so riecht er auch. Alma setzt sich neben ihn. Er nimmt den Grashalm aus dem Mund, an dem er ausgiebig gekaut hat, und fragt überrascht: »Wo kommst du denn jetzt her?«

Sie antwortet nicht, fragt nach ihrem Vater und Anton. August nickt zu dem Wagen vor ihnen. »Der Alte betet und Anton flucht, dass er mit ihm und nicht mit uns fahren darf.«

Alma muss lachen. Und fühlt sich sofort ein wenig besser.

* * *

Sie starten um acht. Gerade als die ersten Sonnenstrahlen zwischen den Häusern hindurchbrechen, ertönt von vorne der Startschuss. Ein kollektives Raunen der Erleichterung geht durch die Reihen. Endlich geht es los. Die Wagen setzen sich ruckelnd in Bewegung. Gemächlich nehmen sie nach und nach Fahrt auf. Ein aufsteigendes Knirschen ist zu hören, das, als endlich alle fahren, zu einem gleichmäßigen Rauschen wird. Wie ein Strom, der seinem Ziel entgegenfließt. Langsam, stetig, unaufhaltsam.

Am Ortsausgang erwartet sie eine Überraschung: Die zurückbleibenden Dorfbewohner haben sich links und rechts der Straße im Spalier aufgestellt und winken ihnen zum Abschied zu. Damit hat Alma nicht gerechnet. Niemand hat das. Gerührt fährt die lange Schlange von Fahrzeugen an Juden, Moldauern, Bulgaren und Russen vorbei. All jene, die schon in der Kirche von ihnen Abschied genommen haben. Und Alma fragt sich, wer nun in den jüdischen Geschäften einkauft. Wer die bulgarischen Hilfsarbeiter beschäftigt. Was wird aus den Leuten, die dableiben? Mit denen ihr Leben nicht nur emotional verbunden war, sondern auch wirtschaftlich, als Käufer, Händler, Arbeitgeber. Sie wünscht ihnen in Gedanken Glück. Und hofft, dass sie sich im Kollektiv der Sowjetunion zurechtfinden werden, dass der lange Arm Stalins sie nicht hinwegfegt wie lästige Insekten.

Als sie an Oleg und Manja vorbeifahren, die ihnen mit beiden Armen ein letztes Mal zuwinken, fragt August Alma: »Meinst du, es war Oleg, der die Paraffinkerzen geklaut hat?«

Als Alma ihn fragend ansieht, fügt er hinzu: »Na, damals, als wir die Reben vor der Kälte schützen mussten, da fehlten doch welche.«

»Wie kommst du denn jetzt darauf? Warum verdächtigst du ausgerechnet ihn?«

»Nur so, könnte ja sein.«

»Du denkst manchmal wirklich nur das Schlechteste von den Menschen.«

»Aber die Menschen sind ja auch schlecht. Und einer muss es ja gewesen sein.«

Alma schüttelt missbilligend den Kopf. »Du solltest nicht so viel saufen.« Sie wendet sich von ihrem scharf nach Schnaps riechenden Bruder ab. Wenn er so eine Laune hat, wenn ihm sein Kater auf die Stimmung drückt, will sie besser keine Unterhaltung mit ihm führen.

Sie lehnt sich zurück, gibt August die Zügel und lässt ihren Blick über die langsam vorbeiziehende, schon herbstlich angefärbte Landschaft streifen. Die Luft ist klar und frisch. Es wird ein guter Tag zum Reisen werden. Auf den Telefondrähten, die sich neben der Straße entlangspannen, sitzen Schwalben dicht gedrängt. Auch sie nehmen Abschied, auch sie werden bald nicht mehr hier sein. Eine tiefe Melancholie ergreift sie, die im Bauch beginnt und sich langsam nach allen Seiten ausbreitet.

Sie schließt die Augen, lässt sich vom Wagen durchrütteln, öffnet sie wieder, und da sieht sie sie: Am Horizont, in der Nähe des Akazienwaldes, stehen drei Wölfe. Die Morgensonne umrandet ihre Silhouette mit goldenem Licht und zeichnet lange Schatten ins Steppengras. Es sieht seltsam aus. Ein wenig so wie auf der Zeichnung von Sascha Iwanow. Die Perspektive ist verändert, alles scheint viel näher, als es in Wirklichkeit ist. Alma fragt sich, ob ihr die Sinne einen Streich spielen. Doch vielleicht ist das auch egal. Es sieht wunderschön aus. Sie hebt die Hand und winkt den Wölfen zum Abschied zu. Sie wird sie niemals vergessen. Sie winkt nochmals, räuspert sich, ringt um Fassung und weint schließlich doch. Tränenblind verschwimmt die Welt. Als sie wieder sehen kann, sind die Wölfe verschwunden. Und sie fragt sich, ob sie und ihre Leute nun selbst Einzug finden werden in die Fabeln und Märchen Bessarabiens, die es schon gab, bevor sich ihre Vorfahren hier niedergelassen haben, und die es noch geben wird, wenn sie alle längst zu Staub zerfallen sind.

Und vielleicht, ja vielleicht erzählt man sich dann eine neue Geschichte. Eine Fabel über einen großen grauen Wolf, der sein Rudel durch die Weiten der Steppe, die lichten Wälder und über die sanft geschwungenen Weingärten Bessarabiens führte. Immer bedroht, stets auf der Flucht vor den Menschen, die das Land damals ihr Eigen nannten. Und vielleicht erzählt man sich dann auch, wie ebendieser Wolf eines Tages eine unachtsame, dumme junge Frau aus den Fängen eines schwarzen Ungeheuers errettete. Und dafür fast mit seinem Leben bezahlte.

Kapitel 12

Rumänien, Oktober 1940

Fünf Tage und vier Nächte sind sie unterwegs. Sie nächtigen in den Scheunen, Kirchen und Gemeindehäusern der verlassenen Dörfer, vermeiden die offene Steppe. Bei den Wagen und Pferden entzünden sie große Lagerfeuer und stellen Wachen auf, aus Angst, von umherziehenden Banden überfallen zu werden. Doch keiner wagt es, sich ihnen zu nähern, stehen sie doch mit Gewehren bewaffnet bereit, ihren kargen Besitz zu verteidigen.

Alma verbringt die Abende mit Emma. Sobald sie die Pferde versorgt haben, holen sie sich etwas zu essen und setzen sich etwas abseits an eines der Lagerfeuer. Sie sprechen über Gregor und überlegen, was er wohl gerade macht, was sein Plan ist, ob er nicht vielleicht schon in Deutschland ist, womöglich sein Medizinstudium begonnen hat und sie dort erwartet. Alma kann gar nicht mehr aufhören, über ihn zu sprechen. Und Emma geht es genauso. Sie erzählen sich gegenseitig Geschichten aus ihrer Kindheit und darüber, wie sie sich die Zukunft erträumen. Immer sind sie darin zu dritt. Wie früher. Die »Unzertrennlichen«, die »besten aller Freunde«. Etwas anderes können sie sich im Moment nicht vorstellen.

Natürlich sprechen sie ebenfalls über den neuesten Klatsch und Tratsch der Dorfbewohner. Denn auch wenn sich das Dorf in einen Wagentreck verwandelt hat, bestehen weiterhin dieselben Beziehungen, Geflechte, Streitereien. Nur über eines sprechen sie nie: über das, was Emma mit Gengelbach widerfahren ist, was er ihr angetan hat und wie es so weit hat kommen können.

Nur manchmal beobachtet Alma ihre Freundin dabei, wie sie gedankenverloren über die Narbe ihrer linken Hand streicht. Dann weiß Alma, dass der Phantomschmerz wieder da ist, dass er sie malträtiert, um den Verlust des Fingers zu beklagen. Dann hat sie denselben verlorenen Gesichtsausdruck wie damals auf ihrem Bett, strahlt dieselbe Mutlosigkeit aus. Und Alma hat Angst, dass der Selbsthass sie erneut umschlingt und ihr Selbstbewusstsein in den Staub tritt. Dann nimmt sie Emma schnell in die Arme, und sie schauen schweigend den Flammen zu.

Hin und wieder leistet Anton ihnen Gesellschaft. Doch meistens ist er an einem anderen Lagerfeuer mit seinen Freunden zusammen. Und August? Nun, sie sehen ihn fast nie. Alma vermutet, dass es selbst hier eine abgeschiedene Ecke gibt, wo er heimlich und ohne den strengen Blick des Vaters mit Gleichgesinnten Karten spielen und Schnaps trinken kann. Wenn er rechtzeitig am nächsten Morgen auf dem Kutschbock sitzt, um den Wagen zu lenken, ist es ihr egal. Sie ist nur enttäuscht darüber, dass das gute Verhältnis, das sie die letzten Monate hatten, irgendwie verpufft ist. Und sie weiß nicht, warum. Er scheint seit dem Aufbruch ein anderer zu sein. Was früher nur manchmal zwischen dem sonnigen, charmanten Wesen ihres Bruders hindurchblitzte, das Düstere, Destruktive, Egozentrische, hat sich jetzt verstärkt. Und das Schlimme ist, dass er sich damit wohlzufühlen scheint, als hätte er schon lange darauf gewartet, es nicht mehr verstecken zu müssen.

Der Vater hingegen ist ohne seine Frau und seine beiden kleinen Söhne seltsam verloren. Als wüsste er plötzlich nichts mehr mit sich anzufangen. Suchte er sonst die Einsamkeit, zog er sich zu Hause auf dem Hof regelmäßig zurück und sprach nur das Nötigste oder eben gar nichts wie die letzten Tage, verfällt er jetzt, während der Fahrt, in langatmige Monologe, vor denen Anton innerhalb kürzester Zeit nach hinten auf den Wagen seiner Geschwister flüchtet.

Abends sitzt er zusammen mit den anderen Männern an einem der Lagerfeuer und singt mit ihnen wehmütige Lieder, während sie sich mit Wein zuprosten, den sie mit dem kalten Wasser der Steppenbrunnen verdünnen, damit ihr Vorrat länger hält. Es ist auch bei ihm, als ob sich eine andere Persönlichkeit aus seinem Inneren nach außen geschält hat. Und Alma weiß nicht, wie sie damit umgehen soll.

Auch sonst fühlt sich Alma verunsichert und der Situation nicht gewachsen. In den eintönigen Stunden der Fahrt fragt sie sich bange, wohin das alles noch führt, wenn sich Vater und Bruder schon jetzt verändern, kaum, dass sie die Heimat verlassen haben, wie soll das erst im Deutschen Reich werden? Wo alles neu für sie sein wird, sie nicht einmal ahnen können, was sie erwartet, sie nicht mehr die wohlhabenden Weinbauern, sondern Bettler sein werden. Sie haben zwar nie darüber gesprochen, doch genau das werden sie sein: Bettler. Alles, was sie jemals besessen haben, existiert nur noch auf einem Wisch Papier, das ihnen die deutsche Umsiedlungsorganisation ausgestellt hat, das ihren Besitz für die spätere Entschädigung dokumentiert. Ob es dazu jemals kommen wird? Niemand weiß es. Und wenn diese nagende Angst vor dem Ungewissen auflodert, krampfen sich ihre Eingeweide zusammen und sie wird von Bauchschmerzen geplagt, die sie keuchen lassen. Dann fühlt sie sich noch schwächer, noch mehr den Umständen ausgeliefert. Zum Schutz zieht sie in solchen Momenten ein Kopftuch ins

Gesicht, vergräbt sich in einem Wollschal und betet, dass der Moser Franz ihre Schwäche nicht sieht. Doch zumindest diese Sorge ist unbegründet. Denn dieser macht einen großen Bogen um sie. Vermutlich will er Oberlehrer Baumann nicht noch einmal in die Quere kommen, will sich nicht noch einmal wie ein kleiner Schüler abgekanzelt fühlen. Zum Glück weiß er nicht, dass der Peitschenhieb nur ein kurzes Aufbäumen von dessen alter Autorität war. Wie ein Flackern, bevor die Kerze ganz erlischt. Denn auch Oberlehrer Baumann hat sich verändert. Er zeigt kein Interesse mehr an der äußeren Welt. Stunden verbringt er damit, die Bibel zu studieren, während Emma die Pferde lenkt, macht sich Notizen und schreibt ganze Absätze daraus ab, um später, wenn sie rasten, mit dem Vikar darüber zu diskutieren. So legen sie Kilometer um Kilometer zurück. Jeder in sich gefangen. Langsam verändert sich die Landschaft. Die sanft geschwungene Steppe wechselt sich mit Feuchtgebieten ab, die durchzogen sind von gewaltigen Schilfwäldern, so weit das Auge reicht. Sie kommen an Seen vorbei, deren Namen Alma noch nie gehört hat und die so fischreich sind, dass es teilweise an der Wasseroberfläche brodelt. Fischer haben lange Netze gespannt. Doch sie bekommen keinen zu Gesicht. In der Ferne sieht Alma ein Gebirge, an dem weiße Wolkenfetzen kleben. Jemand sagt, es sei das Bucegi-Gebirge. Sie weiß nicht, ob es stimmt.

Ab dem dritten Tag wird das Wetter schlecht. Der Herbstregen setzt ein. Erst tröpfelt es nur, doch bald schon regnet es ohne Unterlass. Die Straßen verwandeln sich in einen schlammigen Morast. Sie kommen nur noch schwer voran. Mit aller Kraft ziehen die Pferde die Wagen, die immer wieder stecken bleiben. Sie stemmen sich tapfer gegen Regen und Sturm und kämpfen mit ihrer Last. Abends bauen die Männer für die frierenden, erschöpften Tiere Unterstände, reiben sie mit Stroh trocken und hängen ihnen Säcke gegen die Kälte um.

Am letzten Tag tritt das ein, was alle befürchtet haben: Nach einer Steigung, als es schon wieder hinuntergeht, kurz hinter dem Dorf Reni, bevor sie die Grenze am Pruth überqueren, bricht die Achse des Wagens Nummer fünfundfünfzig von Bauer Häberle. Die beiden Zugpferde, von der vorangegangenen Anstrengung erschöpft, können das Gewicht nicht halten und kippen samt Wagen um. Der Hinterlauf der zuunterst liegenden Stute verfängt sich in den Speichen des Vorderrads, das sich in der Luft weiterdreht. Die Schreie des Tieres sind fürchterlich.

Alma ruft August zu, er solle warten, greift sich das Gewehr, lädt es, zieht die Kapuze des Regenumhangs dicht ins Gesicht und eilt an der Wagenschlange entlang nach hinten. Immer wieder rutscht sie im Schlamm aus, fängt sich wieder und eilt weiter bis zur Unglücksstelle: Um die umgekippte Kutsche und die strampelnden Pferde hat sich eine Traube Männer gebildet. Hilflos stehen sie da, die schwarzen Karakulmützen tief ins Gesicht gezogen. Der Regen läuft in dicken Schlieren daran herunter, direkt in die Schnurrbärte, und lässt diese wie einen Wasserhahn tropfen. Betreten schauen sie zu, wie Bauer Häberle und seine Söhne versuchen, die im Schlamm zappelnden Pferde zu befreien. Eine weitere Gruppe Männer probiert, ob sie gemeinschaftlich die Kutsche anheben können. Allerdings ist sie zu glitschig. Sie rutschen mit den Händen ab. Sie probieren es wieder und wieder, doch sie bekommen sie einfach nicht zu greifen. Das Pferd schreit immer noch.

Alma umklammert den hölzernen, glatten Griff des Gewehrs und drängt sich zwischen den Zuschauern hindurch. Ohne Murren gehen sie zur Seite. Nun hat sie freien Blick, und vor Mitleid zieht sich ihr Herz zusammen: Inmitten des ohrenbetäubenden Lärms aus dröhnenden Stimmen, gellenden Schreien und donnerndem Regen, verheddern sich die Pferde immer mehr in ihrem Geschirr. Sie rollen die Augen, das Weiße dreht sich nach vorne, um die Mäuler hat sich Schaum gebildet, der sich mit Regen und Schlamm vermischt. Das Sprunggelenk der Stute steht unnatürlich ab.

Alma will Bauer Häberle das Gewehr reichen. Er muss das Leid des Tiers beenden. Da wird sie zur Seite gerissen. Der Moser Franz steht direkt vor ihr, das Gesicht verzerrt. Vor Wut und Triumph. Nun hat er sie. Endlich. Ohne den aufmerksamen Blick von Oberlehrer Baumann oder den ihrer Brüder: »Hau ab, Hexen haben hier nichts zu suchen.«

Alma stammelt: »Aber das Pferd ...« Weiter kommt sie nicht. Er stößt ihr brutal den Ellbogen ins Gesicht und zischt: »Das ist für den Dorfschulzen!«

Mit einem erstickten Aufschrei taumelt sie zurück, rutscht aus und fällt in den Schlamm. Gleich neben schmatzende Männerstiefel und strampelnde Pferdehufe. Ein brennender Schmerz breitet sich in der Mitte ihres Gesichts aus. Sie greift sich an die Nase. Blut vermischt sich mit Regenwasser und Tränen. Sie sieht nur noch Umrisse. *Das ist für den Dorfschulzen.* Er verdächtigt sie also. Sie muss hier weg, nicht, dass er im Schutz des Chaos nochmals zuschlägt. Plötzlich erscheint eine Hand in ihrem Gesichtsfeld. Es ist ihr Vater. Er zieht sie hoch. »Gib mir das Gewehr.«

Alma blickt sich um. Der Moser Franz ist nirgends mehr zu sehen. Sie gibt ihrem Vater das Gewehr, das sie immer noch umklammert. Dieser nimmt es, tritt vor und reicht es wortlos an Bauer Häberle weiter. Der versteht. Er bedeutet seinen Söhnen zurückzutreten, legt das Gewehr an und erschießt das leidende Tier. Nach dem Knall ist nur noch das Donnern des Regens zu hören.

Danach geht alles ganz schnell.

Sie schneiden das andere Pferd los, bauen in Windeseile den Wagen auseinander, um ihn aus dem Weg räumen zu können, und verteilen das Gepäck auf die anderen. Den Kadaver ziehen sie an den Wegrand, gleich neben die Fragmente des Fuhrwerks. Es sieht aus wie ein Mahnmal, und Alma betet, dass es kein Omen ist.

Bevor die Männer zurück zu ihren Wagen gehen, verharren sie davor, senken den Kopf, und der Vikar, der inzwischen auch zu der Gruppe gestoßen ist, hält ein kurzes Gebet. Alma steht neben ihrem Vater. Sie ist völlig durchnässt und ihr ist kalt. Vorsichtig betastet sie sich die Nase. Sie scheint nicht gebrochen zu sein, doch es läuft noch ein schmaler Blutfaden aus dem linken Nasenloch. Sie drückt dagegen, um die Blutung zu stoppen. Ihr Vater fragt, wer das gewesen sei. Dabei sieht er sie aus schmalen Augen lauernd an. Ein wenig wie eine Raubkatze. Und Alma hat wieder den Dorfschulzen vor Augen. Er baumelt im Rathaus vom Deckenbalken, mit blau angelaufener Zunge. *Und wenn es nun doch der Vater war, der ihn umgebracht hat? Und wenn er es wieder tut? Wenn das seine Art ist, sie zu beschützen?* Sie schluckt ihre Antwort hinunter und stammelt etwas von einem Unfall. Sie wird sich selber um den Moser Franz kümmern. Sie glaubt, dass sie das kann. Denn im Gegensatz zu SS-Standartenführer Gengelbach, den sie für abgrundtief böse hält und mit seiner scharfen Intelligenz für hochgefährlich, ist der Moser Franz in ihren Augen einfach nur ein Arschloch.

Sie merkt, dass der Vater ihr nicht glaubt. Er betrachtet sie weiter mit zusammengekniffenen Augen, will nachhaken, was er früher nie getan hätte, doch genau in dem Moment tritt Bauer Häberle neben ihn und gibt ihm mit einem Kopfnicken das Gewehr zurück. »Danke, Steiner. Du warst der Einzige, der in diesem Chaos an das Leid des Tiers gedacht hat.«

* * *

Die Schreie der Stute sind längst verhallt, trotzdem wollen die anderen Pferde nicht mehr weitergehen. Stoisch ignorieren sie

Anfeuerungsrufe und Peitschenhiebe. Es ist, als ob sich Angst und Schmerz der Stute in ihre Glieder gesetzt haben.

Der Moser Franz tobt, sein Zeitplan ist gehörig durcheinandergeraten. Mit wutverzerrtem Gesicht stapft er an der Wagenschlange entlang, schreit, flucht und benutzt die Peitsche. Doch ohne Erfolg.

Alma kann es nicht mehr mit ansehen. Sie geht nach vorne zum Wagen des Vaters, vor den Bojan und einer der Füchse gespannt sind. Sanft streichelt sie Bojan über die Nüstern und redet ihm gut zu. Er schnaubt. Dann zieht sie zwei Karotten aus dem Umhang hervor. Bojan und der Fuchs zermahlen sie zufrieden. Danach legt Bojan seinen großen Kopf auf ihre Schulter. Sie streicht ihm über die schmale, kaum sichtbare Blesse, und plötzlich schüttelt er sich, als hätte er einen Entschluss gefasst. Vorsichtig setzt er einen Schritt nach vorne, wartet, bis Alma beiseitetritt, und setzt noch einen vor. Der Fuchs scheint nur darauf gewartet zu haben und tut es ihm gleich. Langsam stapfen sie durch den Morast. Alma führt sie an der Reihe vorbei. Zum Glück ist der Weg an dieser Stelle breit genug, sodass sie Wagen um Wagen hinter sich lassen, bis zur Spitze. Dort gehen sie einfach weiter, auch wenn der Moser Franz ihr hinterherbrüllt, sie solle gefälligst zurück auf ihren Platz, Frauen hätten keine Pferde zu führen, und er schreit noch mehr Dinge, die Frauen nicht dürfen, vermischt mit wüsten Flüchen. Auch Anton schreit hinter ihr auf dem Kutschbock: »Alma, was soll dieser Alleingang, jetzt reihe uns gefälligst wieder ein. Damit verursachst du nur Chaos!«

Alma hört nicht zu. Sie wischt sich trotzig den Rotz von der Nase, der durch den Schlag immer noch in blutigen Schlieren heruntertropft, und geht einfach weiter, bis der klatschende Regen die Litanei verschluckt. Sie denkt sich: *Ihr könnt mich doch mal, ihr könnt mich doch alle mal, ihr selbstgefälligen Besserwisser*. Sie ist sich sicher, dass der Rest der Tiere folgen wird. Und tatsächlich. Nachdem sie sich etwa zwanzig Meter von der Spitze entfernt haben, geht ein Ruck durch die Wagenschlange und die anderen Pferde setzen sich ebenfalls in Bewegung. Schritt für Schritt lassen sie ihre Angst zurück und gehen ergeben dem Ziel entgegen. Erst jetzt dreht sie sich zum Vater um, der auf dem Kutschbock sitzt, die Zügel locker in der Hand, und seine Tochter lächelnd und stolz betrachtet. Anton sitzt dicht neben ihm, mit verschränkten Armen und verkniffenem Mund. Seine Schwester ist ihm peinlich. Doch das ist Alma egal. Ihren Vater lächeln zu sehen, die Art, wie er sie ansieht, macht den Groll auf ihn, der seit Wochen, vielleicht Jahren in ihr schwelt, vergessen und rührt sie in einer Weise, dass sie schon wieder weinen könnte.

Doch sie schluckt den Kloß hinunter. Sie hat genug geweint die letzten Monate. Es reicht. Sie strafft sich und geht mit ausholenden Schritten weiter.

* * *

So kommen sie an den Grenzübergang nach Rumänien, mit Alma und Bojan an der Spitze. Der Regen hat aufgehört. Schon von Weitem sieht sie die Grenzposten vor der behelfsmäßigen Pontonbrücke, die auf die Schnelle zusammengebaut werden musste, weil rumänische Fallschirmspringer die ursprüngliche Brücke während der russischen Invasion gesprengt hatten.

»Eine der wenigen militärischen Maßnahmen vonseiten der Rumänen«, bemerkt Almas Vater bitter. Und zum ersten Mal zeigt er damit sein Missfallen über den Umgang der Rumänen mit der russischen Invasion.

»Was hätten sie denn tun sollen? Gegen die Übermacht der Russen kämpfen?«, fragt Anton. »Und was wäre dann? Dann würden wir uns in einem Krieg zermürben und hätten nicht die geringste Möglichkeit, ins Deutsche Reich umzusiedeln.«

»Was vielleicht auch besser wäre.«

Anton verzieht das Gesicht. Es ist ihm anzusehen, was er von der Meinung des Vaters hält. Doch das äußert er lieber nicht. Auch wenn der Vater seinen Kindern gegenüber gerade wesentlich zugewandter ist, will Anton den guten Willen nicht überstrapazieren.

Alma bleibt stehen. Die rote Fahne der Sowjets, mit Hammer und Sichel, knattert neben der Grenzbaracke laut im Wind. Auf der anderen Seite der Brücke weht die blau-gelb-rote Fahne mit dem goldenen Wappen des Rumänischen Königreichs. Der Moser Franz hastet mit einem seiner Gehilfen an ihr vorbei, zischt ihr zu, ihr eigenmächtiges Handeln werde noch ein Nachspiel haben, und tritt vor die Grenzposten, die mit geschultertem Gewehr in einer Reihe den Ankömmling erwarten. Der Moser Franz spricht mit ihnen. Lange. Der Grenzer schüttelt mehrfach den Kopf. Alma ärgert sich. Ihre Karawane gehört bestimmt nicht zu den ersten mit Bessarabiendeutschen, die die Grenze passieren wollen. Schließlich ist der gesamte Vorgang zwischen Deutschen, Rumänen und Russen abgestimmt. Was wollen die jetzt noch? Was gibt es zu diskutieren?

In dem Moment tritt ein ranghöherer Offizier aus der Baracke, dem der Moser Franz Papiere, vermutlich die Transport- und Personenliste, aushändigt. Der nimmt sie entgegen, nickt knapp, bedeutet mit der Hand, dass Moser warten soll, und verschwindet wieder in der Baracke.

Alma setzt sich zu ihrem Vater auf den Kutschbock. Anton rückt murrend zur Seite. »Das kann dauern«, brummt der Vater und steckt sich eine Pfeife an.

Sie warten beinahe eine Stunde, bis wieder Bewegung in die Soldaten kommt. Währenddessen können sie beobachten, wie sich auf der anderen Seite der Brücke, bei den Rumänen, Männer in Stellung bringen, Gruppen bilden, umherlaufen, ganz offensichtlich auf sie warten.

Dann sondern sich drei Grenzsoldaten der Sowjets ab und kommen auf die Wagen zu. »Was passiert jetzt?«, flüstert Alma.

»Ich denke, die wollen die Wagen kontrollieren«, antwortet der Vater. Und er hat recht. Sie müssen das Gepäck abladen. Die Soldaten schreiten von Wagen zu Wagen und nehmen stichprobenartig Kontrollen vor. Alles, was nicht auf der Transportliste steht, wird beschlagnahmt. »Eine gute Möglichkeit, den Sold aufzubessern«, knurrt der Vater wütend und ballt die Hände zu Fäusten.

Anton wirkt plötzlich nervös.

»Haben wir etwas zu verbergen?«, fragt Alma alarmiert. »Habt ihr noch etwas eingepackt, von dem ich nichts weiß?«

Doch beide tun so, als würden sie sie nicht hören. Wütend will sie vom Wagen steigen und nach hinten zu August gehen, der zusammengesunken auf dem Kutschbock sitzt und die erzwungene Pause für ein Schläfchen nutzt.

Doch Anton hält sie am Arm fest. »Vielleicht ist es besser, wenn du, als Frau, hierbleibst.«

»Was soll denn das jetzt heißen?«

Anton druckst. »Na, du weißt ja, wenn Männer eine schöne Frau sehen, sind sie manchmal, nun, wie soll ich sagen, ein wenig …«

»… dämlich«, vollendet Alma den Satz und muss lachen, weil es ihrem Bruder offensichtlich sehr peinlich ist, ihr ein Kompliment zu machen. Auch wenn es nur ein indirektes ist. Doch sie fasst sich schnell wieder. »Dann muss ich wissen, was los ist.« Doch bevor Anton antworten kann, steht schon einer der Grenzsoldaten vor ihrem Wagen.

»Auspacken!«

Sie öffnen die Kisten und Koffer. Der Soldat wühlt darin, vergleicht die Transportliste, wühlt weiter. Dann hält er triumphierend einen kleinen Leinensack hoch und fragt auf Russisch: »Was ist das?«

»Erde«, antwortet der Vater.

»Willst du mich verarschen?«

»Das ist Schwarzerde, unsere Heimaterde.«

Der Soldat sieht den Vater verblüfft an. »Ausleeren.« Der Vater verschränkt die Arme vor der Brust. »Ausleeren!«, brüllt der Soldat.

Anton tritt vor. »Das ist eine Erinnerung.«

»Das ist Eigentum der Sowjetunion und wird nicht über die Grenze gebracht.«

Anton schaut schnell zum Vater, will einen Hinweis, wie er sich jetzt verhalten soll. Der reagiert nicht, starrt einfach nur stumm über den Soldaten hinweg, als würde ihn all das nichts angehen.

»Also gut!«, sagt Anton verunsichert. Er nimmt den Sack, öffnet ihn und lässt die schwarze Erde zögerlich in den Schlamm rieseln. Alma befürchtet, dass der Vater eingreifen wird, vielleicht schreit und einen seiner berüchtigten Wutanfälle bekommt. Doch er bleibt erstaunlich gelassen, betrachtet nur mit wehmütigem Blick die herausrieselnde Erde.

»Schneller! Ich habe nicht den ganzen Tag Zeit!«, brüllt der Soldat. Doch Anton lässt sich nicht aus der Ruhe bringen, bis ihm der Soldat den Sack aus den Händen reißt und ihn einfach umstülpt. Dick und schwer plumpst die restliche Erde auf den schlammigen Weg und saugt augenblicklich Nässe auf. Daraufhin wendet er sich zum Wagen, schiebt mit dem Gewehr die Plane beiseite. »Und was ist das?« Der Vater und Anton werfen sich Blicke zu. Und Alma fragt sich, was die beiden wirklich vor dem Grenzer verbergen.

Der Grenzer beugt sich hinein und zerrt einen unförmigen Leinensack heraus. Er stülpt ihn auf. Und da sieht es Alma: Es sind ineinandergeflochtene Büschel aus Rebholz. Wer kein Winzer ist, weiß nicht um deren Wert, sieht einfach nur trockene Äste. Doch in Wirklichkeit handelt es sich um nichts

Geringeres als ihre Zukunft. Denn damit können sie, wenn die Bedingungen stimmen und alles gut geht, neue Rebstöcke ziehen.

Schnell sagt sie: »Feuerholz! Das ist bloß Feuerholz.«

Der Soldat dreht sich zu ihr um und mustert sie verblüfft. Mit einer Frau hat er in der Karawane nicht gerechnet. Alma zwingt sich zu einem Lächeln. Der Soldat räuspert sich, ist unschlüssig. Alma wiederholt die Worte: »Bloß Feuerholz«, und zuckt mit den Schultern. »Sollen wir es hier auf dieser Seite des Flusses lassen, als Eigentum der Sowjetunion, oder darf ich heute damit noch das Abendessen kochen?«

Im Gesicht des Soldaten arbeitet es. Er hat mit Wertsachen gerechnet. Schmuck, Geld. Doch ganz offensichtlich gibt es in diesem Wagen nichts zu holen. Er kann sich also der schönen Frau gegenüber großzügig erweisen. Er brummt: »Von mir aus«, schultert das Gewehr und geht zum nächsten Wagen, den er kontrollieren und in dem er vielleicht etwas Wertvolles finden kann.

Schnell beugt sich der Vater zu der schwarzen Erde, die auf dem nassen Boden inzwischen zu einer schlierigen schwarzen Masse geworden ist. Er nimmt zwei Handvoll und formt eine Kugel daraus. Es sieht aus wie ein schwarzer, großer Schneeball. Und plötzlich funkelt er grün und rot. Almas Augen werden groß. Was in aller Welt hat der Vater in der Schwarzerde versteckt? Bedächtig greift der Vater erneut in den Schlamm und streicht eine zusätzliche Schicht darüber, sodass das Funkeln erlischt. Er tastet nochmals suchend durch den Boden, findet etwas, das er mit Daumen und Zeigefinger aufhebt und steckt es in die runde Masse. Darauf zieht er ein weißes Taschentuch hervor und wickelt die Kugel darin ein. Als wäre das ganz normal, steckt er diese in die Hosentasche.

* * *

Endlich sind alle Wagen kontrolliert und der Treck kann sich wieder in Bewegung setzen. Viele hatten weniger Glück als die Steiners und fluchen den Grenzsoldaten hinterher. Alles, was sie an zusätzlichen Wertsachen bei sich hatten, wurde ihnen abgenommen und beschlagnahmt. Nur auf wenigen Gesichtern ist dieses grimmige und gleichzeitig zufriedene Lächeln jener zu sehen, die entgegen aller Erwartung etwas geschafft haben. In diesem Fall: die Zöllner zu überlisten und einen Teil des Vermögens zu retten.

Inzwischen ist es Nachmittag geworden. Die Wagen poltern über die schmale Brücke. Es hört sich an wie Donnergrollen. Die Brücke schwingt im Rhythmus der Pferdeschritte bedenklich auf und ab. Alma wird es flau im Magen. Ängstlich schaut sie in die braunen, schäumenden Wassermassen des Pruth, der sich durch das Unwetter in ein wildes, sprudelndes Ungetüm verwandelt hat.

»Was war das? Was hat in der schwarzen Erde geglitzert?«, fragt Alma unvermittelt ihren Bruder. »Waren das die Steine aus Mutters Halskette? Habt ihr die herausgebrochen, damit sie besser geschmuggelt werden können?« Anton nickt und grinst. Doch anstatt sich ebenfalls zu freuen, ist Alma wütend. Sie hätte sich gewünscht, in den Schmuggel eingeweiht worden zu sein. Irgendwie fühlt sie sich hintergangen. »Wusste August Bescheid?«

»Gott bewahre! Der hätte die Steine vermutlich verspielt.«

»Und warum habt ihr mir nichts gesagt?«

Auf diese Frage scheint Anton nur gewartet zu haben. Mit unschuldigem Blick sagt er: »Keine Ahnung, vielleicht dachte Vater, deine Nerven wären zu schwach.« Er kichert. Und Alma kann sehen, wie stolz Anton ist, dass er offensichtlich als einziger der Geschwister das vollständige Vertrauen des Vaters für so ein gefährliches Unterfangen genossen hat.

Buenos Aires, Argentinien 2001

»Das Verhältnis zwischen dir und Anton war …« Ich suchte nach dem richtigen Wort.

Meine Tante beendete den Satz schmunzelnd: »… etwas angespannt, ja. Doch im Grunde war das harmlose geschwisterliche Rivalität. Anton fühlte sich uns anderen gegenüber immer ein wenig unterlegen. Alwin war der Älteste und der unantastbare Souverän. August war schlau, charmant und unabhängig, und ich als einziges Mädchen wurde, nun ja, sowieso besonders behandelt. Auch wenn mir das nicht bewusst war. Endlich wurde Anton einmal – zumindest scheinbar – bevorzugt und konnte auftrumpfen. Vielleicht hatte ihn Vater auch deshalb in das Geheimnis eingeweiht.« Sie zuckte mit den Schultern. »Das würde ich mir im Nachhinein zumindest wünschen. Doch ich befürchte, Vater dachte und handelte nicht so. Die Befindlichkeiten seiner Kinder hatten für ihn keine Priorität. Anton war halt gerade da. Er benutzte uns so, wie es ihm in den Kram passte.«

Die Sterne verblassten, und sanft zog die Dämmerung hinter den Dächern herauf. Ich dachte an meinen eigenen Bruder, der mir erst im Erwachsenenalter nähergekommen war, und an die schrecklichen Streitereien, die wir als Kinder miteinander gehabt hatten. Ja, ich konnte die Dynamik zwischen den Geschwistern gut verstehen.

Eine frühe Amsel unterbrach meine Gedanken. Sie schickte ihren betörenden Gesang zu uns herüber. Meine Tante lehnte sich zurück und hörte ihr mit geschlossenen Augen und einem Lächeln auf den Lippen zu. »Wusstest du, dass Amseln regionale Dialekte haben?« Ich lachte ungläubig. Sie sagte: »Horch genau hin.« Und tatsächlich. Der Gesang unterschied sich in Nuancen von dem, den ich aus Deutschland kannte.

»Der Gesang in Bessarabien war ebenfalls ein anderer?«

»Aber natürlich! Das ist mir immer als Erstes aufgefallen, wenn ich in ein neues Land gekommen bin.« Sie hielt kurz inne. »Doch das, was ich beim Zuhören fühle, ist immer dasselbe.«

Überrascht sah ich sie an. Ich selbst fühlte mich vom Gesang der Amseln stets auf eigenartige Weise berührt. Als würde etwas meine Seele streifen, das ich nicht benennen konnte. Ob es ihr auch so ging? Ich traute mich nicht zu fragen. Wir hörten der Amsel zu, bis sie wegflog. Unten auf der Straße hupte das erste Auto.

»Der Moser Franz hat dich verdächtigt?«

»Ich glaube nicht, dass er wirklich glaubte, dass ich den Dorfschulzen erhängt hatte. Wie hätte ich das auch anstellen sollen? Ich war zwar groß und kräftig, doch gegen einen Hundertzwanzigkilomann hätte ich keine Chance gehabt. Trotzdem war er sich sicher, dass ich etwas damit zu tun hatte. Denn vermutlich wusste er, dass mich der Dorfschulz mit seiner Anschuldigung reinlegen wollte. Ich hätte also durchaus ein Motiv gehabt.«

»Und er wollte sich rächen.«

»Auch. Doch wurde mir erst im Lauf der Jahre klar, was sein eigentliches Motiv war.«

Ich schaute sie fragend an.

»Manche Männer haben ein Problem mit selbstbewussten Frauen. Und ich war für heutige Verhältnisse vielleicht nicht wirklich emanzipiert, für damalige aber schon – ich war ihm schlichtweg ein Dorn im Auge, weil er sich mir gegenüber nicht überlegen fühlen konnte.«

»War das auch Gengelbachs Motivation?«

Bei dem Namen verfinsterte sich das Gesicht meiner Tante. Auch nach so vielen Jahren hatte der Name offenbar noch Macht über sie. Es war mir unangenehm, sie an ihn erinnert zu haben, und ich entschuldigte mich.

Sie fragte: »Warum entschuldigst du dich?«

Ich stammelte verunsichert: »Weil, weil …« Sie winkte ab. »Du kannst ja nichts dafür, dass ich alleine bei der Erwähnung dieses Namens wütend werde. Nein, Gengelbachs Motivation war eine andere. Bis ich schließlich dahinterkam, dauerte es jedoch noch etwas.«

Ich wartete, dass sie weitersprach, doch sie schwieg und hatte wieder diesen beseelten Gesichtsausdruck. »Schau!« Sie hob den Zeigefinger. Die Amsel war zurückgekommen. Ihre Silhouette zeichnete sich klar gegen den dämmernden Morgenhimmel ab. Sie saß auf dem Kamin des gegenüberliegenden Hauses und sang aus Leibeskräften. Wir hörten ihr zu. Und wie auf Kommando stimmten weitere Vögel in ein am Ende gewaltiges Morgenkonzert ein. Es war wunderschön.

Unvermittelt erzählte meine Tante weiter, und es brauchte nur einen Wimpernschlag, um erneut in eine andere Zeit und ein fremdes Land zu fliegen, über den Fluss und mitten hinein nach Rumänien.

»Auf der anderen Seite der Grenze wurden wir von rumänischen Grenzern und deutschen SS-Offizieren empfangen, die dem Moser Franz in seiner Funktion als Treckführer Instruktionen für den weiteren Verlauf der Reise gaben. Ich kann mich noch gut erinnern, wie er währenddessen beflissen nickte und zum Schluss den Arm hochriss und so laut ›Heil Hitler‹ schrie, dass die Pferde unruhig mit den Ohren spielten.«

Ich musste lachen und beugte mich interessiert vor. Im Hintergrund sangen die Vögel und vermischten sich mit der Geschichte. »Wie weit war es noch bis Galatz?«, fragte ich.

»Nur noch fünfzehn Kilometer. Bei der Ankunft fuhren wir zuerst zum Güterhafen, um das Großgepäck aufzugeben. Das verluden wir auf einen der Schleppkähne, der es auf direktem Weg nach Wien bringen sollte. Es ging alles sehr schnell. Jeder packte mit an, keiner dachte mehr darüber nach, ob das Gepäck auch wirklich ankommen würde, worüber alle während der Reise ausufernd diskutiert hatten. Jetzt wollten wir einfach nur endlich im Durchgangslager ankommen, um alsbald selbst über die Donau ins neue Leben zu schippern.«

»Ihr wart reisemüde?«

»Das kann man wohl sagen. Schon nach so kurzer Zeit. Dabei war das noch der leichte Teil der Reise. Aber langsam kippte die Stimmung. Bei allen. Denn den Leuten wurde langsam klar, dass sie mit nicht mehr als dem, was sie auf dem Leib trugen, im Deutschen Reich ankommen würden. Denn jetzt hieß es, im Lager auch noch Wagen und Pferde abzugeben. Und ich hatte immer noch keine Idee, wie ich Bojan retten konnte.« Sie seufzte. Ich reichte ihr das Wasserglas. Sie nahm es dankbar an und trank zwei Schlucke. Dann fuhr sie fort. »Dachte ich noch zu Anfang, mir würde schon etwas einfallen, so musste ich mir nun eingestehen, dass ich gar nichts machen konnte. Ich war verzweifelt und weinte schon wieder und hasste mich dafür. Ich wollte stark sein, Trauer und Ohnmacht keinen Raum geben. Für Bojan. Er sollte sich durch meine Gefühle nicht ebenfalls schlecht fühlen. Es würde auch so schlimm für ihn werden.«

Meine Tante schwieg. Ich atmete tief durch und lehnte mich zurück. Auch ich brauchte eine kleine Pause. Es klang alles so ausweglos. Erst hatten sie die Heimat verloren, mussten die Hunde zurücklassen und nun auch noch die Pferde! Ich fand das alles schrecklich. Vermutlich hatten sie damals ein anderes Verhältnis zu Tieren. Doch wenn ich meine Tante über Bojan reden hörte, war da eine starke Nähe. Ich wollte sie später dazu befragen, denn sie erzählte schon weiter.

»Langsam fuhren wir durch die graue, düstere Stadt. Sie wirkte abweisend, schien uns nicht zu wollen. Selbst die goldene Kuppel der orthodoxen Kirche blitzte uns aus der Ferne frostig, beinahe hochmütig zu.

Anders das Auffanglager. Die Hallen des ehemaligen Flugplatzes, die nun als Unterkünfte dienten, waren frisch getüncht und strahlten freundlich in dem trüben Tag. Etwas abseits standen zusätzlich große Zelte. Dunkle Flecke auf einer weiten Fläche. Dem ehemaligen Rollfeld. Dazwischen summte und brummte es wie in einem Bienenstock. Noch nie hatte ich so viele Menschen auf einmal gesehen. Nicht einmal in Odessa.« Ihre Augen leuchteten angesichts der Erinnerung. »Schwäbische und plattdeutsche Laute flogen uns entgegen und schwirrten aufgeregt um uns her. Die beiden Dialekte, die sich bei uns über hundertfünfundzwanzig Jahre erhalten hatten. Dazwischen Rumänisch. Kein einziges Wort Russisch war zu hören, mit dem wir sonst, im Alltag, unsere Sprache ganz selbstverständlich vermischt hatten. Als wäre dieser Teil unserer Geschichte schon jetzt aus dem kollektiven Gedächtnis gelöscht gewesen.«

»Wie viele Leute waren in dem Lager?«, fragte ich dazwischen. Meine Tante überlegte. »Ich glaube, insgesamt war dort Platz für rund fünfzehntausend Menschen.«

»Fünfzehntausend?«, rief ich überrascht.

»Viele Menschen auf einmal für Dorfbewohner wie uns.« Sie lachte. »Wir waren das nicht gewohnt und augenblicklich überfordert. Nicht nur vom Lärm und Gewusel, auch von den verschiedenen Gerüchen, die wolkengleich durch die Menge waberten. Und du darfst mir glauben, nicht alle waren angenehm.«

Sie verzog das Gesicht.

»Es roch nach Gebratenem, dazwischen Urin, Schweiß, Mensch, Tier. Nach Leben auf engstem Raum. Wenn sich die verschiedenen Geruchswolken vermischten, entwickelte sich ein beinahe unerträglicher Gestank. Wir waren durch Erschöpfung und Reizüberflutung mit unseren Nerven und Sinnen am Anschlag. Deshalb eskalierte die Situation auch sofort, als uns ein junger, milchgesichtiger Soldat mit Flaum auf der Oberlippe in forschem Ton aufforderte, unseren Proviant abzugeben. Offensichtlich war er neu und fühlte sich wichtig in seinem Amt.« Sie kicherte. »Leider ließ er die Befindlichkeiten der Umsiedler außer Acht. Die Leute reagierten wütend, manche waren vollkommen außer sich. Niemand konnte verstehen, warum nun auch noch die Nahrungsmittel abgegeben werden sollten. Schon gar nicht wollte man Befehle von einem jungen Milchbubi entgegennehmen. Es kam zum Streit. Ein Wort ergab das andere. Eine Faust landete auf der Nase des Jungen, der darauf zum Gewehr griff und es gegen die Leute richtete. Mit sich überschlagender Stimme schrie er, wir sollten uns ergeben.« Meine Tante sagte trocken: »Er hatte da wohl was durcheinandergebracht. Zum Glück eilte in diesem Moment ein Offizier herbei, hob beschwichtigend die Hände, wies den Jungen zurecht und erklärte, dass alle Ankommenden die mitgeführten Lebensmittel abzugeben hätten, damit diese für die Grundversorgung aller im Lager genutzt werden konnten.«

»Was habt ihr dann gemacht? Dem Offizier auch eine reingehauen?«

Meine Tante lachte: »O nein! Eigentlich reichte es den Leuten schon. Keiner hatte mehr Lust auf Streit. Die Wut war verpufft wie die Luft aus einem kaputten Ballon. Menschen sind ja in der Regel einfach zu besänftigen: etwas erklären, einen Sinn erkennen lassen, kleine Versprechungen machen, Wertschätzung zeigen, ein paar nette Worte und schon sind sie wieder still. Wir gaben nach und luden ohne weiteres Murren unsere Sachen ab: Brot, Obst, Gemüse, die geschlachteten Hühner und Gänse, alles wurde in langen, akkurat ausgerichteten Reihen abgestellt. Holzkisten zu Holzkisten, Blechkannen zu Blechkannen und Tontöpfe zu Tontöpfen. Aber es zeigte doch, dass wir uns alle eine andere Vorstellung von der Umsiedlung gemacht hatten. Niemand hatte damit gerechnet, dass wir unsere Eigenständigkeit vollständig aufgeben, dass wir zum Kollektiv werden würden.« Sie räusperte sich und zog die Decke enger um ihre Schultern. Dann fuhr sie fort.

»Gleich daneben war das Kochzelt, aus dem die unterschiedlichsten Gerüche strömten, es brutzelte und blubberte, und weißer Dampf entwich über einen provisorisch gebauten Blechabzug. Dort würden wir später mit Essen versorgt werden. Und ich war froh, dass wir den Gänserich schon gegessen hatten. Irgendwie hätte es sich falsch angefühlt, wenn er zusammen mit den anderen zu Suppe geworden wäre.«

Ich lachte, wurde aber schnell wieder ernst. Lachen war irgendwie unangebracht. Nie hätte ich ein Tier essen können, zu dem ich eine persönliche Beziehung aufgebaut hatte, doch verstand ich sehr wohl, dass ihre Aussage etwas mit Respekt zu tun hatte. Ich wollte sie danach fragen, doch sie erzählte schon weiter. Ich würde später darüber nachdenken müssen. Wie über so vieles.

»Doch zuerst mussten wir noch die Wagen und Pferde abgeben. Wir fuhren weiter. Das Gedränge wurde weniger, die Hallen, an denen wir vorbeifuhren, schäbiger, als wäre hier, im äußeren Bereich des Flughafenareals, die weiße Farbe ausgegangen.

Als wir um die Ecke der hintersten Halle bogen, öffnete sich der Blick auf ein riesiges, unbebautes Feld, das unter einer dichten grauen Wolkendecke lag. Ich weiß noch genau, dass ich das Gefühl hatte, der bleierne Himmel würde mich erdrücken.« Sie seufzte. »Über elftausend Wagen waren dort abgestellt, in strengen Reihen, dicht an dicht. Gleich daneben, in einem abgetrennten Bereich: zweiundzwanzigtausend Pferde. Es sah aus wie in einem riesigen römischen Heerlager.«

Ich staunte und versuchte, mir vorzustellen, wie viel das war. Es gelang mir nicht, in solchen Größenordnungen zu denken.

»Uns wurde eine freie Reihe zugewiesen und gezeigt, wo wir die Pferde hinbringen mussten. Die erste Nacht sollten wir noch in den Wagen schlafen, bis am nächsten Tag eines der Zelte frei werden würde.«

»Was passierte mit den Pferden?«

»Das war auch meine erste Frage. Man antwortete uns, dass sie den Siebenbürger Sachsen zum Verkauf angeboten würden, und was die nicht wollten, übernähme der rumänische Staat.«

»Auch das war also bis ins Kleinste geplant.«

»Allerdings. Irgendwie hatte ich immer noch auf ein Wunder gehofft. Doch klar, wie sollten die Pferde auch auf den Ausflugsdampfern transportiert werden? Das war natürlich unmöglich. Niedergeschlagen versorgten wir sie, striegelten ihr Fell, bis es glänzte, und konnten uns nicht dazu überwinden, sie alleinzulassen. Selbst der Vater kämpfte mit den Tränen. Nur August schien das alles nichts auszumachen. Irgendwann verschwand er und ließ uns in unserer Trauer allein. Mir fielen seine prahlerischen Worte wieder ein: ›Vertrau mir, ich kümmere mich darum. Bojan wird mit uns kommen‹ – pah, von wegen! Ich hasste ihn.«

Erst als der Vater sagte, dass wir unserer Pflicht Genüge getan hätten und nun endlich nach der Mutter, den Kindern und Erika schauen sollten, legten wir den Striegel beiseite und machten uns auf die Suche.«

»Ach so«, rief ich überrascht. »Die vier waren auch in dem Lager?« Ich musste zugeben, das war mir bis jetzt nicht klar gewesen. Meine Tante schaute mich verwundert an. »Ja, aber natürlich! Habe ich das nicht erzählt?«

Ich schüttelte den Kopf.

»Doch, doch. Wir wussten, dass wir uns hier vermutlich treffen würden. Besser gesagt: Wir hofften es. Ich hatte Sehnsucht nach meinen kleinen süßen Brüdern und Vater erstaunlicherweise nach seiner Frau. Zumindest interpretierte ich seine Wesensveränderung so, seine Verlorenheit und – für seine Verhältnisse – Geschwätzigkeit.«

»Warum seid ihr dann nicht gleich nach der Ankunft auf die Suche gegangen? Warum habt ihr erst die Pferde versorgt? Ich glaube, das hätte ich nicht ausgehalten.«

Sie schaute mich verwundert an. »Weil man das so machte. Die eigenen Bedürfnisse wurden niemals vorangestellt. Erst kümmerte man sich um die Schutzbefohlenen, in dem Fall die Pferde. Dann um sich selbst.«

Schon wieder hatte ich etwas zum Nachdenken.

»Habt ihr sie gefunden?«

»Wir fragten uns durch bis zur Verwaltungsbaracke. Dort erfuhren wir, dass die Frauen und Kinder schon zwei Tage zuvor mit den Dampfern weitergefahren waren. Dem Vater entwich vor Enttäuschung alle Gesichtsfarbe. Er wirkte plötzlich sehr alt. Es war, als hätte er von einem Moment zum anderen keine Kraft mehr, als wäre nun all seine Lebensenergie aufgebraucht. Er tat mir leid, so hilfsbedürftig hatte ich ihn noch nie gesehen. Und zum ersten Mal in meinem Leben fühlte ich mich stärker als er, glaubte ich, ihn beschützen zu müssen. Ein seltsames Gefühl, dem Vater gegenüber zum ersten Mal so zu empfinden. Doch ich musste ihn noch eine Weile allein lassen. Denn mir war eine Idee gekommen.«

Kapitel 13

Rumänien, Oktober 1940

Alma ist froh, endlich einmal allein zu sein, ohne den beengenden Schutz ihrer Familie, gleichzeitig fühlt sie sich befangen, weil sie glaubt, sie müsse sich um den Vater kümmern. Sie atmet tief durch, schiebt das schlechte Gewissen beiseite und geht zurück in das Verwaltungsgebäude. Im Gegensatz zu draußen ist es erstaunlich ruhig in dem Raum. Es riecht abgestanden. Sie wendet sich an den Beamten von eben, den sie darum bittet, auf der Umsiedlungsliste nach einem Gregor Baumann zu schauen. Sie hat die Hoffnung, dass er ebenfalls durch dieses Lager gekommen oder vielleicht sogar noch hier ist, sich zumindest hier eingeschifft hat, denn dann hätte sie endlich einen Anhaltspunkt, um ihn zu finden. Sie kann selbst nicht fassen, dass sie erst jetzt auf diesen Gedanken gekommen ist.

»Sind sie verwandt?« Alma schüttelt den Kopf. »Dann darf ich keine Auskunft geben.« Der Beamte sieht sie gelangweilt an, zwirbelt seinen hellblonden, dünnen Schnurrbart und wendet sich wieder der Zeitung zu, in die er bis eben vertieft gewesen ist. Alma sieht eine lichte Stelle an seinem Hinterkopf. Sie räuspert sich und zieht ein Päckchen aus Zeitungspapier aus der Tasche. Sie wickelt es auf und ein köstlicher Geruch nach Geräuchertem steigt auf. Schwarze, glänzende Würste liegen darin. Der Beamte blickt auf. Sie kann sehen, wie ihm das Wasser im Munde zusammenläuft und schiebt ihm das Päckchen über den Tresen. Er legt die Zeitung beiseite, nickt und steckt sich die Würste seelenruhig in die Tasche. Dann geht er die Listen durch. Mehrmals. Doch zum Schluss schüttelt er den Kopf. Ein Gregor Baumann ist nicht registriert.

Enttäuscht will Alma wieder gehen. Ob sie Gregor jemals wiedersehen wird? Ob er sie überhaupt sucht? Aber er liebt sie doch! Wütend denkt sie an seine Abschiedsworte: »Ich habe einen Plan. Vertrau mir. Gib mir einfach ein wenig Zeit.« Wann war das gewesen? September! Erst vor ein paar Wochen. Doch wie viel hat sich seither verändert. Vielleicht auch seine Gefühle?

»Vielleicht kommt dieser Gregor Baumann ja noch.«

Alma schaut hoch. Der Beamte sieht sie mitleidig an. Seine Augenbrauen sind genauso hell und dünn wie sein Schnurrbart.

Niedergeschlagen flüstert sie: »Vielleicht.« Sie glaubt nicht mehr daran. Der Mann will wieder nach seiner Zeitung greifen, hält inne und schiebt stattdessen Papier und Schreibgerät zu Alma hinüber. Er lächelt ihr auffordernd zu.

Sie zieht die Nase hoch und streicht sich eine Haarsträhne aus dem Gesicht. Vielleicht hat der Mann ja recht. Neue Hoffnung erfüllt sie. Hastig schreibt sie Gregor eine Nachricht.

Sie beschreibt ihm mit kratzender Feder, was bisher geschehen ist, wann sie weiterfahren, und hinterlässt die vermutete Route ins Deutsche Reich. Zum Schluss hält sie inne. Soll sie ihm ihre Liebe beteuern? Sagen, dass sie ihn vermisst? Dass sie sich ohne ihn nicht *ganz* fühlt, so als würde etwas in ihrem Innersten fehlen? Dass er schon immer zu ihrem Leben gehört hat und sie sich eine Zukunft ohne ihn nicht vorstellen kann? Dass sie sich überhaupt *nichts* ohne ihn vorstellen kann?

Soll sie ihm schreiben, dass es ihr egal ist, wie viele Finger er hat, Hauptsache, sie sind zusammen? Sie zögert. Der Beamte lugt hinter seiner Zeitung hervor und brummt gutmütig: »Nur zu, schönes Fräulein, trauen Sie sich!«

Sie lacht, fühlt sich durchschaut, gibt sich einen Ruck und fasst ihre purzelnden Gedanken so zusammen: »Ich liebe und vermisse Dich – finde mich, Deine Alma«. Beim letzten Wort läuft die Tinte aus und ein großer Fleck schließt den Brief ab. Er sieht beinahe aus wie ein Herz. Sie pustet darauf, bis es trocken ist, erst dann faltet sie das Blatt Papier, schreibt »An Gregor Baumann« darauf und schiebt es zusammen mit einem weiteren Zeitungspäckchen dem Beamten zu.

* * *

Etwas verloren tritt sie auf die Gasse, mitten hinein in die hektische Menschenmenge. Sie schaut sich um. Ob sie nach August suchen soll? Doch nein. Vermutlich hat er wieder wichtige Dinge zu erledigen wie Karten spielen und Leute abzocken. Hier kennt ihn noch niemand. Seine Chancen auf Opfer stehen also gut. Lieber will sie Emma finden. Sie hat plötzlich das unbändige Bedürfnis, über Gregor zu sprechen, ihm durch Geschichten nahe zu sein. Emma und ihr Vater müssten inzwischen ebenfalls Wagen und Pferde abgegeben haben. Vielleicht findet sie sie im Versorgungszelt beim Essen.

Sie lässt sich durch die Menge treiben, blickt in Gesichter, die trübe sind vor Sorge und Zukunftsangst, aber auch welche, die vor Hoffnung und Abenteuerlust leuchten. Es wird einander zugerufen, gelacht und gescherzt, es wird gestritten und gedroht. Zwischen den Umhereilenden sieht sie plötzlich den Moser Franz, der mit wippendem Kopf und ausholenden Gesten auf jemanden einredet, in dem sie den jungen

Bachmeier erkennt. Schnell geht sie weiter. Diesen beiden will sie als Letztes begegnen.

Als sie an einer Krankenbaracke vorbeikommt, geht sie kurzerhand hinein. Die Wunde durch den Splitter, den sie sich gleich zu Beginn der Reise wegen Moser in die Hand gerammt hat, ist entzündet.

Der scharfe Geruch nach Desinfektionsmittel und Eiter schlägt ihr entgegen. Sie hält sich die Hand vor die Nase und versucht, einen Überblick zu bekommen, denn innen ist es nicht weniger geschäftig als draußen. Sie stellt sich in eine Reihe von Wartenden, um einer Krankenschwester zugewiesen zu werden. Da sieht sie hinten auf einem Krankenbett einen großgewachsenen, schlanken Mann sitzen, der ihr seltsam vertraut vorkommt. Sein Handgelenk wird verbunden. Die dichten schwarzen Haare fallen ihm ins Gesicht. Dann erkennt sie ihn. Es ist Alwin. Mit einem Aufschrei rennt sie ihm entgegen.

Wenige Meter vor ihm bleibt sie stehen. Er blickt hoch, und als er seine Schwester erkennt, leuchtet sein Gesicht auf. Die kräftigen weißen Zähne blitzen. Er springt auf, schließt Alma in die Arme und dreht sich mit ihr im Kreis. »Wo sind die anderen?«, fragt er atemlos. »Ist Erika auch da?« Seine Wangen glühen. Alma macht sich von ihm los und schüttelt bedauernd den Kopf. »Sie sind schon weg.« Er sieht sie besorgt an. »Wie meinst du das?«

»Erika ist zusammen mit Mutter und den beiden Kleinen schon vor Tagen mit dem Bus hierhergebracht worden. Vater, Anton, August und ich sind erst vorhin im Wagentreck angekommen, nur um zu erfahren, dass die Frauen und Kinder inzwischen einen Platz auf einem der Dampfer bekommen haben und schon weitergefahren sind.«

»Aber Erika durfte mit?«

Alma sieht ihn verwundert an. »Aber natürlich.«

Erleichtert atmet er aus. »Das ist gut. Dann hat unsere Heirat etwas gebracht. Ich hatte schon befürchtet, dass sie als Schweizerin abgewiesen wird.«

Alma schaut ihn erschrocken an. »Wo sind die Züglis? Sind sie nicht mit dir hier? Wurden sie weggeschickt?«

»Ja. Das Auffanglager hier ist nur für Deutsche, sagen die Verantwortlichen. So habe ich den Züglis einen Platz in einem Zug besorgt und bin nun hier, um nach Erika und euch zu schauen.«

»Wie geht es Großvater Zügli, schafft er das?«

Alwin lacht. »Der schafft das besser als jeder andere. Er muss dabei nur seinem Unmut lautstark Ausdruck verleihen. Er schimpft den ganzen Tag. Alle versuchen, ihm aus dem Weg zu gehen. Selbst Mama Zügli.«

Alma kichert. Sie kann es sich bildhaft vorstellen und hat plötzlich schreckliche Sehnsucht nach dem drahtigen, agilen Alten, der mit dem Kopf wackelt, wenn er aufgeregt ist. Wie gerne würde sie wieder in seinem Weinkeller sitzen und sich von ihm in krächzendem, melodiösem Schweizerdeutsch erklären lassen, wie das mit dem Weinmachen und dem Leben so geht. Da fällt ihr Blick auf den Verband am Handgelenk ihres Bruders.

»Was ist mit deiner Hand passiert?«

»Eine kleine Auseinandersetzung.« Er winkt ab. »Wo sind die anderen?« Alma sieht ihn forschend an. Gab es etwa wieder eine Schlägerei? Haben die Umstände ihren gottesfürchtigen, sanften Bruder nun vollständig in den Schläger zurückverwandelt, der er einmal war? Doch sie traut sich nicht, ihn zu fragen. So hakt sie sich einfach nur bei ihm unter und antwortet bewusst fröhlich: »Im westlichen Versorgungszelt, komm, da wollte ich eben zum Essen hin. Die werden staunen, wenn sie dich sehen.«

* * *

Im Versorgungszelt schlägt ihnen die Luft dicht und feucht entgegen. Es riecht scharf nach Gulasch. Alle Tische sind eng belegt. Es ist es laut. Gesprächsfetzen fliegen über die Köpfe der Anwesenden wie aufgeregte Wespen. Ganz hinten entdecken sie ihren Vater mit Anton. Ihnen gegenüber: Emma und Oberlehrer Baumann. Alma und Alwin kämpfen sich zu dem Tisch durch.

Anton sieht sie als Erster. »Alwin!« Er springt auf und klopft seinem Bruder zur Begrüßung kraftvoll die Schulter. Der Vater erhebt sich ebenfalls und schüttelt seinem ältesten Sohn förmlich die Hand. »Du hast uns gefunden – gut.« Mehr sagt er nicht. Doch seine Augen leuchten vor Freude. »Kommt, setzt euch! Anton holt euch einen Teller Gulasch.« Der gehorcht murrend.

Emma fragt: »Bist du nicht mit den Züglis gekommen?«

Alwin nickt bekümmert. »Ihnen wurde der Zutritt zum Lager verwehrt.«

Und dann erzählt er von der schwierigen Situation der Schweizer. Er berichtet von seinen Bemühungen im Vorfeld, wie er von einer Behörde zur anderen gegangen ist, wie er überall abgewiesen wurde mit dem Hinweis, dass die Schweizer allein schauen müssten, wie sie aus dem Einzugsgebiet der Sowjets herauskämen.

»Richtig so! Wenn wir hier auch noch Schweizer hätten, wo kämen wir da hin!«, ruft neben ihnen ein untersetzter älterer Mann, der das Gespräch mitgehört hat. Gulaschsoße tropft von seinem Bart. Alwins Gesicht verdüstert sich. Er springt auf. Mit einem harten Glanz in den Augen packt er den Mann am Hemdkragen und zieht ihn zu sich heran. Er ballt die Hand zur Faust. Und Alma weiß nun, woher die Verletzung am Handgelenk kommt. Offenbar ist es nur ein schmaler Grat, der einen gesitteten Umgang von archaischer Brutalität trennt. Und Alma fragt sich bange, wie es mit der Verwandlung ihres Bruders weitergehen wird, wenn sie erst einmal mitten im Krieg angekommen sind.

»Reiß dich zusammen! Das hier ist nicht der Platz für eine Schlägerei.« Die Stimme des Vaters klingt scharf. Alwin lässt den Arm langsam sinken, schiebt den Mann von sich, setzt sich wieder und beugt sich über seinen Teller Gulasch, als wäre nichts gewesen, während Oberlehrer Baumann versucht, die Wogen am Tisch zu glätten. Denn wenn Menschen auf engstem Raum zusammenhocken, reicht ein kleiner Funke, um die Angriffslust zu entzünden. Und den jungen Männern, die am Tisch mit ihnen ihre Mahlzeit einnehmen, käme ein kleiner Raufhändel gerade recht, um Dampf abzulassen. Doch die Autorität von Oberlehrer Baumann ist immer noch groß genug. Ein mahnender Blick von ihm reicht, und augenblicklich sind alle still.

Alma und Emma haben genug. Die schwelende Aggressivität unter den Männern ist ihnen zu viel. Sie verabschieden sich und suchen einen Platz auf, wo sie in Ruhe miteinander reden können. Erst jetzt merkt Alma, wie sehr sie ihre Freundin vermisst hat. Spontan umarmt sie sie und fühlt sich augenblicklich besser und weniger allein.

Sie spazieren durch die Gassen zum »römischen Heerlager«, wie sie den offenen Platz mit den abgestellten Kutschen und Pferden inzwischen scherzhaft nennen, und setzen sich an den Rand der Pferdekoppeln. Von Weitem sehen sie Bojan, der zwischen anderen Pferden zufrieden an einem Strohbündel nagt. Er scheint ihr jetzt schon nicht mehr zu gehören, und Alma unterdrückt ein Seufzen.

»Tut es sehr weh, Bojan zurücklassen zu müssen?«

Emma sieht sie mitfühlend an. Alma kann nur nicken, sonst würde sie in Tränen ausbrechen. Nach einer Weile sagt

Alma: »Ich habe Angst, nach und nach alles zu verlieren, was ich liebe.« Sie hält inne.

Emma wartet darauf, dass sie weiterspricht, und sieht sie aufmerksam an.

»Damals, als meine Mutter starb, brach für mich eine Welt zusammen, die sich nur langsam wieder zusammensetzte. Heute ist meine Welt ein weiteres Mal zusammengebrochen, mein Zuhause gibt es nicht mehr, mein Ziel, eine richtige Winzerin zu werden, hat sich erübrigt.« Sie blickt traurig zu den Pferden hinüber. »Bojan müssen wir zurücklassen, und ob ich Gregor jemals wiedersehen werde, weiß nur Gott.« Sie verscheucht eine Fliege, die vor ihrem Gesicht herumschwirrt. »Und selbst den habe ich verloren. Ich kann nicht mehr an ihn glauben. Nicht mehr so wie früher jedenfalls.«

Emma sieht sie erschrocken an. »Du glaubst nicht mehr an Gott?« Alma schüttelt den Kopf. »Ich würde es gerne können, so wie Alwin oder Vater. Aber ...« Ihre Stimme bricht ab.

Nach einer Weile, in der sie schweigend den Fliegen zuschauen, die einen surrenden Tanz aufführen, sagt Emma: »Du hast mich.«

»Ich weiß.« Alma nimmt Emmas Hand. Dann sagt sie zögerlich: »Ich habe versucht herauszufinden, ob Gregor im Lager ist, doch der zuständige Beamte konnte ihn nicht auf der Liste finden.«

»Ich habe auch schon überall nach ihm gefragt. Niemand hat ihn gesehen.« Emma streicht sich die Haare aus dem Gesicht. Um ihren rechten Mundwinkel hat sich eine Falte gebildet, die Alma noch nie an ihr gesehen hat. In ihrem Gesicht arbeitet es, dann gibt sie sich einen Ruck. »Kannst du dich erinnern, ich hatte dir von den Sonderzügen der Nazis erzählt.«

Alma nickt. Nie wird sie diesen Moment vergessen, als Emma am Boden zerstört, unsicher, ängstlich und in Selbsthass zerfressen sagte, es sei vielleicht besser, sie würde sich sterilisieren lassen, dann könne sie den »Defekt« des sechsten Fingers nicht mehr an spätere Generationen weitergeben. Zum Glück scheint sie diese Phase überwunden zu haben.

Emma fährt fort: »Inzwischen weiß ich mehr darüber. Eine Schwester aus dem Krankenhaus von Sarata, die diese Züge begleitet, hat mir von den Transporten erzählt. Sie nennen sie Sonderkrankentransporte.«

»Und was hat es damit auf sich?«, fragt Alma.

Emma rückt näher, sie flüstert. »Diese Transporte werden den normalen Eisenbahntransporten angehängt. Darin befinden sich Geisteskranke, gebrechliche Alte und Krüppel aus den Krankenhäusern, Altenheimen und Sanatorien Bessarabiens.« Sie hält kurz inne und schaut sich um. Erst, als sie sich vergewissert hat, dass ihnen niemand zuhört, fährt sie fort.

»Es geht dabei recht chaotisch zu, hat die Krankenschwester gesagt. Namenslisten sind verloren gegangen, bei manchen Insassen wissen sie nicht einmal mehr, um wen es sich handelt, die Verwandten erhalten keine Information über ihren Verbleib.«

»Und das, obwohl die SS sonst alles so gut organisiert! Die wissen doch selbst bei jedem Pferd, wie es heißt und wo es sich befindet«, sagt Alma spöttisch.

»Alma, das ist nicht lustig.«

»Entschuldige, so war das nicht gemeint.«

»Wie war es dann gemeint?«

Alma sieht ihre Freundin erschrocken an. In dem Ton hat sie noch nie mit ihr geredet. »Emma, was hast Du?«

Emma atmet hörbar ein und aus, dann platzt es aus ihr heraus »Ich habe Angst, dass Gregor auf einem der Transporte war.«

»Aber warum?«

»Er hat sich den Finger nicht amputieren lassen, jeder kann seinen Defekt sehen.«

»Aber Gregor hätte das doch nie mit sich machen lassen, du kannst ihn doch nicht mit hilflosen Geisteskranken oder senilen Alten vergleichen, die nicht mehr wissen, wer sie sind!«

Emmas Gesicht zieht sich bekümmert zusammen. Auch um den linken Mundwinkel hat sich nun eine Falte gebildet. Sie sieht plötzlich um Jahre gealtert aus. »Was, wenn sie ihn unter Drogen gesetzt haben?«

»Jetzt machst du dich aber verrückt!«

»Vielleicht. Aber es heißt, dass die Leute im Zug narkotisiert werden. Bist du einmal drin, hast du keine Chance mehr.«

»Warum sollten sie das tun?«

»Na, um sie ruhigzustellen.«

»Aber wofür der ganze Aufwand?«

Emma sieht ihre Freundin an, als sei die schwer von Begriff. Langsam, wie zu einem Kind, sagt sie: »Erbmäßig minderwertige Menschen, ganze Familien, werden im Deutschen Reich aussortiert. Nun gehören wir auch zu diesem Reich, nun werden wir ebenfalls aussortiert.«

Als Alma immer noch nicht zu begreifen scheint, sagt sie: »Es geht um Selektion, Alma! Leute wie mein Bruder und ich, die einen Defekt vererben könnten, werden herausgefiltert, auch wenn du das offenbar nicht wahrhaben willst.«

Alma zuckt zurück, als wäre sie geohrfeigt worden. Emma scheint es nicht zu bemerken, oder es ist ihr egal. Mit einer unglaublichen Wut in der Stimme, als würde sie Alma die Schuld für das menschenverachtende Unrecht geben, zischt sie: »Manche sagen, die Leute in diesen Sondertransporten werden niemals irgendwo ankommen.«

Nun ist auch Alma sauer. Sie fragt skeptisch: »Du glaubst, sie werden umgebracht?«

»Pst, nicht so laut!« Emma hält sich den Zeigefinger an die gespitzten Lippen. »Das hat nie jemand so deutlich gesagt, es wurde immer nur angedeutet.«

»Dann stimmt es vielleicht auch gar nicht«, sagt sie spitz.

Emma sieht ihre Freundin beleidigt an. »Wer weiß heutzutage schon, was Wahrheit und was Lüge ist, die Welt steht kopf und wir sind mittendrin.«

»Dann mach dich nicht verrückt. Vermutlich geht es Gregor bestens und kein Mensch schert sich um diesen verdammten Teufelsfinger.«

Emma sieht ihre Freundin überrascht an. »Du machst dir doch auch Sorgen um ihn, du …« Ihr Gesichtsausdruck verändert sich. Erbittert fährt sie fort: »Du verschließt die Augen vor dem, was nicht in dein Weltbild passt. Wie immer.« Sie springt auf und geht, lässt Alma einfach sitzen. Diese schaut ihrer Freundin ohnmächtig hinterher, ist wütend auf sie, fühlt sich zu Unrecht in die Ecke gedrängt und will gleichzeitig jedes Wort zurücknehmen, sagen, dass sie sich natürlich Sorgen um Gregor macht und dass sie doch zusammenhalten müssen. Und plötzlich beschleicht sie ein nagendes Gefühl der Angst. Was, wenn es tatsächlich stimmt, dass den Schwächsten so etwas Schreckliches angetan wird, dass die Nazis so unerhört menschenverachtend handeln, was, fragt sich Alma, was bedeutet das dann für die Gesellschaft?

* * *

Am nächsten Tag bekommen Emma und ihr Vater einen Platz auf einem der Dampfschiffe zugewiesen. Alma und sie verabschieden sich kühl voneinander und Alma sieht zu, wie Emma mit ihrer Freundschaft davonfährt.

Erst als die Wut auf Emma ein wenig nachlässt, beginnt sie sich zu fragen, ob ihre Freundin vielleicht recht hat mit den verletzenden Worten, ob sie, Alma, tatsächlich nur das wahrnimmt, was zu ihren Werten passt, und deshalb alles andere einfach im Nebel der Ahnungslosigkeit verschwindet. Aber musste Emma deshalb so fies sein? Nun, vielleicht konnte sie nicht anders. Denn wenn es stimmt, was sie sagt, ist sie direkt betroffen. Auch sie gehört mit dem sechsten Finger theoretisch zu den erbmäßig minderwertigen Menschen. Und Alma hat das Gefühl, dass ihr jemand die Luft abdrückt.

* * *

Alma und ihre Familie müssen noch zwei weitere Tage warten. In der Zwischenzeit versucht Alma, etwas über die Sonderkrankentransporte herauszufinden. Doch niemand, auch nicht der Beamte in der Verwaltungsbaracke, dem sie noch ein Paar geräucherte Würste zuschiebt, scheint Näheres darüber zu wissen oder darüber sprechen zu wollen. Er beugt sich nahe zu Alma und flüstert ihr ins Ohr: »Wissen Sie, schönes Fräulein, manche Dinge sollten unausgesprochen bleiben. Reden auch Sie besser nicht weiter darüber. Doch glauben Sie mir, ein junger, gesunder deutscher Mann wird in diesen Zeiten anderswo gebraucht. Der wird in keinen Sondertransport gesteckt. Machen Sie sich also keine Sorgen.«

Alma ist einerseits beruhigt, anderseits macht sie sich noch größere Sorgen. Die Reaktion des Beamten lässt darauf schließen, dass es die Krankensondertransporte wirklich gibt. Wenn auch vermutlich nicht für Gregor, so doch für viele hilflose Menschen, die dem Deutschen Reich schutzlos ausgeliefert sind. Und ihr wird klar, dass sie sich Kilometer für Kilometer mehr in die Hand eines menschenverachtenden Regimes begeben, das ihnen sein wahres Gesicht erst nach und nach offenbaren wird.

* * *

In der Nacht vor der Abfahrt zieht ein gewaltiges Unwetter auf. Der Sturm zerrt und rüttelt an den Zelten, als wollte er sie und all seine Bewohner mit sich forttragen. Die Männer halten mit aller Kraft die Verbindungsseile fest und versuchen, die Zeltwände von innen abzustützen.

Der Vater schickt Alwin und Anton hinaus, um nach den Pferden zu schauen. Kaum sind sie weg, vibriert plötzlich der Boden. Die Betten wackeln. Jemand schreit gegen das Getöse des Unwetters: »Ein Erdbeben!«, und Panik macht sich breit. Doch schon nach weniger als einer Minute steht die Erde wieder still. Ängstlich warten alle auf ein erneutes Beben, doch alles bleibt ruhig. Alma hält es nicht mehr aus. Sie zieht sich ihren Mantel über und hastet in die Nacht hinaus.

Der Wind ist immer noch stark und peitscht ihr den Regen hart entgegen. Sie zieht die Kapuze tief ins Gesicht und rennt geduckt, um den Windböen möglichst wenig Angriffsfläche zu bieten, zu den Pferden. Sie hat Angst, dass sich diese in Panik gegenseitig zu Tode trampeln könnten. In dem Moment bebt die Erde erneut.

Es ist seltsam, in der Dunkelheit im Freien zu sein, während der Erdboden schwankt. Man ist ohne Orientierung, das Auge kann sich an nichts festhalten, die Hände sowieso nicht. Der Körper versucht, das Wackeln auszugleichen, schlingert, fällt beinahe und stolpert weiter. Es ist, als hätte sich die Schwerkraft umgekehrt und oben wäre unten. Alma übergibt sich und merkt erst, als die Übelkeit nachlässt, dass sie auf allen vieren kriecht. Sie hört Schreie und sieht es weit, weit hinten in der Stadt brennen.

Zwei schemenhafte Gestalten rennen geduckt auf sie zu. Sie weiß, dass sie im Weg ist, dass die beiden Schatten sie nicht sehen können. Sie versucht, der Kollision auszuweichen, und lässt sich zur Seite fallen, doch da kracht schon der erste Schatten in sie hinein und fällt mit einem Aufschrei über sie hinweg. Alma hält sich stöhnend die Seite und flucht.

Der zweite Schatten ruft ungläubig: »Alma, bist du das?« Und Alma erkennt Alwin an der Stimme. Anton, der gefallen ist, rappelt sich auf und beschimpft seine Schwester, die wütend zurückschimpft, bis Alwin ruft: »Haltet die Klappe, beide!« Sie verstummen.

Der Regen klatscht auf sie nieder. Der Sturm hat sich gelegt. Alma setzt sich stöhnend auf und betastet ihre Rippen. Es scheint nichts gebrochen zu sein. Sie fragt: »Was ist mit den Pferden? Warum kommt ihr schon zurück?«

Alwin reicht ihr die Hand und zieht sie hoch. »Die sind weg.«

»Wer ist weg?«, fragt Alma ungläubig und hält sich die Seite.

»Die Pferde! Alle! Kein einziges Pferd ist mehr auf dem Platz.«

»Dann müssen wir einen Suchtrupp zusammenstellen!«

Alwin räuspert sich und spuckt aus. Mit hartem Ton sagt er: »Sie gehören uns nicht mehr. Darum müssen sich jetzt andere kümmern.«

* * *

Busse bringen sie am nächsten Tag zum Donauhafen. Die Hauptstraße ist teilweise noch überschwemmt und sie müssen über Seitenstraßen ausweichen. Sie beobachten, wie Putztrupps Unrat und Schlamm wegkehren. Dafür ist die Luft nach dem Unwetter klar und frisch. Bäume und Dächer, die der Wind verschont hat, glänzen wie reingewaschen. Die Erde ist regensatt.

Alle reden im Bus über das Erdbeben und betrachten im Vorbeifahren schaudernd die eingestürzten Häuser. Denn im Gegensatz zum Lager, in dem das Beben keine nennenswerten Schäden angerichtet hat, wurde die Stadt schwer getroffen.

Als sie an der orthodoxen Kirche vorbeifahren, drücken sie sich die Nasen an der Scheibe platt. Die goldene Kuppel liegt wie geköpft neben dem Turm. Einige rufen: »Ein Zeichen Gottes!«, und sogleich bricht zur Interpretation des Gotteszeichens ein heftiger Streit aus. Die einen halten es für eine Warnung davor, das Land zu verlassen, die anderen sehen darin einen Beweis, dass es nun wirklich Zeit ist zu gehen angesichts der sich anbahnenden Gottlosigkeit.

Alma und ihre Familie beteiligen sich nicht an der Diskussion. Sie machen sich Sorgen, auch wenn es keiner ausspricht. August ist am Vorabend nach dem Essen ohne ein Wort verschwunden und immer noch nicht wieder aufgetaucht.

»Der wird schon kommen«, sagt Alwin leichthin. »Hätte es bei dem Beben Tote oder Verletzte gegeben und wäre August darunter, wüssten wir es.« Doch auch ihm ist die Sorge ins Gesicht geschrieben. Der Vater sagt nur lakonisch: »Taugenichtsen passiert nichts«, und treibt seine Familie mürrisch, einem Schäfer gleich, aus dem Bus zum Kai, wo das Dampfschiff weiß und stolz auf sie wartet.

Sie reihen sich in die Schlange der Wartenden ein. Die meisten sind Männer, die nun ohne Wagen, ohne Pferde, ohne Gepäck, ohne ihre Frauen und Kinder verloren, einsam und irgendwie fehl am Platz wirken. Trotzdem herrscht eine aufgekratzte Stimmung. Wie bei einem Schülerausflug. Aufgeregt wird über das Unwetter und das Erdbeben gesprochen, über die Bedeutung der heruntergefallenen Kuppel gestritten, aber auch gescherzt und gelacht. Mit allen Mitteln versuchen die Menschen zu verbergen, wie ängstlich sie der Zukunft entgegenblicken. Denn bisher war die Umsiedlung einfach, immer noch befinden sie sich auf bekanntem Gebiet. Doch bald schon werden sie nichts mehr kennen. Die Landschaft wird eine andere sein, das Leben ungewiss.

Als sie endlich an der Reihe sind, um an Bord des Schiffes zu gehen, als der Vater dem zuständigen Matrosen die Umsiedlungspapiere seiner Familie zeigt und ihnen ihre

Schlafplätze in den Kajüten zugewiesen werden, sagt Alma, sie wolle nach August Ausschau halten und wieder nach oben gehen. Der Vater brummt nur. Alwin fragt, ob er mitkommen solle, doch sie schüttelt den Kopf. »Keine Sorge, auf dem Dampfer kann ich mich nicht verlaufen.«

Sie geht nach oben, beugt sich über die Reling und beobachtet die kleiner werdende Schlange der Wartenden, die sich vom Kai über den Steg ins Schiff schlängelt. August ist nicht darunter. Doch sie macht sich keine Sorgen. Wie sie August kennt, kommt er in letzter Minute angerannt und wundert sich, dass alle sauer auf ihn sind.

Die Sonne scheint. Zum ersten Mal seit Tagen. Alma dreht ihr das Gesicht entgegen, schließt die Augen und lässt sich von der wohltuenden Wärme einhüllen. Rotes Licht flackert unter ihren Lidern. Das Wasser gluckst und gurgelt gegen den Schiffsrumpf. Alma ist froh, endlich ein wenig allein zu sein. Sie entspannt sich merklich.

Plötzlich kommt Unruhe in die Wartenden. Rufe werden laut, es wird gelacht. Was eher verwundert, denn belustigt klingt. Alma öffnet die Augen. Und kann nicht fassen, was sie sieht: Ein Mann reitet, hoch aufgerichtet, auf einem mächtigen schwarzen Pferd an der Schlange vorbei, bis er genau unterhalb von ihr zum Stehen kommt. Sprachlos erkennt sie August und Bojan. Leichtfüßig springt August von Bojans Rücken und strahlt sie an. »Ihr solltet nicht ohne uns ablegen!«, ruft er lachend zu ihr hoch. Aus Almas Mund entweicht ein Laut, den sie noch nie an sich gehört hat. Eine Mischung aus Schluchzen und Lachen. Sie drängt sich an den Leuten vorbei, hüpft auf den Steg und umarmt erst ihren Bruder und dann Bojan. Dicke Tränen benetzen den Hals des Hengstes und hinterlassen glänzende Spuren im Fell.

Einer der Matrosen schnauzt August an, fragt, ob er noch ganz dicht sei, er solle sofort den Gaul wegbringen. Doch August lässt sich nicht aus der Ruhe bringen.

»Das Pferd kommt mit.«

»Das ist ein Personendampfer und kein Viehtransporter!«

Doch August schüttelt nur gelassen den Kopf und verlangt, den Kapitän zu sprechen. Der Matrose gibt nach. Unter wüsten Beschimpfungen holt er den Kapitän, der mit seiner strahlend weißen Uniform und den goldenen Knöpfen aus einem Werbeschild der Donauschifffahrt entstiegen zu sein scheint. Verwundert betrachtet er das Pferd, dann wendet er sich an August und fragt scharf: »Was ist hier los?«

August zieht einen Brief aus der Brusttasche und überreicht ihn dem Kapitän. Dieser öffnet ihn, liest. Stutzt. Liest nochmals, führt den Brief ganz nah an sein Gesicht, als könne er dadurch die Echtheit prüfen. Dann fixiert er August und fragt: »Und Sie sind wer?«

»August Steiner.« August reicht ihm seine Papiere. Doch der Kapitän sieht ihn nur weiter an. Lange. August verzieht keine Miene. Dann nickt der Kapitän. »Also gut. Wenn es dem Deutschen Reich dient.« Seine Stimme klingt spöttisch. Doch er wird schnell wieder ernst. »Ich übernehme keine Verantwortung, dass das klar ist. Aber wenn es so sein soll, dann stellt den Gaul von mir aus hinten aufs Zwischendeck. Da stört er am wenigsten.«

Das lässt sich August nicht zweimal sagen. Er stößt Alma an, sagt: »Komm schon!«, und führt Bojan über den Steg nach hinten aufs Zwischendeck, an überraschten Passagieren und verwundert blickenden Besatzungsmitgliedern vorbei. Dort binden sie ihn mit langem Zügel an die Reling, striegeln ihn, bis sein Fell seidig glänzt, und geben ihm Wasser und etwas zu fressen. Währenddessen albern sie herum und sind so ausgelassen und fröhlich wie lange nicht mehr. Endlich fühlt Alma die alte Verbundenheit zwischen sich und August wieder, und in diesem Moment ist sie einfach nur glücklich.

Auch der Hengst lässt sich von der guten Laune der beiden anstecken, er kaut zufrieden aus dem Hafersack, genießt die extra Streicheleinheiten und stupst Alma an der Schulter, während sie ihm die Hufe auskratzt. August sagt, sie solle kurz warten, und kommt gleich darauf mit einem Bündel Stroh wieder, das er für den Hengst fürsorglich auf dem geriffelten Stahlboden auslegt. Alma schaut ihm zu und streicht Bojan dabei zärtlich über den Rist.

»Und jetzt sag mir, wie hast du das geschafft?« August richtet sich auf, seine blauen Augen leuchten. Er sieht ganz jung aus in diesem Moment. »Das mit dem Stroh? Das war ganz einfach, ich habe extra etwas –«

»Nein«, unterbricht Alma ihn lachend, »das mit Bojan natürlich!«

Anton wird ernst. »Das willst du nicht wissen.«

»Doch! Will ich! Zeig mir den Brief«, fordert sie ihren Bruder auf.

Er seufzt: »Also gut«, und holt ihn aus der Brusttasche hervor. Sie will danach greifen. Doch als sie ihn schon berührt, zieht er ihn schnell aus ihrer Reichweite, als hätte er es sich im letzten Moment anders überlegt.

»Komm schon!«, ruft Alma.

»Versprich mir, dass du kein Theater machst.« Augusts Stimme klingt plötzlich sehr ernst. Alma streckt ihm die Zunge raus, denkt, er scherze, warum sollte sie ihm eine Szene machen? Er hat schließlich Bojan gerettet! Sie würde ihm alles verzeihen!

»Gib schon her!«

Er gibt ihn ihr. Sie liest: Es ist ein Genehmigungsschreiben für den Transport eines Pferdes. Da steht tatsächlich, dass der Hengst »Bojan« unter allen Umständen von »August Steiner« – er ist namentlich erwähnt – mitzuführen ist. Alma überfliegt die Zeilen staunend. Doch als sie unten angekommen ist, hat sie das Gefühl, als lege sich eine kalte Hand um ihre Kehle, drücke langsam zu. Sie keucht, glaubt, sich verlesen zu haben, schaut nochmals hin. Doch nein! Ihre Sinne haben sie nicht getäuscht: Unterschrieben ist der Brief von SS-Standartenführer Gengelbach, Hauptbevollmächtigter der deutschen Umsiedlungskommission, inklusive des Stempels der Waffen-SS.

»Woher hast du das?«, fragt Alma scharf.

»Hab ich gefälscht«, sagt August leichthin und lächelt sie mit blitzenden Zähnen und diesen strahlend blauen Augen an, die seinem jungenhaften, hübschen Gesicht den Ausdruck einer entwaffnenden Ehrlichkeit geben.

»Wie konntest du nur!«, ruft sie wütend. Augusts Gesicht verdüstert sich. Das Strahlen ist wie ausgeknipst. »Siehst du, jetzt machst du doch eine Szene«, sagt er beleidigt.

»August, du weißt, wer dieser Mann ist! Wie gefährlich er ist! Welche Macht er hat!«

»Na, deshalb hat das mit diesem Schreiben ja auch so gut funktioniert«, antwortet er gereizt.

»Aber zu welchem Preis?«

»Zu gar keinem! Bis der das herausfindet – wenn überhaupt – sind wir längst im Deutschen Reich.«

»Eben. In *seinem* Reich, du Blödmann!«

August schmollt. Alma fährt fort: »Und überhaupt, woher weißt du, wie die Unterschrift von Gengelbach aussieht?«

»Weiß ich nicht. Kennt ja aber sonst auch keiner hier. Hauptsache, der Name des Hauptbevollmächtigten der deutschen Umsiedlungskommission ist zu erkennen«, sagt August mit erkennbarem Stolz in der Stimme.

»Deine Spielchen werden dir irgendwann das Genick brechen.« Sie dreht sich um und geht. Er ruft ihr hinterher: »Alma! Jetzt bleib halt, es ist doch alles gut gegangen.«

Doch sie lässt ihn einfach stehen und geht zu den anderen in die Schlafkajüte. Sie weiß nicht, warum sie so wütend ist, doch es ist ihr unmöglich, weiter in das hübsche, scheinbar unschuldige Gesicht ihres Bruders zu blicken.

* * *

Mitten in der Nacht erwacht Alma mit heftig klopfendem Herzen. Die schemenhaften Bilder eines Traums mäandern durch ihr Bewusstsein, dunkle, bedrohliche Bildblitze, die sich nicht greifen lassen. Sie vermischen sich mit den Erlebnissen der letzten Tage, dem Donnern des Regens, als der Moser Franz sie brutal niedergeschlagen hat, dem zähen Schlamm der Straße, durch den die Räder ihrer Wagen kaum hindurchkamen, den schrecklichen Schreien der armen Stute, die sich das Bein gebrochen hat, der Freude, Alwin wiederzusehen, dem Glück, Bojan behalten zu dürfen, und dazwischen immer wieder das hübsche Gesicht ihres Bruders mit dem entwaffnenden blitzenden Lächeln. Und sie fühlt, wie die Wut auf ihn in ihr brennt.

Sie wirft sich von einer Seite zur anderen. Der Traum ist inzwischen verblasst. Ihr Herz pocht immer noch. So wild, als wolle es herausspringen. Sie versucht, sich zu beruhigen, und hört den Atemzügen, dem Seufzen und Räuspern der Schlafenden in der großen Kajüte zu. Nur ihr Bruder Anton, neben dem sie einen Schlafplatz gefunden hat, liegt still und unbeweglich wie ein Stein unter der dünnen Decke. Sie hält es nicht mehr aus und steht auf, schleicht sich vorsichtig, um niemanden aufzuwecken, hinaus und geht aufs Zwischendeck.

Kühle, feuchte Luft empfängt sie. Sofort kräuseln sich die feinen Haare an ihrer Schläfe zu Spiralen. Bojan begrüßt sie mit einem Schnauben. August ist nicht da. Sie legt den Kopf an Bojans Hals, atmet den kräftigen Pferdegeruch ein und schmiegt sich in seine Wärme. Sie ist unendlich froh, dass sie ihn nicht zurücklassen mussten, sie glaubt, dass sie es nicht ertragen hätte. Ist es da nicht egal, wie August an das

Genehmigungsschreiben gekommen ist? Warum ist sie bloß so wütend auf ihn? Weil es die Unterschrift von Gengelbach ist, die das ermöglicht hat? Sie weiß es nicht, findet sich selbst zickig und undankbar und versucht, ruhig zu werden. Doch das Herz pocht ihr immer noch bis zum Hals. Sie schließt die Augen und hört dem ratternden Motor des Dampfers zu, der kraftvoll gegen den Strom ankämpft. Die Landschaft zieht in schwarzen, gezackten Schatten an ihr vorbei. Sie müssen inzwischen östlich von Bukarest sein, in der Dobrudscha. Es liegt etwas weniger als eine Woche Fahrt bis zur Ankunft in Semlin vor ihnen. Vom dortigen Durchgangslager wird es mit Zügen weitergehen. Wie sie darin Bojan transportieren werden? Darüber will Alma im Moment nicht nachdenken. Denn wenn sie eines in den letzten Wochen gelernt hat, dann ist es, in Etappen zu denken, der Reihe nach zu handeln. Denn es kommt sowieso anders als geplant.

Alma fühlt etwas in ihrer Rocktasche. Sie tastet danach und zieht es heraus. Es ist ein Foto. Im schwachen Schein der Bootslampe betrachtet sie Gengelbach, wie er mit konzentriertem Gesichtsausdruck direkt in die Kamera schaut. Es sieht so aus, als wüsste er genau, dass er fotografiert wird. Und sie hört, wie August leichthin sagt: *Hab ich gefälscht.* Und ein böser Verdacht breitet sich in ihrer Magengegend aus, zieht ihr langsam den Rücken hoch und legt sich von hinten um ihren Hals. Dann drückt er zu: Was, wenn die beiden sich kennen? Was, wenn die Unterschrift echt ist?

Buenos Aires, Argentinien 2001

Ich brauchte etwas Zeit, um aus dem rauen Rumänien nach Argentinien zurückzukehren. Doch als ich wieder da war, merkte ich, dass sich diese längst vergangene Welt inzwischen viel realer anfühlte als der kleine Balkon, auf dem ich mit meiner Tante saß. Und so umklammerte das Gefühl der Beklemmung, das ihre Erzählung verursacht hatte, auch hier mein Herz und ließ mich schwer atmen. Ohnmächtig, als würde es mich selbst betreffen, stieß ich hervor: »Immer dieser Gengelbach! Was ist das nur mit ihm? Irgendwie scheint er der Dreh- und Angelpunkt jeglichen Geschehens zu sein.«

Meine Tante seufzte. »Genauso fühlte ich das damals auch. Es war fast, als würde er mich verfolgen. Hinter jedem Stein, hinter jeder Ecke lauerte er und warf das Netz des Bösen nach mir aus. Als wären unsere Leben durch ein launisches Schicksal miteinander verwoben. Dabei entfernten wir uns immer weiter von ihm. Denn die Umsiedlungskommission, der er vorstand, blieb für die abschließende Aktenarbeit und Vermögensverwaltung noch in Bessarabien. Als sie ihre Arbeit endlich beendet hatte, war das Wetter so schlecht, dass sie fünf weitere Wochen bleiben musste, bis der Befehl zur Abreise kam. Er war also weit, weit weg. Zumindest körperlich. Doch in meinem Kopf hatte er sich eingenistet.«

»Hast du August gefragt, ob er etwas mit ihm zu tun hatte?«

»Erst nicht. Wir verbrachten viel Zeit zusammen bei Bojan, liefen mit ihm im Kreis, striegelten ihn, bis das Fell wie schwarze Seide glänzte, unterhielten uns, lachten zusammen, sahen zu, wie sich die Landschaft veränderte, und beobachteten das Wasser der Donau, das je nach Laune mal glatt und weich und dann wieder brodelnd und ungestüm wurde. Es war schön. Obwohl oder gerade weil der Stachel des Verdachts langsam meine Seele vergiftete, war ich mir dieser kostbaren harmonischen Stunden mit meinem jüngeren Bruder umso deutlicher bewusst und versuchte, sie so lange wie möglich zu erhalten. So lange, bis ich das Gift, die innere Unruhe, nicht mehr verdrängen konnte und ihn zur Rede stellte.«

»Wie hat er reagiert?«

»Wir standen zusammen an der Reling und schauten zu, wie die Sonne hinter den gezackten Reihen des Balkangebirges verschwand, das sich weit hinten am Horizont entlangzog. Wir waren etwa auf der Höhe von Sofia. Und dann fragte ich ihn. Einfach so. Unvermittelt. Ob die Unterschrift echt sei, ob er Gengelbach persönlich kenne.«

Ich hielt den Atem an. »Und?«

»Er schaute mich an, als hätte ich ihm einen Dolch ins Herz gerammt. Seine klaren blauen Augen verdunkelten sich, und er fragte mit ganz leiser Stimme, warum ich ihm misstraute, wo doch alles so schön sei, wir jetzt Bojan bei uns hätten. Und augenblicklich hatte ich ein schlechtes Gewissen. Ich fragte nicht weiter. Wir schauten der Sonne zu, bis sie verschwunden war, und gingen dann ins Bett. Erst nachts, als ich nicht schlafen konnte, mich hin und her warf und Anton mir wütend zuzischte, ich solle endlich Ruhe geben, fiel mir auf, dass er meine Frage nicht verneint hatte.«

»Dann kannte er ihn also doch?«

Meine Tante zuckte mit den Schultern. »Ich konnte es zu der Zeit nicht ergründen! Es gab auch keine Gelegenheit, ihn nochmals zu fragen. Ab dem Moment wich er mir aus. Ich bekam ihn so gut wie nicht mehr zu Gesicht. Er fiel in seine alte Gewohnheit zurück. Er spielte Karten in der Kabine des Schiffsmaats, den er an seinen Gewinnen beteiligte, und ich kümmerte mich fortan allein um Bojan.«

Es war beinahe hell. Der Verkehr hatte zugenommen. Die Vögel waren verstummt. Eine Armee Ameisen marschierte das eiserne Geländer entlang. Eine Libelle stand vor unseren Köpfen surrend in der Luft, checkte uns ab und flog wieder davon.

Unvermittelt fragte meine Tante nach der Uhrzeit. Ich sagte, ich wolle nachsehen gehen, schob den Stuhl zurück, der auf dem glatt gekachelten Boden des Balkons quietschte, und betrat das Zimmer. Ein dumpfer, abgestandener Geruch schlug mir entgegen. Es war dunkel. Ich öffnete die Jalousie und das dämmrige Morgenlicht ergoss sich in den Raum. Erst jetzt fiel mir auf, wie wenig das Zimmer mit einem Krankenzimmer gemein hatte. Nur das Bett und die Vorrichtungen, die Anschlüsse und Schläuche für eine Intensivpflege erinnerten daran. Ansonsten glich das Zimmer einem normalen Wohnzimmer mit zwei altmodischen Sesseln und einem verschnörkelten Tisch. Sogar Bilder hingen an der Wand. Eines davon weckte meine Neugier. Es war eine Zeichnung. Ich ging näher heran. Eine dicke, schillernde Fliege lief über den Bilderrahmen. Ich verscheuchte sie. Meine Tante rief vom Balkon herein: »Würdest du mir bitte etwas zu trinken mitbringen?« Ich wandte mich von der Zeichnung ab und ging ins Nebenzimmer, öffnete den Kühlschrank, holte die Plastikflasche mit Wasser heraus und goss ein Glas voll. Ich selbst hätte gerne einen Kaffee getrunken, traute mich aber nicht, danach zu fragen, wollte auf keinen Fall die Erzählung durch die Zubereitung von Kaffee unterbrechen. Und wunderte mich über mich selbst: Das schlechte Gewissen, sie womöglich zu überfordern, hatte sich davongestohlen. Ich wollte noch so vieles wissen! Alles über den Ablauf der Umsiedlung, die politischen und persönlichen Umstände. Und natürlich, wie das mit Gengelbach weiterging und ob es ein Wiedersehen mit Gregor gab. Ich war etwas besorgt. Die Zeit wurde knapp.

Ich ging zu meiner Tasche und schaute auf die Armbanduhr, die ich außen am Riemen befestigt hatte. Es war genau fünf Uhr und fünf Minuten.

Zurück auf dem Balkon reichte ich meiner Tante das Wasser und teilte ihr die Uhrzeit mit. Sie bedankte sich, nahm einen Schluck und lächelte mich an. »Dann haben wir noch genau fünfundfünfzig Minuten Zeit, bis der Drache das Frühstück und die Tabletten bringt. Mal schauen, wie weit wir mit der Geschichte bis dahin kommen.«

Ich war ein wenig beruhigt. In knapp einer Stunde konnte viel erzählt werden. Ich setzte mich. Ein sanfter Wind war aufgekommen und wehte erneut einen salzigen Geruch auf den Balkon. Weit hinten, unterhalb der Stelle, an der heute Nacht die Blitze getanzt hatten, zwischen den Häuserzeilen, sah ich im heraufziehenden Morgenlicht einen schmalen, silbrigen Streifen glitzern. Den Rio de la Plata. Ich konzentrierte mich wieder auf meine Tante, die mit geschlossenen Augen leicht zurückgelehnt im Stuhl saß. Ihr Brustkorb hob und senkte sich gleichmäßig. Ich befürchtete schon, dass sie eingeschlafen und die Erzählung jetzt schon beendet war. Da räusperte sie sich, nahm einen Schluck Wasser und erzählte zu meiner Erleichterung weiter. Ihre Stimme klang erstaunlich kräftig, tief und wohltönend, und ich legte mich erneut in die Melodie ihrer Sprache.

»Wir fuhren mit den Ausflugsdampfern der Donauflotte tausend Kilometer flussaufwärts. Unser Ziel war Semlin im Königreich Jugoslawien. Das war ein Durchgangslager bei Belgrad. Von dort sollte es, wie schon gesagt, mit Zügen ins Deutsche Reich weitergehen.«

»War das Lager in Semlin auch so riesig wie das in Galatz?«, fragte ich interessiert.

»Nein, es war eine reine Zeltstadt, bestehend aus neunundsechzig Zelten, die etwa zehntausend Menschen aufnehmen konnten. Weitere Umsiedler kamen in das Lager nach Prahovo, das rund zweihundertfünfzig Kilometer vor Semlin lag und für fünftausend Leute eingerichtet war.«

»Und die wurden alle mit den Dampfern hingebracht?«

»Die meisten. Dafür fuhren achtundzwanzig Ausflugsdampfer pausenlos die tausend Kilometer zwischen Galatz und Semlin hin und her.« Ihr rechter Zeigefinger zeichnete in der Luft den Flussverlauf der Donau. »Hin und her, hin und her – und transportierten beinahe neunzigtausend Umsiedler ins gelobte Land: das Deutsche Reich. Nur wenige fuhren mit der Bahn oder mit der Kutsche. Wobei«, sie nahm noch einen Schluck Wasser und räusperte sich, »mit dem Deutschen Reich nicht nur Deutschland selbst gemeint war, das Kernland, sondern in unserem Fall auch Österreich und Tschechien, die mittlerweile eingegliedert waren.«

»Hitler hatte diese Länder schon annektiert?«

»Der Anschluss Österreichs erfolgte 1938 freiwillig. Zeitgleich begann die Zerschlagung der Tschechoslowakei, welche durch Nazideutschland destabilisiert, geteilt und verkleinert wurde, bis sie 1939 ganz aufhörte zu existieren.«

»Polen war auch ab 1939 besetzt«, stellte ich fest.

»Genau. Doch im Gegensatz zu Österreich und der Tschechoslowakei wurde Polen durch einen Angriffskrieg okkupiert. Da erst begann offiziell der Zweite Weltkrieg.«

»Hat eigentlich kein Land gegen dieses Unrecht aufbegehrt?«

»Gewiss, Frankreich und England verhängten eine Wirtschaftsblockade gegen das Deutsche Reich. Doch wir wissen ja alle, dass diese nicht dazu führte, Hitler aufzuhalten. Erst Jahre später, nach viel Leid, Unrecht und Tod konnten sich die Alliierten 1944 dazu entschließen, mit einer militärischen Intervention die Naziherrschaft zu beenden. Polen hatte 1939 keine Chance. Hitler und Stalin teilten sich gemäß ihres Paktes das Land auf.«

Wir schwiegen. Und ich versuchte, mir vorzustellen, ob so etwas heute, im Jahr 2001, noch möglich war: dass innerhalb Europas ein Staat einen anderen überfällt und annektiert. Einfach so. Ich konnte es mir nicht vorstellen. Allerdings waren die Jugoslawienkriege gerade erst beendet. Bis dahin hatte auch niemand gedacht, dass es innerhalb Europas nochmals Krieg geben könnte. Doch viele Stimmen sagten, dass wir, als Völkergemeinschaft, aus der Geschichte gelernt hätten. Man müsse die Länder einfach wirtschaftlich stärker miteinander verbinden. Dann wäre die Gefahr eines Krieges gebannt.

Wirtschaftliche Verflechtung als Friedensgarantie. Es klang gut. Trotzdem beschlich mich ein ungutes Gefühl. Irgendetwas hatte ich übersehen. Doch meine Tante sprach schon weiter. Ich beschloss, später darüber nachzudenken und mich jetzt auf die Geschichte meiner Familie zu konzentrieren.

»August hat sich nicht mehr zu Gengelbach geäußert?«

Meine Tante antwortete nicht. Ihr Blick ging ins Weite, verharrte bei dem glitzernden Streifen zwischen den Dächern und schien doch etwas ganz anderes zu sehen. Eine Traurigkeit, die ich bis jetzt noch nicht an ihr wahrgenommen hatte, zog ihre Gesichtszüge nach unten und versteinerte sie. Unbeweglich saß sie da, als wäre sie gefesselt, und starrte in die Vergangenheit. Gefangen in der Unermesslichkeit der Zeit. Und wieder bedrängte mich das Gefühl, dass sich diese längst vergangene Welt inzwischen viel realer anfühlte als der kleine Balkon, auf dem wir saßen. Ich bekam Angst. Ihr schien es genauso zu gehen. Ich wollte sie schon schütteln, da herausholen, fragen, ob ich ihr helfen könne, ob ich nach der Schwester rufen solle, da antwortete sie mit tonloser Stimme: »Ob sich August noch zu Gengelbach geäußert hat? Ja, das hat er. Doch es musste erst etwas Schreckliches geschehen.«

Kapitel 14

Rumänien – Bulgarien – Jugoslawien, Oktober 1940

Es ist Ende Oktober. Die Tage sind noch warm, die Nächte mild. So kann Alma viel Zeit mit Bojan verbringen. Sie führt ihn auf dem Hinterdeck spazieren, damit er ein wenig Bewegung hat, und sie auch. Zehn Schritte vor, zehn Schritte zurück. Einmal links rum, einmal rechts.

Der Dampfer kämpft sich flussaufwärts gegen den Strom durch Rumänien und Bulgarien. Er wird immer langsamer. Die Landschaft verändert sich drastisch, selbst der Himmel scheint ein anderer zu sein. Nicht mehr hoch und weit und freundlich, wie Alma ihn in Bessarabien meist empfunden hat, sondern tief und gleichzeitig drückend und irgendwie dunkler. Dann bleibt Alma beinahe der Atem stehen: Zwischen den Serbischen Karpaten und dem Banater Gebirge verengt sich die Donau zu einem schmalen, brodelnden Ungetüm. Links und rechts recken sich beinahe glatte Felswände in den Himmel: das Eiserne Tor! Sie hat viel darüber gehört, doch dass es so beeindruckend ist, hätte sie nicht erwartet. Unwillkürlich zieht sie den Kopf ein, das Herz klopft ihr vor Aufregung bis in den Hals. Sprühnebel glitzert wie Diamantenstaub in der Luft.

Um die gefährlichen Untiefen zu umschiffen, kommt ein Lotse an Bord. Gebannt hängen die Passagiere dicht an dicht über der Reling und schauen zu, wie der Dampfer an den schäumenden, brodelnden Stromschnellen entlang durch den Irrgarten der unter Wasser liegenden Felsformation stampft. Als sie es hindurchgeschafft haben, das Wasser wieder ruhiger ist, verabschieden sie den serbischen Lotsen mit begeistertem Applaus.

Danach geht die Fahrt ein wenig sanfter weiter. Die Leute sitzen wieder auf den Bänken und blinzeln in die vorbeiziehende wilde Landschaft. Das Ufer leuchtet prachtvoll in bunten Herbstfarben. Der Duft nach weichem Moos und würzigem Holz weht zu ihnen herüber. Libellen tanzen über dem grünen, glitzernden Strom, hin und wieder schnappen Fischmäuler von unten durch die Wasseroberfläche. Wildgänse zeichnen sich als schwarzer Keil gegen den malvenfarbenen Himmel ab. Ihre Rufe sind meilenweit zu hören. Es sind Nachzügler auf dem Weg ins Winterquartier.

Man unterhält sich, es wird gelacht, und als einer der Reisenden die Fiedel auspackt und ein anderer die Ziehharmonika, wird sogar getanzt. Kleine Gruppen älterer Männer sitzen beisammen und trinken schäumendes Bier aus großen Steinkrügen, das die SS-Leitung spendiert hat. Alma lehnt mit verschränkten Armen ein wenig abseits an der äußeren Kombüsenwand. Als ein junger Mann sie schüchtern zum Tanz auffordert, schüttelt sie den Kopf. Sie will nicht tanzen. Die fiebrige Nervosität, die vor allem die jüngere Generation während der erzwungenen Untätigkeit auf dem Dampfer ergriffen hat, stößt sie ab. Plötzlich können sie es alle kaum erwarten, zu diesem großartigen, machtvollen Deutschen Reich zu gehören. Und ihr Bruder Anton, mittendrin, ist der, der seine Begeisterung am lautesten äußert und sich bei hitzigen Gesprächen und heimlichem Schnapskonsum mit Gleichaltrigen verbrüdert. Während

Alwin sich etwas zurückhaltender gibt. Mit der Sehnsucht nach Erika im Herzen, spricht er vor allem davon, dass der Frieden ja nun bald kommen müsse, es mit der Entschädigung und dem Neuanfang sonst schwer werden würde. Die Alten hingegen, auch ihr Vater, die schon einen Krieg erlebt haben, die am liebsten in Bessarabien geblieben wären, wirken verloren und entwurzelt.

Alma zieht sich zu Bojan aufs Hinterdeck zurück, setzt sich zu ihm ins Stroh und lässt die Beine unter dem Geländer der Reling hindurchbaumeln. Das Stampfen der Maschine schluckt die Musik und die Stimmen der anderen, schottet sie ab und gibt ihr Ruhe. Sie braucht diesen Rückzugsort. Es sind für ihr Empfinden zu viele Menschen zu lange auf engem Raum zusammen. Es wird Zeit, dass sie ankommen und von diesem Schiff herunterkönnen. Wer weiß, wie sich die aufgestaute Energie sonst noch entlädt.

Sie öffnet den Rucksack, den sie mitgebracht hat, und holt das dicke, in Leder gebundene Buch hervor, dessen Seiten vollgeschrieben sind mit ihren Notizen zu Weinanbau und Weinmachen. Sie hat es schon lange nicht mehr in Händen gehalten und staunt von Seite zu Seite mehr, wie viel sie doch in den letzten Monaten gelernt hat! Beinahe ehrfürchtig streicht sie über die Seiten, lässt sich hineinziehen in ihre Worte und Beschreibungen. An manchen Stellen stehen große Ausrufezeichen am Ende der Sätze. Manche Abschnitte hat sie dick eingerahmt. Ganze Seiten sind überzogen mit Zeichnungen, groben Skizzen zwar – sie kann nicht gut zeichnen –, doch dadurch sieht sie alles wieder vor sich, als stünde sie mittendrin: im Weinkeller der Züglis mit den großen Fässern und der alten, vom vielen Gebrauch fleckigen Presse. Ihr ist, als könne sie sie sogar riechen, diese köstliche Mischung aus Trester und Wein, die dem Keller seit Generationen anhaftet und ihm den ganz speziellen Charakter gibt.

Dann blättert sie die nächsten Seiten um, verharrt zwischen grünen, üppigen Reben, entfernt mit der Schere die schlechten Beeren und sieht, wie dadurch die ganze Kraft des Rebstocks in die verbliebenen Dolden fließt, wie diese prall und süß werden. Beinahe kann sie den Wein schmecken, der aus ihnen gekeltert wird. Es fühlt sich alles so echt an, so unmittelbar und nah, dass das Gefühl des Verlusts, das sie urplötzlich packt und umarmt, ihr wie ein Schraubstock die Luft aus den Lungen drückt. Sie keucht, und ihr wird schwarz vor Augen. Die Bauchschmerzen sind wieder da. Sie tastet mit einer Hand nach dem Geländer, klammert sich fest und starrt in das Wasser der Donau, das brodelnd unter dem Heck hindurchfließt. Als es ihr wieder besser geht, der Schmerz nachgelassen hat und sie wieder atmen kann, klappt sie das Buch mit einem schnellen Ruck zusammen.

Sie holt schon aus, um es über die Reling zu werfen, da spürt sie eine sanfte Berührung im Haar, es kitzelt am Nacken und Bojans heißer Atem stellt ihr die Nackenhaare auf. Sie muss lachen und fragt: »Was meinst du Bojan, soll ich es noch ein wenig behalten?« Bojan stupst sie an und wiehert leise. Sie nimmt das Buch und steckt es zurück in den Rucksack.

* * *

Stolz und trutzig ragt die Burg Kalemegdan über Belgrad auf. In einem sanften Bogen fährt das Dampfschiff an ihr vorbei, bis es nach wenigen Kilometern im Hafen von Semlin ankommt, das auf einer Halbinsel vor der Mündung des Flusses Save liegt, der an dieser Stelle träge in die Donau fließt.

Schon von Weitem schallt ihnen Blasmusik entgegen, und als sie auf Höhe des Hafens sind, setzen sich die Melodiefetzen, die draußen auf dem Wasser vom Wind durcheinandergewirbelt wurden, zum Deutschlandlied zusammen. Alle Passagiere drängen sich auf der Steuerbordseite an die Reling, um zu sehen, wer ihnen diesen Empfang bereitet. Es ist die Lagerbesatzung zusammen mit den ansässigen Donauschwaben. Eine blonde junge Frau, klein und schmal, rennt am Anlegesteg entlang, einen kleinen Jungen hinter sich herziehend, und ruft aus Leibeskräften »Alwin! Alma!« Sie hüpft, um besser über die Köpfe der Anwesenden hinwegsehen zu können.

»Erika!« Alma winkt aus Leibeskräften und mit beiden Armen. »Albert!« Sie ist noch auf dem Hinterdeck bei Bojan, ist sich aber sicher, dass Alwin seine Frau und seinen kleinen Bruder auch gesehen hat. Und tatsächlich: Kaum hat der Dampfer am Landesteg angeleint, hüpft vorne am Bug ein großer schwarzhaariger Mann seitlich über die Reling auf den Steg hinunter, kommt auf dem Geländer auf, balanciert über die Halterung hinweg und landet unter dem Beifall der Zuschauenden vor Erika, die sich mit einem spitzen Freudenschrei in seine Arme wirft. Sie umarmen sich lange und scheinen alles um sich herum vergessen zu haben. Und Alma kann sehen, wie sich manch einer der Anwesenden vor Rührung die Tränen wegtupft.

Alma wartet ungeduldig, bis alle das Dampfschiff verlassen haben. Erst dann kann sie Bojan hinunterführen. Zu gerne will sie ihren kleinen Bruder umarmen, die Sehnsucht ist plötzlich übermächtig. Sie nutzt die Zeit, kehrt Stroh und Pferdeäpfel zusammen und säubert das Deck. Leise flucht sie über August, der sie die ganze Arbeit allein tun lässt.

Plötzlich spürt sie das Deck von schnellen Schritten vibrieren, sie schaut auf und da kommt August mit Albert auf den Schultern reitend um die Ecke gerannt. Albert quietscht vor Freude auf, als er sie und Bojan erkennt, und lässt sich von Augusts Schultern heruntergleiten, nur, um im nächsten Moment von Alma durch die Luft gewirbelt zu werden. Als er wieder fest auf dem Boden steht, hält Alma ihn mit beiden Armen von sich, mustert ihn, staunt, wie sehr er sich in den wenigen Wochen verändert hat, und ruft: »Du bist aber groß geworden!« Und Albert quietscht erneut. Diesmal vor Stolz. Er scheint inzwischen ganz nach dem Vater zu kommen: klein, breit und kräftig, mit leuchtenden grünen Augen und dichten Wimpern. Sie streicht ihm über die raspelkurzen schwarzen Haare. »Wo sind deine Haare geblieben?«

Verschämt dreht er sich weg und flüstert: »Läuse.« Alma muss ein Grinsen unterdrücken, zieht ihn nochmals an sich heran, atmet den blumigen Kinderduft ein, den sie so sehr vermisst hat, und flüstert so laut, dass es August auch hören kann: »Nicht schlimm, deinem Bruder August wurde bestimmt fünfmal der Kopf deswegen rasiert, als er so alt war wie du.«

August lacht hell auf und grinst sie an, tut so, als wären sie die besten Freunde, als hätte er sich nicht die letzten Tage vor ihr versteckt. »Albert wollte dir mit Bojan helfen.« Seine blauen Augen blitzen vor Vergnügen.

»Na, wenigstens einer von euch Männern«, antwortet Alma spitz und küsst Albert herzhaft auf die Wange.

Sie verlassen den Dampfer zu viert. Albert reitet mit stolz erhobenem Haupt auf Bojan. August vorne und Alma hinten, wie eine Leibgarde. So schreiten sie über die Landungsbrücke. Doch als sie endlich auf festem Boden stehen, vergeht ihnen die gute Laune. Anton wartet auf sie. Mit ernstem Gesicht sagt er: »Vater, Alwin und Erika sind schon in die Zeltstadt vorausgeeilt. Arthur ist sehr krank.«

* * *

Sie finden Arthur in der hintersten Ecke des Sanitätszelts, vergraben unter mehreren Decken auf einem Feldbett. Er sieht schmal aus, klein und irgendwie durchsichtig. Das fein geschnittene Gesicht ist nass vor Schweiß. Seine Augen glänzen fiebrig, glitzern wie Edelsteine im hitzigen Gesicht. Ein weißes Dreieck zieht sich von der Nase ausgehend bis hinunter zum

Mund. Der Rest des Gesichts ist leuchtend rot. Seine Mutter sitzt neben ihm und legt ihm feuchte Wickel um die Stirn. Der Vater, Alwin und Erika stehen hilflos um das Bett. Das Gesicht des Vaters ist grau vor Sorge.

Alma flüstert: »Was hat er? Wie geht es ihm?« Keiner antwortet. Aber auch so kann sie sehen, dass es ihm schlecht geht. Sie schaut sich suchend nach einem Arzt um, der vielleicht Auskunft geben kann. Das Zelt ist beinahe leer. Eine Krankenschwester räumt am hinteren Ende ein Regal ein. Alma geht zu ihr. »Was hat mein Bruder?«

Die Krankenschwester hält inne und blickt sie mit hellen, klugen Augen an. Feiner Flaum bedeckt ihre Oberlippe. Sie sieht sorgenvoll aus. »Wir wissen es nicht. Er hat hohes Fieber, das kommt und geht. Im Moment ist es besonders stark.«

»Und was tun Sie dagegen?«

»Wir versuchen, das Fieber mit kalten Umschlägen zu senken.«

»Und Sie wissen nicht, was es ist?«, fragt Alma hilflos. Die Krankenschwester schüttelt bekümmert den Kopf. Dann schaut sie sich um, versichert sich, dass niemand zuhören kann, und beugt sich nahe an Alma heran. »Der Arzt überlegt, ob er ihn zur Sicherheit in Quarantäne legen soll, dann können Sie nicht mehr zu ihm.« Ihre Stimme wird noch leiser. »Das darf ich jetzt zwar nicht sagen, doch ich würde Ihnen raten, das Lager, sobald es ihm ein wenig besser geht, so schnell wie möglich zu verlassen.«

* * *

Doch Arthur geht es nicht besser. Und während ihre Mitreisenden nach zwei Tagen das Lager mit Zügen in Richtung Deutsches Reich verlassen, verharren sie an Arthurs Krankenbett, halten seine Hand und kühlen ihn mit nassen Tüchern. Sie sind nun alle in Quarantäne und essen und schlafen in einem separaten Bereich des Sanitätszeltes, spielen abwechselnd mit dem Arzt und der Krankenschwester Schach und sorgen und langweilen sich ansonsten zu Tode. Nur Alma stiehlt sich regelmäßig hinaus, um Bojan zu versorgen, der im heruntergekommenen Stall eines alten, mürrischen Donauschwaben untergestellt ist.

Neue Umsiedler kommen an, die sie nicht kennen. Es findet keine Verbrüderung mehr statt. Und Alma beobachtet, dass sich das Gefühl der Entwurzelung selbst in Anton breitmacht. Während Alwin wie ein eingesperrter Stier von der einen Seite des Zeltes zur anderen stampft.

Nachts wachen sie abwechselnd an Arthurs Bett. Alma löst ihren Vater ab und setzt sich vorsichtig auf den wackeligen Holzstuhl. Sie will ihren kleinen Bruder nicht aufwecken, der im schwachen Schein der Nachtlampe mit offenem Mund und wirrem Haar so hilflos und unschuldig aussieht wie ein Neugeborenes. Er scheint endlich fest zu schlafen, ruhig, ohne die Fieberträume, die ihn die letzten Tage malträtiert haben.

Alma lehnt sich beruhigt auf dem Stuhl zurück, schließt die Augen und hört auf seine Atemzüge, die leicht und regelmäßig in die Nacht schweben. Da flüstert plötzlich eine zarte Stimme ihren Namen. »Alma?«

Sie reißt die Augen auf. Arthur ist wach. Es scheint ihm tatsächlich besser zu gehen. Sie tastet nach seiner Stirn, streicht sanft darüber, sie ist kühl, das Fieber ist gesunken. Sie küsst ihn und versucht, ihrer Stimme einen normalen Klang zu geben, ihre Erleichterung nicht zu zeigen. »Was ist, mein Schatz?«

»Ich habe geträumt, doch ich erinnere mich nicht mehr daran.«

»War es etwas Schönes?«

»Ich weiß es nicht mehr.« Er klingt traurig. Dann fragt er bittend: »Liest du mir eine Geschichte vor? So wie damals, als ich noch klein war?« Alma will sagen, dass er immer noch klein ist, erst acht Jahre alt, bald neun, doch da merkt sie, dass er wirklich denkt, schon alt zu sein. Und sie fragt sich, ob Krankheit das kann: jemanden im Zeitraffer altern lassen. Sie schluckt den dicken Kloß herunter, der sich bei dem Gedanken in ihrem Hals gebildet hat, und fragt sanft: »Welche Geschichte willst du gerne hören?«

»Lederstrumpf!«, antwortet er sehnsüchtig.

»Das Buch haben wir zu Hause in Bessarabien gelassen. Das kann ich dir nicht vorlesen.«

»Dann erzähl mir eine Geschichte aus der Heimat.«

Alma muss nicht lange überlegen. Sie nimmt seine kleine, schmale Hand, die ganz kühl und klebrig ist, und beginnt langsam zu sprechen, erzählt erst stockend und dann immer flüssiger eine Fabel über einen großen grauen Wolf, der sein Rudel durch die Weiten der Steppe, die lichten Wälder und über die sanft geschwungenen Weingärten Bessarabiens führt. Immer bedroht, stets auf der Flucht vor den Menschen, die das Land ihr eigen nennen.

Auf Arthurs Gesicht breitet sich ein seliges Lächeln aus, er scheint wirklich dort zu sein, mitten in den Wäldern, auf der Steppe und zwischen den Weinreben, frei wie die Wölfe, dem Schrecken der Krankheit entflohen.

»Und eines Tages rettet er eine unachtsame, dumme junge Frau aus den Fängen eines schwarzen Ungeheuers.«

»Warum war sie dumm?«

»Sie wusste nicht, wie böse Menschen sein können.«

»Aber der Wolf war gut?«

»Der war gut. Er hat sie gerettet, auch wenn er dafür fast mit seinem Leben bezahlen musste.«

»Alma, ich kann den Wolf sehen, er sitzt hinten in der Ecke. Vielleicht rettet er mich ja auch.«

Alma zieht es das Herz vor Mitleid zusammen. Verstohlen blinzelt sie die Tränen weg. »Bestimmt tut er das. Schlaf jetzt, Schatz.«

Sie bleibt noch ein wenig sitzen, hält seine Hand, bis er eingeschlafen ist. Sie hat das Gefühl, die Geschichte hat ihm gutgetan, auch er hat einen Freund in dem Wolf gefunden und mit ihm ein wenig Trost. Morgen will sie weitererzählen. Sie streicht ihm die wirren Haare aus dem Gesicht und küsst ihn auf die Stirn. Er lächelt im Schlaf. Sein Brustkorb hebt und senkt sich regelmäßig.

Dann wird sie von seiner Mutter abgelöst, die am Bett ihres Sohnes die restlichen Nachtstunden wachen wird. Sie nicken sich stillschweigend zu, vereint in der Sorge, verbunden durch die Hoffnung. Sie lächeln sogar, schließlich scheint es ihm besser zu gehen. Am nächsten Morgen, als Alma nach ihm sieht, ist er tot.

* * *

Ein namenloses Entsetzen hat sie gepackt, hat alle Lebensenergie, jegliche Freude aus ihnen herausgezogen, sie stumpf und lethargisch gemacht.

Die Mutter will es nicht glauben, als Alma voller Entsetzen Arthurs Tod verkündet. An seinem Bett wiederholt sie ein ums andere Mal: »Er schläft doch nur, sieh doch, er schläft doch nur«, und umklammert dabei die Hand ihres toten Kindes so fest, dass der Vater ihr den Leichnam gewaltsam entreißen muss.

Das Begräbnis findet gleich am nächsten Tag statt. Sie müssen weiterziehen. Da sie keine Krankheitssymptome aufweisen, wurden sie vom Arzt vorzeitig aus der Quarantäne entlassen. Es gibt keine Zeit innezuhalten, den Verlust zu begreifen, die Trauer einzulassen. Alles muss schnell gehen.

Auf dem kleinen evangelisch-lutherischen Friedhof in Belgrad, in Sichtweite der stolzen Burg Kalemegdan, fernab der Heimat, spricht ein bessarabischer Pfarrer, der erst am Tag zuvor aus Galatz eingetroffen ist, die letzten, schlichten Worte für einen kleinen Jungen, der keine neun Jahre alt geworden ist.

Nur wenige Trauernde haben sich eingefunden. Die Mutter wollte es so. Der Arzt, die Krankenschwester, die Frau des Pfarrers und die Familie senken die Köpfe in stiller Demut und sprachloser Ohnmacht, als der Pfarrer den Leichnam der Erde und die Seele Gottes Gnade übergibt.

Bevor das Grab geschlossen wird, tritt der Vater zusammen mit der Mutter vor, gemeinsam öffnen sie ein weißes Taschentuch und lassen schwarze, satte Erde auf den kleinen Sarg hinabrieseln. Schwarze Erde. Heimaterde. Trost. Und da sieht es Alma: Unter dem dunklen, hochgeschlossenen Kleid der Stiefmutter zeichnet sich die runde Wölbung ihres Bauches ab. Sie ist wieder schwanger. Und Alma empfindet nichts, kann sich nicht freuen und nicht trauern. Stumpf macht sich nur ein einziger Gedanke in ihr breit, dreht sich in ihrem Kopf von links nach rechts und wieder zurück, als versuchte er damit, die Bedeutung zu ergründen, einen Sinn zu finden, das entsetzliche Unglück einzuordnen in den unerbittlichen Lauf der Welt: *Ein Kind geht, das andere kommt – ein Kind kommt, das andere geht.*

* * *

Als alles vorbei ist, steht nur noch August an dem mit frischer Erde aufgehäuften Grab. Ein geflochtener Kranz aus Gräsern und Herbstblumen hängt einsam und ein wenig schief am grob gezimmerten Kreuz, in das Name, Geburts- und Sterbejahr geschnitzt sind.

August ist in sich zusammengesunken, hat das Gesicht in den Händen vergraben, seine Schultern beben. Alma tritt neben ihn. Sanft legt sie eine Hand auf seinen Arm und versucht, ihn zu trösten. Er weint. Sie lässt ihn weinen. Er flüstert: »Verzeih mir.« Er schluchzt. Erst denkt sie, er spricht mit seinem toten kleinen Bruder, da bemerkt sie, dass er sie dabei anschaut.

»Was soll ich dir verzeihen?«

Er zögert. Dann sagt er: »Nur so«, und schüttelt den Kopf.

Alma richtet sich auf, ist plötzlich alarmiert. »Was, nur so?«

»Nur so!«, wiederholt er und verzieht das Gesicht, als hätte er Schmerzen. Man sieht ihm an, dass er es schon bereut, die Worte überhaupt gesagt zu haben.

Irgendetwas rät Alma, sie solle es dabei bewenden lassen, dass jetzt nicht der richtige Moment sei, zu insistieren, dass der Schmerz dadurch verstärkt werden könnte – ihrer beider Schmerz. Doch gleichzeitig ist da wieder diese Wut, die langsam in ihr hochkriecht, die sie die letzten Monate immer wieder gepackt hat, die sie nicht ignorieren kann. Und drohend wiederholt sie den Satz: »Was soll ich dir verzeihen?«

Er blinzelt, lehnt sich zurück, seine Lippen bewegen sich, es kommt kein Laut heraus. Und da weiß sie es. Sie weiß, was er gleich sagen wird. Und die Wut schlägt wie eine Welle über ihr zusammen. Sie packt August am Hemdkragen, zieht ihn zu sich her und herrscht ihn an: »Sprich!«

August sträubt sich, versucht, sie von sich wegzuschieben, sagt ungehalten: »Ach, lass mich in Ruhe, Alma!« Doch Alma lässt ihn nicht in Ruhe. Sie zieht ihn wieder zu sich heran, sein Gesicht ist nur wenige Zentimeter von ihrem entfernt, und leise, ganz leise sagt sie, jedes Wort einzeln betonend: »Was, was hast du getan?«

Er zuckt zurück, als hätte sie ihn geschlagen, dann zischt er trotzig. »Ich habe auf dich gewettet!«

Alma sackt in sich zusammen, atmet aus, ist plötzlich ganz ruhig. Sie lässt ihn los. Sie versteht. Plötzlich ergibt alles Sinn. Alles, was ihr die letzten Monate widerfahren ist, schiebt sich zu einem Bild zusammen. Wie ein Puzzle. Eigentlich könnte sie jetzt gehen, ihn einfach stehen lassen. Sie weiß, was sie wissen muss. Doch sie will es von ihm hören. Er muss es aussprechen. Vor seinem toten kleinen Bruder, da, wo eine Lüge unmöglich ist.

Auch August scheint das zu wissen. Sein Widerstand bricht wie ein trockener Zweig. Dann fängt er an zu erzählen. Erst stockend, dann flüssiger, ganz so, als wäre er froh, endlich darüber reden zu können, als könnte er im Angesicht des Todes endlich gestehen, dass er seine Schwester, die Familie, alles, was ihnen wichtig ist, verraten hat. Als könnte er durch das tragische Unglück auf Vergebung hoffen.

»Eine Zeit lang lief das mit dem Kartenspiel und den Pferdewetten nicht mehr so gut bei mir. Ich häufte hohe Schulden an. So viele, dass ich allein nicht mehr herauskam. Also lieh ich mir Geld von einem anderen Spieler, den ich in den Hinterzimmern Kischinews kennengelernt hatte: SS-Standartenführer Gengelbach.«

Alma zieht bei der Nennung dieses Namens scharf die Luft ein. Er fährt fort: »Ich spielte weiter, verlor, lieh mir noch mehr Geld, gewann ein wenig, verlor wieder. Bei jedem Spiel, jeder Wette war ich mir sicher, zu gewinnen, dass ich nur noch diesen einen Einsatz tätigen musste und aus den Schulden raus wäre. Doch das passierte nicht, im Gegenteil, ich verstrickte mich immer mehr in einem Gespinst aus Abhängigkeit und Lüge. Das scherte mich allerdings nicht, war ich mir doch bei jedem neuen Spiel sicher, zu gewinnen. Doch irgendwann kam Gengelbach und wollte sein Geld zurück. Er drohte, zu Vater zu gehen und es von ihm zu fordern. Es ihm, wenn es sein musste, gewaltsam zu entreißen. Da kam mir ein Gedanke.« Er wird rot. »Ich hatte noch einen Trumpf in der Hand.«

In Alma wird alles kalt. Es ist, als würde ihr Blut gefrieren, von den Fingerspitzen, langsam in Richtung Herz wandernd, bis sich die Kälte im ganzen Körper ausgebreitet hat.

»Welchen Trumpf?«

»Dich.«

Er wartet, ob sie etwas zu diesem unerhörten Geständnis sagen wird. Doch sie starrt ihn nur an. Er seufzt resigniert und spricht weiter. »Ich wettete mit ihm um meine gesamten Schulden, dass du ihn niemals ranlassen würdest.«

»Was heißt *ranlassen*?« Die Kälte hat ihre Stimme erreicht.

»Na, dass du mit ihm niemals den Beischlaf vollziehen würdest.«

»Und darauf ließ er sich ein?«

August nickt. »Er war sich seiner sehr sicher, sagte, dann wärst du die erste Frau, die er nicht bekäme. Mit Uniform und ein paar Komplimenten würde jede Frau für ihn die Beine breitmachen. Er hatte Zeit bis zum ersten Maifest. Wenn er es bis dahin nicht geschafft hätte, wäre ich frei.«

»Und war es auch Teil der Wette, dass er mich gegebenenfalls mit Gewalt überzeugt?«

»Alma, komm, natürlich war das eine Option, sonst wäre die Wette ja nicht so hoch angesetzt gewesen, es ging um echt viel Geld!«

Almas Herz setzt einen Schlag aus. Sie holt Luft. Erst dann schlägt es weiter. Irgendwie schafft sie es, ihrer Stimme einen sachlichen Ton zu geben. »Er wollte mich vergewaltigen.«

»Ich wusste, dass du dich zu wehren weißt.«

»Mich zu wehren weiß?« Alma denkt an die Ohnmacht und die Hilflosigkeit, die sie damals in den Weingärten überfiel, dass sie sich nicht bewegen konnte, schon gar nicht schreien, wie sie völlig starr den heißen, nach Zigaretten stinkenden Atem Gengelbachs am Hals spürte, wie sich seine Hände in das warme Fleisch ihrer Schenkel bohrten. Nein, selbst sie, die tapfere, starke Alma konnte sich nicht wehren. Doch wie kann sie das in Worte fassen? Sie versteht es ja heute noch nicht, warum sie so gelähmt war, warum sie das alles mit sich hat machen lassen, und überhaupt, wie kam sie dazu, mit ihm hinter die Scheune zu gehen? Und erneut droht die Scham, sie zu erdrücken. Doch anders als damals rettet sie heute die Wut, die machtvoll in ihr aufbrandet und erneut als Welle über ihr zusammenschlägt. Mit aller Kraft verpasst sie August eine Ohrfeige. Seine Unterlippe platzt auf, das Blut läuft ihm als dünner Faden am Kinn herunter. Sie schlägt nochmals zu und trifft dieses Mal die Schläfe. Der Schlag ist so stark, dass er in die Knie geht. Er wehrt sich nicht, auch als sie ein drittes Mal zuschlägt, bleibt er einfach kniend hocken und hält sich schützend den Kopf.

Als die Wucht der Welle nachlässt, will Alma gehen, sich umdrehen, ihn so sitzen lassen, ihn nie wieder sehen, da fällt ihr noch etwas ein. Sie fragt mit gefährlich ruhiger Stimme. »Und die Anschuldigung des Dorfschulzen, dass ich abgetrieben hätte, hat das auch damit zu tun?«

August wischt sich das Blut von Mund und Kinn und antwortet mit leiser Stimme: »Gengelbach wollte sich rächen, dich mürbe machen. Du solltest winseln, dass du den Alten nicht heiraten musst. Er wäre als Retter aufgetreten und hätte dich gleichzeitig gedemütigt.«

»Aber die Wette hatte er ja schon verloren, oder? Der Erste Mai war vorbei.«

»Es ging ihm schon lange nicht mehr um die Wette.«

»Du hast das gewusst und es trotzdem zugelassen?«

»Ich hab dir doch geholfen! Habe dir Beweise geliefert, dass der Dorfschulz Wettschulden hatte.«

»Du hast ihn zusammen mit Gengelbach fotografiert. Der wusste doch, dass du fotografiert hast.«

August nickt. »Er gab mir den Auftrag dazu. Er wollte etwas gegen den Dorfschulzen in der Hand haben. Denn der beschuldigte dich zwar auf Befehl Gengelbachs, wollte dich aber dann tatsächlich heiraten und sich die Mitgift unter den Nagel reißen.«

Alma lacht. Es klingt seltsam in dieser Situation, an diesem Ort. Doch sie kann nicht anders. »Der Dorfschulz wollte also Gengelbach bescheißen. Hat er ihn dafür erhängt?«

»Das war ein Unfall«, presst August kleinlaut hervor.

Alma reißt die Augen auf. »Wie bitte?«

»Ich bekam ihn nicht mehr runter, die fette Sau war zu schwer«, sagt er mit einer mitleidlosen Vulgarität, die Alma zusammenzucken lässt. Sie ist sich nicht sicher, ob er wirklich so abgestumpft ist oder ob er es nur spielt.

»Du warst das?«

»Ich wollte ihm Angst machen. Der hätte sonst niemals aufgehört.«

»Wir hatten doch die Beweisfotos!«

»Na und? Er hätte ja die Lügen über dich trotzdem weiterverbreiten können.« August macht eine kleine Pause, während Alma ihn nur sprachlos anstarren kann. Dann fährt er fort: »Und so habe ich ihn mit vorgehaltener Pistole dazu gezwungen, sich den Gürtel anzulegen und hochzusteigen. Natürlich wollte ich ihn nicht wirklich umbringen – nur drohen. Ich wollte, dass er alles zurücknimmt und dich in Ruhe lässt. Dann fiel er in seinen Gürtel, und …« Er spricht nicht mehr weiter. Das muss er auch nicht. Alma sieht den Dorfschulzen wieder vor sich, wie er am Balken hängt, und plötzlich tut er ihr leid.

»Hast du das im Auftrag von Gengelbach getan?«

»Nein.«

»Warum dann?«

»Ich konnte doch nicht zulassen, dass er dich heiratet, das konnte ich dir doch nicht antun!«

Alma starrt ihn an. Meint er das wirklich so? Kann er sich tatsächlich in einer seiner verqueren Gehirnwindungen um sie sorgen und sie mit einer anderen verraten? Hat er überhaupt kapiert, was er getan hat?

»Du hast mich benutzt, auf mich gewettet! Und trotzdem wolltest du nicht, dass ich den Dorfschulzen heiraten muss?«

»Aber das war doch etwas ganz anderes. Ich wollte dir niemals schaden. Du bist meine Schwester! Ich liebe dich!«

Alma sieht ihn sprachlos an. Sie schluckt. Dann sagt sie mit lauter, klarer Stimme: »Ich will dich nie wieder sehen, verstehst du? Niemals wieder.«

* * *

Am nächsten Morgen ist August verschwunden. Niemand weiß, wo er ist, keiner hat ihn gesehen. Wie ein Schatten hat er sich davongemacht. Alle fragen sich, was passiert ist, warum er sie in dieser Situation ohne eine Nachricht verlässt. Alma schweigt. Es ist ihr unmöglich, darüber zu sprechen, was August getan hat. Und so verschließt sie das Wissen über seinen Verrat und den Grund seiner Flucht in ihrem Herzen. Sie will die anderen nicht auch noch damit belasten. Sollen sie doch glauben, dass er wiederkommt, vielleicht nur heimlich zu einem Kartenspiel gefahren ist. Es reicht, wenn sie allein weiß, dass sie ihn nie wiedersehen wird. Es ist genug, wenn sie als Einzige nicht nur einen, sondern zwei Brüder verloren hat.

Kapitel 15

Jugoslawien – Österreich, November/Dezember 1940

Am gleichen Tag geht es weiter. Da sie Bojan dabeihaben, wird ihnen ein Platz im Viehwaggon zugewiesen. Sie setzen sich zu ihm ins Stroh.

Durch die halb geöffnete Schiebetür sehen sie, wie der Schaffner die grüne Kelle hebt und mit einem kurzen, schrillen Pfiff das Signal zur Abfahrt gibt. Albert ist ganz aufgeregt, wie alle fährt er zum ersten Mal in seinem Leben Zug. Er schaut sich nach seinem Bruder um, will ihm in dem geschäftigen Treiben auf dem Bahnsteig etwas zeigen, da fällt ihm ein, dass er nicht mehr unter ihnen ist, sondern bei den Engeln im Himmel, wie sie ihm erzählt haben. Sein Gesicht verzerrt sich zu einer Maske aus Wut und Unverständnis. Er weint. Es ist ihm unmöglich zu begreifen, warum Arthur dort lieber ist als bei ihm.

Alma nimmt ihn hilflos in die Arme. Versucht, ihm zu erklären, dass es nicht Arthurs Entscheidung war, sondern die vom lieben Gott. Worauf er leise, damit der Vater es nicht hört, mit heißem, empörtem Atem in ihr Ohr flüstert: »Ich hasse Gott, ich hasse ihn.«

Alma nickt. Ihr geht es in diesem Moment ähnlich. In stillem Einvernehmen schauen sie schweigend zu, wie der Zug langsam aus dem Bahnhof fährt. Die kalte Novemberluft lässt sie frösteln. Nach kurzer Zeit sind sie so schnell, dass die letzten Häuser der Stadt als Striche an ihnen vorbeisausen. Erst dann schließen sie die Tür und hören dem einschläfernden Rattern des Zuges zu. Jeder in seinen Gedanken gefangen, mit seiner Trauer und Ohnmacht beschäftigt.

Durch die Ritzen dringt der Vormittag und taucht das Innere des Waggons in eine fahle Dämmerung. Bojan steht gelassen an der Längsseite, sein dunkles Fell schluckt auch noch den letzten Rest von Licht. Er scheint substanzlos, wie ein Schatten. Nur der umgebundene Futtersack, aus dem er zufrieden Hafer mahlt, verankert ihn in der Realität. Er strahlt Frieden aus. Das gibt auch Alma ein wenig Ruhe. Sie wünscht sich, dass die anderen es ebenfalls spüren können. Doch die Mutter sitzt teilnahmslos an den Vater gelehnt. Sie schaut ins Leere, scheint weit, weit weg zu sein, während der Vater mit grimmigem Ernst an einem Stück Holz schnitzt. Anton kaut gelangweilt an einem Strohhalm, summt eine melancholische Weise, und Erika hat sich in den Schoß von Alwin gebettet und schläft. Alma beneidet sie. Sie nimmt Albert auf den Arm und setzt sich neben Alwin. Der wendet sich ihr zu und flüstert, um die andern nicht zu stören: »Zum Glück hast du das Geleitschreiben für Bojans Transport nicht zerrissen.« Er schnaubt: »Was ist da bloß in dich gefahren?«

Alma antwortet nicht, zuckt nur mit den Schultern. Wie könnte sie es ihm auch erklären? Denn so froh sie darüber ist, dass sie Bojan bei sich haben, so wenig wollte sie mit einem Schreiben des Mannes, den sie am meisten auf der Welt verabscheut, einen Vorteil erzielen.

August hat es vor seinem Verschwinden heimlich in ihren Rucksack gelegt, zusammen mit einem Zettel, auf den er handschriftlich gekritzelt hat, dass sie sich keine Sorgen zu machen brauche, er dieses Schreiben »ehrlich« beim Kartenspiel gewonnen habe und deshalb keine »Verpflichtungen« auf sie zukommen würden. Dass dies sein letztes Geschenk an sie sei. Sie zerriss den Zettel. Als sie auch das Genehmigungsschreiben zerreißen wollte, hielt sie Alwin mit den Worten »Bist du verrückt?« davon ab und riss es ihr aus den Händen. »Wenn wir Bojan auch noch verlieren würden …« Er ließ den Satz offen. Sie verstand ihn auch so. Einen weiteren Verlust würde auch sie nicht ertragen. Sie ist sich sicher, dann wäre es auch an ihr, zu sterben – aber trotzdem: Kann etwas Gutes aus Schlechtem erwachsen? Sie weiß es nicht.

* * *

Der Zug fährt über Zagreb ins Deutsche Reich. In Graz machen sie halt. Beinahe tausend Bessarabier werden mit Blasmusik und der zackigen Rede eines Parteifunktionärs empfangen. Er heißt sie willkommen und redet über die Gnade des Führers, seine väterliche Fürsorge, die sie, die Volksdeutschen, »heim ins Reich« geholt hat und der sie ihr neues Leben und eine großartige Zukunft zu verdanken haben, und zählt die Erfolge der Deutschen Wehrmacht auf, all die Länder, die bis jetzt unter der Kontrolle des Deutschen Reichs stehen: Polen, Norwegen, Belgien, Niederlande, Frankreich. Österreich und Tschechien nennt er nicht. Aber die stehen ja auch nicht nur unter Kontrolle, sondern gehören dazu, sind eins mit diesem beängstigenden Deutschen Reich, wie Alma beklommen denkt. Doch sie hütet sich, das laut auszusprechen.

Danach steht der Funktionär stramm, hebt den rechten Arm und ruft wohltönend über die Köpfe aller hinweg: »Sieg Heil!« Als nur ein schwacher Nachhall der Ankömmlinge folgt, ein zögerliches, leises »Sieg Heil«, räuspert er sich und ruft nochmals, diesmal lauter: »Sieg Heil!« Erst jetzt stimmen die Bessarabier richtig ein: »Sieg Heil!«

Danach dürfen sie an einer langen Tafel Platz nehmen und die steirische Küche genießen, während Schulkinder deutsche Volkslieder singen. Es gibt Erdäpfelsuppe, verschiedene Strudel und Rindfleischsalat mit Bohnen, dazu große Krüge mit steirischem Weißwein. Die Bessarabier sind ob der Gastfreundschaft der Grazer gerührt, und es dauert nicht lange, da singen fast alle mit. Doch schon nach einer halben Stunde werden sie dazu angehalten, wieder einzusteigen. Es geht weiter.

Ein Teil der Umsiedler wird in einen Zug geleitet, der am gegenüberliegenden Gleis wartet. Sie fahren über Wien weiter in Richtung Prag. Die Steiners hingegen bleiben in dem Zug mit dem Viehwaggon, der sie über Salzburg nach Linz bringen wird.

Als der Zug schon eine Weile gefahren ist, verlangsamt sich die Fahrt spürbar. Alma schaut aus einem kleinen Schiebefenster. Was sie sieht, lässt ihr den Atem stocken und das Herz schneller schlagen. Sie entriegelt die Tür, schiebt sie auf, um besser sehen zu können, und lässt eiskalte, frische Luft und eine gewaltige, übermächtige Natur herein: hoch aufragende, zerklüftete Berge, deren Spitzen mit Schnee bedeckt sind. Sie hätte niemals gedacht, dass sich die Erde dem Himmel so sehr entgegenrecken könnte, dass sie beinahe die Wolken berührt. Und es erfüllt ihr Herz mit Staunen und lässt sie für einen kurzen Moment die Trauer vergessen.

Sie ruft die anderen zu sich her. Überwältigt kauern sie alle vor der offenen Tür, der Fahrtwind bläst ihnen scharf ins Gesicht. Fröstelnd sehen sie zu, wie diese fremde Welt an ihnen vorbeifliegt. Albert verkriecht sich in Almas Schoss, macht sich ganz klein und lugt behaglich und beschützt nach draußen. Erst als das Wetter umschlägt, sich ihnen Regentropfen wie Peitschenhiebe entgegenschleudern, schließen sie die Tür.

* * *

Danach machen sie an vielen Bahnhöfen halt. Linz ist Endstation. Sie steigen aus und schultern ihr Gepäck. Albert darf auf Bojan reiten. Das Bündel mit dem Rebholz hält er fest und stolz im Arm. Sie haben ihm erklärt, dass er auf ihre Zukunft aufpasse, dass das ab jetzt seine Aufgabe sei.

Sofort bildet sich eine Menschentraube um die beiden. Ein mächtiges schwarzes Pferd mit einem schmächtigen, kleinen Jungen – mitten auf dem Bahnsteig. Es scheint unwirklich, als wären sie einer anderen Welt gestiegen. Und irgendwie ist es ja auch so. Aus der bessarabischen Steppe hinein ins Deutsche Reich, in den Bahnhof von Linz, in einem Land, das einmal der unabhängige Staat Österreich war.

Inzwischen ist es beinahe Mitternacht. Alma schaut sich um. Mitarbeiter des Roten Kreuzes helfen Frauen mit Kindern beim Aussteigen und geben Alten etwas zu trinken. Mitten auf dem Bahnsteig hält der Ortsgruppenleiter eine Rede, die allerdings nicht ganz so zackig ausfällt wie die seines Kollegen in Graz. Er heißt sie alle willkommen. Es klingt müde. Kaum jemand hört ihm zu.

Ein Helfer der Volkswohlfahrt kommt auf sie zu und hält sie dazu an, ihre Umsiedlungsnummer, die sie bei der Registrierung in Bessarabien erhalten haben, gut sichtbar um den Hals zu tragen. So können die Familien effektiver auf die Lager verteilt werden, wie er sagt. Dann fragt er, was das mit dem Pferd solle. Alwin zeigt ihm das Genehmigungsschreiben. Er liest es, nickt, fragt, ob er August Steiner sei. Alwin schüttelt den Kopf. »Ich bin sein Bruder.« Er lügt: »Aber August müsste auch gleich hier sein.« Der Helfer schüttelt den Kopf, so lange könne er nicht warten, doch er werde klären, wie sie das mit dem Pferd am besten machten, denn ab hier gehe es mit dem Omnibus weiter. Er eilt davon.

Kaum ist er weg, als eine gehässige Stimme hinter ihnen ertönt: »Aha, die Steiners mit ihrem Ackergaul wollen schon wieder eine Extrawurst kriegen.«

Feixend kommen der Moser Franz und der junge Bachmeier näher. Alma ist schockiert. Woher nehmen die beiden den Mut, so mit ihnen zu sprechen? In der Heimat hätten sie das ohne die Sicherheit eines Machtapparats im Hintergrund nie gewagt. *Irgendwas ist im Busch*, denkt Alma.

Alwin krempelt sich langsam die Ärmel hoch und zeigt seine muskulösen Unterarme. »Aha, die beiden ehemaligen Hilfspolizisten wollen sich eine Extraabreibung holen.« Er mustert ihre einfache Reisekleidung. »Nicht mehr in Amt und Würden?« Der Moser Franz richtet sich auf und sagt selbstgefällig: »Ich war der Treckführer und habe das Dorf sicher über die Grenze nach Galatz geführt.«

Alwin antwortet spöttisch: »Na, wie ich gehört habe, kam der Zeitplan dabei schwer durcheinander. Wenn meine Schwester nicht gewesen wäre …« Er muss den Satz nicht vollenden. Der Moser Franz läuft rot an. Und noch bevor der junge Bachmeier ihn zurückhalten kann, geht er mit geballten Fäusten auf seinen Kontrahenten zu. Ihre Nasen berühren sich beinahe.

Alwin grinst breit. Es ist, als hätte er schon die ganze Reise auf diesen Moment gewartet. Und mit einem ruckartigen Stoß des Kopfes bricht er dem Moser Franz die Nase. Einfach so. Alma sieht den erschrockenen Gesichtsausdruck Erikas. So hat die frisch Vermählte ihren gottesfürchtigen, fürsorglichen Alwin noch nie erlebt. *Er war schon immer ein guter Kämpfer.* Und Alma wünscht ihr, dass sie das in Zukunft auch nicht mehr muss. Ihr fröstelt. Die Ahnung von drohendem Unheil legt sich auf ihre Schulter.

Der Moser Franz kauert auf dem Boden und hält sich die Nase. Blut tropft ihm zwischen den Fingern hervor. »Das wirst du mir büßen, ihr alle werdet das büßen.« Sein Blick bleibt an Alma hängen. Ihre Nackenhaare stellen sich auf. Bevor Alwin noch etwas Unbedachtes tun kann, tritt der Vater nach vorne. Mit ruhiger Stimme und unbewegtem Gesicht sagt er zu Moser und Bachmeier: »Ihr beide schaut jetzt, dass ihr hier wegkommt.« Und mit einem unergründlichen Blick auf seinen ältesten Sohn fügt er hinzu: »Das könnte sonst böse enden. Für alle Beteiligten.«

In diesem Moment kommt der Helfer der Volkswohlfahrt zurück. Er schaut irritiert von einem zum anderen, beschließt, dass er nicht nachfragen wird, was hier passiert ist, räuspert sich und blättert geschäftig in einer Namensliste. Er zückt den Stift, streicht etwas durch, um es woanders hinzuzufügen. Dann teilt er den Steiners mit, dass sie am besten die Nacht hier im Zug verbringen sollen, dass sie im Lager Schloss Eschelberg untergebracht würden, das nicht weit weg von hier sei und sie deshalb am nächsten Morgen zu Fuß hingehen könnten.

* * *

Im Umsiedlungslager Schloss Eschelberg verbringen sie vier Wochen in Quarantäne. Das Essen ist ungewohnt und bekommt ihnen nicht. Der Vater bezeichnet es als Viehfutter. Noch nie zuvor haben sie Spinat gegessen. Doch daran kann man sich gewöhnen. Was ihnen wirklich zu schaffen macht, ist die erzwungene Untätigkeit. Zudem ist es eng und laut, und an richtigen Schlaf ist nicht zu denken. Jeder Familie ist ein Zimmer mit jeweils vier Stockbetten zugeteilt.

Albert schläft bei Alma im Bett, sodass noch zwei weitere Personen bei ihnen untergebracht werden konnten. Zwei Brüder mit blondem, strohigem Haar und grimmigem Blick, die sich älter gemacht haben, um nicht in ein Heim abgeschoben zu werden. Alma schätzt sie auf nicht älter als vierzehn. Egon und Harald. Wo ihre Eltern sind? Sie sprechen nicht darüber.

In dem engen Zimmer mit dem kleinen Fenster hat Alma nachts zwischen den schnarchenden Menschen oft das Gefühl, sie müsse ersticken. Dann löst sie sich vorsichtig von Albert, der sie seit dem Tod Arthurs jede Nacht fest umklammert hält, und geht hinaus in den kleinen Schlossgarten. Dort zwischen Rosensträuchern und Ginsterbüschen, wenn das Gras an den bloßen Zehen kitzelt und sie die kühle Nacht umhüllt, wenn sie endlich einmal ganz allein ist, erst dort hat sie das Gefühl, wieder richtig atmen zu können.

Es ist eine schwierige Zeit. Für jeden von ihnen. Sie fühlen sich eingesperrt und entwurzelt. Und sie sind enttäuscht. Es wird ihnen langsam klar, dass sie wohl auch Weihnachten noch im Lager verbringen werden, dass sich das mit der Ansiedlung über Wochen hinziehen kann, dass es naiv war, zu glauben, gleich nach der Ankunft würden sie entschädigt und neues Land zugeteilt bekommen.

Nach der Quarantäne dürfen sie sich frei bewegen und werden im Dorf zur Arbeit eingesetzt. Bei den Bauern und Handwerkern. Die Frauen helfen in der Wäscherei des Schlosses oder in der Küche. Doch schon bald kommt die Order, dass sie ins Schloss Artstetten verlegt werden. Sie wissen nicht, warum. Vermutlich hat es etwas damit zu tun, dass Alwin eine Auseinandersetzung mit dem Lagerleiter hatte, der ihm eine laxe Einstellung zum Hitlergruß vorwarf. Was Alwin ihm mit einem gezielten Fausthieb vergalt. Dafür hätte er auch eingesperrt werden können. Deshalb wechseln sie das Lager, ohne die Order zu hinterfragen.

Erika hat inzwischen ein wenig Angst vor Alwin, auch wenn er niemals die Hand gegen sie erhoben hat. Doch das neue Gesicht, das er der Welt zeigt, hat nichts mit dem zärtlichen Mann zu tun, den sie geheiratet hat. Alma vermutet, dass seine Wut denselben Ursprung hat wie ihre eigene, dass sie sich von Ohnmacht und Verbitterung nährt. Sie versteht das, auch wenn sie sich manchmal den Bruder zurückwünscht, der er einmal war.

Erika hingegen versteht ihren Mann nicht. Er ist ihr fremd geworden. Immer öfter redet sie von ihrer Familie. Von Mutter und Vater Zügli, dem Großvater und ihren Geschwistern. Sie hat Sehnsucht nach ihnen und macht sich Sorgen um sie. Doch keiner weiß, wo sie sind und ob sie es aus dem besetzten Gebiet herausgeschafft haben.

So sucht Erika die Freundschaft zu Alma. Doch diese ist in ihrer eigenen Sehnsucht gefangen. Sie hat immer noch kein Lebenszeichen von Gregor erhalten. Noch weiß sie, wo ihre Freundin Emma mit ihrem Vater gelandet ist. Gleich zu Anfang, in den ersten Tagen im Schloss Artstetten, wendet sie sich deshalb an den dortigen Lagerführer. Ein kleiner, dicker Mann mit schütterem Haar. Er muss zu ihr hochschauen, als sie mit ihm spricht. Was ihm nicht gefällt. So zuckt er nur mit den Schultern und sagt betont gelangweilt: »Fräulein, es gibt mehr als achthundert Umsiedlungslager, die sind im ganzen Reich verteilt. Woher soll ich das wissen?«

»Ich dachte, das wäre alles so gut organisiert«, antwortet Alma schnippisch.

Der Lagerführer läuft rot an, und Alma denkt, dass es vielleicht keine so gute Idee war, ihn auch noch verbal zu reizen. Er sagt, sie solle mal nicht undankbar sein, und will gehen, fühlt sich dann aber doch bemüßigt, die organisatorische Meisterleistung und die Großzügigkeit des Regimes ins rechte Licht zu rücken, und erklärt, dass die Volkswohlfahrt ja wohl bestens für die Verpflegung sorge und die Gaupropagandaämter sogar Unterhaltungsabende mit Kino und Tanz organisierten. Alma denkt: *Ja, um uns nationalsozialistisch zu indoktrinieren,* und sieht die langweiligen Propagandafilme mit heroischen Reden, stolz marschierenden Soldaten und wehenden Fahnen vor sich. Doch das sagt sie nicht laut, gibt sich zerknirscht und versichert ihm, dass sie ihn nicht habe provozieren wollen, um gleich darauf nochmals nachzuhaken: »Aber irgendwo muss doch aufgezeichnet sein, wer in welches Lager gekommen ist?« Der Lagerführer antwortet etwas versöhnlicher: »Natürlich! Die werden zentral verwaltet, doch ich habe darauf keinen Zugriff.«

Alma beginnt, Briefe zu schreiben. Lange, ausführliche Briefe, in denen sie über ihr gegenwärtiges Leben erzählt, über ihre Sehnsucht, über ihre Zukunftsträume, dass sie sich immer noch manchmal als Winzerin in den Weingärten sieht, mit Gregor an ihrer Seite. Und über ihre Angst, dem Moser Franz und dem jungen Bachmeier zu begegnen, wie sie sogar manchmal deren Blicke im Nacken fühlt, obwohl sie die beiden seit der Auseinandersetzung am Linzer Bahnhof nicht mehr gesehen hat.

Adressiert sind die Briefe an Gregor Baumann. In den an Emma Baumann adressierten Briefen bittet sie zusätzlich noch um Entschuldigung dafür, dass sie ihr nicht geglaubt hat, sie ihre Sorgen bezüglich der Krankentransporte nicht ernst genug genommen hat und dass sie doch zusammenhalten müssten, dass sie ihre beste Freundin sei.

Sie hofft, dass die Briefe wenigstens einen von beiden erreichen. Dafür besticht sie den Sohn des Lagerleiters mit Schnaps, den Alwin heimlich im Pferdestall, in der Box neben Bojan, aus Obstresten brennt. Bei jeder neuen Flasche verspricht der Sohn erneut hoch und heilig, die Briefe an die zentrale Verwaltung weiterzuleiten. Doch Almas Hoffnung, dass sie dort auch wirklich ankommen, ist gering. Sie probiert es trotzdem weiter. Was soll sie auch sonst tun?

Währenddessen macht sich der Vater Sorgen um das Rebholz, das spätestens im Frühjahr in die Erde muss, damit es wieder Wurzeln schlagen kann. Denn was ist, wenn sie im Frühjahr immer noch kein neues Land zugeteilt bekommen haben? Was wird dann aus ihrer Zukunft als Weinbauern?

Die Stiefmutter hat sich völlig in ihr Innerstes zurückgezogen. Inzwischen spricht sie genauso wenig wie der Vater. Dafür arbeitet sie fleißig in der Wäscherei des Schlosses, klagt nicht, während der Umfang ihres Bauchs immer größer wird. Aber auch darüber spricht sie nicht. Genauso wenig wie über ihren verstorbenen Sohn Arthur. Es ist, als ob sie keine Zukunft und keine Vergangenheit hätte, über die es sich zu sprechen lohnt. Nicht einmal eine Gegenwart.

Ummantelt vom persönlichen Leid, von den Sehnsüchten und Befindlichkeiten seiner Bewohner, pulsiert das Lagerleben in einem trägen, stets gleichen Rhythmus. Aufstehen, essen, arbeiten, essen, schlafen und vor allem: warten. Alles im »rechten« Geist des Deutschen Reichs, wozu schon die Jüngsten angehalten werden. Zur nationalsozialistischen Ertüchtigung wird den jüngeren Kindern gelehrt, wie man mit dem rechten ausgestreckten Arm richtig grüßt und dabei lautstark »Heil Hitler« ruft, während die älteren Kinder im nahen Dorf in die Schule geschickt und danach in der Hitlerjugend gedrillt werden. Alma ist froh, dass Albert noch zu jung dafür ist.

Doch das eigentlich Schlimme ist: Sie bleiben Bittsteller und abhängig von der Hilfe und dem Wohlwollen des Staates, was sich auf das Verhalten des reichsdeutschen Personals niederschlägt, das die stolzen Bessarabier herablassend behandelt. So empfinden sie es jedenfalls. Und in den Augen der Einheimischen sind sie nicht viel mehr als schäbige, besitzlose Rumänen, oder wer weiß, vielleicht sogar russische Untermenschen, schließlich kommen sie aus dieser Ecke. Manche aus der Bevölkerung fragen sich gar, ob sie nicht in Wirklichkeit Araber sind, denn warum sollten sie sonst das Wort im Namen tragen?

Alma beobachtet, dass selbst bei Anton das glänzende Deutschlandbild verblasst, sieht, wie er begreift, dass er all die Monate, in denen er vom Deutschen Reich geträumt hat, einer Illusion aufgesessen ist. Um der Schmach und der Langeweile zu entkommen, will er sich freiwillig bei der Waffen-SS melden, will sich den Regeln Himmlers unterordnen, zur arischen Elite gehören, Herrenmensch sein und den Kampf gegen rassisch

Minderwertige und ideologische Feinde aufnehmen. Das sagt er tatsächlich. Genau so. Es klingt wie auswendig gelernt. Doch Alma übergibt sich beinahe, als sie bei diesen Worten das Konterfei Gengelbachs vor sich sieht. Zum Glück verbietet es ihm der Vater, kaum dass er ausgeredet hat.

So geht die Adventszeit vorüber, die früher in ihrer Heimat der inneren und äußeren Vorbereitung auf das Christfest diente und ganz im Zeichen des Glaubens stand. Und heute einfach zum traurigen Warten auf eine diffuse Zukunft verkommen ist. Noch nie war Gott so weit von ihnen entfernt.

* * *

Kurz vor Weihnachten wird Alma wieder von Bauchschmerzen malträtiert. Doch diesmal fühlt es sich anders an als die Wochen zuvor. Sie erbricht sich sogar. Mehrere Tage hintereinander. Erst vermutet sie, es komme vom Essen, an das sie sich immer noch nicht gewöhnt hat. Da kommt ihr ein Verdacht. Sie geht zum Lagerarzt, der einmal die Woche vorbeikommt und Sprechstunde hält. Er untersucht sie und stellt danach die Diagnose, die sie befürchtet und gleichzeitig ersehnt hat: Sie ist schwanger.

Wie betäubt geht sie zu Bojan in den Stall. Der Gärtner, an dem sie vorbeikommt, grüßt sie freundlich. Er ist ihr und Bojan sehr zugetan, versorgen sie ihn doch mit besten Pferdeäpfeln für seine Pflanzen. Alma hält sonst immer ein kleines Schwätzchen mit ihm, in dem er jedes Mal aufs Neue feststellt, dass sie aber sehr gut Deutsch sprechen könne. Nur anfangs hat sie ihn darüber aufgeklärt, dass Deutsch ja auch ihre Muttersprache sei. Diesmal nickt sie ihm nur abwesend zu. Ihre Gedanken kreisen stumpf um einen Satz: *Gregor, wo bist du bloß, wir bekommen ein Kind, und das in dieser Zeit.* Darüber hinaus denkt sie nichts. Ihr Kopf ist ein dunkles Vakuum.

Sie sattelt Bojan wie in Trance, führt ihn aus dem Stall und steigt auf. Erst als sie den Vorplatz des Schlosses verlässt, an der herrschaftlichen Freitreppe vorbei, und die gewundene Zufahrtsstraße hinuntergaloppiert, überfällt sie ein unbeschreibliches Glücksgefühl, füllt sich die Dunkelheit in ihrem Kopf mit den buntesten Farben und ihr Bauch schlägt Purzelbäume – sie und Gregor bekommen ein Kind! Plötzlich könnte sie jauchzen und tanzen, die ganze Welt umarmen. Schnell ist sie im angrenzenden Wald. Sie wird wieder langsamer. Flauschige, dicke Schneekristalle schweben vom Himmel. Sie hält ihnen ihr Gesicht entgegen und kostet sie auf der Zungenspitze, wo sie sofort schmelzen und den Geschmack von Hoffnung hinterlassen. Bojan geht jetzt im Schritt, folgt einem breiten Fahrweg, an Buchen, Eichen, Tannen und Zedern vorbei. Die Laubbäume sind mit einzelnen bunten Blättern geschmückt, ansonsten kahl und knorrig, stehen im Kontrast zum Immergrün der Nadelbäume. Es schneit etwas stärker. Da es so mild ist, braucht es lange, bis der Waldboden von einer dünnen, luftigen Schneeschicht bedeckt ist. Bojans Hufe hinterlassen dunkle, regelmäßige Abdrücke darin.

Alma denkt an die geheimnisvollen Akazienwälder in Bessarabien, die so anders aussehen und riechen. Wilder. Würziger. Und wo es um diese Jahreszeit in der Regel so viel kälter ist. Und sie erinnert sich an die erste Begegnung mit dem Wolf, *ihrem* Wolf, wie er sie sekundenlang ansah und sie das Gefühl hatte, als ob sein Blick direkt in ihr Innerstes, in ihre Seele traf, als ob er genau gewusst hätte, wer sie war. Und schon wieder kriecht ihr eine Gänsehaut den Nacken hoch – wie damals.

Plötzlich wiehert Bojan und steigt. Beinahe wäre Alma heruntergefallen, gerade rechtzeitig klammert sie sich noch in seiner Mähne fest. Eine Gestalt steht vor ihnen. Mitten im Weg. Ganz nah. Und im ersten Moment denkt Alma, es sei der Wolf! Doch schnell begreift sie, dass es ein Mann in Uniform ist. Und als der Mann in die Zügel greift, Bojan erneut steigt, der Mann den Hufen ausweicht und dabei gleichzeitig Almas Bein packt, um sie von Bojan herunterzuzerren, sie unter der schwarzen Schirmmütze die feisten Gesichtszüge des jungen Bachmeier erkennt, wechselt das Begreifen in namenloses Entsetzen.

* * *

Sie liegt auf dem Boden. Zwei Paar auf Hochglanz polierte schwarze Stiefel stehen links und rechts neben ihr. Von Bojan ist nichts zu sehen. Alma atmet tief durch. Sie muss einen kurzen Moment ohnmächtig gewesen sein, denn sie hat an den Sturz keine Erinnerung. Der Schnee fällt immer noch sanft herab und bedeckt die von Kampf und Sturz aufgewirbelten Stellen. Bojans Hufabdrücke sind schon nicht mehr zu erkennen. Es ist ruhig. Beinahe friedlich. Und wenn diese glänzenden Stiefel nicht wären, würde Alma denken, sie liege in ihrem Bett. Aber vielleicht tut sie das ja auch. Sie ist so müde und schließt die Augen, will wieder einschlafen, in einen anderen Traum gleiten, da stößt sie einer der Stiefel grob in die Seite. Sie reißt die Augen auf und richtet sich auf.

Über ihr stehen der junge Bachmeier und der Moser Franz in schwarzer Uniform. Sie haben die Hände auf dem Rücken verschränkt und schauen interessiert auf sie herab, als wäre sie ein Kaninchen in einem Versuchslabor. Ihre langen schwarzen Ledermäntel sind geöffnet, darunter ist ein schwarzer Dienstrock zu sehen, auf der Schirmmütze prangt ein silberner Totenkopf. Alma ist plötzlich kalt. Sehr kalt. Der Moser Franz stößt sie erneut grob mit der Stiefelspitze an. »Wieder wach?«

Alma hält sich unbewusst den Bauch. Schützend. In diesem Moment fällt es ihr wie vom Blitz getroffen wieder ein: Sie ist schwanger! Sie hustet und versucht, sich die Angst nicht anmerken zu lassen. Sie räuspert sich und sagt mit einer Stimme, so fest und laut wie möglich: »Was wollt ihr?«

»Dir einen Denkzettel verpassen.«

Alma versucht, spöttisch zu klingen. »Und dafür musstet ihr euch freiwillig zur SS melden und mir nachschleichen?«

»Zur SS wollten wir sowieso. Doch bevor wir unserem Vaterland im Osten dienen, wollten wir uns noch verabschieden.«

»Von mir?« Alma lacht freudlos. »Wie zuvorkommend. So kenn ich dich gar nicht, Moser.«

Sie blickt den Moser Franz direkt an, sie weiß, von ihm geht die eigentliche Gefahr aus, und versucht herauszufinden, wie weit er für seine Rache gehen wird. Was sie sieht, lässt sie frösteln. War er als Hilfspolizist der kleine Schatten seines Vorgesetzten, dem er nacheiferte und alles recht machen wollte, und gängelte er als Treckführer gern die Leute und sonnte sich in seiner Wichtigkeit, so ist er in der Position eines SS-Sturmmanns plötzlich hochgefährlich. Und zum ersten Mal wird ihr bewusst, dass das nationalsozialistische Regime für Leute wie Bachmeier und Moser die idealen Voraussetzungen schafft, dass es die schlechtesten Eigenschaften eines Menschen hervorkehrt und gleichzeitig fördert. Und ein Grauen erfasst sie, als ihr klar wird, dass sie den beiden nun schutzlos ausgeliefert ist.

Der Moser Franz zieht sich langsam die schwarzen Lederhandschuhe aus. »Also, es wird folgendermaßen laufen. Wir machen es der Reihe nach. Erst ich, dann Bachmeier. Du kannst es einfach hinnehmen, aber wenn ich ehrlich sein soll, fände ich es besser, wenn du dich wehrst.« Er lächelt und will sie, wie nebenbei, erneut treten. Alma weicht aus. »Hoppla!«, ruft er kichernd, stellt sich breitbeinig in Position und holt mit dem rechten Fuß erneut aus.

Alma hat darauf gewartet. Noch bevor er zutreten kann, schnellt ihr rechtes Bein mit einem Ruck hoch und stößt ihm gezielt mit der Schuhspitze ins Gemächt. Mit einem gellenden Aufschrei klappt er zusammen. Wie ein Taschenmesser. Zack.

Bachmeier reagiert schnell. Er wirft sich auf sie, und Alma entweicht die Luft aus den Lungen wie aus einem Blasebalg.

Sofort schlägt er zu. Ihr Kopf wird zur Seite geworfen. Sie schmeckt Blut auf den Lippen, ist wie betäubt, kann sich mit dem Gewicht Bachmeiers auf ihrem Körper nicht bewegen, fühlt sich wie in einem Schraubstock. Panik steigt in ihr hoch. Was soll sie tun? Gegen zwei Männer kann sie sich ohne Waffe nicht wehren. Doch aufgeben ist keine Option. Sie wird sich von den beiden Schweinen nicht vergewaltigen, nicht beschmutzen lassen. Nicht mit einem Kind im Bauch. Sie weiß, die Zeit ist knapp. Sie muss Bachmeier entkommen, solange Moser, der wimmernd neben ihnen kauert, noch mit sich selbst beschäftigt ist.

Sie bekommt einen Arm frei und tastet in dem weichen Schnee nach einem Stein, nach irgendetwas, mit dem sie sich wehren kann. Doch da ist nichts!

Bachmeier schiebt ihre Jacke hoch und versucht, ihr zwischen die Beine zu greifen. Alma windet sich, schlägt ihm mit der Faust in die Nieren. Keuchend flüstert er: »Halt still, du dumme Kuh!« Dann beißt sie zu.

Er brüllt wie ein Ochse, lässt von ihr ab, hält sich das Ohr und krümmt sich im Schnee, der sich schnell rot färbt. Alma fühlt ein Stück Fleisch in ihrem Mund. Sie spuckt es aus, rappelt sich auf, zieht die Kleider glatt und will losrennen, hofft, dass Bojan irgendwo bereitsteht und sie weit, weit weg trägt. Da richtet sich der Moser Franz auf. Er hat noch Schmerzen, Alma kann es sehen, doch die reichen nicht mehr aus, um ihn aufzuhalten.

»Das wirst du büßen.« Er stürzt sich auf sie, Alma rennt los. In diesem Moment donnert eine tiefe Stimme: »Still gestanden, Sturmmann Moser!«

Alma dreht sich gleichzeitig mit Moser um und bleibt ebenfalls wie angewurzelt stehen. Im Schneegestöber zeichnet sich eine riesenhafte schwarze Gestalt auf einem Schimmel ab. Moser steht augenblicklich stramm.

»Jawohl, Herr Obersturmführer.«

Der Schimmel tänzelt im Stand, während sich sein Reiter ein Bild von der Situation macht. Sein Blick verweilt auf dem blutenden Bachmeier. Alma überlegt, ob sie nicht losrennen soll. Jetzt. Da sagt der Reiter mit ruhiger Stimme zu Moser und Bachmeier: »Sie beide werden sich vor dem Kriegsgericht verantworten müssen. Gehen Sie jetzt.«

»Ja, aber …« Weiter kommt Moser nicht. Der Reiter gibt dem Schimmel die Sporen, der einen Satz nach vorne macht und direkt vor Moser stehen bleibt. Schnell weicht dieser zurück, zieht seinen Kumpanen vom Boden hoch und macht sich mit ihm davon. Ohne nochmals zurückzublicken.

Alma steht immer noch wie angewurzelt da und starrt auf den Reiter. Der hat den Mantelkragen hochgestellt und die Schirmmütze mit dem Totenkopf tief in die Stirn gezogen. Sein Gesicht liegt im Schatten. Doch seine Augen leuchten kalt wie Edelsteine daraus hervor. Dann erkennt sie ihn und ihre Beine geben nach. Alles wird schwarz.

* * *

Als sie erwacht, fühlt sie sich ausgeruht. Sie hat geträumt. Es war ein schöner Traum. Leider lösen sich seine Bilder schon wieder auf wie der Morgendunst über der Steppe, wenn die ersten Sonnenstrahlen ihn berühren. Sie seufzt bedauernd, will sich nochmals umdrehen, dem Traum nachspüren. Da flüstert eine vertraute Stimme: »Alma, komm zurück!« Und schlagartig fällt ihr alles wieder ein. Sie richtet sich ruckartig auf und blickt sich um.

Es hat aufgehört zu schneien. Eine prächtige Schimmelstute grast nicht weit von ihr entfernt. Bojan steht neben ihr. Er scharrt mit seinen gewaltigen Hufen die Schneedecke auf und legt Grasbüschel für sie frei. Es dämmert schon ein wenig. Zwischen den Baumstämmen ist es beinahe dunkel, als hätten diese das Licht des Nachmittags aufgesaugt. Kein Laut ist zu hören.

Alma schaut an sich hinunter. Sie sitzt auf einem schwarzen Ledermantel, der ausgebreitet auf dem weißen Untergrund liegt. Ein Körper ist von hinten an sie geschmiegt und wärmt sie. Zärtlich streichelt eine Hand über ihre Haare. Eine Stimme fragt: »Wie geht es dir?«

Alma tastet sich ab, sie scheint nicht verletzt zu sein. Sie horcht in sich hinein, versucht zu ergründen, ob ihre Seele ebenfalls ohne Schaden davongekommen ist. Doch in ihr ist alles stumm. Noch. Sie weiß, der Angriff, die erlebte Gewalt wird irgendwann Auslass fordern, ihre Seele wird reagieren, sie wird heulen und toben, vielleicht zusammenbrechen. Doch nicht jetzt. Jetzt ist sie ruhig. Mit einer gewissen Genugtuung schmeckt sie noch das Blut von Bachmeiers Ohr in ihrem Mund und spuckt es geräuschvoll aus.

»Es geht mir gut.«

Sie atmet tief durch. Dann dreht sie sich um. Er ist älter geworden. Nicht nur das Kinn ist kantig, sondern auch die Wangenknochen. Die Brauen sind noch dichter, treffen sich über der Nasenwurzel, was ihm ein diabolisches Aussehen verleiht. Aber vielleicht liegt das auch nur an der ungewohnten schwarzen Uniform mit den silberfarbenen Insignien am Revers. Die Schirmmütze hat er abgesetzt. Sie liegt im Schnee. Der silberne Totenkopf leuchtet im trüben Nachmittagslicht. Die linke Hand, mit der er sich abstützt, steckt in einem schwarzen Lederhandschuh, sodass man seinen Finger nicht sieht.

»Warum trägst du diese Uniform?«

»Um dich zu retten.«

»Das war also dein Plan?«

Er nickt. »Ich habe mich freiwillig gemeldet, noch in Bessarabien, habe direkt bei SSStandartenführer Gengelbach vorgesprochen.«

»Du hast deine Seele verkauft.«

»Gott hatte mich doch schon verflucht.«

»Wegen deines Fingers? Bist du noch ganz dicht? Das ist doch nur ein Finger!« Alma stößt ihn von sich. Er landet ächzend mit dem Rücken auf seinem Mantel. Dort bleibt er liegen, schaut in den Himmel, von dem erneut feine Schneekristalle segeln. Sie schmelzen augenblicklich auf der Uniform.

Nach einer Weile sagt sie: »Unser Wiedersehen habe ich mir anders vorgestellt.«

Er kichert. »Ich mir auch.«

»Das ist nicht lustig.«

»Ich weiß.«

»Warum kommst du erst jetzt?«

»Ich habe …« Er räuspert sich. »Ich hatte Angst, dass du mich nicht mehr willst, wenn du mich in dieser Uniform siehst.«

»Das hättest du dir ja mal vorher überlegen können, bevor du dich freiwillig gemeldet hast.«

»Das habe ich. Es schien mir die einzige Möglichkeit zu sein, Emma, meinen Vater und dich zu beschützen.«

»Und dann bist du den Pakt mit dem Teufel eingegangen? Was hat dir Gengelbach versprochen?«

»Dass sich niemand mehr für den Teufelsfinger interessieren wird.«

Alma lacht trocken auf. »Der hat euch doch alle verarscht.«

»Wie meinst du das?« Alma schüttelt nur den Kopf. Dass sich seine Schwester Gengelbach mit einer ähnlichen Abmachung verkauft hat, er quasi den doppelten Preis erzielt hat, erzählt sie ihm nicht. Das bringt sie nicht übers Herz. Dafür erzählt sie, wie August sie, Alma, bei Gengelbach als Wetteinsatz missbraucht hat.

Gregor springt auf, ruft: »Das wird August büßen!«, und ballt die Hände. Doch Alma zieht ihn wieder zu sich auf den Mantel. »Das tut er schon. Glaub mir. Der Mann, dem du dich so leichtfertig verkauft hast, ist ein sadistischer Spieler, der nicht nur mit Karten spielt, sondern noch lieber mit Menschenleben.«

Sie schweigen.

Nach einer Weile fragt Alma: »Wie kommt es, dass du gerade noch rechtzeitig hier sein konntest, bevor diese Schweine …« Sie beendet den Satz nicht.

»Ich ahnte, dass die beiden etwas vorhaben, schon als ich sie auf der Rekrutenliste entdeckt habe – also behielt ich sie im Auge.«

»Du bist hier in der Gegend stationiert?«

»Natürlich, ich habe dafür gesorgt, dass ihr hierher verlegt wurdet, sodass ich auf euch aufpassen kann!«

»Und du hast dich nie zu erkennen gegeben?« Alma ist außer sich, springt auf, läuft hin und her. Die Pferde werden unruhig. Gregor steht ebenfalls auf, zieht sich den Mantel über und zündet sich eine Zigarette an. Bei jedem Zug leuchtet sein Gesicht hell auf.

Alma bleibt stehen. »Dann habe ich es also den beiden Mistkerlen zu verdanken, dass wir uns wiedersehen?«

»So gesehen, ja«, sagt er zerknirscht.

»Dann weißt du auch, wo Emma und euer Vater sind?«

»Natürlich! Die beiden sind im Umsiedlungslager auf Schloss Riedegg. Vater unterrichtet dort. Bald werden sie aber auch hier in unserer Nähe sein.«

Alma ist sprachlos, sieht die vielen Briefe, die sie mit Sehnsucht im Herzen geschrieben hat, die vielen Flaschen Selbstgebrannten, die sie dem Sohn des Lagerleiters gegeben hat, damit er sie weiterleitete, und fragt: »Hast du meine Briefe nicht bekommen?«

Gregor schaut sie irritiert an. »Welche Briefe?«

»Ist nicht so wichtig. Wenn ich gewusst hätte, dass du bei der SS bist, hätte ich sie auch nicht geschrieben.«

»Ach, Alma.« Er geht auf sie zu und will ihre Hand nehmen. Sie zieht sie weg.

»Du glaubst an ihre Rassenpolemik? Diesen Herrenmenschendünkel? Was musstest du dafür inzwischen tun, in deiner schicken Uniform?«

»Alma, komm, ich bin's, der in dieser Uniform steckt, ich bin es immer noch. Dein Gregor! Die Uniform ist nur … Folklore.«

»Erzähl mir doch nichts! Die färbt doch ab auf die Seele, kein Mensch kann zu denen gehören und derselbe bleiben.«

Alma sieht sein bekümmertes Gesicht. Sie weiß, dass sie besser aufhören sollte, kann es aber nicht. So lässt sie ihrer Wut freien Lauf, beschimpft ihn, die SS, das Deutsche Reich, den Krieg, Hitler, die Russen, Gengelbach, August, Moser, Bachmeier und alles, was ihr das Leben genommen hat, von dem sie einmal träumte. Irgendwann ist sie still, bleibt mit hängenden Armen vor Gregor stehen. Sie hat keine Kraft mehr.

Gregor zieht sie zu sich heran und umarmt sie. Ihr Kopf legt sich erschöpft in seine Halsbeuge. Sie schließt die Augen und atmet seinen Duft ein. Er riecht immer noch nach Moschus und Steppe, so wie nur er riechen kann. Und sie steht wieder mit ihm auf der Lichtung im Akazienwald. Sonnenstrahlen durchbrechen fächerförmig die Baumstämme und zaubern einen kreisförmigen Altar aus Wärme und Licht. Und sie hört, wie der junge Gregor mit feierlicher Stimme schwört, sie für immer zu lieben. Und der Gregor aus der Vergangenheit wird eins mit dem heutigen.

»Alma, ich bin nicht stolz auf das, was aus mir geworden ist, doch kannst du nicht versuchen, mein Innerstes zu sehen, den Mann, der dich schon immer liebt und alles für dich tun würde?«

Alma schluchzt auf. Der dicke Kloß in ihrem Hals löst sich auf, plötzlich kann sie frei atmen. Und beinahe ist es so, als würde seine Liebe in sie strömen und jeden Zentimeter ihres Körpers ausfüllen. Endlich, endlich darf sie schwach sein.

Und alles bricht aus ihr heraus. Alles Aufgestaute der letzten Monate. Die Wut, der Verlust, die Trauer, die Ungewissheit, die Ohnmacht und Angst. Sie zittert, schluchzt, heult. Und Gregor hält sie einfach nur fest, während sich langsam die Dunkelheit auf sie herabsenkt.

* * *

Die nächsten zwei Tage verbringen sie im seligen Taumel, sind außerhalb dieser Welt, nur mit sich selbst beschäftigt.

Sie haben sich im Stall bei Bojan ein Lager eingerichtet, verbringen jede freie Minute mit der Erkundung ihrer Körper und dem Gleichklang ihrer Seelen. Dazwischen galoppieren sie über verschneite Wiesen und Wälder und im großen Bogen an österreichischen Dörfern vorbei. Sie wollen nicht gesehen werden und niemanden sehen, sind sich selbst genug. Die wenigen Stunden, die sie zusammen haben, sind kostbar. Gregor muss sich noch vor Heiligabend in der Kaserne einfinden. Er hat einen Marschbefehl erhalten. Er darf nicht darüber reden. Alma bekommt nur aus ihm heraus, dass es etwas mit dem Angriff Mussolinis in Griechenland zu tun hat, wo die italienischen Truppen schon Ende Oktober arg in Bedrängnis geraten sind.

An ihrem letzten gemeinsamen Morgen wacht Alma auf. Fahles Morgenlicht fällt auf die Decke, die sich mit Gregors Atemzügen regelmäßig hebt und senkt. Er hat ihr den Rücken zugewandt. Nur ein wenig von seinem Haar ist zu sehen, das kurz und borstig unter der Decke hervorlugt. Alma zieht die Decke ein Stück zur Seite und küsst ihm den kurz geschorenen Nacken, der im Gegensatz zu seinem großen, muskulösen Körper so zart und verletzlich aussieht. Mit einem Ruck dreht er sich um, umschlingt sie, zieht sie zu sich heran und küsst sie stürmisch. Sie wehrt ihn lachend ab. Er stützt sich auf einen Ellbogen und betrachtet sie. Sanft zieht er mit dem Zeigefinger ihr Profil nach.

»Ich habe von Bessarabien geträumt.«

Leise erwidert sie: »Ich träume jede Nacht davon.« Sie legt die Hände auf ihren Bauch, streicht vorsichtig darüber, denkt an das Wesen, das in ihr größer wird, das niemals die Heimat seiner Eltern kennenlernen wird.

»Gregor, ich muss dich etwas fragen.«

Er schaut sie aufmerksam an. Sie schluckt, atmet tief durch, will fragen: *Was, wenn wir ein Kind bekommen würden?* Doch sie traut sich nicht. Sie hat zu viel Angst vor seiner Reaktion. Was, wenn er wegen des Fingers keine Kinder haben will?

Dafür fragt sie: »Wie wird es mit uns weitergehen?«

»Wir werden den Krieg gewinnen. Bald. Und wenn alles vorbei ist, werde ich Medizin studieren, und du wirst Winzerin werden.«

Alma lacht unsicher. Es hört sich alles so einfach an. Doch sie kann es nicht sehen. Wo soll das denn sein? Ihre Träume, das gemeinsame Leben, alles war immer eng mit Bessarabien verbunden. Woanders kann sie es sich nicht vorstellen.

»Aber wir werden unsere Heimat nie wiedersehen, nie wieder die wogenden Gräser der Steppe, das verzauberte Glitzern der Flüsse, den geheimnisvollen Nebel, der im Herbstmorgen über den Weingärten schwebt, nie wieder den satten, schweren Duft der schwarzen Erde riechen.« Sie schluckt die aufkommenden Tränen hinunter.

»Alma.« Er zieht sie zu sich und blickt sie eindringlich an. »Heimat ist da, wo man sich wohlfühlt. Und das kann man überall. Solange man arbeiten darf, sich etwas aufbauen kann, die Familie in Sicherheit weiß und«, seine Stimme wird zärtlich, »den Menschen, den man liebt, an seiner Seite hat.«

Langsam bekommen Almas Zweifel Risse, fallen Stück für Stück ab, fast ist ihr, als könne sie sie zerspringen hören. Sie weiß nicht, was die Zukunft bringen wird, nicht einmal, wann sie endlich aus dem Lager kommen werden. Doch Gregor schenkt ihr Hoffnung, er gibt ihr Zukunft. *Und vielleicht,* denkt sie, *vielleicht wird ja doch noch alles gut.* Sie küsst ihn.

»Ich vermisse dich jetzt schon.«

»Ich komme ja wieder«, flüstert er in ihr Ohr, »ich verspreche es.«

»Und wenn ich nicht mehr hier bin? Wenn wir in ein anderes Lager verlegt werden oder endlich eigenes Land bekommen?«

Er nimmt sie in die Arme und hält sie so fest, dass ihr beinahe die Luft wegbleibt. »Ich finde dich überall.«

Buenos Aires, Argentinien 2001

Von unten drang Motorengeräusch hoch. Die Stadt war erwacht. Die aufgehende Sonne schickte die ersten goldenen Strahlen auf die Kamine und Dachspitzen gegenüber und begann langsam ihre Wanderung über das Firmament. Doch noch war es auf unserem Balkon schattig und kühl und die Straßenschluchten lagen in der morgendlichen Dämmerung. Hinten, zwischen den Dächern, schimmerte der Rio de la Plata silbern und geheimnisvoll im Morgenlicht. Es war eine unwirkliche Stimmung. Einerseits war ich völlig übermüdet, andererseits wie elektrisiert. Alles verschwamm. Gegenwart, Vergangenheit, selbst die Menschen! Mein Vater, meine Tante, meine Onkel. Grenzen wurden aufgelöst, die Realität hatte sich verschoben. Ich war in eine andere Welt eingetaucht, die so lebendig war, als wäre es meine eigene.

Ich betrachtete das Profil meiner Tante, sah die junge Frau in der alten und war dankbar, dass ich hier sein durfte, dass sie mir die Geschichte meiner Familie erzählte, die noch viel mehr ihre Lebensgeschichte war. Ihr Blick richtete sich unterdessen in die Ferne. Es schien, als hätte sie mich völlig vergessen. Ich tastete nach ihrer Hand, versuchte, sie bei mir zu halten. Irgendwie glaubte ich, es sei wichtig, damit sie die Haftung im Hier und Jetzt nicht verlor. Ihre Finger waren ganz kalt. Doch dann erwiderte sie meinen Blick mit diesen klaren grünen Augen, die so sehr denen meines Vaters glichen und sagte, ohne, dass ich gefragt hätte, mit trauriger Stimme: »Gregor musste den Preis für die Uniform noch bezahlen. Denn ich hatte recht gehabt. Niemand trug dieses Schwarz, ohne dass es sich auf seine Seele abfärbte.«

Sie schwieg. Weinte sie? Sie tat mir leid. Ich versuchte, ihre Gedanken von Gregor zu lösen, und fragte: »Habt ihr jemals neues Land bekommen?« Ich konnte ihr ansehen, wie froh sie war, die Erinnerung auf etwas anderes lenken zu können.

»O ja! Doch es gestaltete sich schwierig. Und es dauerte lange, sehr lange. Denn was wir nicht wussten: Den Ersatz für unser Land gab es noch gar nicht, dafür mussten erst polnische Eigentümer zwangsevakuiert werden. Und das war ein Prozess, der sich über viele, viele Monate hinzog. So lange saßen wir in den Lagern fest. Währenddessen ging der Krieg weiter. Alwin und Anton wurden zur Wehrmacht eingezogen. Und Bojan wurde von der Armee konfisziert.«

Erschrocken blickte ich sie an. Ich befürchtete, diese Erinnerung werde sie erneut zu Tränen rühren, doch sie erzählte ganz ruhig und gefasst weiter.

»Aber ich greife vor. Zuerst wurden wir eingebürgert. Im Februar 1941. Es war eine demütigende Aktion. Sonderzüge wurden eingesetzt, eine fahrende Verwaltung, die durch das Reich tourte und unsere Gesundheit und politische Einstellung prüfte. Und die uns vor allem einer Rassemusterung unterzog. Plötzlich ging es nicht mehr darum, welchen Besitz wir in Bessarabien gehabt hatten, um dafür entschädigt zu werden, sondern darum, welcher ›Rassewertungsstufe‹ man uns zuordnete. Danach entschied sich, ob man als ›rassisch wertvoll‹ einen Hof in Polen zugewiesen bekam oder mit der Definition

›rassisch minderwertig‹ im Altreich in Fabriken oder im Bergbau schuften musste. Familien, die in Bessarabien Hof und Gut besessen und damals im Vertrauen auf das ›Mutterland‹ einer Entschädigung zugestimmt hatten, hatten plötzlich gar nichts mehr. Auch die Hoffnung wurde ihnen gestohlen – und die Identität. Da erst erkannten viele, welche Geisteshaltung dem viel gepriesenen Deutschen Reich innewohnte.«

»Und ihr?« Ich schluckte. Die Frage war mir im Hinblick auf die Menschenwürde peinlich, trotzdem stellte ich sie. »Ihr wart in ihren Augen ›rassisch wertvoll‹ genug, um einen Hof zu bekommen?«

Sie lachte bitter und sagte schlicht: »Ja.«

»Und Emma und ihr Vater?«, fragte ich vorsichtig.

»Herr Baumann war ja Lehrer. Bei ihnen ging es nicht um Grundbesitz. Er durfte in Tübingen unterrichten, und Emma machte eine Ausbildung zur Krankenschwester.«

»Dann hat Gengelbach sein Wort gehalten? Er hat kein Wort mehr über den sechsten Finger verloren?«

Sie zuckte mit den Schultern. »Vielleicht hat er die Sache auch einfach nur vergessen. Schließlich war er mittlerweile mit anderem beschäftigt. Denn ab 1941 verschärfte sich der Kriegsverlauf.«

Das wusste ich. Es begannen der Balkanfeldzug, der Afrikafeldzug und zuletzt der Überfall auf die Sowjetunion. Doch die damalige große Weltpolitik interessierte mich im Moment nicht.

»Wo bekamt ihr einen Hof?«

»In Samosch, das zum Generalgouvernement Polen gehörte. Im Oktober 1942 wurde uns dieser zugeteilt. Als wir in der Morgenfrühe ankamen, war er eben erst verlassen worden. Die Betten waren noch warm und der Stall voll mit Kühen, die gemolken werden wollten. Die Gestapo hatte zusammen mit der Schutzpolizei die Menschen von einem Tag auf den anderen einfach aus den Häusern gejagt. Wir sahen das Unrecht. Trotzdem nahmen wir den Hof an. Mit einer Mischung aus Erleichterung und schlechtem Gewissen.«

Ich war schockiert. Wie konnte man so etwas tun? Wie konnte man sich einfach in ein warmes Nest setzen, das einem nicht gehörte, für das andere vertrieben wurden? Doch vermutlich durfte sich eine Wohlstandsbürgerin wie ich ein Urteil darüber nicht erlauben. Denn was hätte ich damals getan? Ich weiß es nicht.

Bevor ich weiter darüber nachdenken konnte, hörten wir ein hupendes Auto herannahen. Direkt unter uns hielt es an. Mit einem schmerzvollen Krächzen wurde ein Gang eingelegt. Dann erstarb der Motor. Froh, an etwas anderes denken zu können, beugten wir uns über das Eisengeländer des kleinen Balkons. Ich kicherte über unsere taktlose Neugier.

»Das ist bestimmt die Dame von gegenüber«, mutmaßte ich. »Die habe ich vorhin schon gesehen, als sie gegangen ist.«

Und tatsächlich. Dieselbe elegant gekleidete Dame stieg aus dem Auto. Sie schaute nach oben und winkte. Meine Tante winkte zurück. Die Dame warf eine Kusshand hoch. Und meine Tante tat zu meiner Überraschung so, als würde sie den Kuss einfangen. Ich staunte. Zur Erklärung sagte meine Tante: »Das ist Leonore, meine Enkelin. Ich schaue jeden Morgen, ob sie gut nach Hause kommt. Sie ist Sängerin, musst du wissen.«

Ich rief überrascht: »Ah!«, überlegte kurz und fragte: »Der Großvater ist Gregor?« Meine Tante lächelte. »Ist sie nicht hübsch?«

Ich wollte sie mir genauer ansehen, herausfinden, ob Ähnlichkeiten mit meiner Tante feststellbar waren, und beugte mich noch weiter über das Geländer. Doch ich erhaschte nur noch den Blick auf glänzendes, langes schwarzes Haar, bevor sie in der Haustür verschwand. Ich wollte gerade feststellen, dass sie dann wohl meine Großcousine sei, da hörten wir die

Zimmertür quietschen. Ich schaute meine Tante erschrocken an. Sie verzog den Mund.

»Es ist sechs Uhr. Sie ist immer pünktlich.«

Hinter uns hörten wir die schweren Schritte der Krankenschwester, die das Zimmer durchquerte, beim Bett stehen blieben, um gleich darauf zur Verandatür zu kommen. Schon aus der Schrittfolge war Missbilligung herauszuhören. Ein großer Kopf mit steifer Schwesternhaube erschien in der Türöffnung. Der Drache schaute mich streng an und fragte auf Spanisch, mit lang gezogenen, schleppenden Vokalen: »Waren Sie die ganze Nacht hier draußen und haben Ihre Tante vom Schlafen abgehalten?«

Ihr Tadel stach kalt und spitz in unsere Zweisamkeit und holte mich in die Realität zurück. Das unwirkliche Gefühl, ein wenig aus der Zeit gefallen zu sein, ließ nach. Ich nickte zögerlich, worauf sie sogleich nachschob: »Dann ist es jetzt aber höchste Zeit zu gehen.« Und an meine Tante gewandt: »Kommen Sie, Frau Alma, ich helfe Ihnen ins Badezimmer, dann können Sie sich bettfertig machen.«

Ich stand auf, machte den beiden Platz und ging ins Zimmer. Ich war jetzt nur noch müde und schluckte die vielen Fragen, die ich noch hatte, eingeschüchtert hinunter. Was war mit ihrem Traum, Winzerin zu werden? Was wurde aus Gengelbach? Was aus August? Den Züglis? Und vor allem: Wie ging es mit Gregor weiter und dem Kind? Doch meine Neugier musste wohl oder übel warten. Ich nahm meine Tasche vom Stuhl und sah, dass die Schwester Frühstück und Tabletten auf dem Nachttisch abgestellt hatte. Ich bekam Hunger. Regelrecht Heißhunger. Und überlegte, ob ich mir wohl eins der Croissants nehmen konnte. In diesem Moment kamen die beiden aus dem Bad zurück. Ich vergaß meinen Hunger wieder und sagte: »Auf Wiedersehen, Tante Alma, und vielen, vielen Dank! Das war wunderschön für mich.« Sie lächelte. »Für mich auch.«

»Darf ich am Nachmittag wiederkommen?«

»Aber natürlich.« Spontan nahm sie meine Hände. »Mit großer Freude!« Sie sah mich forschend an. »Du hast noch etwas auf dem Herzen? Das sehe ich dir doch an!«

Ich lachte. »Unendlich viele Fragen.«

»Dann frag mich. Eine kann ich dir noch beantworten.«

Mein Blick ging zweifelnd zur Krankenschwester, die das Bett für meine Tante aufschlug.

»Ach die!« Meine Tante winkte ab. Die Krankenschwester tat so, als würde sie es nicht hören.

»Also gut, eine noch.« Ich atmete tief durch. Welche sollte ich bloß stellen? Alle waren wichtig. Dann fiel mir eine ein, die ich als Abschluss passend fand. »Was ist mit den Bessarabiern passiert, die nicht umgesiedelt wurden? Leben sie noch dort?«

Meine Tante seufzte. Dann sagte sie grimmig: »Ein paar wenige wollten tatsächlich nicht mitkommen und sind zurückgeblieben. Und das, was alle befürchtet hatten, ist tatsächlich eingetreten: Sie wurden nur wenige Monate, nachdem wir anderen weg waren, von den Sowjets nach Sibirien deportiert. Doch nicht nur unser Volk, sondern auch Rumänen, Russen, Bulgaren, Gagausen, Juden – alle, die der sogenannten Intelligenz- oder Besitzschicht angehörten. Alle kamen sie nach Sibirien in den Gulag. Die Höfe zerfielen. Die Hunde verhungerten.«

Sprachlos starrte ich sie an. Ich konnte nicht fassen, was ich da eben gehört hatte. »Aber die Sowjets hatten euch doch was ganz anderes versprochen!«

»Nun, die Erfahrung, die wir über die Jahrzehnte gemacht hatten, wurde leider wieder bestätigt: Der sowjetischen Führung war nicht zu trauen. So gesehen, mussten wir die Entscheidung zur Umsiedlung nicht bereuen. Im Gegenteil. In dieser Hinsicht haben wir Glück gehabt.«

Ihr bekümmertes Gesicht entspannte sich wieder. Sie lächelte sogar. »Und jetzt gehen wir schlafen.«

Als wäre das das Stichwort, nahm die Schwester die Hand meiner Tante und half ihr ins Bett. Leise schlich ich zur Tür. Erst jetzt merkte ich, wie müde ich war. Ich gähnte herzhaft und hielt mir verstohlen die Hand vor den Mund.

* * *

Die Tür zum Flur öffnete sich mit dem bekannten Quietschen. Da blieb mein Blick auf der Zeichnung hängen, die mir vorher schon aufgefallen war. Einer Bleistiftzeichnung, gleich neben dem Türrahmen. Sie zeigte einen Bauernhof mit seinen Bewohnern und gleichzeitig die Leichtigkeit und Fülle eines Sommertags. Alles sah prall und fruchtbar aus. Und überaus fröhlich. Ich bekam Sehnsucht, wäre gerne zwischen den Gänsen und spielenden Kindern spazieren gegangen und hätte meine Hand nach den hüpfenden Fohlen ausgestreckt.

Bewundernd betrachtete ich eine wunderschöne junge Frau, die mit wehenden schwarzen Haaren dem Betrachter entgegenritt. In ihren Gesichtszügen erkannte ich meine Tante. Die junge Alma. Zeichnete sich da nicht ein Babybauch unter der geöffneten Jacke ab? Ich musste lächeln und staunte über die Detailgenauigkeit, mit der der Künstler die Szene eingefangen hatte. Das Pferd musste Bojan sein. Genau so hatte ich ihn mir während der Erzählung vorgestellt. Groß und schwarz und kraftvoll. Im Hintergrund waren die Weingärten zu sehen, in denen Männer arbeiteten. Die Brüder! Meine Onkel! Zwei große Männer mit schwarzen Haaren, Alwin und Anton. Und ein kleinerer blonder: August. Überrascht erkannte ich auch den Vater und die Stiefmutter, die unter dem Apfelbaum an einem Holztisch Wein tranken. Ein verschlossen wirkender, kräftiger Mann mit ausgeprägtem Schnauzer und eine wesentlich jüngere, traurig blickende blonde Frau mit straff gebundenem Dutt. Sie hatte den Kopf an seine Schulter gelehnt. Mein

Großvater und meine Großmutter. Mein Blick glitt zurück zu den spielenden Kindern. Ob ich auch Arthur und Albert finden würde? Ich forschte in den Gesichtern. O ja! War das nicht mein Vater als ganz kleiner Junge? Ich war gerührt.

Das musste das Bild sein, das der russische Offizier Sascha Iwanow gezeichnet hatte, als er auf ihrem Hof »Schreiber« gewesen war. Es war wunderschön. Doch etwas irritierte mich. Ich sah genauer hin, konnte aber nicht erkennen, was es war. Ich gähnte erneut. Schnell schlüpfte ich hinaus auf den Flur und schloss leise die Tür.

* * *

Auf der Straße fand ich sofort ein Taxi. Ich nannte den Namen meines Hotels, und der schwitzende kleine Taxifahrer fuhr schwatzend los. Ich verstand kein Wort. Das musste ich aber auch nicht. Er erwartete keine Antwort.

Ich lehnte mich in den weichen, nach Menthol und Mottenkugeln riechenden Sitz zurück und schaute hinaus. Durch das geöffnete Taxifenster drang das quirlige Leben der südamerikanischen Stadt herein. Fensterputzer sprangen an roten Ampeln die wartenden Autos an und schäumten ungefragt deren Windschutzscheiben ein. Verkäufer von Wasserflaschen und frischen Melonenscheiben schoben sich dazwischen durch, Bettler saßen in schattigen Hauseingängen und hielten mit krakeligen Buchstaben bemalte Schilder hoch. Und dazwischen hasteten Männer im Anzug und schicke Frauen im Kostüm und mit hochhackigen Schuhen zur Arbeit.

* * *

Im Hotel ging ich direkt ins Zimmer, hängte das Bitte-nicht-stören-Schild von außen an den Türknauf, zog den Vorhang zu und legte mich aufs Bett. Ich putzte mir nicht einmal die Zähne, schaffte es gerade noch, die Schuhe auszuziehen.

Das Licht des neuen Tages drang rot und warm durch den gemusterten Vorhang. Da fiel mein Blick auf den gekachelten Fußboden. Eine Kakerlake spazierte durch die geöffnete Tür des Badezimmers in den Schlafraum. Genau auf mein Bett zu. Angeekelt stand ich nochmals auf, trieb die Kakerlake mit einer Zeitung zurück und schloss die Tür.

Dann zog ich mir die Decke über den Kopf, und die Dunkelheit löschte alle Gedanken aus. Endlich. Kurz bevor mein Geist hinüberflog, um sich im Land der Träume zu verlieren, fiel mir aber noch ein, was mich auf der Zeichnung irritiert hatte. Ich schreckte auf. Das Herz pochte mir vor Aufregung bis zum Hals.

Sascha Iwanow hatte Alma das Bild zum Abschied in Bessarabien geschenkt. Weder er noch Alma konnten zum Zeitpunkt der Zeichnung etwas von der Schwangerschaft gewusst haben! Dass Alma schwanger war, hatte sie doch erst Wochen später im Umsiedlungslager erfahren. Entweder hatte sie in der Erzählung die zeitliche Reihenfolge durcheinandergebracht oder sie verschwieg mir etwas. Aber was?

Ich versuchte, mich wieder zu beruhigen. Ich musste endlich schlafen. Im Moment war ich sowieso nicht in der Lage, einen logischen Gedanken zu fassen.

Später. Später werde ich Alma wieder besuchen und danach fragen. Mit diesem Gedanken schlief ich ein.

Nachwort, Dank und Quellenangabe

Als ich im Herbst 2021 mit dem Manuskript begann, gab es noch keinen Krieg in der Ukraine. Russland hatte sein Nachbarland, einen freien, souveränen Staat – keine zwei Flugstunden von uns entfernt –, noch nicht überfallen, um seine Großmachtpläne in die Tat umzusetzen.

Sie werden sagen, das fing doch schon viel früher an, die Krim wurde doch schon 2014 besetzt. Das stimmt natürlich. Doch sprach damals noch niemand bei uns von einem Krieg, der unser europäisches, freiheitliches, demokratisches Wertesystem bedrohte. Im Nachhinein betrachtet gewiss ein Fehler. Doch darauf will ich hier nicht eingehen. Vielmehr will ich erzählen, wie schockiert ich war. Nicht nur vom Krieg, sondern auch von den Parallelen zum Zweiten Weltkrieg. Und je tiefer ich mich in die Recherche zu diesem Roman gegraben habe, desto erschütterter wurde ich.

Putin will ein postsowjetisches Großreich aufleben lassen, Stalin strebte nach der vergangenen Macht und Größe des Zarenreichs. Verrückt. Fühlten sich die Deutschen nach der Machtübernahme Hitlers wieder zu Großem berufen und nach den ersten militärischen Erfolgen von der Welt wieder ernst genommen (»Wir sind wieder wer«), schreibt der ehemalige russische Präsident Medwedew auf Telegram: »... Russland wird jetzt wieder ernst genommen« (Quelle: »Krieg in Osteuropa am Samstag«, in: Der Spiegel vom 09.07.22; Spiegel-App (letzter Abruf 05.12.22).

Ein (Welt-)Krieg wird entfacht aufgrund von verletztem Stolz und eines hochgradigen Minderwertigkeitskomplexes? Unfassbar. Sie werden sagen, das ist zu einfach gedacht, die Thematik ist komplexer. Natürlich. Aber irgendwie auch nicht.

* * *

Deshalb war ich bestrebt, in dieser Familiensaga die emotionale Dynamik herauszuarbeiten. Zwischenmenschlich, aber auch politisch. Ich habe mich dabei auf das Unrecht konzentriert, das den Bessarabiendeutschen im Zweiten Weltkrieg widerfahren ist.

Der Roman ist angelehnt an die bruchstückhaften Erinnerungen meines Vaters und an einzelne Anekdoten meiner südamerikanischen Tante. (Wobei ich mir als Schriftstellerin natürlich die Freiheit genommen habe, Szenen und Protagonisten zu verändern oder hinzuzufügen, genauso wie Orte und Namen.)

Durch die Lektüre folgender Bücher fügten sich die gehörten Geschichten zu einem Gesamtbild zusammen und bekamen den nötigen historischen Kontext:

»Die ›Rückführung‹ der Volksdeutschen – am Beispiel der Bessarabiendeutschen« von Heinz Fieß (erschienen im Selbstverlag 2016), ein hervorragend recherchiertes und reflektiertes Sachbuch mit persönlichen Berichten von Zeitzeugen.

»Der Herbstwind trocknet die Tränen« von Hugo Schneider (Steinkopf Verlag 1988), dem ich neben politischen Hintergründen auch sehr kluge regionalpolitische Analysen und die Darstellung der historischen Zusammenhänge entnahm, sowie die detaillierte Beschreibung der Umsiedlung.

»Steppenwind – Erzählungen aus dem Leben der Bessarabiendeutschen« von Alfred Thilemann (erschienen 1982, herausgegeben vom Heimatmuseum der Deutschen aus Bessarabien, Stuttgart). Die beschriebenen Anekdoten brachten mir das dortige Alltagsleben nahe.

»Löwenstark & bienenfleißig« von Martha Betz (erschienen im Selbstverlag 2018), eine liebevoll verfasste biografische Erzählung zur Umsiedlung.

Die gebundenen »Erinnerungen aus der Kinderzeit« von Christian Fieß, die im Detail »Sitten und Gebräuche der Deutschen in Bessarabien von der Wiege bis zur Bahre« (erschienen im Selbstverlag 1990) und »Das dörfliche Leben in Bessarabien im Jahresverlauf« (erschienen im Selbstverlag 1988) beschreiben.

* * *

An dieser Stelle möchte ich meinen Dank an den Bessarabischen Verein in Stuttgart aussprechen, der mir diese Bücher aus seiner Bibliothek zur Verfügung gestellt hat und auch sonst bei meinen Recherchen außerordentlich hilfreich war.

Ein besonderer Dank geht an Dr. Hartmut Knopp, Historiker und Bundesgeschäftsführer des Bessarabischen Vereins, der mir nicht nur eine kurzweilige Führung im angegliederten Museum gab (sehr empfehlenswert!), sondern auch mein Manuskript auf historische Richtigkeit prüfte.

Des Weiteren zog ich Informationen aus dem Internet. Zum allgemeinen Kriegsverlauf: LEMO (Lebendiges Museum Online) https://www.dhm.de/lemo/ (Letzter Abruf 03.11.22) und bezüglich der Schweizer Siedler in Bessarabien: bzbasel.ch https://www.bzbasel.ch/basel/baselland/von-pratteln-nachbessarabien-und-zuruck-das-leben-als-fremde-in-der-alten-heimat-ld.1529842 (Letzter Abruf 03.11.22)

Und zum Schluss noch ein großes Dankeschön an meine Freunde Rainer und Karin, die das Manuskript im Vorfeld gelesen haben, wertvolle Fragen stellten und wichtige Hinweise gaben. An meinen Mann Stefan, wie immer Erstleser und Gradmesser, ob eine Geschichte funktioniert oder nicht. Und *last but not least* an den Verlag »Tinte und Feder« und die Literaturagentur Kolf, ohne deren hochprofessionelle Arbeit es dieses Buch nicht geben würde.

Folge der Autorin auf Amazon

Wenn dir dieses Buch gefallen hat, folge Sibel Daniel auf Amazon. Dann erhältst du eine Benachrichtigung, wenn die Autorin ihr nächstes Buch veröffentlicht. Um der Autorin zu folgen, gehe bitte folgendermaßen vor:

Desktop:

1) Suche auf Amazon.de oder in der Amazon App nach dem Namen der Autorin.
2) Klicke auf den Namen der Autorin, um auf die Autorenseite zu gelangen.
3) Klicke auf den »Folgen«-Button.

Smartphone und Tablet:

1) Suche auf Amazon.de oder in der Amazon App nach dem Namen der Autorin.
2) Klicke auf einen Titel der Autorin.
3) Klicke auf den Namen der Autorin, um auf die Autorenseite zu gelangen.
4) Klicke auf den »Folgen«-Button.

Kindle eReader und Kindle App:

Wenn du dieses Buch auf einem Kindle eReader oder in der Kindle App liest, wird dir automatisch angeboten, der Autorin zu folgen, nachdem du die letzte Seite des Buches gelesen hast.

FSC
www.fsc.org
MIX
Papier | Fördert
gute Waldnutzung
FSC® C083411

Zeitfracht Medien GmbH
Ferdinand-Jühlke-Straße 7
99095 Erfurt, Deutschland
produktsicherheit@kolibri360.de

Druck:
CPI Druckdienstleistungen GmbH
im Auftrag der
Zeitfracht Medien GmbH
Ein Unternehmen der Zeitfracht - Gruppe
Ferdinand-Jühlke-Str. 7
99095 Erfurt